新时代文学批评丛书

吴义勤　主编

与杰作的灵魂相遇
——当代长篇小说八家

王春林　著

山东文艺出版社

图书在版编目（CIP）数据

与杰作的灵魂相遇：当代长篇小说八家/王春林著.--济南：山东文艺出版社，2024.3
（新时代文学批评丛书/吴义勤主编）
ISBN 978-7-5329-7052-0

Ⅰ.①与… Ⅱ.①王… Ⅲ.①中国文学－当代文学－文学评论－文集 Ⅳ.①I206.7-53

中国国家版本馆 CIP 数据核字（2023）第 230408 号

与杰作的灵魂相遇——当代长篇小说八家
YU JIEZUO DE LINGHUN XIANGYU——DANGDAI CHANGPIAN XIAOSHUO BA JIA

王春林 著

主管单位	山东出版传媒股份有限公司
出版发行	山东文艺出版社
社　　址	山东省济南市英雄山路 189 号
邮　　编	250002
网　　址	www.sdwypress.com
读者服务	0531-82098776（总编室）
	0531-82098775（市场营销部）
电子邮箱	sdwy@sdpress.com.cn
印　　刷	山东华立印务有限公司
开　　本	710 毫米 ×1000 毫米　1/16
印　　张	14.75
字　　数	220 千
版　　次	2024 年 3 月第 1 版
印　　次	2024 年 3 月第 1 次印刷
书　　号	ISBN 978-7-5329-7052-0
定　　价	59.00 元

版权专有，侵权必究。如有图书质量问题，请与出版社联系调换。

开辟文学批评的新时代
——"新时代文学批评丛书"总序

吴义勤

　　党的十八大以来，中国特色社会主义进入新时代，中国文学也翻开了崭新的一页。置身新时代新征程，面对丰富的史诗性伟大实践，广大作家胸怀"国之大者"，牢记初心使命，深入生活，扎根人民，与时代共振，与人民共情，用心用情用功书写新时代的中国故事，展现中国人民昂扬的精神风貌，谱写了新时代文学的辉煌篇章。

　　文学批评与文学创作是文学发展的车之两轮、鸟之两翼，一个时代的文学发展既需要广大作家的笔耕不辍、创新创造，也需要批评家的积极呼应、理论引领。在新时代文学不断攀登高峰的历史进程中，新时代文学批评也发挥了至关重要的作用，取得了丰硕的发展成果，形成了独特的新时代文学批评景观。习近平总书记高度重视文学批评工作，近年来就繁荣新时代文学批评发表了一系列重要讲话，做出了一系列重要指示批示。我们策划这套"新时代文学批评丛书"，就是要全面学习贯彻落实总书记关于文学批评的讲话与指示批示精神，一方面旨在呈现新时代文学批评的基本样貌、发展成果，另一方面也希望从中获得推动文学批评发展的经验和启示，为推动新时代文学理论批评建设和新时代文学繁荣提供有益的镜鉴。

本丛书遴选的作者都是长期持续坚守在新时代文学批评现场并卓有成就的优秀批评家。从年龄结构上，他们涵盖了"60后""70后""80后"，这也是当下文学批评的主力军；从批评对象的文学门类上，覆盖了小说、诗歌、散文等多个当下最具影响力的艺术门类，可以说是对新时代文学的全面阐释和研究。通过这套批评丛书，读者一方面可以深入了解新时代文学批评的丰富实践，同时可以通过文学批评了解新时代文学发展的基本风貌和历史特征。

在内容上，本丛书侧重于遴选研究新时代文学的评论文章，以对新时代十年来具有代表性的作家作品、有广泛影响的新文学现象、引人关注的文学热点事件以及文学发展中存在的症候性问题为主要研究对象，是对围绕新时代文学展开的文学批评成果的一次全面梳理和集中展示。我们希望以出版批评丛书的方式，深入总结文学批评发展的历史经验，同时吸引更多研究力量来增强对新时代文学研究的力度和深度。

本丛书的出版要感谢山东出版传媒股份有限公司副总经理李运才、山东文艺出版社社长徐迪南，他们提供了非常多的支持和帮助，也提出了许多富有建设性的意见和建议。新世纪之初，我曾和山东文艺出版社共同策划出版了一套"e批评丛书"，在学术界产生了良好的反响。今年，又再次在山东文艺出版社出版这套"新时代文学批评丛书"，可谓是一种极为特殊也极为难得的缘分，也体现了山东文艺出版社多年来一直积极参与、支持中国当代文学批评事业发展的出版精神。在此，我代表丛书编委会向山东文艺出版社表示衷心的感谢并致以崇高的敬意。

两套丛书虽然出版时间不同，但在内容上又有着一种延续性和整体性。"e批评丛书"着力呈现的是二十世纪九十年代文学批评的发展成果，也是当时年轻的"60后"批评家的一次集体亮相。"新时代文学批评丛书"更侧重于展现新世纪尤其是新时代以来的文学批评成果，参与作者既包括了"e 批评丛书"中的部分作者，又吸纳了"70 后""80 后"等新生批评力量。两套丛书虽然侧重点不同，但形成了一种巧妙的呼应，构成了一种互补关系，具有了批评史意义上的"整体性"，某种意义上，它们就是一种特殊形态的近三十年来中国文学批评的发展史。

当然，对于新时代文学批评成果的总结展示并不意味着我们回避当下文学批评存在的问题。新时代以来，随着时代语境和文学生态的不断变化，文学批评面临着更为复杂严峻的形势和挑战，文学批评如何更好地发挥作用，真正成为助推文学发展的"磨刀石"和"利器"？这是所有文学批评者面临的共同课题和任务。出版这套丛书，我们一方面意在梳理总结这一时段文学批评发展的成果和经验，同时也希望能够从中析出当下文学批评发展存在的一些问题，以史为镜，为未来更好地推动中国文学批评发展，更好地发挥文学批评引导创作、推出精品、提高审美、引领风尚的作用提供启示和帮助。

新征程是充满光荣与梦想的远征，新时代文学正在我们面前浩浩荡荡地展开，作为文学发展的重要一翼，中国文学批评也正在砥砺前行，积极开辟一个文学批评的新时代。

是为序。

与杰作的灵魂相遇
——当代长篇小说八家

目 录

001 精神恐惧与现代战争的深刻反思
　　　　——关于邓一光长篇小说《人，或所有的士兵》

030 如梦如幻如泡影，如露亦如电
　　　　——关于贾平凹长篇笔记小说《秦岭记》

054 权力与资本场域中的知识分子
　　　　——关于李洱长篇小说《应物兄》

090 方言、文体与思想内涵的丰饶
　　　　——关于林白长篇小说《北流》

127 乡村浮世绘与人情交响乐
　　　　——关于罗伟章长篇小说《谁在敲门》

157 "思接千载"或者尖锐的历史诘问
　　　　——关于王安忆长篇小说《一把刀，千个字》

178 自传性、结构或者"小说革命"
　　　　——关于王尧长篇小说《民谣》

203 时间、"戏中戏"与知识分子的命运沉思
　　　　——关于薛忆沩长篇小说《"李尔王"与1979》

精神恐惧与现代战争的深刻反思

——关于邓一光长篇小说《人，或所有的士兵》

最早知道作家邓一光正在从事一部战争题材长篇小说的写作，应该是在2018年的时候。当时，告诉我这个消息的人，是长期担任文学编辑工作的著名批评家李师东兄。在告诉我这一消息的同时，李师东不仅对这部作品给出了很高的评价，而且建议我一定要认真地阅读一下这部尚未公开问世的长篇小说。也因此，等到《中国作家》在2018年年末以两期连载的方式，发表这部被命名为《人，或所有的士兵》（原刊《中国作家》文学版2018年第11、12期，单行本由四川人民出版社于2019年7月正式出版）的长篇小说的时候，我就迫不及待地认真地读完了这部体量颇为庞大的作品。虽然肯定还来不及进行更深入的思考，但第一次阅读却促使我做出了这样的一种判断。那就是，这部据说整整耗费了邓一光十年心血的、将近八十万字的长篇小说，不仅是邓一光小说创作过程中思想艺术成就最高的作品，而且也可以被看作是中国现当代文学史上战争题材方面难得一见的杰出作品。我们都知道，邓一光是一位书写战争的高手，从中篇小说《父亲是个兵》，到长篇小说《我是太阳》《我是我的神》，出身于军人家庭的邓一光，此前已经给我们奉献出了很多部相当优秀的战争小说。但这一次，在沉潜十年之后，这一部《人，或所有的士兵》，却不仅仅称得上是作家的自我超越之作，而且更应该被看作是一部具备了与世界优秀战争文学作品对话的中国当代长篇战争小说的标高之作。大约也正因为以上结论的惊人程度，所以，等到内容更加完整的单行本出版后，我便又一次从头到尾认真地阅读了这部有些阅读难度的长篇小说。再一次认真阅读的结果是，更加坚定了我做出如上判断的信心。

我们都知道，从文体属性的角度来说，小说是一种特别强调作家想象虚构能力的叙事文体。然而，这种看似可以"天马行空"的想象虚构，却并不意味着作家就可以凭空地胡编乱造："长期以来，我们总是习惯于强调小说虚构性质的重要，强调小说从根本上说乃是一种允许虚构而且也不能不虚构的文体。很多时候，能否在小说中完成一种令人信服的艺术虚构，往往会被看作是衡量作家艺术想象力的重要标准之一。由这种认识出发，自然也就会生出诸多关于小说的偏见谬见。其中，曾经长期存在，而且至今依然能够获致很多人认同的一种理念，恐怕就是，既然小说是一种虚构的文体，那作家在写作时就可以放任自己的艺术想象力，就可以毫无顾忌地进行天马行空的虚构，甚而可以尽情尽兴地依凭个人的主观意志随意编造。实际上，只要认真地想一想，我们就不难发现以上观念认识的偏颇之处，正突出地体现在对虚构的错误理解上。虚构固然是小说写作不可或缺的重要艺术手段，但这虚构却也只能是建立在纪实基础之上的虚构。从更为宽泛的意义上说，正如真与假、善与恶、美与丑等一系列具有二元对立色彩的观念范畴一样，纪实与虚构二者之间也存在着一种相辅相成的依存关系。没有纪实，就无所谓虚构；反之亦然。从根本上说，纪实与虚构，乃是作家建构小说艺术大厦最基本的两种手段。我们需要加以深入思考的一个关键问题是，实际的小说写作过程中，作家究竟应该如何纪实，如何虚构？纪实与虚构之间又应该是什么样的一种关系？"① 说到小说中的纪实，其中非常重要的一点，就是关于社会与时代的纪实。也因此，我才进一步推论道："……事实上就已涉及了我们关于小说写作中'纪实与虚构'关系的第一重理解，那就是故事情节可以虚构，但故事所赖以存在的社会与时代却容不得一点虚构。"② 之所以要在这里专门提及小说创作中纪实与虚构之间的关系，乃因为邓一光的《人，或所有的士兵》

---

① 王春林：《小说写作中的纪实与虚构——从王安忆〈天香〉说开去》，《山西大学学报》2017年第3期。
② 王春林：《小说写作中的纪实与虚构——从王安忆〈天香〉说开去》，《山西大学学报》2017年第3期。

这部历史长篇小说的引人注目处，首先在于他在纪实性方面下了足够大的功夫。

尽管说当下时代那些被标榜为历史长篇小说的作品简直多如过江之鲫，但说实在话，如同邓一光这样在一部足称厚重的长篇小说的写作过程中，下足了历史考证学功夫的，虽不能说绝无仅有，但也的确罕见。首先是在篇尾细致列出的数量多达四十七部（其中包括两部影像资料，其余均为图书作品）的"本书参考资料"。一般来说，需要在篇尾列出参考资料的，都是要求论据必须真实可信的学术研究论文或者著作。最起码在我，在一部长篇小说的篇尾处，看到"本书参考资料"的专门罗列，乃是第一次。保守一点估计，如果说一部图书的字数是二十万字，四十五部图书叠加起来就是九百万字或者干脆说就是一千万字。如此海量字数的参考资料，不仅要认真地通读，而且还要想方设法地将其中的很多历史事件与历史人物都天衣无缝地巧妙穿插融汇到《人，或所有的士兵》中去，其高难度是可想而知的。虽然我们后来在阅读小说的过程中，很可能会读得津津有味，但邓一光所直接面对的这些参考资料，却都是一些枯燥无味的历史资料。如果没有一种真正发自内心的对文学这一神圣事物的敬畏精神，要想做到这一点，恐怕是很不容易的。人都说做学问"板凳要坐十年冷"，邓一光写一部历史长篇小说竟然也难能可贵地做到了这一点。其他且不说，只是邓一光如此兢兢业业的写作姿态，就足以赢得我们充分的敬意。同样值得注意的是，那些差不多遍布通篇的页底注。只要稍加留心即不难发现，这些注释都有着专有名词的性质。或者是相关的历史事件，或者是相关的地名与机构名称，当然，绝大多数恐怕还是那些真实存在过的相关历史人物。从写作技术的角度来说，能够把这些具有突出史料性质的东西，令人信服地编织进一部想象虚构性质同样非常突出的长篇小说中，所充分考量的，正是邓一光非同寻常的艺术构型与整合能力。即如开篇不久处的这样一段："那是一次经历奇特的工作，孩子看到大量来自中国的战地照片，它们当中有大名鼎鼎的罗伯特·卡帕拍摄的正面战场照片，美联社记者杰克·贝尔登、艾格尼丝·史沫特莱和《每日先驱报》记者埃德加·斯诺拍摄的日占区照片，还有尤里斯·伊文思拍摄的新闻纪录短片，孩子一下子接触到那么多触目惊心的图片和纪录片，对国内发生的事情十分震惊，那些照片和纪录片胶片帮助他做出了启程回国的决定。"这里，邓一光其实是要交代主人公返国参加抗战的动机。原本在日本留学的郁漱石，此时已经迫于父亲郁知堂的压力，转至美国求学。即使如此，郁知堂也不肯放过自己的这个小儿子。一方面是迫于蒋介石所谓"奖惩名单"的压力，另一方面，更主要的，恐怕还是顺从于自己内心中根深蒂固的"以死报国"情结，郁知堂要求郁漱石必须马上返国投身抗战，否则，"吾将谓汝作弃国审判"。但从根本上说，最终促使郁漱石启程回国的，却是他在参与普利策新闻奖工作时所看到的上述那些照片和纪录片胶片。面对着这些真实呈现着国内抗战境况的照片和纪录片胶片，倍觉震惊的郁漱石，方才下定决心回到了早已满目疮痍的祖国。罗伯特·卡帕、杰克·贝尔登、艾格尼丝·史沫特莱以及尤里斯·伊文思，都是以报道中国抗战而知名于世的新闻记者。能够借助于郁漱石返国动机的交代把这些真实的历史人物有机地编织进小说文本之中，所体现出的，正是邓一光消化处理相关知识或者史料的突出能力。

或许与邓一光的作家身份紧密相关，在纪实性史料的穿插方面非常引人注目的一点，就是他对诸如张爱玲、海明威、萧红、许地山、戴望舒等一些作家在小说中的想象性编织处理。需要特别强调的一点是，先后进入邓一光视野中的这些作家，都与抗战时期的香港有着不同程度的关联。作家之所以要把他们刻意地编织到小说文本之中，与他对香港在历史长河中跌宕起伏命运的关注与思考紧密相关。虽然说邓一光在处理这些真实存在的作家时，要么只是简单地一笔带过，要么会耗费笔墨略加展开，但无论如何都不能忽略的一点是，邓一光在进行编织处理时，实际上也存在着一个想象性的问题。先看海明威。海明威的中国之行，是在民国三十年，也即1941年太平洋战争爆发之前。因为郁漱石曾经在哥伦比亚大学读过书，身为第七战区中尉军官的他，被安排参与了接待海明威夫妇的工作。"玛莎是海明威的第三任妻子，海明威是玛莎第二任丈夫"，因为不放心妻子单独前往中国战场，海明威执意同行。"郁漱石读过他俩的书，他告诉帕特·赵，相比海明威名声大振的《太阳照常升起》和《永别了，武器》，他更喜欢玛莎的《灾区现场》和《疯狂的追求》，他认为玛莎比她丈夫更出色。"关于海明威，有两个相关细节值得注意。一个是，海明威接受了美国政府的特殊使命："罗斯福的顾问们想知道国民政府是否有决心和日本人战斗到底，日本和斯大林的和约对远东有何影响，除了推销自由和民主美国在远东到底还能做什么。"再一个细节，海明威是个大滑头，故作身体不舒服："实际上，等她一离开，他就缠着余汉谋详细了解华南战区战况，让余长官亲自为他模拟沙盘。"不仅如此，到了第二天，他干脆还以指挥官的身份，带了一支小部队，去前线进行实地考察。我们一定要注意到，在写到海明威的时候，邓一光的着眼点在他所承担的秘密政治使命上。之所以会是如此，一个重要原因在于，美国对中国抗战的态度与决策，乃是《人，或所有的士兵》这部长篇小说的重要内容之一。作家对海明威的想象性书写，只有落脚到这个层面上才能够得到很好的理解。

然后，是张爱玲。郁漱石与张爱玲的见面，是在吊唁另一位现代作家许地山先生的时候。先是郁漱石发表演讲："他说许先生是中国引进印度文学第一人，最早翻译泰戈尔的《吉檀迦利》，许先生4日西归，只隔三日，泰翁也于7日西归，双仙驾鹤，天地之命。"接下来，就是时为港大学生的张爱玲与郁漱石的一番交谈。也就是在这个部分，邓一光借助于郁漱石之口，对张爱玲做出了相应的描述与评价："阿石对艾琳的评价是惺惺相惜那种，说她先逃出父亲的生活，再逃出母亲的生活，最终因战争所陷没能逃去英伦岛，港大文史系数她学业最出色，她纠结，发自己的狠，眼光与心事纤细到不像话，因俏皮而生动，却又因尖刻而危险，因冷漠挑剔的冲突气质让常人难待，这样的人拥有无边寂寞和天性敏感，一抹懒散斜阳一阵短促横风都能陡然惊起世界，其实根本就是在人们之外活着，在自己的躯壳外活着，没人看得清。"这哪里是郁漱石在谈论张爱玲，这简直就是作家邓一光在通过郁漱石谈论着他自己对张爱玲那堪称入木三分的理解与认识。尤其不容忽视的，是叙述者接下来的一句点睛之语："阿石那样说艾琳，像是在说他自己。"因为郁漱石与张爱玲之间有着近乎相同的精神气质，所以，也才会有他对于张爱玲那样一种深入骨髓般的真切理解和评价。

充足的历史考证学功夫之外，邓一光的《人，或所有的士兵》形式上一个不容忽视的特点，是众声喧哗、堪称杂多的第一人称叙述方式的设定。具体来说，邓一光采用了一种战后法庭审讯的方式来结构自己的这部长篇小说。民国三十四年，也即1945年，日本天皇宣布无条件投降之后，广州行辕军法署开庭审讯第七战区中尉军官郁漱石，他被指控的罪名是"通敌叛国罪"。用结案报告中的话来说，他被指控的罪名共有四项。一、于敌酋俘虏营中屈身事敌。二、弼佐日寇杀害我抗日人士，对国防委员会第三厅少校李明渊死亡负有难以脱咎之责。三、苟合取容殖民主义，在英国殖民者复侵香港过程中，自堕人格，典身卖命。四、对日酋香港战俘总营之D营战俘集体被屠事件负有连带责任。围绕着如上这些被指控的罪名，控辩双方、当事人自己以及相关证人先后做出相应的陈述。除了身为第七战区中尉军需官、后为D战俘营战俘的郁漱石之外，这次审判的出场陈述人先后包括该案辩护律师冼宗白，该案的审判官封侯尉少校，前美军少尉、同为D战俘营战俘的奥布里·亚伦·麦肯锡（简称亚伦），郁漱石的养母尹云英，日本中国派遣军少佐、D战俘营次官矢尺大介，香港华茂易公司经理、前第七战区中校军官梅长治，国防部少将军官邹鸿相，贸易公司雇员刘苍生以及外交部驻外代办秦北山等，共计十人。针对郁漱石被指控的各项罪名，包括郁漱石自己在内的这十位陈述人分别就自己所了解的相关内容进行了或长或短的陈述。所有这些陈述，再加上后面简短的结案报告，以及郁漱石那位被称为冈崎的日本生母的一封信（即遗书），实际上也就构成了整部《人，或所有的士兵》的全部叙事内容。由于法庭所询问问题不同，相关陈述人所陈述的内容不仅侧重点各不相同，而且各自的出场次数也大为不同。相对来说，郁漱石之外，亚伦、矢尺大介、封侯尉、冼宗白他们几位的出场次数要明显多于另外的那些陈述人。从叙述学的角度来看，以上这十位陈述人所承担的也就是第一人称叙述者的功能。就此而言，邓一光的整部小说就可以被理解为多达十位的第一人称叙述者围绕郁漱石被指控的四项罪名而展开的一个叙事过程。由于这些陈述人实际持有各不相同的思想价值立场，对同一人物或者事件持有个性化的看法，所以，整部小说的叙事过程，很显然有着鲜明的、如同电影"罗生门"一般的叙事特点。除了第一人称参与式的多角度交叉叙事之外，邓一光之所以要采用法庭审判的方式展开自己的历史与战争叙事，恐怕还有着不容忽视的象征意味。如果说法庭的审判过程需要相关当事人给出信实的法庭证词的话，那么，历史（具体到邓一光的这部长篇小说，是指那场被诅咒的战争)的发展演进过程,也同样需要当事人提供具有一定可信度的历史证词。从这个角度来说,邓一光通过这十位历史或战争的当事人所提供的证词,在积极有效地还原主人公郁漱石人生历程的同时,其实也为那个特定的历史时期提供了相当具有说服力的历史证词。更进一步说,邓一光的这部长篇小说乃可以被视为一个体量庞大的历史证词。

具而言之,邓一光这部无论是字数抑或是内蕴品质均足称厚重的长篇小说,所聚焦表现的核心事件有二。其一,是二战期间著名的香港十八日保卫战。1941年12月8日,在日军偷袭珍珠港事件爆发几个小时后,很快又以所谓迅雷不及掩耳之势,对香港发动突袭行动。面对日军的这一突袭行动,由多国军队组成的香港守军迅即做出反应,进行积极抵抗。但最终却因为实力不济以及军心不振,甚或并非仅仅只是战斗实力相对较弱的缘故,只是固守了十八天的时间,守军付出巨大伤亡后被迫宣布投降。当时身为国民党第七战区兵站总监部中尉的主人公郁漱石,因为恰好在香港执行公务,不幸被俘。其二,郁漱石被俘之后,很快就被押解到位于桑岛原始丛林中的一座日军D俘虏营度过了长达三年零八个月非人的俘虏生活。放眼中国当代的战争文学作品,虽然说数量不少,但如果从"写什么"也即题材的角度来说,不仅没有见到过专门书写香港十八日保卫战的作品,而且,以战俘这样一个特定军人群体为聚焦点的作品也极其罕见。也因此,其他且不论,单就这一点来说,邓一光这部厚重长篇小说的填补空白之意义也不容低估。

然而,尽管香港十八日保卫战乃是邓一光这部长篇小说的核心事件之一,但在作品中,作家的相关描写却并没有仅仅局限于保卫战本身,而是竭尽可能地拓展自己的关注范围,以更其开阔的思想视野,在更大的历史时空中对香港的命运展开了相应的书写与思考。具体来说,邓一光的香港书写,其实是从以下两个方面具体展开的:其一,是以郁漱石为核心的一个战时小组的命运遭遇。按照证人梅长治在法庭上提呈的供词,以阿石为组长的这个小组是在民国三十年也即1941年的夏天,开始出入香港的:"阿石小组夏末进港,协助我转移战区滞港物资。他来以后,通过军事使节团帮助我重新建立起通关渠道,勉强恢复了物资出港通道,算是没有酿下大麻烦。"一直到香港保卫战爆发前夕,阿石都在以不断进出香港的方式,完成着本应承担的使命:"阿石在7战区兵站部服务了14个月,往返港九9次、澳门3次,其中6次因货款和手续出现问题,在港九滞留时间均超过30天,可以说,14个月,他大部分时间是在港九和来往港九的路途上度过的。"但正所谓阴差阳错,等到事发前夕,本应离开香港的郁漱石却鬼使神差地不幸滞留在了香港:"也许6日那天,我应该当机立断,阻止阿石下船,并且命令他尽快离开。如果他在恰当的时机离开,他会逃离那场罪恶的攻防战,命运将完全不同。""可是,阴差阳错,他留在了香港,他的命运在这座岛上等着他。"那么,郁漱石到底是因为什么原因而被迫滞留在香港的呢?原来,就在他坐船马上要离开九龙码头的时候,却被他曾经的上司国防委员会的李明渊少校给拦了下来。事情的真相是,李明渊所押运的一艘满载战略物资的船因为悬挂美国星条旗而被英国当局意外扣押,他急切需要郁漱石留下来帮助他把那艘船弄出来。从本质上说,郁漱石还算是一个比较仗义的古道热肠的人:"李少校的遭遇让阿石心软了,也许不是因为这个,而是海风。那天天气晴朗,暖风和煦,谁都想躲开战争,阿石已经躲开了,可是,他总不能撇下老上司不管,要知道,李少校教过他如何与擅长装傻的美国人打交道。"请一定注意,邓一光在这里非常巧妙地荡开一笔。一般来说,人的心情好坏,与天气的晴朗与否,存在着一定的内在关联。就此而言,邓一光对海风的强调就不能说纯粹全无道理。尽管他的顶头上司梅长治并不同意,但到最后却经不住郁漱石的再三纠缠,勉强同意。只不过梅长治认为郁漱石一个人留下并不妥,所以便把他们小组的四个人全都留下了。但是,这位特别看重人间情义的郁漱石,根本就不可能预料到,自己的这一贸然决定,到最后不仅没有帮助李明渊要回船只,竟然还会把自己送入一道万劫不复的深渊。

命运拐点的出现,与美军的海军基地被袭,太平洋战争全面爆发紧密相关。就在郁漱石决定留下的第二天凌晨,日本不宣而战,在马来半岛戈塔巴鲁登陆,同时突袭了美国海军基地火奴鲁鲁岛和瓦胡岛。面对形势突然间的陡转,港督宣布香港进入紧急状态,"战争就这么到来了"。就这样,以郁漱石为组长的这个原本只是从事军需后勤工作的军人小组,也就被裹挟拖入到了一场不期然的战争之中:"缪和女和敖二麦随后也冲进来,他俩比朱三样文明一点,至少穿着背心。缪和女随手为我抓了一件外套,朱三样和敖二麦搀着一脸是血的李明渊,我们惊慌地离开摇摇欲坠的办事处,跑到大街上。"需要注意的是,郁漱石他们命运的转折,与一位名叫老咩的民间抗日者的出现有关:"开战两天后,我在九龙遇到老咩。命运在那个时候发生了改变。"就在郁漱石他们小组的几个人举棋不定的时候,老咩的一味鼓噪起到了相应的作用:"我没有反对老咩拿国家的耻辱胁迫我,等于默认了他煽风点火一力撺掇的立场;我说让他抬一筐卵石来,他贯甲提兵地抬来了;我在深水埗没有被炉砖砸断脊梁骨,在金山没有被鬼子的掷弹筒、英军的重炮报废掉,剩下的事情反倒简单了,我是中国军人,不能任鬼子逞凶肆虐,这就是我的责任。"就这样,在把朱三样留在医院照顾李明渊之后,郁漱石、缪和女、敖二麦以及老咩他们,便开始以一种误打误撞的方式协同英军对日作战了。接下来,借用冈崎小姬后来与郁漱石对话时一段高度概括的话来说,就是:"11日参加金山作战,18日参加北角战场作战,19日和20日参加黄泥涌作战,审讯记录上是这么说的,这三场香港攻防战中的关键战役,不断受到减员困扰的小组始终坚守在战场上,直到26日凌晨守军投降前几小时,因为小组全部战亡,你本人被俘才结束抵抗。"一直到最后,在郁漱石带领着一支七人组成的小分队试图恢复水库的供水设备最终无果的情况下,郁漱石本人不幸成为日军的俘虏。

其二,从战前一直到战后香港命运的宏观观照与思考。我们注意到,只有在后来进入D俘虏营,在与英军摩尔少校的交谈过程中,郁漱石方才了解到,其实香港在太平洋战争中的沦陷命运,早在战前就已经被那些政治家们谋划好了:"太平洋战争前一年,英国参谋长委员会联合计划小组向战时政府提交了《远东形势研判》报告,认为香港驻军兵力单薄,无法抵挡日军进攻,皇家联合舰队实力亦不足以和强大的日本海军对抗,鉴于香港并非英国核心利益,建议对香港做放弃打算,为远东防务除去弱点。"然而,出于考虑到国王与大不列颠帝国在亚洲的声誉,军方却拒绝对香港不战而弃。这样一来,也就有了郁漱石所理解的:"'就是说,'我尽可能完整地梳理上校的说法,'坚守香港是漠视战争对平民生命财产造成的伤害和破坏,但香港陷落和战争造成的悲剧,以及对声望造成的损失,都不如主动放弃香港严重,而联邦军队的抵抗会鼓励美国对日参战。

如果这样，抵抗的全部意义不是能不能守住香港，而是如何为香港陷落后的政治压力解围，以及从浴血抵抗那里赢得多少道义优势？'"其实，也不仅仅是英方，中方的高级将领陈策将军，对这一切也同样是心知肚明的："陈策将军汇报此消息后，在座参谋人员欢欣鼓舞，高级将领们则沉默不语。现已查明，由于各方对国军驰援寄予厚望，身为国府驻港最高代表，陈将军颇感为难，命手下参谋伪报了战情，高级将领们是心知肚明的。"你完全能够想象得到，在骤然间了解到这种真实内情后，郁漱石会有多么绝望和愤怒："我坐在摩尔上校面前，沉默不语，盯着杯子里的红茶底子。我觉得我就是那撮底子。"尽管郁漱石的表现看似平静，但无端被捉弄后的绝望和愤怒，其实早已跃然纸上。由以上分析可见，所谓的香港保卫战，其实只具有象征性的意义。这样一来，有着很多平民与普通战士伤亡的香港保卫战，实际上也就变成了政治家手中的游戏："政治家们看不到一具具血肉模糊的士兵尸体和被强令跪在瓦砾上的平民，查尔斯国王街那座地下堡垒中的海外殖民地图上没有这些内容，只有不断改变的红蓝箭头标志，香港激战中不断倒下的官兵和平民，他们被政治家抛弃了。"问题的关键在于，既然早在战前，英国的政治家就准备彻底放弃香港，那么，郁漱石他们的战斗行为，以及在香港保卫战过程中所付出牺牲的意义和价值，也就随之而被彻底消解和颠覆了。

　　接下来，就是香港的战后命运。早在民国三十二年，也即1943年的时候，随着二战形势整体上向着有利于盟军的方向发展，美英两国的参谋长就在华盛顿举行"三叉戟"会议，制定击败日本的总体战略。其中，第二阶段的目标之一，就是由国军准备香港战役。第三阶段的主要目标，则是中美联军夺取香港。到了两个月后的魁北克会议上，香港作为盟军反攻日本的中期目标得到确认。尽管香港的被解放指日可待，但战后香港的归属却成了一个大问题。在这一问题上，中英两国各执一词，互不相让。尽管罗斯福曾经忠告丘吉尔应该把中国当作一个大国来对待，但丘吉尔的表现却是特别傲慢："开罗会议上，香港问题再度被提及，委员长与丘吉尔当面冲突，恼羞成怒的丘氏气急败坏宣称，中国要收回香港必经一战，从他尸体上跨过。"虽然时任中国战区第二任参谋长的魏德迈支持委员长收回香港的决心，但接替罗斯福成为美国总统的杜鲁门，却把支持的方向逐渐倾向于英国一方:"19日,魏德迈接到马歇尔转达杜鲁门指示,表示美国不在香港受降问题上再做表态。英军可以接收香港。"就这样,一方面是蒋介石忙于应付国内与共产党纷争的局势,根本就无暇收复香港,另一方面,却也因为美国明显地倒向了英国,香港最终还是保持了其英国殖民地的地位。也因此,一个多少让国人感到悲哀的残酷事实是,尽管从表面上看,中国是一个大国,是二战中的战胜国,但实际的情况却并非如此。借用郁漱石的辩护律师冼宗白的话来说,就是:"没错,戴维,这就是我想说的。这是一个重要时刻,战争的阴云重新聚拢头顶,胜利只是以美、英、俄重新瓜分世界约定利益,以及那些恰好站在胜利一方的民族主义当权者们获取不当权力和财富来结算,和老百姓唯一的关系,是他们将在结束长达14年的侵略战争后,再一次接受兵燹之祸的内战。"由冼宗白的谈论可见,邓一光的视野事实上已经超越了香港问题,更是在思考和关注战后中国的未来命运。但在另一方面,一个不争的事实却是,香港在战后日渐繁荣:"很快,发电厂投入使用,旺角和深圳铁路段恢复通车,珠江口和香港间贸易重启,到典礼之时,返港人员突破40万,学校陆续开学,学生达数千人,比日据时期的高峰还要多。这样的政府,无论殖民与否,民众看到了希望。"尽管我清楚地知道,邓一光这部长篇小说的最终完成时间是2018年8月间,但如果我们联系2019年度那场可谓是举世震惊的香港风波,那么,作家对香港问题特别耐人寻味的深度思考与表达,就无论如何都应该引起我们的高度关注。

香港书写之外,邓一光这部《人,或所有的士兵》另外一个不容忽视的思想艺术成就,乃突出地表现在作家对现代战争的总体性思考与表达上。说到对现代战争邪恶杀人本质的尖锐揭示,美军少尉亚伦的一番话可谓一针见血:"我没有英国人的纠结。他们从来没有想过,战争对于人们结果不同,它制造了死亡和伤残、家破人亡,却给政客和投机商创造机会,让他们有机会成为新的国家和时代的代言人,而士兵的全部工作就是杀人——杀掉敌人,越多越好,无论间接还是直接,他们要做的就是这个。"很大程度上,正因为已经清醒地认识到了士兵只是战争中政客们的杀人工具这一点,所以亚伦才会有更进一步的说法:"让更多人看到战争干了什么,记住它,这是士兵的家人应该承受的。所以,独立战争期间,美国人发行了英国人在古堡山屠杀波士顿民兵的明信片。没有什么可遮掩的，无论战争的性质是什么，它就是用来干这个的，记住它，别忘记了。"正是在如此一种前提下，邓一光才会借助于郁漱石之口，做这样一种假设性的思考与诘问："可是，两个中国士兵和日本士兵在战场上相遇，他们一个是山东菏泽的种田人，一个是佐世保的渔民，他们只在乎世世代代熟悉的高粱和马鲛鱼，连对方是谁都不知道，素无往来，自然也没有任何仇恨。但他们勇敢地向对方冲去，毫不犹豫地把刺刀捅进对方胸膛，用工兵铲切断对方脖子，因为做到这个而欣喜若狂，冈崎学者以为这是怎么回事？"与其说这样的问题是提给冈崎小姬的，莫如说是提给广大读者，或者干脆说是提给人类全体的。只要设身处地地想一想，正如同郁漱石所假设的，如果没有所谓的战争发生，两个毫不相干的人类个体，原本只是在各自的生存轨道上依照生存规律"日出而作，日落而息"，过着平庸却幸福的日常生活。但由于战争的发生，一切便都发生了根本的变化。原本素不相识的两个人类个体，由于所谓国家或者民族仇恨，却在战场上成为你死我活势不两立的敌人。就这样，从个体的意义上没有任何仇怨可言的两个人，却因为被所谓的国家或民族仇恨无端绑架，而成为群体意义上的敌人。令人不可思议的一点是，战争的结果却往往只是意味着众多普通民众的无端伤亡。古语"一将功成万骨枯"所尖锐揭示的，也正是这样一个道理。也因此，不知道邓一光自己是否有自觉的意识，但在我的理解中，他借助于郁漱石的这段话语所揭示的，却是一种充满着荒诞色彩的战争现实。试想想，原本毫不相干的两个人，只是因为战争，就在战场上把对方视为敌人，进行着你死我活的厮杀，其荒诞性质的具备，不是一种显而易见的事实吗？大约也正因为如此，所以邓一光才会进一步追问："战争让士兵变成这样，但谁能说得清，士兵们的仇恨和国家的仇恨真的是一样呢？"说实在话，能够清醒地意识到这一点，并且将其艺术地表现出来，邓一光的突出思想能力与艺术智慧自然不容否定。

行文至此，就不能不联想到古希腊伟大的喜剧作家阿里斯托芬一部杰出的反战喜剧《阿卡奈人》。《阿卡奈人》所讲述的，是一个睿智的农民因为与敌国单独媾和进而过上幸福生活的故事。整部剧作共分五场。在此剧的"开场"部分，一位名叫狄开俄波利斯的雅典农民，看到雅典的公民大会上，竟然不允许一个主张议和的公民发言。对此倍感愤怒、无法接受的狄开俄波利斯，不仅在会后赏给了那位主张议和者八块钱币，而且还暗中派他替自己一家人去和斯巴达人单独议和。到了接下来的"进场"部分，由于狄开俄波利斯单独与斯巴达人议和，雅典附近饱受战祸之害的阿卡奈人用石头追打这个被他们认定是"叛国"的人。接下来，在"对驳场"部分，狄开俄波利斯做自我争辩。在强调自己并不想投靠斯巴达人，声称自己一家人其实也受到过斯巴达人蹂躏的同时，也强调雅典人同样应该为战争负责。对于狄开俄波利斯的表现，一部分阿卡奈人表示极端不满，派主战派将领拉马科斯出阵与他扭打在一起，并把他打败。到了"插曲"部分，一方面，是和平的交易场面，另一方面则是拉马科斯再度出征。最后的"退场"部分，同样带有突出的对比色彩，在凸显拉马科斯因为在战争中负伤而痛苦不堪的同时，也更加强有力地凸显着单独与斯巴达人媾和后的狄开俄波利斯过着饱食大醉的幸福生活。早在公元前的时候，阿里斯托芬就能够写出《阿卡奈人》这样的反战喜剧来，的确令人叹服不已。尤其难能可贵的一点，是作家关于狄开俄波利斯竟然可以脱离雅典城邦与斯巴达人单独媾和的天才式的想象虚构。在那个古老的时代，阿里斯托芬的书写，其实已经积极有效地把人类个体与群体（国家或城邦）剥离了开来。无论是个体意识的觉醒与强化，抑或是对战争邪恶性质的理解与认识，这位一向被誉为"喜剧之父"的阿里斯托芬都应该被看作是难得的思想先知。尽管我不知道邓一光是否自觉接受过阿里斯托芬的影响，但如果仅就关于人类个体与战争关系的深入思考这一点来说，二者之间的一脉相承，乃是无可否认的一种客观事实。更进一步说，潜藏其后的某种更具普遍性的问题，恐怕是人类个体意识与强调集体重要性的国族意识之间，那简直就是不可调和的矛盾冲突。

毫无疑问，正是在对战争有着真切体认的前提下，邓一光才会不断地借助于相关人物之口，进一步表达自己对罪恶战争的深度思考。比如那位因为曾经接受过现代高等教育所以兼具知识分子身份的郁漱石："但是，有一个问题始终让我着迷，人们为什么会有仇恨，为什么会互相残杀？我们是人，共同成为人类，可我们却是不一样的人，就因为一些人说一种语言，另一些人说另一种语言，一些人信仰这个，另一些人信仰那个，解决纠纷的办法只有彼此杀戮。"所谓语言或者信仰的不同,说到底也就是国家与种族的不同。长期以来,人类战争的发生,实际上往往是不同的国家和种族之间发生激烈冲突的结果。当然,也正如郁漱石所观察到的,人类的战争也同时发生在某一个国家之内,比如中国:"更何况在这场战争中,被中国人杀死的中国人不在少数。"很多时候,与国家内部那样一种你死我活的战争状态紧密相关的,恐怕就只能是缘于政治或宗教信仰的不同了。唯其如此,一直到战后走出俘虏营的时候,郁漱石仍然耿耿于怀于对战争问题的追问与思考:"他身体笔直地坐在我对面,困惑地盯着荆条篮里的面包,'人们为什么会有仇恨?为什么要互相残杀?我们都是人,如果不开口,没有人能分辨出我们不同的种族,但我们是不一样的人,就像他们说一种语言,我们说一种语言,另外的人说一种语言,解决这些语言纠纷的只有子弹。'他停顿了很长时间,然后说,'也许,我们是来自不同物种的生命。'"大约也正是因为对这些更多地发生在不同国家或者种族之间的人类战争感到特别绝望,所以,辩护律师冼宗白才会把自己的目光投向自然界,并把人类社会与自然界做相应的对比:"看看庞大而精致的自然界,它自身的冲突有多么巨大和剧烈,可是45亿年过去了,它从来没有把自己破坏到不可收拾的地步,人类却在短短的30年中,在两次全球战争中让自己建立了几千年的文明之杯粉碎掉,在一地的碎片中清晰地看到自己的罪恶。"虽然其内部肯定会有各种不同的矛盾冲突存在,但从总体上看,自然界却能够建构并维持相应的存在秩序,相比较来说,仅仅在三十年的时间里,便发生了两次具有毁灭性的世界大战的人类这一群体,就让人不能不感到绝望,不能不怀疑是不是人类的文明本身出现了什么难以自我根治的问题。

尤其值得注意的一点是,这些被政治家或者政治集团所刻意操纵与控制的战争,对"人,或所有的士兵"的内在人性世界产生了毁灭性的打击。这一方面的代表性言论,同样是通过辩护律师冼宗白的口吻表达出来的:"我只想请教诸位,在战争中,为什么国家的软弱无能和罪恶可以畅行无阻,没有人去追究,那些被极端暴虐的战争分子欺凌和屠杀的人们,为国家而战的人们,为什么就不能软弱,这是什么道理?我希望你们能告诉我。"这一方面,一个显著的例证,就是香港保卫战以及香港战前战后的命运归属问题。一方面，是以郁漱石为组长的小组多少带有遭遇战性质的浴血奋战，作为一名普通的士兵，他们在香港保卫战中的表现绝对称得上是可圈可点。另一方面，却是那些政治家们早在战前就已经做出的放弃香港的决定。具有突出反讽意味的是，等到战争结束后，因为被起诉而站到了审判席上的，竟然是在战争中做出了巨大牺牲的郁漱石；堂而皇之地接收了香港的，依然是那些毫无羞耻之心的政治家。两相比较，也就难怪冼宗白会在自己的演讲中提出国家的软弱与普通民众的软弱为什么会是截然不同的遭遇。关键问题还在于，郁漱石在这场战争中的表现，固然不能说没有"软弱"的成分，但他实际上却也努力地在困境中尽到了一位普通士兵的本分。因为特别感叹于自己的当事人郁漱石的悲剧性命运遭际，所以，冼宗白才会意识到战争对一个人的人性世界造成多么巨大的致命打击："战争的结局不是一些人死了，一些人活了下来，也不是世界经过胜利者的分配拥有了全新的格局，它最大的结局是人性的改变。"是的，人性，正是人性。一方面，人性的改变，的确是战争所导致的最严重的后果之一，另一方面，文学的一大"英雄用武之处"，也正在于对于堪称复杂与深邃的人性世界做深入独到的探究与挖掘。这样一来，邓一光这部《人，或所有的士兵》最值得注意的一大思想艺术成就，自然也就是对以郁漱石为突出代表的那些普通士兵因战争所导致的内在精神恐惧的捕捉与表达。但在具体展开对郁漱石他们精神恐惧的分析之前，我们必须明确的一点是，邓一光对战争所进行的总体性观照与反思，并不是凌空架虚地在抽象的层面展开，而是扎扎实实地建立在以郁漱石为核心人物的关于香港十八日保卫战以及D战俘营战俘生活的简直就是事无巨细的描写基础之上的。反过来说，作家对以郁漱石为核心人物的香港保卫战与D战俘营战俘生活的描写，也并没有停留在就事论事的狭隘视野，而是自始至终都将其放置在一种堪称宏大的总体战争观照视野之中进行的。质言之，郁漱石们的精神恐惧与对战争的总体观照与反思，二者之间所实际构成的，乃是一种相辅相成的彼此依存关系。

尽管说在参与香港保卫战的过程中，郁漱石他们也会有心理的怯懦与恐惧生成，但相比较来说，他们的精神恐惧的生成，却更与D战俘营那简直就是地狱一般的战俘生活紧密相关。先让我们来看香港保卫战中的精神恐惧。这一点，是在身为战俘的郁漱石回答日方陆军省俘房情报局女军官冈崎小姬的询问时表现出来的。当冈崎小姬要求郁漱石描述他所带领的那个小组在香港保卫战中的士气状况的时候，郁漱石的回答是："我回答了这个问题。和正规的战斗单元比，我和我的小组完全是例外，我们是被裹挟进战争的，可我在18日战争中接触到的大多数士兵，他们在作战动机上足以与敌人抗衡。他们缺乏战争知觉和预期，缺少有效的战役指导，在战争期间，被他们所依赖的关键人物欺骗和抛弃，可他们的战斗决心和勇气一直保留到投降命令下达。"更进一步说，"我们被同一场战争裹挟到一起，临时拼凑成了一支成分芜杂的民间武装，老咩和多数人相信自己正在从事一场正确的抵抗行动，在战争中采取了主动攻击方式，而我本人则采取了退缩性适应策略，最终，除了怀有强烈逃亡愿望的我，其他人都在战争中消失了。"当郁漱石强调自己与采取了主动进攻方式的老咩他们相比较，突出地表现出了"强烈逃亡愿望"的时候，他实际上就已经触及了精神恐惧的问题。他之所以会有一种强烈的逃亡愿望生成，正是因为内心里对一场不期而遇的战争充满了恐惧。事实上，也正是基于这种内心恐惧，才会有冈崎小姬对郁漱石精神世界的进一步解读与分析："在战争开始时不断做出错误判断，使小组失去全身而退的机会；在战争过程中一次次失去信心，把沮丧和绝望的情绪毫无保留地转递给士兵，使小组完全感受不到指挥官的必胜决心，丧失战斗勇气；在战斗最后阶段，胜利已无指望，却顽固地带领信任坍塌的小组冒险去接通水源，这种时候，失败哪里还有回旋余地？要说恐惧的话，是指挥官从始至终的恐惧造成了小组的彻底失败啊！"一方面，曾经接受过高等教育并且有着特殊身世（关于他的特殊身世，容后详析）的郁漱石，本就不愿意实际介入战事之中，另一方面，他的内心世界对于误打误撞地遭遇香港保卫战根本就没有一点准备，再加上他生性一向懦弱，所必然导致的，就是一种强烈精神恐惧的生成。以我所见，在对话的当时，郁漱石并没有对冈崎小姬的分析做出回应这种反应本身，就说明冈崎小姬的分析在很大程度上已经击中了某种要害所在。

接下来进入我们分析视野的，就是作为小说重头戏的，关于那座D战俘营中的战俘们日常生活状态的描写与叙述了。如果说作为一位普通士兵本身在战争中的遭遇就已经称得上是面对着生死旦夕的无常的话,那么,作为一名战俘,置身于仍然在进行过程中的战争中的命运,就简直如同蝼蚁一般可悲复可叹了。正如同邓一光在小说文本中所充分展示出的,一方面,是简陋到极致的生存条件,另一方面,则是战俘营的日方管理者们毫无顾忌的打骂侮辱,乃至于可以随随便便地致战俘于死地的暴力行径。也因此,正如同有批评同行已经明确指出的,身处如此一种特殊境地中的如同郁漱石这样的战俘们,其最根本的精神特点,就是某种并非莫须有的生存恐惧感的生成:"在邓一光笔下:郁漱石固然是俘房,但还谈不上背叛;他有时苟且,但从不出卖同伴;看上去软弱,但又常以一种'自虐'的方式为难友争取着微薄的权益……在作品中,邓一光丝毫没有在精神层面主观肆意地拔高战俘的精神意志,而只是符合逻辑地去想象处于长期极度饥饿和高度恐惧环境中的不同个体会何所思何所为。于是,在郁漱石身上,我们更多地看到的是恐惧,从一种恐惧到另一种恐惧,他作为正常人的生活感官已被战争切割得体无完肤,就像是战争机器制造的一个社会残次品。"①

具体来说,郁漱石那带有绝大悲剧意味的战俘生涯,是从香港保卫战结束的那一天开始的:"民国三十年十二月六日,我的当事人滞留香港,19天后,他在大潭水库被捕,做了日军的俘房。在此之前,他的小组其他成员全部战死,至少,他当时是这么认为的。"后来才发现,他小组的成员朱三样,以及拖累他滞留香港的李明渊少校,也都出乎意料地存活了下来。由于早在当年入职国防物资供应局时,即被要求必须严守保密条例,不得向任何人透露自己的家庭情况,所以,在被俘之后,郁漱石便决定利用自己有所了解的副官缪和女的家族背景来应付日本人:"他是南洋人,家里的独子,家族做猪鬃生意,他在日本读过几年书,跟人学了点英语,一年前到广东收货款,被国军拉了差,在部队担任一般性传译工作,战争爆发前一周,他随绥靖公署一名副官入港看望公署余主任夫人上官贤德女士,因此滞留香港。至于他为什么会在大潭水库被俘,他说了实话,他去

---

① 潘凯雄:《活着,但要记住——看邓一光长篇新作〈人,或所有的士兵〉》,《文汇报》2019年12月6日。

那里试图修复坏掉的供水设备，以便人们不至于渴死，不然他没法交代他和他的小组为什么会出现在那里，并且携带着武器。"被俘后的郁漱石，与包括德顿、邦邦在内的其他大约五百名各国俘虏，几经周折后，被送到了桑岛："隔着狭窄的海峡，我的当事人看到了桑岛。那是一座美丽而幽静的离岛，岛上覆盖着茂密的原始植被，一大群鸟儿在树林上空盘旋。我的当事人并不知道，他将在这座岛上呆满三年零五个月。"就这样，郁漱石在这座桑岛开始了他自己长达三年零五个月的战俘生涯。

从人员的构成情况来看，除了大多数的华人战俘外，被关押在桑岛D俘虏营的，还有来自英国、加拿大、荷兰、美国、印度以及菲律宾等国的俘虏。为了与华俘相区别，其他国家的这些俘虏一般被笼统地称为西俘。整个俘虏营分为东营和西营两部分，西营十六栋营房，东营二十八栋营房。尽管从表面上来看，俘虏营采取了成立联合战俘自治委员会自治的管理原则，但在实际上，真正的管理权却自始至终都一直掌握在日本人手里。因为新入营的郁漱石曾经在帝国京大读过书，不仅日语流利，而且还懂一些英语，他被矢尺大介"特别"对待，做了重新的安排："于是打断审讯官的讯问，下令对新入营者做重新安置，战俘编号改为131号，从东区华俘营搬出来，搬进西区殖民地战俘营9号混编军官营房。"依照对D俘虏营的既往历史有所了解的美军上尉亚伦的判断："简单地说，D俘虏营没有过去，没有未来，只有地狱般的存在。"与亚伦相类似的一种感觉，来自小说主人公郁漱石本人。他说："我对D营的恐惧不来自寒冷和昆虫，而是那些在D营生活了三年的中国人。"直截了当地说，初入战俘营的郁漱石之所以会对D营形成极其糟糕的印象，与037号战俘龚绍行的影响有关。"作为战俘，你已经失去自由和身份，很快你将失去个性。""你这么想，从现在开始，你不再有过去，也不会有未来，只能退化成低等动物，以想都想不到的方式活下去，等待死的那一天。"虽然说郁漱石当时对龚绍行的说法将信将疑，但此后的一系列事实却充分印证了这种说法的正确性。某种意义上，我们也可以说，邓一光这部长篇小说非常重要的一个部分，就是要将龚绍行的说法以一种特别形象的方式生动细致地一一演绎并表现出来，最终变成了呈现在纸上的现实之一种。

不期然间变身为131号战俘的郁漱石，根本就不可能料想到，他此后的一系列悲惨遭遇，其实都与他曾经的游学经历，与他既懂日语兼通英语，同时还能听懂粤语紧密相关。正因为在一个日本人管理的由多国战俘组成的俘虏营里，迫切需要一个如同郁漱石这样的语言沟通者，所以，郁漱石才会被"委以重任"，成为一位具有传译员身份的"双面人"角色。一方面是："日方要求既懂日语又懂英语同时还能说广东话的战俘131号担任战俘营传译员，战俘营第一次官矢尺大介有权在联合战俘委员会之上领导131号。"另一方面则是："自治委员会找不出理由拒绝日方，但并不赞同日方的安排，委员会要求131号担负自治委员会文书工作，负责委员会日常工作的记录、整理、誊抄和翻译，新入营战俘的教育、转移出营登记和告诫，其次才是委员会与日方沟通工作的传译，131号的工作由委员会成员徐才芳直接领导。"用徐才芳的话来说，就是："'表面上服从矢尺，'徐才芳在黑暗中说，'实际上接受我的领导，任何事情必须向我请示汇报，在条件允许的时候，主动侦察日方情报，提供给委员会。'"究其根本，郁漱石之所以会在战后的法庭审判中被指控"于敌酋俘虏营中屈身事敌"，一个非常重要的原因，就是他曾经被迫扮演过如此一种处境尴尬的、实际上两面都不讨好的"双面人"角色。然而，也只有在认真地读过邓一光的这部长篇小说之后，我们方才能够了解到，实际的情况与战后的法庭指控恰好相反。尽管郁漱石的身上有着一半的日本人血统，但在D战俘营长达三年零五个月的战俘生涯中，只要有一点可能，他都会想方设法为战俘一方，为自己的同伴们谋取相应的权益。这一方面的一个典型例证，就是红十字会捐赠物资的分配问题。1942年的时候，红十字会组织曾经向战俘营提供了一批物资，物资被日方的管理者储存到警备队的仓库里，并没有配发给一直处于饥饿状态的战俘。到最后，还是在131号当场出具证据，并说服桐山出面做证的情况下，迫使日方把相关的物资分配到了战俘手里。对此，矢尺大介曾经给出过这样的一种说法："本人没有因为此事惩罚131。这个可怜的家伙并没有因为替战俘赢得宝贵物资配给而受到同伴的感激，相反，他因神龙见首不见尾，属于闪烁其词的危险人物，被排斥在物资监管人员之外，这是他没有想到的吧，至于额外的惩罚，则大可不必了。"正所谓话中有话，在矢尺大介如此一番冷嘲热讽的话语中，我们更是聆听到了一种弦外之音。无论是"本人没有因为此事惩罚131"，抑或还是"额外的惩罚"云云,所透露出的明确信息,都是郁漱石也即131号,在战俘营里经常会接受来自矢尺大介的莫名惩罚。事实上,因为战俘各种权益的争取而挨矢尺大介的狂揍,在郁漱石,早已成为家常便饭:"矢尺说过那句话以后,把我痛痛快快揍了一顿,揍完直接关进重营仓。""酸枝木制作的囚室潮湿恶臭,高无法站立,长不能躺下,我像一摊烂泥蜷缩在里面,也许脏腑被矢尺打坏了,后背疼痛钻心。一些不知名的虫子嗅到血腥味,军队一样冲锋而来,欣喜地钻进衣裳咬我,吸我的血,到了夜里,蜈蚣爬出来,狠狠蜇我的脚趾,我的腿和脸肿得厉害。"

如此一种不断地被揍的经历,再加上战俘一方实际上的不信任,以及战俘之间难以避免的彼此争斗,数方面的原因整合在一起发生作用的结果,就是郁漱石精神恐惧的必然生成。"自从12月25日晚上我被两名日本士兵扑倒在黄泥涌茂盛的灌木丛中之后,恐惧就没有停止过。我以为那就是恐惧的终极,已经害怕过了,接下来就是习惯,在习惯中慢慢变得麻木,和别人一样熬下去,熬到战争结束。"但实际的情况却并非如此,"恐惧是一粒种子,它在最初的时候埋得很深,在黑暗中,你只能感到它,知道它在那儿,但你看不到它,在阳光下,你甚至感觉不到它的存在。但你忘了一件事情,它是一粒种子,在埋入生命土壤之前,它已经被传粉受精,一旦破土而出,就会顽强地生长上去,一日日盛大,直到遮天蔽日,把人整个淹没掉。"正因为在战俘营的日子里,内心的精神恐惧可以说一直在膨胀,所以,郁漱石才不仅想要尽快逃离,并对自己的内心世界进行了足称严厉的自我剖析:"我想离开它,我想走出阴冷、肮脏、血腥、敌视和仇恨的战俘营,远走高飞,一分钟也不愿意等待!""现在我可以告诉你们了,我不是一名军人,天生就不是。我出身优渥,喜欢读书,命运却让我做了一名军人。""就算我是一名士兵,人们称之为战士,那也是某种原因'让'我'是',并非我的本意。"郁漱石出生于国民党军政委员会的高官家庭,天生就是一个读书种子,所以,他才会跑到日本去攻读文学专业。毫无疑问,郁漱石的不幸在于,他不仅遭逢了战争这样一个特定的年代,而且还遇上了一个要求儿子必须投笔从戎的强势父亲。也因此,一种阴差阳错的结果就是,一位本该以读书为业的文弱书生,却偏偏走上了血雨纷飞的战场。想以非作战军官的身份避开真枪实弹的战争,却不仅误打误撞地被迫参加了香港保卫战，而且还不幸被捕，成为地位更加卑微的战俘。只有在进入战俘营之后，得暇回头重新检视自己的人生历程，郁漱石方才意识到那早已深入骨髓的怯懦、软弱以及恐惧："我一直在害怕，一直在害怕，并且因为害怕而颤抖！"事实上，"没有什么可以把我骨子里的软弱和怯懦如同蒲公英花粉一般吹拂掉，我是一个孱弱的人。我想，我就是这样一个人"。

无论如何，我们都应该注意到，在 D 战俘营，毫无来由的暴力是寻常可见的情形。之所以会如此，关键在于："暴力可以减缓海外工作人员程度不同的焦虑，它的副作用是和回忆江南稻米的芳香一样，让人上瘾，以致在名目繁多的诸如破坏营规、损坏营具、内务不整、私下窜犯、滋事斗殴等暴力处罚理由之外，出现了一些匪夷所思的施暴理由。"倘若套用"欲加之罪，何患无辞"的那种表达方式，恐怕就是"欲施之暴，何患无辞"。不管怎么说，毫无疑问的一点是，施暴的主体肯定是作为管理者的日本人。那位动辄便在私下里对郁漱石拳打脚踢的矢尺大介，就是其中极有代表性的一位。事实上，也正是在不仅耳闻目睹，而且还亲身经历了这种种可怕的暴力之后，曾经有过留日经历并且对日本人和日本文明有着极好印象的郁漱石，开始对这个樱花国度绝望了："我浑身发抖，无法想象这是我认识的日本人。不，这不是！我曾经认为我认识他们，在京都皇宫的甬道上、东京浅草的樱花下、帝国大学的课堂里；在阿国加代子兄妹、浅野早河先生身上，我认识他们！现在我知道，我错了，那不是他们，这个创作出人类第一部长篇小说的民族，这个拥有多情俳句、缠绵和歌……的民族，怎么会有这么至深的憎恶和残忍？我不相信这是人的世界，但它的确是，韦龟灶是人，D 营的战俘们是人，八郎太郎也是人，可是，人怎么可以这样，怎么可以做到？"不管怎么说，你都必须承认，这一段充满激情的诘问性话语，肯定是邓一光这部厚重长篇小说最精彩的段落之一。在描写展示郁漱石对日本人与日本民族认识产生变化的同时，邓一光的值得肯定处，在于鞭辟有力地揭示了人性或者民族性构成本身的复杂性。那个曾经创造出璀璨文明的国度，固然是日本，但那个发动了大规模的侵略战争，试图建立所谓"大东亚共荣圈"的国度，也同样是日本。温文尔雅的阿国加代子兄妹与浅野早河先生，固然是日本人，凶残野蛮的矢尺大介与八郎太郎，也同样是日本人。也因此，在认同郁漱石那充满激情的诘问性话语的同时，我们更认同作家邓一光试图借此而呈现人性或民族性复杂性构成方面所做的努力。

人性本就有善恶之分，战争这样一个特定的社会语境又会无限地放大这种善与恶。这一点，最集中地表现在以怨报德的李明渊少校身上。成了战俘的郁漱石，无论如何都不可能料想到，自己竟然会在D战俘营与原以为早已不在人世了的李明渊少校再次相遇："离开卫生科后，我的当事人又累又困，在黑暗中拖着步子朝西区走去。路过东区16号营房时，他听见一个熟悉的声音。他朝16号营房那边看了一眼，看见一个穿便服的中年男子挂着手杖站在营房门口，正和两个军官说话。屋里油灯的光线投射出来，照在男子脸上。我的当事人就像看见一个鬼魅，人被定在那儿，完全傻了。男子停下说话，回过头来看我的当事人，嘴巴一点点张开，直到能塞进一头牛犊。"原来，由于亚历桑德拉·康妮嬷嬷把他巧妙地藏在停尸房里，身负重伤的李明渊竟然在那里一藏就是六个月。如果不是一位华人医生举报了他，他极有可能在死人当中一直生活下去。尽管说战俘营肯定不是什么好地方，但能够与自己曾经的上司不期而遇，还是让一贯仗义的郁漱石一时欣喜若狂。为了表达这种欣喜的心情，郁漱石千方百计地搜寻募集食物送给李明渊："我不管他们怎么说，把手伸进他们的私人仓库，募集到一听橘子罐头、一小块人造黄油、一把铝制饭勺和一撮烟草。""我把礼物大剌剌地堆在李明渊的床上。我觉得自己完全在讨好他。"郁漱石这样一位自尊心超强的人，屈尊做出如此一种"讨好"的行为来，所充分说明的，只能是他内心深处对这份生死不渝之情的特别看重。然而，一副热心肠的郁漱石没有料想到，进入战俘营之后的李明渊，不仅热衷于偷偷摸摸地搞所谓"中央系"的宗派活动，而且到最后竟然出卖了曾经因为他才滞留在香港的郁漱石。不管怎么说，李明渊的出卖都令郁漱石难以理解和接受："因为告发者，我在战争到来的最后一刻留在了香港，因为这个做了俘虏，现在，我却被那个在码头上张皇失措抱着我痛哭流涕的人出卖了！我把我的一些情况告诉了他，我被自己出卖了！""我感到震惊，脑子里一片空白，天气寒冷，我却一个劲地出汗，豆大的汗珠不断顺着脖颈流进后背。我遇到大麻烦了，不，不是麻烦，是死到临头！"问题在于，李明渊为什么要出卖郁漱石呢？对此，李明渊自己给出了一种可谓是振振有词的说法："你应该继续想，往下想，你比我更卑鄙。我受伤那会儿，你到处跑来跑去，把我扔在俄国人诊所里受苦；我遭受伤痛折磨的时候，你在犹豫要不要把我丢掉，自己一走了之；我从死神手里逃出来，你把我像块烂抹布似的丢在玛丽医院，指使卫士杀死我；人们在战俘营里熬干最后一滴血，你同人兽同体的鬼子暗度金针，你说吧，这世上有比你更卑鄙的？我告诉过你，我不允许叛徒存在，你出卖了所有人的利益，我不过只是出卖了你一个人。"依照存在主义的说法，他人就是地狱。李明渊恩将仇报、以怨报德的所作所为，在充分暴露其人性之恶、人性卑劣一面的同时，却也强有力地再次印证了存在主义此种观点的合理性。关键在于，即使李明渊恩将仇报，无耻地出卖了自己，郁漱石在处理他的后事时却仍然情不自禁地流露出了一种人道主义的宽恕情怀。"不不不，我的朋友，你在干些什么，难道你永远都要把亲戚弄成一锅糊涂汤才罢休吗？""还有，我一直想问，你在南京城破城后失去音讯的太太、不足半岁的女儿，她们现在在哪儿？"就这样，"站在李明渊泥土新鲜的坟头，泪水不由糊满了我整张脸。四个士兵诧异地看着我，知趣地走到一边去，警备队的看守远远站在树林旁，没有过来阻止"。面对出卖了自己的李明渊，郁漱石能够超越个人恩怨，一边眼含热泪一边联想到李明渊太太和女儿的下落，其一种人道主义宽恕情怀的具备，就是显而易见的了。当然，这种人道主义宽恕情怀，与其说是属于郁漱石，莫如说是属于作家邓一光的。

要想更进一步地深入讨论郁漱石身上的精神恐惧与战争之间的复杂缠绕关系，无论如何都绕不过去的，就是他在战俘营里被迫接受日方陆军省俘虏情报局女军官冈崎小姬的安排，配合她完成一个关于战俘的研究项目相关情节描写。首先需要明确的一点是，对包括冈崎小姬在内的一众日本军人，邓一光既没有简单化，也没有妖魔化。"她有一张精巧的蛋形脸，小巧而略微上翘的鼻子，同样小巧的嘴，仿佛故意带着一种隐含不露的霸气。她穿着蛋青色陆战队衬衣，改制过的姜黄色窄裆马裤，衬衣在宽阔的皮带上方两寸处隆起，合身的马裤衬托出修长的腿和消瘦的臀部，就算一身军装，也堪称精致，如果不是敌国人员身份，她可是个轻盈曼妙的人儿。"即使我们清楚地知道冈崎小姬的敌对国军人身份，这样一位轻盈曼妙的女性身上所散发出来的魅力，也仍然是非常诱人的。如此一种轻盈曼妙，再加上她所拥有的智慧，假若不是分别属于交战国的双方，我想，郁漱石与冈崎小姬最起码可以成为惺惺相惜的要好朋友。即使已经无可避免地成为交战的对手，他们事实上也是智力相当的很好的谈话对手。很大程度上，正是因为有了冈崎小姬的激发，也才有了郁漱石对战争问题的若干深入思考。比如，所谓的战争荣誉问题："文明的进步就像新猎物的踪迹，令人激动，必须升华自己与非族群的文明区别，为群体谋杀建立荣誉、信仰、国家这些符合进化的理由。……加拿大人和印度人为了联合王国荣誉，士兵一旦被说服，就认为杀戮是合理的和必要的，如果没有战争，人类的勇气和献身精神这些高贵的品质将被毫无激情的和平岁月消磨掉，这就难怪，交战国士兵拥有同样的勇敢和忠诚，甚至一致的战争道德观了。"在前面，我们曾经专门探讨过战争中个体与群体的关系，并认为阿里斯托芬早在《阿卡奈人》中就已经意识到这一点，并将其表现了出来。关键的问题很显然是，既然战争只与那些政治家或者政治集团有关，对人类个体可以说有百害而无一益，那为什么在战争中还会有那么多普通民众趋之若鹜地浴血奋战呢？有了作家借助郁漱石对于战争荣誉问题的深度解剖，这一重要的问题，自然也就迎刃而解了。主要原因还是人类个体被洗脑，被灌输了一整套与整体谋杀其实没有必然联系的所谓"荣誉、信仰、国家"关联项。这样一来，为什么不同交战国的士兵都拥有着"同样的勇敢和忠诚，甚至一致的战争道德观"这一问题，也就可以得到很好的解释了。那么，被诸如"荣誉、信仰、国家"等关联项绑架了的普通士兵，是否就可以远离内心世界中的精神恐惧呢？答案只能是否定的："长期深陷恐惧的民族，因为不安全感，对世界抱有敌意，除非确认世界被它控制，否则很难把恨意转化为友善，这种情况，反而促使深陷恐惧的人民，因为确认血缘归属的需要，暗示自己不但是民族一分子，而且是民族精神的一分子，必须征服一切敌人，最终成为冈崎学者所说的勇敢士兵。"

然而，不管怎么说，以上所谓战争荣誉的问题，其实也不过是精神恐惧的一种被转移而已，早已渗透到人类个体内心深处的由战争而导致的精神恐惧，实际上一直不可能消失，一直都存在着："我认为纳什医生忽略了一点，战争对士兵的损伤不仅限于躯体，还包括认知、行为、情感、过失性和适应性损害,这需要专业人员的评估,而这些事情他无法做到。之所以这么说,是我想到冈崎学者,她教会了我怎么看待整体的人。她是这方面的专业人员,对自己的专业疯狂迷恋,但很显然,战俘们无法指望她的帮助。"根据第一次世界大战后的医学研究报告,"一部分战争损伤概率属于永久性损伤,受到伤害的士兵将终身带着战争伤痕和后遗症生活,包括适应障碍、焦虑障碍、抑郁障碍、交际困难、酗酒、药物依赖、生物紊乱、性无能和早衰,直到不甘心地离开这个世界。"之所以会这样,一个重要的原因在于,精神恐惧很大程度上乃是天生的:"我原来以为恐惧是会传染的,它发生在群体中,人们是它的受染体,由别人传染给自己,或者由国家传染给国民,但是我错了。恐惧是天生的,自打有了生命它就存在,和生命一起栖伏在湿润的子宫里,一点点长大,然后随同生命一起来到这个世界,它只能靠自尊心来抑制,一旦自尊心没有了,恐惧将最终战胜这个人。"这一方面的一个典型例证,就是身为小说主人公的郁漱石。我们注意到,战争结束后,重新回到香港的郁漱石,曾经在辩护律师冼宗白的家里弹奏过一首名为《死岛》的钢琴曲:"妻子几次从厨房出来,倚在门口入神地听郁漱石弹琴。她悄悄告诉我,郁漱石弹的曲子叫《死岛》,作曲家受到一幅亡灵渡过冥河前往地狱的油画影响,写下这首钢琴协奏曲。"事实上,也正是在对郁漱石进行了细致观察,并聆听了他弹奏的《死岛》后,冼宗白对郁漱石的精神恐惧与生存绝望方才有了更加深入的理解与认识:"我看出来了,即使有过音乐,他仍然对生活冷漠,回避人群,有着强烈的焦虑,看上去显得孤独而无助。我知道他很努力,他一直试图摆脱战争留给他的巨大阴影,真心地想帮助人们脱离战后困难,可我有一种感觉,他在深深地内疚,为一位香港姑娘、一位独生子下属、一位曾经的上司,还有很多他说不出来的生命,因为这个,他对战后活下来感到羞耻。"其实,在战俘营的时候,郁漱石曾经做出过一个艰难的选择,那就是冈崎小姬明确提出的,到底是选择附日还是选择继续待在俘虏营里:"他宁愿待在生不如死的俘房营中,也没有选择条件优裕的附日诱惑,但他其实非常害怕。他不断提到两个字,恐惧。他说他一直在恐惧。那是一种什么感受,他没说,我想象不出来,我只是很吃惊他谈了那么多。我从来没有思考过他说到的事情。一个人活着,他一直在害怕,能够想象这种感受吗？"由于可诅咒的战争，郁漱石的自尊心被彻底摧毁。从此之后，他的心理世界就完全被那种可怕的精神恐惧控制了。虽然一般人根本无法理解与想象一个人成天伴随着精神恐惧活着是怎么一回事，但对于郁漱石来说，他已经无论如何都不可能走出这种可怕的精神恐惧与生存绝望了。唯其如此，冼宗白才会有这样一种真切的感受生成："我有一个不祥的念头，郁漱石逃出战俘营，活了下来，但是，他，还有更多和他一样经历同时侥幸活下来的人们，他们在战俘生涯中失去了生命意义，在停止自发呼吸、心脏停跳、瞳孔反射机能消失之前，已经死去了。"

事实上，正如同冼宗白已经明确意识到的，这样的人或者士兵，不仅仅只有郁漱石一人，毫无疑问是一种普遍性的存在。尤其不容忽视的是，对于这一点，郁漱石自己还在被困于D战俘营中的时候，就已经有了清醒的意识："我在战俘中幽灵似的无声穿行，走过一座又一座墙面黝黑的营舍。我去审讯科、教育科、卫生科、治安科、战俘调解委员会、鞋工班、缝工班、理发班、病员班、炊事班，我去那里干些什么或者什么也不干，手操在裤兜里，站一会儿，然后离开。满眼都是我的同类，我看到的每一个人都是我自己，不管是不是能够克制住，他们全都在害怕，那些害怕是真实的，没有任何黑夜能将它遮掩住。""是的，我希望离开我的同类，因为他们的存在，我的害怕会成倍增长，我拥有的不光是自己的恐惧，而且是无数堆积起来的恐惧。"这一方面的一个恰切例证，就是那位美军上尉亚伦。但在具体展开关于亚伦的讨论前，我们首先应该意识到，美国文化或者西方文化与中国文化或者东亚文化在对战俘问题上的不同理解与认识。在前者看来，在战争的前提下，战俘的产生乃是顺理成章的事情。因为生命存在是第一位的，所以，在切实对抗不过的情况下，以举手投降成为战俘的方式保有生命，无可厚非，天经地义。因此，战俘这一特定的身份，与社会道德无涉。换言之，战俘也是人，也有着自己的人格和尊严。然而，到了后者这里，一切就被颠倒了过来。中国文化或者东亚文化认为，战俘的产生乃是战争中实在被迫无奈的一件事情。很多时候，在把战俘与社会道德紧密绑架在一起的情况下，他们认为，道德评价比生命存在更重要。也因此，一种"不成功，便成仁"的所谓"舍生取义"的理念，才会特别盛行，才会成为普遍的社会意识形态。一旦不幸成为战俘，在人格与尊严被剥夺的同时，也成为一种带有耻辱感的存在。但即使美国文化或者西方文化对战俘有着足够宽容的理解与认识，曾经长期生活在战俘营里的美国人亚伦，在战后仍然面临着精神恐惧的遗存问题。"一天夜里，我从噩梦中大喊大叫地惊醒过来，劳莉塔正泪流满面地搂住我的脑袋在黑暗中哭泣。她做了和我一样的梦。她告诉我，在那个梦中，我们是两个毫无共同之处的生命，我们形同陌路。她痛哭着说出令她恐惧的事情：当我和她做爱时，我的身体冰冷僵硬，牙齿咬得咯咯响，眼里透出绝望的神情，仿佛我被困在一个令人恐惧的世界里，而那样的我正在憎恨这个世界中的一切。她痛楚地向我举起她的胳膊——她的手臂上，一道一道，全是我在噩梦中对她施暴抓挠出的血痕。"尽管在清醒的状态下看似一切都很正常，但一旦进入无意识的睡梦状态，亚伦便不仅变得冰冷僵硬，而且还会对劳莉塔施暴。这些行为充分说明，在战俘营里生成的精神恐惧，不仅早已渗透到了亚伦的无意识深处，而且还会以施暴的方式表现出来。

在结束我们关于郁漱石精神恐惧的讨论之前，我们既需要对他的基本性格特征有所了解，也需要对他那特别的跨国身世和同样跨国的爱情经历有所了解。借助于出庭作证的外交部代办秦北山之口，邓一光首先对郁漱石的性格特征有所介绍："郁漱石没有人们想象的那么聪明，他根本不知道，国民政府在美利坚合众国就像乞儿，受人白眼。""郁漱石心眼善良，不像他的哥大母校杜威教授那样，主张实用主义哲学，也不像他的学长宋先生那样，工于经济算计，我们很快成了朋友。""他工作十分出色，进步很快，他的才华就是那段时间飞速表现出来的。""郁漱石性格有一些孤僻，不爱聚众，总是一个人打发工作之余。""郁漱石那么说，我着实吃惊。他是个性格怪异的人，总能一眼看明白事情的真相，偏偏又把真相说出来。"综合以上种种，提炼概括一下，郁漱石的基本性格特征就是，心地善良，内向孤僻，略显怪异，虽然谈不上聪明伶俐，却有着相当突出的工作能力。所有这一切，到了后来展开的主体故事情节中，都有着相对充分的对应性表现。

接下来，就是郁漱石的特别身世与爱情。由于父母曾经刻意隐瞒，郁漱石很长时间内都不知道自己的生母是谁。一直到民国二十年，也即1932年的时候，他才从养母尹云英那里了解到，自己的生母竟然是一个姓冈崎的日本人："外交部一个使节夫人告诉我，漱石的生母是帝国大学助理研究员。""是的，漱石的生母不是中国人，那个生下孩子却始终没有出现在孩子生活中的女人，她不是洗衣妇，只是无法留在力主与日决战的知堂身边，出现在愤怒地声讨日本的中国人面前。生下漱石，而这孩子应该叫她母亲的女人，她是日本人。""那位女性是帝国大学的学者，十五年前到过中国，为一名中国军人生下一个男孩，她姓冈崎。"郁漱石当年之所以执意前往日本的帝国大学学习东亚文学，其内在的一种驱动力或许正在于他想要借此机会去完成寻母的潜在使命。只有这样，我们也才能够解释郁漱石后来从日本回到中国后，拒绝去战场上杀日本人，最终选择去美国任职的决定："'母亲，我到底是中国人还是日本人？'孩子紧紧拽着箱子的把手，毫无主张地盯着我的眼睛，'如果我说不清楚我是什么人，我又怎么可以煽动起报国的激情？我该报生父的国，还是生母的国？我能为它，为它们做什么？或者相反，它和它们能为我做什么？或者我和它本来应该做，但我们都没有做，没有做到，不肯做？'"这是郁漱石从日本返国准备前往美国前，和自己的养母尹云英所讲述的一番话。从这段话中，我们不难体会到其内心深处由于自己的特别身世所导致的根本纠结之所在。到了战俘营中，他之所以答应冈崎小姬配合她完成相应的科研项目，其实也与他拥有一个同样也姓冈崎的生母紧密相关。也因此，尽管郁漱石后来不期然间被裹挟进香港保卫战，并最终不幸地沦落为战俘，但他内心深处的身世纠结却始终未能得到缓解。如此一种特殊身世，再加上郁漱石留学日本时与阿国加代子之间那样一种刻骨铭心的生死恋情，在中日战争期间就必然会使我们的主人公陷入某种身心撕裂的状态之中。对此，辩护律师冼宗白有着极其清醒的认识："然后，我提到了一位参加了香港殖民地保卫战的中国士兵，他叫郁漱石，有一位中国父亲、一位日本母亲，他是他俩结合生出的孩子。战争发生时，他无法求助血缘和国籍给予他应该怎么做的指导，他选择了站在反侵略者一方的抵抗者阵营，带领他的小组参加了战斗，他的小组中一半人如今躺在国联报告那组骇人听闻的数字中。"不仅如此，郁漱石还有一个日本恋人，因此冼宗白才会进一步说道："他有一个中国父亲，一个日本母亲，身上流着两股敌对者的血，他要和谁作战？他应该去杀死谁？现在，他的恋人失踪了，不知去向，他想去找回她，他只有这一个愿望。"一方面是被迫无奈地卷入战争之中，另一方面是内心深处日本生母与恋人的如此一种解不开的精神情结，再加上在香港保卫战与战俘营中的种种遭遇，所有这一切叠加在一起，自然也就导致郁漱石精神恐惧与生存绝望的最终生成。

只要是熟悉邓一光战争题材作品的朋友就都知道，他此前的书写既有着浓郁的浪漫主义色彩，同时更表现出了强烈的英雄主义情结。这一点，单从《我是太阳》《我是我的神》这样的小说标题中，即可以明显见出。依据笔者多年来的阅读经验，作为一位作家，能够从当年那样一种具有浪漫主义色彩的、浓得化不开的英雄主义情结，跨越到《人，或所有的士兵》这样一种"去英雄化"之后的对于战争中精神恐惧情绪的真切书写，其实是非常不容易的一件事情。事实上，也只有在这样的一个前提下，我们才能够理解邓一光为什么一定要在小说正文前写下"远离战争，不论它以什么名义"这样一句题记。无论如何，我们都应该把邓一光这部耗费十年时间苦心经营的长篇小说看作一部难得一见的杰出反战小说。我们从中所真切感受到的，乃是作家内心深处一种难能可贵的人道主义悲悯情怀。

如梦如幻如泡影，如露亦如电
——关于贾平凹长篇笔记小说《秦岭记》

说实在话，到底应不应该给这个标题加引号，我费了一番踌躇。明眼人一看即知，我所引述的这段话，来自佛教经典《金刚经》。经文的原话是："何以故？一切有为法，如梦、幻、泡、影；如露，亦如电，应作如是观。"用现代汉语来表达，意思就是，一切有为之法，都如梦，如幻，如泡沫，如虚影，如露水，如闪电，亦真亦假，一虚一实，如幻如空。虽然意思差不多，但我的标题毕竟不是《金刚经》中的原话，所以，在经过一番踌躇后，我最终还是决定弃用引号。尽管如此，在文章的开头先解题，点明这个标题的具体出处，也还是很有必要的。一种无法否认的实情是，在先后两次认真阅读贾平凹长篇笔记小说《秦岭记》的过程中，我一直在思考到底该如何理解看待他的这部作品，一种相对理想的批评切入口到底何在的问题。百思不得其解之际，脑海里突然想起了与佛教经典《金刚经》相类似的"如梦如幻如泡影，如露亦如电"这样一句极富智慧的话语。正是这句话的出现，成为照亮整部《秦岭记》的光。"上帝说要有光，于是就有了光"，找到了恰如其分的切入口，我们自然也就获得了进入《秦岭记》文本的一个理想路径。

如果连同《青蛙》这部长篇小说在内，《秦岭记》应该已经是贾平凹的第二十或二十一部长篇小说。尽管我们一向诚如强调张若虚的《春江花月夜》曾经以"孤篇盖盛唐"一样地强调某一文本思想艺术品质的重要性，但这并不意味着作品数量毫无意义。虽然说在现代文化市场形成之前的中国古代，很多杰出的小说家终生所贡献的也不过只有一部长篇小说，比如"四大名著"，但在进入现代文学阶段之后，伴随着现代文化市场的形成，那种"一本书"的现象便不复继续，很多杰出作家都已经呈现为体量庞大的"著作等身"状况。一种实际的情况是，对于那些已经拥有了足够影响力的大作家来说，作品数量的多与寡肯定是有意义的。很多时候，正是数量庞大的一系列高品质作品的存在，从根本上支撑起了某一大作家的形象。比如托尔斯泰、陀思妥耶夫斯基、福克纳，比如鲁迅、沈从文，中外的情形均是如此。我想，我们无论如何都应该在这样的一个意义层面上来理解、看待贾平凹的"著作等身"现象。如此一种庞大的创作体量本身，就充分地证明了贾平凹那不容小觑的巨大思想艺术创造力。

首先应该注意到，《秦岭记》是一个以新文本为主体的新旧文本杂糅而成的小说文本。对此，贾平凹自己在后记中有明确的交待："全书分了三部分。第一部分当然是'秦岭记'，它是主体。第二部分是'《秦岭记》外编一'，要说明的是它是旧作，写于1990年的《太白山记》，这次把'记'去掉，避免与书名重复。第三部分是'《秦岭记》外编二'，还是收录了2000年前后的六篇旧作。可以看出，'《秦岭记》外编一'虽有二十个单独章，分别都有题目，但属于一体，都写的是秦岭最高峰太白山世事。而'《秦岭记》外编二'里的六篇，则完全各自独立。也可以看出，'外编一'写太白山，我在试验着以实写虚，固执地把意念的心理的东西用很实的情节写出来，可那时的文笔文白夹杂，是多么生涩和别扭。'外编二'那六篇又是第一人称，和第一部分、第二部分有些隔。我曾想过能把'外编一'再写一遍，把'外编二'的叙述角度再改变，后来这念头取消了。还是保持原来的样子吧，年轻时脸上长痘，或许难看，却能看到我的青春和我一步步是怎么老的。"由此可见，整部《秦岭记》乃由作为主体的"秦岭记"与"秦岭记外编一"（也即原来的《太白山记》）和"秦岭记外编二"这三部分组构而成。严格说来，如果把后面的两部分去掉，丝毫都不会影响这部长篇笔记小说自身的完整性。因此，一个关键的问题就是，贾平凹到底为什么一定要把这两部分旧作也收入《秦岭记》的文本之中。对此，按照贾平凹自己的说法，是想让广大读者从中看出"我的青春和我一步步是怎么老的"。但问题紧接着又来了，那就是，要想让读者看到"我的青春和我一步步是怎么老的"，为什么非得是《太白山记》和另外的六篇，而不是贾平凹的其他作品呢？关键原因在于，正如同作为主体部分的"秦岭记"一样，由二十个短章组成的《太白山记》，以及另外的六篇，从文体的归属上看，也都可以被判定为笔记小说。正因为都是笔记小说，所以彼此之间才存在着一定的可比性。在一篇关于贾平凹与中国文学传统的文章中，关于《太白山记》，我曾经做出过这样一种评价与阐释："第三阶段是1990年代前后，他的小说面貌发生了光鲜的转型，这一次转型对贾平凹是更为关键的。从两个层面来谈转型的原因：第一从社会层面上，当时重大的社会事件对他的精神世界和世界观造成了影响，使得他对社会的理解和判断产生了变化；第二从他个人层面上，他那一时期身体不好，个人身体素质对生命理解和认识都会产生影响。从这两层面上讲他的作品产生了重大转型，转型标志性作品是他那一系列短篇小说《太白山记》，作品中开始出现了生命文化的色彩，叙事层面讲与中国本土传统小说发生了关联。""另外从叙事层面讲，从《太白山记》开始他进一步开始对中国本土传统小说的继承和发扬，《废都》对中国传统小说继承进入一个更自觉层面，将《废都》与《红楼梦》《金瓶梅》等明清小说建立某种内在的关联。"[①] 如果说贾平凹的小说创作中的确存在着一个对中国本土小说传统进行创造性转化的命题，那么，这种转换最早明确的尝试也正是从《太白山记》开始的。遗憾之处在于，在当时，我并没有明确强调《太白山记》的笔记小说性质，并把它进一步与中国古代文学中的笔记小说传统联系在一起加以考察。

现在看起来，虽然未必那么自觉，但最起码，等到写作这部《秦岭记》的时候，贾平凹自己已经明确地认识到被收入《秦岭记》中的三部分内容已经全都属于笔记小说这一文体了。而且，更进一步说，诚如贾平凹所言，将以上三部分内容放到一起进行比较，我们还可以明确感受到从1990年代前后，到2000年前后以及当下时代这样三个不同阶段，贾平凹笔记小说写作的一些变化。首先，是总计二十篇的《太白山记》。一方面，贾平凹的确试图借助于或真或幻的情节设计，以暗示的方式传达某种深层

---

① 王春林：《走入与走出：论贾平凹对传统的现代转换》，《小说评论》2017年第2期。

的精神意蕴。比如《寡妇》一篇，明明爹已经在一个寒冷的冬天被冻死，但年仅三岁的孩子却偏偏连着数晚看到爹在娘的身上："后来就感觉到炕上有什么在蠕动。孩子看了看，竟是爹在娘的身上，爹和娘打架了！爹疯牛一般，一条一条的肌肉在背上隆起，急不可耐，牙在娘的嘴上啃，脸上啃；可怜的娘兀自闭眼……浑身痉挛。"尽管后来，当孩子询问说"爹今夜还来吗？"的时候，"娘说爹不会来，永远也不会来了"，但到了深夜的时候，孩子却发现爹又出现在了炕上。这一次，为了让爹叫出声来，孩子摸出个东西向爹掷去。没想到，"掷出去的竟然是枕头，恰砸在爹身子中间的那个硬挺的东西上"。问题在于，等到娘被惊醒后，爹却找不到了。只是在墙上爹贴过的地方，发现了一个木橛："你这孩子，钉一个木橛吓娘！娘在被窝里换下待洗的裤衩，挂在那木橛上。木橛潮潮的，娘说天要变了。"令人惊异之处在于，等到第二天娘携着孩子去坟地的时候，发现棺木竟然早已开启：爹在那里边睡得好好的，"但身子中间的那个东西齐根没有了。"到最后，一是孩子曾经把爹打娘的故事讲述给同伴听，二是等到娘过了数年想要改嫁的时候，却没有人愿意娶"年轻""漂亮"的她。那么，我们到底应该如何理解这篇尽管看上去晦暗不明却处处充满着暗示的笔记小说呢？其一，孩子在爹刚刚去世后总是会在晚上看到"爹和娘打架"，或许是因为他曾经看到过爹生前和娘在一起的情形的某种幻觉式重现。其二，娘在被窝里换下待洗的裤衩这一细节，可谓意蕴丰富。裤衩之所以待洗，肯定是湿且脏了。一个寡妇，裤衩为什么会湿且脏？难道说孩子幻觉中的"爹"另有其人？否则，我们也就难以理解为什么到后来"年轻""漂亮"的娘竟然改嫁不成。这个地方木橛的"潮"，其实也有不容忽视的暗示意味。其三，带有明显神秘色彩的一点是，晚上孩子在炕上用枕头打爹身子中间的那个地方，与墙上突然出现的那个木橛，以及棺木里爹身上"齐根没有了"的那个东西，三者之间到底是一种什么关系？难道说阴阳两界果然可以互通吗？比如《公公》一篇，写一个采药翁的儿子不幸亡故后，儿媳孝顺，"不忍心撇公公，好歹伺候公公过"。小说中一个关键的细节是，公公是个豁嘴，但除了豁嘴儿"公公再没有缺点"。接下来的日子里，公公和儿媳过着相安无事的日子，一直到公公前往儿子曾经采过药的主峰上去采药再没有回来，奇怪的事情方才发生。那就是儿媳竟然在"并没有结交任何男人"的情况下就有了身孕,而且,先后三次生下的孩子,全都是豁嘴。正所谓"十月怀胎",经过了三个"十月",儿媳先后埋了三个豁嘴孩子。公公呢?"公公永远不会来了吗?或许公公明日一早就回来。"故事的结局是,等到儿媳第三次把孩子埋掉的时候,被散居于沟岔中的山民们发现,不仅用鞋底"扇她的脸和她的下体",而且还"把女人背负小石磨坠入涧溪"。蹊跷处在于,女人坠下去后,涧溪里竟然出现了一条"极大的似人非人的鱼":"自此,娃娃鱼为太白山一宝,山归于重点保护。"对这一笔记小说的解读是,其一,如果说儿媳的确有与豁嘴公公私通之罪,那么,其中就毫无疑问充满着道德的训诫意味。其二,女人被坠入涧溪后,变身为娃娃鱼这一细节,所呈现出的,很显然是一种人与自然万物之间可以实现生命互通的世界观。这一点,与《寡妇》中围绕木橛发生的诡异细节,所传达出的大概是一种相同的意思。从这个意义上来看,贾平凹自己所说的"以实写虚",其实更多地体现为借助于一种真幻莫名的情节来书写表达隐含的复杂意绪。其次,是2000年前后的另外六篇笔记小说。如果说《太白山记》中到处充斥着真幻莫名的情节,那么,到了总是有"我"现身、以"我"为视角的这另外六篇笔记小说中,情节被明显淡化后,更多的只是在表达着"我"对秦岭物事的观察与思考,主观化的特色非常突出。比如《云塔山》一篇,写"我"在云塔山第一次体验到了什么叫"出世"。一座道观,建在高高的云端里,"我"战战兢兢爬上去之后,与道士有了这样富有禅意的对话:"我问:为什么要把道观盖在这里呢?""道士说:你不觉得在天上吗?"于是,"我"遂顿悟,的确"是在天上"。同样富有深意的一点是,下山后"我"面对牛羊发出的"天问":"我有些不解,牛和羊是吃草的,并不是掠食者,怎么还长着犄角?"尽管我们也完全可以以"防身自卫"来回答这个问题,但我却肯定地知道,这并不是贾平凹或者文本中的"我"所要的答案。再比如《眼睛》一篇,主要写"我"由远到近地观察着秦岭深处一个小镇上的各种景象。倘若说"此中有深意",那么,这"深意"就毫无疑问地体现在结尾部分。倒数第二段:"还是坐下来吧。久久地坐在镜子前,镜子里是我。"最后一段:"我是昨天晚上从城里来到了秦岭深处的小镇上,一整天都待在这两层楼的客栈里。我百无聊赖地在看着这儿的一切,这儿的一切会不会也在看着我呢？我知道，只有我看到了也有看我的，我才能把要看的一切看疼。"其一，既然是"我"坐在镜子前面，那镜子里看到的肯定是"我"。当作家把这样一种常识刻意表达出来的时候，他的意思很显然就已经抵达了所谓"看山还是山"的那种境界。其二，眼睛的功能不仅是用来看的，而且，能够做出"看"这一行为的，也只能是作为主体的"我"。但贾平凹却偏偏就要在一种哲思的层面上强调，当"我"在观察周边各种物事的时候，其实那些被看的物事也都在看着"我"。尤其是最后一句，正是在"物"与"我"两相看的过程中，"我"才能把一切都"看疼"。什么叫"看疼"？达到什么样的一种程度才算得上"看疼"？能够引发相关的思考，恐怕也正是贾平凹意欲抵达的某种书写目标。通过以上的分析，我们即不难看出，一方面，在创作这两组小说作品的时候，贾平凹并没有在一种明确的文体自觉意义上创作笔记小说；另一方面，从思想内涵来说，尽管其中也不乏对世道人心的独到体悟与发现、对人生与存在的沉思，但如果与这一次新写出的"秦岭记"相比较，作家的"识"其实还是没有能够抵达某种通透的程度；从表达方式来说，《太白山记》貌似纯"客观"地一味走奇诡的路数，《云塔山》等稍后的六篇，情节不仅差不多淡化到无，而且主观化倾向也过于凸显。总体而言，并没有能够如同新写出的"秦岭记"那般抵达某种鲜活通畅、圆融无碍、行云流水的自然状态，真切地写出了秦岭外在的自然万象与内蕴的精神气象，着实做到了物我两忘、天人合一、得大自在的高远思想艺术境界。然而，尽管不尽如人意，但"外编"的一和二这两个部分却也容不得轻易否认。如果没有1990年前后的《太白山记》以及2000年前后的另外六篇作为必要的实验式铺垫，那也就不会有我们现在所看到的作为《秦岭记》主体构成的那一部分新写的"秦岭记"。我想，贾平凹之所以执意要把早年的这两部分旧作以"外编"的形式收录到《秦岭记》之中，个中原因恐怕与此有关。

关键问题在于，舍却贾平凹个人的写作路径，我们还应该怎样去理解《秦岭记》这部长篇笔记小说的生成渊源。细细想来，如下三个方面的原因恐怕不容忽略。首先，从中国本土文学传统的角度来说，作为笔记小说的《秦岭记》，很显然是"志怪"与"志人"小说传统某种创造性转换的结果。所谓"志怪"与"志人"小说的说法，最早出自鲁迅。先是"志怪"：

"现在我们再看六朝时的小说怎样？中国本来信鬼神的，而鬼神与人乃是隔离的，因欲与鬼神交通，于是乎就有巫出来。巫到后来分为两派：一为方士；一仍为巫。巫多说鬼，方士多谈炼金及求仙，秦汉以来，其风日盛，到六朝并没有息，所以志怪之书特多……"紧接着，在举出两个具体例证后，鲁迅进一步写道："这可见六朝人视一切东西，都可成妖怪，这正是巫底思想，即所谓'万有神教'。""此外还有一种助六朝人志怪思想发达的，便是印度思想之输入。因为晋、宋、齐、梁四朝，佛教大行，当时所译的佛经很多，而同时鬼怪奇异之谈也杂出，所以当时合中、印两国的鬼怪到小说里，使它更加发达起来……"然后是"志人"："六朝志人的小说，也非常简单，同志怪的差不多，这有宋刘义庆做的《世说新语》，可以做代表。"接下来，在举出了《世说新语》中的两则事例后，鲁迅发表了这样一段议论："以我们现在的眼光看去，阮光禄之烧车，刘伶之放达，是觉得有些奇怪的，但在晋人却并不以为奇怪，因为那时所贵的是奇特的举动和玄妙的清谈。这种清谈，本从汉之清议而来。汉末政治黑暗，一般名士议论政事，其初在社会上很有势力，后来遭执政者之嫉视，渐渐被害，如孔融，祢衡等都被曹操设法害死，所以到了晋代底名士，就不敢再议论政事，而一变为专谈玄理；清议而不谈政事，这就成了所谓清谈了。但这种清谈的名士，当时在社会上却仍旧很有势力，若不能玄谈的，好似不够名士底资格；而《世说》这部书，差不多就可以看做一部名士底教科书。"①以上，鲁迅主要是从形成渊源的角度对中国古代的"志怪"和"志人"小说进行了相应的理解与分析。鉴于鲁迅对"志怪"与"志人"小说本身的特点未能充分展开，所以，我们也就完全有必要再从被收入"牛津通识读本"书系的美国桑禀华所著的《中国文学》一书来对这两种小说做更进一步的了解。关于"志怪"小说，桑禀华写道："'志怪'小说是一种新文体，其最初的动因或许是控制奇异现象对人们心理的影响力，让它为道德规范服务。为了让读者相信他们的笔记，编者常会遵循史书纪年的传统，并且采用真实的地名人名。然而，我们却不能不佩服这些作品的想象力和

---

① 鲁迅：《中国小说的历史的变迁·六朝时之志怪与志人》，见《鲁迅全集》第十七卷，人民文学出版社2005年版，第317—321页。

艺术技巧。许多故事都与神灵、鬼怪、僧尼、道士、奇人、奇地、奇事相关。正如4世纪的干宝在《搜神记》的序言中所说，他希望自己搜集的故事能证明'神道之不诬'，也能为将来的文人提供'有以游心寓目'的材料。""虽然后来被看成'小说的起始'，志怪故事在当时却是作为非官方的稗史来读的。它们在形式上借用了正史的许多特征，例如使用托梦、兆象、预言等手法，但它们的叙事风格却能容纳更复杂的情节，也提供了通过心理描写来塑造人物的空间。"关于"志人"小说，桑禀华的看法是："正如志怪小说记述据信发生过的事，志人笔记通常描绘的也是据信真实存在的历史人物。后一类作品的道德内涵一般都更清晰，记录了数百则故事的《世说新语》就是证明，它所聚焦的乃是善行与恶习。""这本书编于公元430年左右，收录了许多颇富文人气息、幽默诙谐的轶事与对话。""《世说新语》因此成了'清谈'的重要来源。在这样的谈话中，文人们竭力摆脱政治俗务的羁绊，以高雅趣味的裁判者自居。在这本书的影响下，后世出现了许多'世说体'的文集，现代学者认为这类所谓的'志人'笔记小说是精英阶层追求自我标识的重要手段。"①或许与文化的阻隔有关，桑禀华竟然把《世说新语》这类"志人"小说的出现之因，归之于文人们要"竭力摆脱政治俗务的羁绊"，这就明显误读了鲁迅已经一针见血指出的六朝的文人们不再敢议论政事，所以才会一时崇尚"清谈"的根本原因。尽管如此，我们也不能不承认，桑禀华的确比较精准地道出了"志怪"和"志人"两种小说类型的本质特征。除了对"志怪"与"志人"小说有所界定和分析之外，桑禀华在他的著作中也还专门谈到过笔记小说，因为贾平凹的《秦岭记》是一部长篇笔记小说，所以，我们也有必要对此有所了解："到了4世纪，一些既非历史也非哲学的内容被文人们当作'笔记'存录。这些作品都采用了典雅的古文，深受士大夫青睐，因为其中不仅可以有历史掌故、社会评论、个人感悟、旅行见闻、山水美景，还有日记、笑话以及我们今日可以称为小说的内容。许多这类作品都是逐渐汇集而成的，当时难以出现自觉创作的小说，这是其中一个因素。然而，由于更看重叙事性而不是说教，它们逐渐远离了史书的传统，而聚焦到想象的现实

---

① 桑禀华：《中国文学》，译林出版社2016年版，第56—57、59、56页。

上了。"① 综合以上三条的界定来衡量考察贾平凹的《秦岭记》，其源出于古老的"志怪"与"志人"传统的笔记小说的本质，当是毫无疑义的。然而，与此同时，我们也必须认识到，虽然说其来有自，《秦岭记》与中国本土文学传统之间的关系无以否认，但贾平凹的作品毕竟是在现代社会中完全出自作家个人之手的小说创作，一方面有所借鉴，另一方面更多的是现代意义层面上的整合与创造。归根到底，依循"有话则长，无话则短"，或者可大可小的基本原则，将"志怪"和"志人"两种书写传统杂糅为一体，在打破了长篇小说所要求的严格艺术结构与完整情节链（但请注意，对于《秦岭记》来说，严格艺术结构与完整情节链的被打破，无论如何都不意味着作为长篇小说这一文体整体性的缺失。很大程度上，《秦岭记》作为一部现代长篇小说的整体性，既建立在秦岭这样一个被限定了的地理范围内，也建立在能够统摄每一个单篇的相同艺术思维上）的前提下，贾平凹以一种类似于散文式的挥洒自如的笔触，从秦岭的地理风貌，到山山水水，到花草树木，到村落山民，一直到某种独属于秦岭人的带有突出形而上色彩的内在生命观与世界观，以现代长篇笔记小说的方式写出了他所观察、理解和认识的这一座"生动活泼"的秦岭。质言之，出现在贾平凹《秦岭记》中的那座大秦岭，既是一座地理的自然的山，也是一座宗教的文化的山，更是一座人文的哲学的山，当然，由于出自贾平凹这样的文学大家之手，它又肯定是一座文学的小说的山。

《秦岭记》这样一部在思想旨趣上更多地偏向于"佛"与"道"的长篇笔记小说，之所以会诞生于贾平凹而不是其他作家之手，从一种文学地理的角度来说，与贾平凹的出生地紧密相关。众所周知，所谓的三秦大地由三种不同的地貌构成。陕北是典型的黄土高原地貌，干旱少雨，土地相对贫瘠。关中地区是典型的一马平川，俗语所讲的"八百里秦川尘土飞扬，三千万人民齐吼秦腔"中"秦川"的具体所指，就是相对来说要富庶许多的关中平原。按照官方统计数字，陕西省2021年的总人口为三十九万多将近四十万，其中的四分之三就生活在这个地区。因为这一地区的人口密度特别大，所以才会有"三千万人民齐吼秦腔"这种说法。陕南则是以秦

---

① 桑禀华：《中国文学》，译林出版社2016年版，第56页。

岭山脉为主体的山地，水量浩瀚的汉江即发源于此处，并最终汇入长江。关键问题在于，与陕北和关中这两个地区相比较，从文化渊源的角度来看，陕南山地最大的特点，就是所谓的"秦头楚尾"或者"楚头秦尾"。要想说清楚这个问题，视野就得返回到遥远的先秦，也即春秋战国时代。因为那个时代的今日陕南地区，属于秦国与楚国这两个大国的交界地带，所以也就有了"秦头楚尾"或者"楚头秦尾"这样的说法。"秦头楚尾"或者"楚头秦尾"倒也罢了，尤其不容忽视的一点是，春秋战国时代的秦与楚分别隶属于南北不同的两种文化。具体来说，秦属于北方文化，楚属于南方文化。而这很显然也就意味着贾平凹的出生地商州地区，其得天独厚之处就表现为南北两种文化的碰撞与交融。如果说北方文化是山，厚重而充满着阳刚之气，是一种非常典型的"大江东去，浪淘尽，千古风流人物"；那么，南方文化就是水，空灵而充满着阴柔之美，是一种非常典型的"杨柳岸，晓风残月"。我们一定要充分地认识到，正如同天空中只有当冷暖两种气流交汇的时候才会酝酿并形成有效的降水一样，对于文学写作与文学思潮来说，两种不同性质文化的碰撞与交融也是非常重要的一个外在条件。这一方面最有代表性的案例，就是开启了中国文化新纪元的五四新文化运动。五四新文化运动得以生成，很大程度上所依赖的一个根本前提，就是十九世纪末二十世纪初中西方文化的大碰撞与大交融。这里，一种合乎情理的基本逻辑就是，如果没有中西方两种不同性质文化的碰撞和交融，就不会生成五四新文化运动，而如果缺失了五四新文化运动，自然也就不可能最终催生出带有突出现代性的中国现代文学。依循着这样的一种推理逻辑，贾平凹较之于路遥、陈忠实一个得天独厚的幸运之处就在于，他所出生的商州地区恰恰就处于"秦头楚尾"或者"楚头秦尾"这样一个南北两种异质文化的交会之处。因此，他才兼备了北方文化的厚重与阳刚，南方文化的空灵与阴柔。我们都知道，在某种程度上，南方或者更具体地说是楚地的文化带有突出的神巫性质。热衷于以各种各样的方式谈论鬼魂，或者孔子所谓的"怪力乱神"，正是南方文化尤其是其中的楚地自古以来的一个重要传统。早在《汉书·地理志》中，即有这样的记载："楚人信巫鬼，重淫祀。"《太平御览》中也说："昔楚灵王骄逸轻下，信巫祝之道，躬舞坛前。吴人来攻，其国人告急，而灵王鼓舞自若。"楚地的这种巫祝文化传统，在屈原的一系列重要作品中可谓有着淋漓尽致的表现。由此，贾平凹《秦岭记》中那显而易见的神巫气息，很大程度上乃可以被视为具有悠久历史的楚地巫祝文化传统在当代的一种遥远回响。

贾平凹个人具备一种非常突出的散文写作能力。这个话题应该从《秦岭记》的文体归属问题说起。我们注意到，在后记中，贾平凹以一种智慧的方式来谈论《秦岭记》的文体问题："《山本》是长篇小说，《秦岭记》篇幅短，十多万字，不可说成小说，散文还觉不宜。写时浑然不觉，只意识到这如水一样，水分离不了，水终究是水，把水写出来，别人用斗去盛了可以是方的，用盆去盛也可以是圆的。"在这段话里，贾平凹所明确提到的分别是小说和散文这两种文体。但与此同时，他一方面公然表示无论是把《秦岭记》定位成小说或者散文都不合适，但另一方面，却又充满暗示性地以水来打比方，强调："水分离不了，水终究是水，把水写出来，别人用斗去盛了可以是方的，用盆去盛也可以是圆的。"虽然按照现代以来的文体学归类，文学理论家们一般会把文学切割为小说、诗歌、散文、非虚构文学（或报告文学）以及戏剧文学这样五种不同的文学文体，但对于那些真正拥有思想艺术创造力的作家们来说，怎么样不循规蹈矩，如何才能有效地打破现有的文体界限，却又是一件乐此不疲的人生快事。很大程度上，也正因为如此，贾平凹才会面对《秦岭记》的文体归属问题，表现出一副满不在乎的样子。后记中作家这样一段话语的潜台词就是，随便你怎么样定位都可以，反正我就这么写了，反正"水分离不了，水终究是水"。尽管如此，当我们试图对《秦岭记》展开深度分析的时候，一种文体的定位却又并非不必要的。这样一来，自然也就形成了《秦岭记》乃是现代意义上的一部长篇笔记小说的说法。这里的一个问题是，或许与笔记小说乃是中国文学中最早出现的一种小说类型有关，一般认为，笔记小说其实同时具备小说与散文两种成分。而这事实上也就意味着，要想写好现代意义上的笔记小说，作家必须同时具备小说家与散文家的双重写作能力。现实生活中，尽管很多作家属于既写小说也写散文的双栖作家，但说实在话，能够同时把两种文体都操持到出神入化程度的作家却并不多见，而贾平凹却是其中极有代表性的一位。贾平凹小说和散文都写得好，有不少人甚至认为，贾平凹的散文比小说写得好，成就还要更高一些。从这个意义上说,《秦岭记》之所以产生于贾平凹的笔端,与作家散文写作能力的突出密不可分。无论如何,我们都无法想象,如同《秦岭记》这样的作品会产生于路遥或者陈忠实等陕西作家的笔下。某种意义上,我们也不妨这样断言,那就是,长篇笔记小说《秦岭记》命定的写作者,恐怕非贾平凹莫属。

我们都知道,作为一位拥有自己"文学根据地"的作家,除了那些关注表现城市的作品比如《废都》《酱豆》之外,贾平凹的书写范围也有一个渐次扩大的特点。用后记里的话来说就是:"几十年过去了,我一直在写秦岭。写它历史的光荣和苦难,写它现实的振兴和忧患,写它山水草木和飞禽走兽的形胜,写它儒释道加红色革命的精神。先还是着眼于秦岭里的商州,后来是放大到整个秦岭。如果概括一句话,那就是:秦岭和秦岭里的我。"实际的情形确也如此,从很多年前的《商州初录》《商州又录》《商州再录》一系列作品开始,贾平凹就已经以文学作品自觉地打造独属于一己的文学根据地了。只不过,在数十年来的创作过程中,或许与某种思想艺术创造力的内在强烈涌动有关,贾平凹开始未必那么自觉地扩大自己的文学根据地。此前最突出的一个例证,就是那部聚焦三十年代跌宕起伏的战争历史,以类似于《红楼梦》的日常叙事方式书写现代版"三国演义"的厚重长篇小说《山本》。应该看到,等到《山本》创作完成之后,贾平凹就开始有了一种关注并书写秦岭的自觉。这一点,同样突出地体现在《秦岭记》的后记之中:"2017年写《山本》,我说秦岭是'一条龙脉,横亘在那里,提携了黄河长江,统领着北方南方'。2021年再写《秦岭记》,写毕,我却不知道还能怎么去说秦岭:它是神的存在?是中国的象征?是星位才能分野?是海的另一种形态?它太顶天立地,势力四方,混沌,磅礴,伟大丰富了,不可理解,没人能够把握。秦岭最好的形容词就是秦岭。"贾平凹的表达诚然充分智慧且艺术,一方面,他明明已经用"顶天立地""势力四方""混沌""磅礴"以及"伟大丰富"此类似乎无所不用其极的语词来称颂着秦岭,表达着自己对秦岭的理解,但另一方面,他却仍然在强调着秦岭的"不可理解"。尤其令人惊叹不已的,是最后那一句经典性的表达,"秦岭最好的形容词就是秦岭"。正所谓"道可道,非常道",面对一座历史厚重绵长、内涵丰富驳杂的巍巍大山,你简直不可能找到任何恰当的语词对它进行精准到位的形容和说明。唯其如此，贾平凹才会似乎有点无奈地强调"秦岭最好的形容词就是秦岭"。

但无论如何，尽管已经明确意识到秦岭的不可言说，意识到"秦岭最好的形容词就是秦岭"，然而当贾平凹继《山本》之后再一次面对秦岭并意欲有所言说的时候，他仍然需要考虑如何切入以及表达什么的问题。也因此，在具体分析《秦岭记》如同秦岭本身一样同样丰富驳杂的思想内涵之前，我们首先需要关注小说的开头和结尾两个部分。整部《秦岭记》共由五十六则或长或短的章节组成，短则数百字，长也不过三千字，大多数都是一两千字。开头第一章是秦岭的引出与一条倒流河的描写，集中讲述的，则是一位和尚和他的徒弟黑顺的故事。其他暂且搁置，我们这里重点考察一下小说"主角"秦岭那非同寻常的出场方式："中国多山，昆仑为山祖，寄居着天上之神。玉皇、王母、太上、祝融、风姨、雷伯以及百兽精怪、万花仙子，诸神充满了，每到春夏秋冬的初日，都要到海里去沐浴。时海动七天。经过的路为大地之脊，那就是秦岭。"秦岭是山，所以便从山祖写起。竟然还有山祖一说？山祖又是哪座山？贾平凹说是昆仑。因无史实可据，此种说法便可以被看作是贾平凹"子虚乌有"的小说家言。紧接着便是一种神话结构的搭建，中国古老传说中的各路神仙纷纷登场。令人惊异处在于，这些神仙虽然是天上的，却寄居在作为山祖的昆仑山上。难道说昆仑山竟然是天上的一座神山吗？又或者，因为它是一座神山，所以才成为山之祖吗？关键还在于，这些集聚在昆仑山上的各路神仙，居然很讲卫生，每年都要到漫无边际的大海里去洗澡四次。昆仑远居内陆，距离大海可谓千里迢迢。要想去往大海，一个必由之径便是身为"大地之脊"的秦岭。这样一来，自然也就顺理成章地引出了《秦岭记》的"主角"秦岭。别的且不说，单是如此一种开头方式，就已经充分地体现出了贾平凹那令人惊艳不已的艺术想象力。然后，是第五十六章，也即小说的结尾部分。这一章集中叙述的是，相传的仓颉造字地也即洛水流经的"阳虚山、页山、元扈山、望沟和鹿鸣谷"这一带一座仓颉书院的打造，以及书院里一个名叫立水的好学上进的孩子的故事。首先，把一部长篇笔记小说最终落脚到仓颉造字这一细节，就特别耐人寻味。其次，是作家赋予立水的相关思考与认识。等他终于能够"仰观象于玄表，俯察式于群形"的时候,遂生出了一系列与自然、人生、世界,与秦岭有关的顿悟:"他似乎理解了这个世界永远在变化着,人与万物沉浮于生长之门。似乎理解了流动中必定有的东西,大河流过,逝者如斯,而孔子在岸。似乎理解了风是空气的不平衡。似乎理解了睡在哪里都是睡在夜里。似乎理解了无法分割水和火焰。似乎明白了上天无言,百鬼狰狞。似乎理解了与神的沟通联系方式就是自己的风格。似乎理解了现实往往是一堆生命的垃圾。似乎理解了未来的日子里,人类与非人类同居。似乎理解了秦岭的庞大、雍容,过去是秦岭,现在是秦岭,将来还是秦岭。"最后一句"过去是秦岭,现在是秦岭,将来还是秦岭"的睿智表达,既可以让我们联想到作家在小说后记中的那一句"秦岭最好的形容词就是秦岭",更可以促使我们联想到鲁迅《秋夜》中的"在我的后园,可以看见墙外有两株树,一株是枣树,还有一株也是枣树"。但令人生疑之处在于,即使再怎么早慧,从常理推断,这一系列关于自然、人生、世界乃至秦岭的真切顿悟,无论如何都不可能产生于一个不过在仓颉书院里读了三年书的孩子。很大程度上,与其说这些思想是属于立水的,莫如说是属于作家贾平凹的。是贾平凹,在借助于立水之口,传达着这一连就是十个"似乎"的思想认识。事实上,也正是在这一连串"似乎"的前提下,才有了小说最后的这一段叙事话语:"一切都在似乎着似乎着,在他后来热衷起了写文章,自信而又刻苦地要在仓颉创造的文字中写出最好的句子,但一次又一次地于大钟响过的寂静里,他似乎理解了自己的理解只是似乎。他于是坐在秦岭的启山上,望着远远近近如海涛一样的秦岭,成了一棵若木、一块石头,直到大钟再来一次轰鸣。"阅读这段叙事话语,首先要搞明白何为若木。若木的说法出自中国古老典籍《山海经》。一处是《海内经》,原文是:"南海之外,黑水青水之间,有木名曰若木,若水出焉。"另一处为《大荒北经》,原文是:"大荒之中,有衡石山、九阴山、泂野之山,上有赤树,青叶,赤华,名曰若木。"据专家考证,所谓若木,就是我们现在的石榴树。尽管石榴树现在已经是很平常的一种树,但在《山海经》里确实被当作"神木"来看待的。贾平凹到小说结尾处,之所以要让立水变成一棵若木,很显然是如《山海经》一样将若木看成了神木。与此同时,我们须注意两点。其一,是"他似乎理解了自己的理解只是似乎。"在呼应前边一段叙事话语的同时,虽然貌似两个"理解"与"似乎"的一种含糊其辞的重复，但其中却毫无疑问隐藏着贾平凹一种通透的世事（其实不只是世事，也包括自然乃至整个世界）洞明。其二，是立水发誓"在仓颉创造的文字中写出最好的句子"。如果我们把这句话，与小说后记中的"努力写好中国文字的每一个句子"（请注意，贾平凹还把这句话当成了小说的题记）联系起来，那么，也就可以指认贾平凹最起码在立水身上寄予了自己的精神情怀与写作志向。又或者，我们正在展开分析的《秦岭记》，某种程度上也可以被看作立水观察秦岭、书写秦岭的一种直接结果。由以上分析可见，贾平凹在小说的开头与结尾上其实下了很大的功夫。虽然说由于长篇笔记小说缺少整一的艺术结构，似乎每一个章节都可以随意地相互置换，也不会影响到表达效果，但开头和结尾的两个章节却无论如何都动不得。

别有智慧的开头与结尾之外，阅读贾平凹的《秦岭记》，我们首先感受到的是作家强烈的现实关怀与忧患意识。虽然说小说的各个章节中故事发生的时间有前有后，并不整一，但通篇读下来，我们却不难发现，主体的故事时间应该还是"文革"结束后的改革开放时代一直到当下时代。比如第一章就出现了明确的时间标志："一九八八年，倒流河没有发洪水，却刮了两个月热风，沿途的竹子全开花。竹子一开花便死去，这是凶岁。随后山林起火，山上的人顺河去逃难，群鸟惊飞，众兽奔窜。"尽管贾平凹没有具体交代山林起火的原因，但从大概率上来推断，应该是天灾。问题在于，天灾也罢，人祸也罢，在秦岭山区，灾难的最终承受者，除了各种鸟兽、各种植物之外，便是普通山民。这也就是贾平凹精辟道出的"山上的人顺河去逃难，群鸟惊飞，众兽奔窜"的一种苦难情形。比如，第五章中写到了一个名叫苟门扇的"脑子差成"之人："而距则子湾寨八里的高涧村，几十年间不断地有人出山到城市打工，苟门扇始终窝在村里。他脑子差成，没有婚娶，除偶尔干些农活，大多时间都是坐在墙根晒太阳，见人瓜笑。""苟门扇呢，还是吃饭不知饥饱，睡觉不知颠倒。村里的男劳力几乎都去了山外的城市，他就成了守村人。养了一条狗，狗和他一样瘦骨嶙峋。"尽管没有明确交待时间，但通过村里的男劳力几乎都进城去打工这样的叙事话语，贾平凹就已经暗示出故事的发生时间乃是晚近的一个历史时期。在户籍管理特别严格的计划经济时代，人口的流动，尤其是乡村人口的逆向进城，几乎是不可能的事情。既然大家都进城去了，那乡村的空洞化也就是一种必然的事实。"脑子差成"的苟门扇因毫无工作能力，便只能孤身留守，成为高涧村的守村人。我们完全可以想象一下，一个"脑子差成"的人、一条狗，都瘦骨嶙峋地留守在空无一人的高涧村，情形之孤苦与凄凉当然不容否认。再比如第十章，写西后岔的故事。或许与自然条件有关，此地多花多蝶："从岔口到岔垴，没有大树，稍林也稀稀落落，却到处都能见到桃李、迎春、杜鹃、篱子梅、蔷薇、牡丹、剑兰、芍药，还有黄菊、蒲公英、白菅、呼拉草。每年清明节后，南风一吹，四季都有花开。""而蝴蝶也多，灰蝶的、斑蝶的，环、蛱、闪、砚，小的如指甲盖大，大的超过了手掌。"或许是因为花喻美人，此地不仅多花多蝶而且还多漂亮女人："花多就女人多，其实也不是西后岔女多男少，是漂亮的女人三个五个在一搭了就显得女人多。"换言之，西后岔此地一众都是些漂亮的莺莺燕燕。关键的问题发生在改革开放的时代："到了改革开放，山里人可以出山进城务工了……而漂亮女人出去的最多。一片子绿茵草地，掐一遍草尖子，掐一遍草尖子，草尖子被一遍一遍掐过了，剩下的只是残茎败叶，狼藉不堪。"在这里，贾平凹明显是在以花草比喻西后岔的那些漂亮女人。就这么掐来掐去，数年过去，"岔里的漂亮女人越来越少，以至于有好事者来西后岔访美，感叹着看景不如听景"。性别平衡是维持正常社会生态一个非常重要的部分。一旦性别失衡，西后岔的败落与凋敝也就势在必然："没有了女人，男人们就活得没意思。吃了饭，锅懒得洗，睡在炕上，没人暖脚。离过婚的，还把媳妇的旧鞋按风俗吊在井口，盼望着有一天人能回来。没结过婚的，灯光下看墙上贴的年历，年历上印着美人图，越看越气，模样还整齐的开始出山打工或逃往他地。西后岔好几处屋院就倒坍了。"如同贾平凹已经明确揭示的，导致西后岔漂亮女人流失，西后岔村凋敝、败落的根本原因，乃在于村里人的进城打工。由此可见，曾经一度莺莺燕燕满簇的西后岔村之所以会败落到如此一种地步，正是所谓城市化进程所赐的结果。富有反讽意味的是，等到后来县扶贫工作队来到西后岔的时候，竟然出现了这样的场面："正是秋天，三角枫叶子变红，那个队长偶尔看到一篷一篷的木棉和毛腊，惊呼：啊这儿有花！木棉和毛腊的花不是花，白是白的，只是吐出来的绒絮。"正如同作家所明确指出的，扶贫工作队队长所发现的，根本就不是花，只不过是木棉与毛腊吐出来的绒絮而已。借助于这样的一个细节，贾平凹以一种象征的方式强有力揭示的，正是曾经一度繁花似锦满簌皆是莺莺燕燕的西后岔，再也不复往日胜景。

需要注意的是，尽管《秦岭记》中的确存在着无可否认的现实关切，但社会批判却肯定不能被看作是贾平凹此作的思想主旨。与社会批判相比较，贾平凹在《秦岭记》中更在意的，其实是一种建立在万物有灵观念基础上的人与大自然之间生命的相互感应。比如第二章中的一个片段，写蓝老板明明看见三只四只什么小兽跑进了屋，但等他到屋里的时候，却只是看到地上有小板凳。吊诡之处在于，只有等到他坐在板凳上的时候，才突然发现这个板凳就是一只跑进来的小兽。小兽怎么可能变成板凳？二者之间到底是怎样的一种关系？难道说是蓝老板眼花了吗？因为无法给出更合理的解释，我们只能提出这样的一些疑问。比如篇幅极其简短的第四章，写的是二十世纪九十年代末，在地势险峻的花瓶子寨那里，出了一场车祸。一辆吉普车在观音崖侧翻后，跌落到了万丈深渊之中。吊诡之处在于，三个月后，有一个白衣男子来到这里，先是在翻车处捡到一枚纽扣，然后，等他在寺里住了一夜离开后，人们却在墙上发现了一张纸条。纸条上的内容是："终于真的想念你，想去看望你。你会说，滚一边去，能滚多远滚多远。我想能滚到清溪里，正好是炎夏。不恨你，有谢意。"所有的秘密，实际上就潜藏在这张纸条之中。因为作家的艺术处理过于玄奥，所以我们在这里也只能是根据蛛丝马迹来强作解人，做一番姑妄的猜测。首先，这个突然现身的白衣男子，极有可能就是那辆侧翻入万丈深渊的吉普车里的一员。既如此，他就是以鬼魂的形象现身人间的。其次，或者就是在那辆吉普车上，他想起了恋人或者爱人（恋人的可能性明显大于爱人）和自己嬉戏时带有玩笑性质的话语，那就是"你会说，滚一边去，能滚多远滚多远。我想能滚到清溪里，正好是炎夏"。如此一来，车祸的发生，也就带有了突出的一语成谶意味。尽管如此，或许与白衣男子内心里沉潜的浓浓爱意有关，他不仅没有恨意，反而还要表示谢意。同样令人倍感神秘的一点是，在一场雨过去之后，那个遗落纽扣的地方竟然长出了一朵野菊，数年之后，满山沟里竟然密密实实全都是金光灿灿的野菊。

那么，人与自然界之间到底有着什么样的感应关系？我们能不能干脆把那金光灿灿的野菊理解为白衣男子和那位恋人（爱人）之间爱的结晶呢？再比如第四十七章，写的是在2000年的那个夏末，月河东岸的草花沟一带，曾经出现过一个戴竹帽的陌生人，"说是乞丐，却穿着干净的白衣白裤"。虽然他并不主动讨要，但是在山民们施舍食物的时候，他还是乐于接受。没想到，十天后，这个戴竹帽的陌生人走出草花沟，在月河上过桥去西岸的时候，竟然落水身亡："河面很宽，桥是十几根独木接连起来的，又窄又长，他用竹竿敲打着，走到桥中间了低头看，水往下流，桥往上走，叫了声哎呀，人就跌下去。人在河里很快就被剥去了衣服，而且不再让看到天，他漂浮了十五里，赤裸裸的，身子一直趴伏在水皮上。"这个人到底是干什么的？他到底为什么不仅会突然现身在草花沟，而且到最后居然还溺水而死？此后很长一段时间里，这个陌生人的落水身亡，还以各种疑问的方式留存在草花沟山民们的记忆中："他肯定是在寻找，可寻找什么呢：前世和来生？婚姻和爱情？青春和希望？还是丢了魂，要寻找魂的。""或许他受到了什么委屈和伤害，郁郁寡欢，在过桥时眩晕而失了足落水。或许河水如镜，他在河水里猛地看见了自己，才哎呀一声，故意跌下去自杀。"总而言之，由于人已经亡故而不能起死回生，所以，正所谓"一切皆有可能"，山民们（其实更是读者们）的所有猜测，到头来也终归只能是猜测而已。真正令人感到神秘的一点，其实是草花沟一带自然界发生的感应性变化："第二年春上，草花沟里开始生长竹子，草花沟从来都没有长过竹子呀，这竹子越长越多，形成了一片一片竹林。半夜风过，竹林里有一种声响，混沌低沉，像是在诉说什么，又听不清诉说了什么，老往睡梦里人的骨头里钻。"之所以说是自然界的感应性变化，主要因为从来都没有长过竹子的草花沟里，自打那个陌生人落水身亡后，便开始发疯一般地生长出了一片又一片的竹林。二者之间唯一的连接点，就是陌生人的头上戴着竹帽，手里提着一根竹竿。仅仅因为竹帽和竹竿，草花沟便会破天荒地疯长竹子吗？这样的情节处理所体现出的，毫无疑问是人与大自然之间某种难以用理性的话语加以解释的因果关系。很大程度上，因为无法做出理性的解释，所以整部《秦岭记》才会散发出某种诡异的神秘文化气息来。而神秘文化气息本身，也正是中国传统笔记小说这一文体本质规定性之或一侧面。除此之外，第十七章中段凯的头"就是一个大土豆"，第二十二章中一村人因"走山"（即地震）而死亡后湖里突然生出黑鱼，第三十章中圆寂后的老和尚果然是一截木头，等等，也都可以从这个方面来加以理解。

　　人与自然界的相互感应之外，《秦岭记》令人印象格外深刻的一点，是建立在特异功能基础上的某种带有玄思色彩的形而上哲学思考。比如，我们曾经在前面提及过的第五章中的那位苟门扇。身为孤独守村人的苟门扇，虽然"脑子差成"，但可以发出一些肯定找不到答案的"天问"："他站在太阳下晒汗，问狗太阳能把什么都晒干了，怎么晒不干汗？狗卧着打盹，不理他。他拿了碳去河里洗，问狗碳怎么洗不白？狗友卧在那里打盹了，梦里有了呓语。他看见树上开花，说树开花是树在给他说话，但树上有许多谎花，那是树在说谎话。"太阳为什么晒不干汗？碳为什么洗不白？树竟然还会说谎话，这样一些问题，不要说"脑子差成"的苟门扇给不出答案，即使是我们，恐怕也一样无能为力。比如，第二十七章中的老城里的那个傻子。尽管这个年轻的傻子关于老城的历史与现实一问三不知，但常常会思考、追问一些莫名其妙的问题。看到草木开花后五颜六色、美不胜收，他会问："土里会不会有各种颜色？"看到鱼跳出水面，他会问："鱼只喝水就活着，人为什么要吃饭呢？"诸如此类的"天问"在傻子那里还有很多，既然土里种了什么种子就会再长出什么来，那驼背爷爷被埋在坟墓里之后会不会再长出一个驼背爷爷来？既然鸡叫天才会亮，那为什么鸡不叫天也会亮？太阳如果不热了呢？牙和指甲算不算骨头？还有就是："傻子又总是担心西边那个山头要垮了，瘿婆婆的那个囊袋要破了，姓李的男人要长出蘑菇，场畔的碌碡要被风吹走呀，门洞旁边的杨树要被雷劈的，爹也会在哪一天就死呢……"不容忽视的一点是，傻子后面的这些"玄思妙想"，带有明显的杞人忧天色彩。但在杞人忧天的背后所潜藏着的，却又是一种悲天悯人的情怀。大约正因为如此，"探寻人"才会由衷地感慨："傻子与神近啊。"再比如第三十六章，写的是红崖村的汤泉可以治病，有着康复健身的功能。但小说的主角，却是红崖村一个放牛的哑巴孩子。因为天天在放牛时可以看到人们在忙着泡汤泉，他便生出了一些奇思妙想："他看到了那些男人，觉得都是些长辈，把左眼闭起来，看到了那些女人,觉得自己是流氓呀,就把右眼闭起来。却在想:咋就有这么多病人呀?病人脱了衣服咋就这么丑陋呀?这汤水真能洗好病吗?那病人洗好了,不是把病洗在汤水里吗?洗过的汤水又流到洵河,洵河不是也就肮脏了吗?"就这么成天想来想去的,在常人眼里,原本就是哑巴的他显得愈加不正常了:"他的脑子慢慢就坏了,痴痴呆呆,天上打雷,开始下雨,常常忘了把牛从坡上赶回。"但孩子的奇思妙想却并未到此为止。既然已经意识到洵河被弄脏,那下一步该怎么办呢?孩子继续观看的结果,就是发现了洵河中竟然有暗泉在冒出。由此,"孩子就认为那是在洗河。他一认为是洗河,就又整天盼着这样的洗河能多些,能再多些。果然不久,汤泉下约两里的河道中就有了无数这样的洗河,每个洗河都开如一朵牡丹,河面上花开一片。"其他的奇思妙想且不说,单是河的肮脏与洗河就值得引起我们的相关思考。一方面,贾平凹的如此一种设定肯定与生态的主题紧密相关。人有病便在汤泉里洗,结果就把河给洗脏了。河脏了怎么办?亏得又有了暗泉出现,这样才有了更进一步的洗河想法。河可以被弄脏,然后再洗干净,生态的浅表主题之外,作家其实也表达着某种更深邃的对生活、世界乃至人性的相关思考。那就是,生活、世界、人性,甚至包括人的灵魂,是不是也存在类似的问题,是不是也同样可以被"清洗"干净。关键的问题是,虽然哑巴孩子如此这般地"忧天忧地忧洵河",但他的"忧"到头来却并不被他人所理解,村主任就不无厌恶地认定:"让他洗吧,他脑子有病,或许就洗好了。"还有第四十八章中,主要人物仍然是一个被叫做捞娃的病孩子。与前面提及的其他几位不同,病孩子捞娃的特异功能是,拥有某种非同寻常的如同隔墙看人的透视功能,总能看到正常人看不到的一些东西。即使自己拼命地不想去看,仍然是不由自主。因为他总是能够呈现一些不可能看到的画面,便引起了父亲的注意,"但他不晓得那是画面,也说不清脑子里怎么就有这些画面"。看来看去,"他先还觉得好玩,后来看多了就头疼,便睁着眼不敢闭。夜里睡觉少了。人越发瘦,皮肤白得发亮,像是身子里有了灯"。要害处在于,他越是不想看,却越是无法自控地要去看。他可以预知十天后将有水灾,预知村里人在下坝淤地时一定会死人:"爹不再让他说话,尤其不让给家里人之外的人说话。世上的事情不能想得太多,想多了都会成病,不能知道得太多,知道得多了就成了祸。"父亲的忧虑中所潜藏着的,其实一种天机不可泄露的意思。作为一个普通人,你凭什么不仅可以知道天机,而且还可以泄露天机呢?尽管有父亲的拼命阻拦,捞娃却还是忍不住要如同前面几位"异人"一样,不自觉地产生一些"天问"式的想法:"仰头看天,天是什么呢?就是刮风下雨,云来雾去,那怎么有了太阳,又有了月亮?这日子一天一天过去了,树落叶子在树下堆那么厚的,过去的日子堆在哪儿呢?村里老人一茬一茬在死,人死如果真是如灯灭,啥也没有了,为什么还能想到他们,他们常出现在梦里呢?"细细推敲一下这些"异人"们"杞人忧天"式的"奇思异想",我们就不难发现,他们往往会采用一种类推法。比如,太阳既然可以晒干一切东西,为什么就晒不干汗呢?鱼既然只喝水,人为什么就必须吃饭呢?既然衣服可以被洗,那河也同样可以被洗。既然树叶落下可以堆在一起堆得很厚,那一天又一天的日子又堆到哪里去了?等等,诸如此类,均是如此。一个不容回避的问题是,为什么只有这些往往是疾病缠身的"异人"或者"畸人"才会在拥有特异功能的同时,提出各种带有形而上色彩的"天问"呢?以我所见,之所以会如此,大概是受到了庄子思想的影响。在《庄子》中,曾经出现过包括王骀、申屠嘉、支离疏、子桑户、孟子反等一系列"畸人"或"异人"形象。他们虽然或身体残疾丑陋,或性情格外怪诞,但又别有一种人生智慧,有着不流世俗、通达自然的特别性情。虽然说《秦岭记》中的这一系列人物形象与《庄子》中的"畸人"或者"异人"的具体表现不尽相同,但内在的思想渊源的存在,恐怕是难以否定的一种客观事实。我们之所以断言贾平凹的《秦岭记》从思想内涵上说偏于佛道,"畸人"或"异人"的描写就是一个强有力的例证。

《秦岭记》中还有一些章节,如同此前的《太白山记》一样,表现出了某种善恶报应的道德训诫意味。比如第二十四章,写的是一个名叫延小盆的猎人如何想方设法欺瞒妻子试图偷情的故事。山上有一户木匠,因为木匠长年在外干活,只留下小媳妇在家,"小媳妇长得俊俏,惹得镇上好多男人去骚情"。让延小盆动了心的,就是这个俊俏的小媳妇。为了达到目的,明明妻子只信得过巩一斗,他却偏偏带着陈毛子,以捕狐子的名义上了山。没想到的是,在费尽心机地经过了一番折腾后,他随身携带的礼物却被小媳妇拒绝了。到最后,为了遮人耳目,陈毛子便跑到院里去打电话。不跑不要紧,这一跑,便跑出了一桩不期然的祸事。随着一声巨响,"没有见到狐子,雪地里倒着的是陈毛子。陈毛子踩上一颗药丸,把脚炸伤了"。虽然没有直截了当地安排试图偷情的延小盆自己被意外炸伤,但报应意味的存在是一种文本事实。比如第四十一章,写的是二十世纪七十年代,鸡头坝一个强势的村主任带领村民,在付出了相当惨重的代价之后,硬是用数年的时间将村里的土地改造为梯田:"三年五年,村子是真的富起来,家家有粮,也就养猪养羊养鸡,饭菜里有了腥味,而且开始用苞谷高粱烧起酒了。"梯田修好后,由于成绩突出,鸡头坝被评为"农业学大寨"先进村,村主任受到了县里的表彰。没想到,就是在出发去领奖之前,悲剧发生了。村主任无意间咽下去了一个枣核:"吃第三颗,陪同的人拍打他肩上的土,说:咋没换身新衣服?没想这一拍打,枣核却咽了肚。陪同人忙让抠喉咙往出吐,没吐出来,他说:没事,肚里还长棵枣树不成!就独自上路了。"出人意料的是,就是这个小小的不起眼的枣核,到最后居然要了村主任的命:"他越是用力,剖破的伤口越大,血流出来,人随之昏迷,远近没有行人。"就这样,村主任因失血过多而不幸死亡。不经意间的一个枣核,竟然要了村主任的命,如果联系此前在强制打造"大寨"式梯田的过程中,若干普通山民所付出的死伤代价,命运的报应意味同样十分突出。还有第四十四章所写张家两兄弟和水晶之间的故事。原本贫困无着的张家兄弟,不期然间在空空山阴坡的那个洞里发现了水晶。为了阻止村里人如同他们一样的挖掘行为,兄弟俩在把一个简直就是巨无霸的水晶王挖出来后,竟然用炸药炸塌了深井。没想到的是,就因为水晶王的存在,他们原本已经有所改善的生活从此再度改变:"看谁都不对,看谁都有谋财害命的企图,宁可饿着肚子,不去吃饭店的面条,不去喝摊棚里的茶水。他们已经不经管地里的庄稼了,也不再上山挖草药,砍栲木育木耳、香菇,就在家里守着水晶王。"不管不顾地守着水晶王倒也罢了,到后来,因为兄弟俩都喜欢上了刘家的翠翠,围绕这个姑娘,兄弟俩竟然发生了尖锐的冲突,大打出手。正是由于兄弟俩已经恩断义绝,所以,弟弟才会拿着锯子和锤子试图把水晶王一分为二。事与愿违,水晶王不仅没分开,反倒遭到了严重的破坏。情知自己已闯下大祸的弟弟,只好跳窗逃走。过了六年之后,村里有人在甘峪镇"看到镇街上有个乞丐,像是张家的弟,又不像是张家的弟,疯疯癫癫,在跟一伙追撵他的孩子说:水晶是水做的,水一泼到地上就烂了"。毫无疑问,借助于这个很显然是出于艺术虚构的水晶王的故事,贾平凹所强烈批判的,乃是张家兄弟尤其是弟弟身上的人性贪欲。水晶王被破坏,张家弟弟最后沦为乞丐,其中所蕴含的当然是一种深刻的道德训诫意味。需要特别强调的一点是,尽管我们已经进入了现代社会,但这并不意味着道德的解体。很大程度上,道德依然是维持人类存在与守护社会秩序的重要力量。从这个角度来说,《秦岭记》中的道德训诫,仍然有着非同寻常的现实意义。

虽然说以上几个方面的思想内涵都很重要,但相比较而言,《秦岭记》最重要的一种思想内涵,却表现为对人生和世界某种虚无本质的彻底看破,正所谓"乱哄哄你方唱罢我登场,到头来白茫茫一片大地真干净"者是也。我们之所以一定要用"如梦如幻如泡影,如露亦如电"这样一句话来作为本文的标题,根本原因也正在于此。当然,这样的一个思想命题,完全可以转换为西方哲学家萨特一部著作的名字,那就是"存在与虚无"。比如第十三章,写的是白城子别墅开发的故事。2000年的时候,茨坪突然被封闭后搞开发,建起了一幢幢高低错落的房子。因为这些房子像城堡一样全都是白颜色,所以就被当地人叫做白城子。其实,这白城子,是省城的十多个老板联合开发的康养别墅,里面居住的全都是他们的家人。为了争夺前往白城子做工的资格,上元坝村便发生了内哄:"先是羡慕,接着嫉妒,后来就恨了。"王西来因为相貌丑陋而无法获得做工资格,遂陷入一种疯疯癫癫的状态,到最后居然摇身一变成为一名貌似能够"祛邪消灾"的"神汉"。他的儿子王长久,虽然没有考上大学,却瞧不上父亲的装神弄鬼。因为向乡和县两级政府告状无果,他一气之下去省城打工,不仅成了一名诗人,而且还继续向省政府告状。没想到的是,"这样过去了五年,是不是王长久的反映发生了作用,这不清楚,但秦岭真的全面整治违法乱建现象"。这样一来,整个白城子便不复存在:"茨坪恢复了原状,这里再没有了人,昼夜刮风,草木点头,百兽率舞。"就这样,白城子从无到有,再从有到无,复归如初,简直就如梦幻一般。比如第二十九章,写村干部刘争先带领村民经过三十年的改河修田,不仅给村里增加了一千五百亩水地,而且还建了一座石拱桥。没想到,桥还没彻底修好,刘争先就不幸去世。为了纪念他，石拱桥被命名为争先桥。但仅仅过了两年，青龙河就发了大洪水："五天五夜的洪水慢慢消退，整个盆地面目全非，一千五百亩耕地没有了，青龙河又归位了往昔的河道。"残酷的事实充分证明，刘争先此前的全部努力都成了泡影。还有第三十三章，主要表现桥楼乡与安家寨乡争夺旅游资源的故事。因为原先拥有磊磊石的山顶被划归安家寨乡，所以安家寨乡的旅游事业蒸蒸日上。没承想，等到世纪之交的中秋那天，磊磊石中上面的那一块却从山顶滚下，一直滚入楼溪，并从中间把溪道一分为二。正所谓"风水轮流转"，由于楼溪属于桥楼乡，所以在把巨石命名为能够转运的印石或运石之后，桥楼乡的旅游事业便取代了安家寨乡的。不幸之处在于，仅仅过了两年，印石或运石便因再度分裂而彻底失去了观赏价值。既如此，"溪岸上的农家客栈和饭馆随之关闭"。就这样，只是为了所谓的经济利益，原本为一个乡的两个乡便争了个你死我活。到头来，还是冥冥之中自有定数，还是自然界本身以其自身的变化和两个乡开了个大玩笑。却原来，两个乡你死我活地争来争去，最后的结果却是什么都没有的一片"虚无"。借用一种更为流行的话语方式来说，以上这些情形，恐怕也只有孔尚任《桃花扇》中那段著名的台词："俺曾见，金陵玉殿莺啼晓，秦淮水榭花开早，谁知道容易冰消！眼看他起朱楼，眼看他宴宾客，眼看他楼塌了。这青苔碧瓦堆，俺曾睡过风流觉，把五十年兴亡看饱"才可以称得上是一种恰如其分的理解与评价。不管你曾经怎样地繁花似锦烈火烹油，到头来恐怕也只能是一片空茫茫的"虚无"。如此一种情形，舍却了"如梦如幻如泡影，如露亦如电"这样的话语，我一时之间真还找不出其他更为恰切的表达方式。

权力与资本场域中的知识分子

——关于李洱长篇小说《应物兄》

或许与我的孤陋寡闻有关，我最早知道李洱正在从事一部新长篇小说写作是2011年在北京参加第八次全国作代会的时候。至今犹记，那次会议的某个晚上，李洱和作家出版社的编辑张亚丽曾经在我的房间小坐。但实际上，按照小说完成后李洱自己关于这部作品竟然耗费了整整十三年时间的说法来推算，则他最早开始酝酿这部长篇小说的时间，最起码是在2005年的时候。从2011年开始，或许与我长期阅读追踪当下的长篇小说创作紧密相关，每每遇到李洱，我总是会不无讨嫌意味地追问他，新长篇小说的写作究竟进行到何种程度了，什么时候我们才能够读到这部期待已久的长篇小说呢？尽管总是无法从他那里得到确切的答复，但说实在话，由于此前他的长篇小说《花腔》和《石榴树上结樱桃》都给我留下极其深刻的印象，所以在我的内心深处一直存有着对于这部未知作品的强烈期望，却是毋庸置疑的一种客观事实。就这样，当时间的脚步行进到2018年秋日的时候，我终于在《收获》杂志长篇专号2018年度秋卷的目录上，发现了李洱的长篇小说《应物兄》（连载于《收获》长篇专号2018秋、冬卷）上卷的踪迹。当时那样一种长久期待之后终于要见到"金刚真身"的感觉，于今想来，恐怕的确有点"漫卷诗书喜欲狂"的意思。接下来的，便是拿到刊物后迫不及待的阅读，以及先后两次认真阅读之后更长时间的沉寂与思考。那么，我们究竟应该如何看待评价《应物兄》这部现象级的长篇小说呢？在认真读完这部字数多达九十万的长卷之后，笔者一时之间陷入"不知从何说起"的茫然状态之中，久久难以自拔。

首先，我们必须承认，作为一部以现代知识分子为主要表现对象的巨型长篇小说，《应物兄》的确拥有足够丰饶的知识系统。因为作品以济州大学筹建一个儒学研究院为主要的故事情节与结构线索，所以，自然会写到一众致力于儒学研究的知识分子，这样也就势必会旁涉很多相关的儒学知识，比如，关于孔子《论语》、关于《诗经》以及相关的学术史谱系等，这一方面的例证，在小说中可谓不胜枚举，比比皆是。别的且不说，主人公应物兄一部影响极大的学术著作，就是《孔子是条"丧家狗"》："他从美国访学回来之后，整理出版了一部关于《论语》的书，原名叫《〈论语〉与当代人的精神处境》，但在他拿到样书的时候，书名却变成了《孔子是条"丧家狗"》。他的名字也改了，从'应物'变成了'应物兄'。"首先，"孔子是条'丧家狗'"这个书名，很容易让我们联想到前一阶段曾经在学界产生过一定影响的、北京大学李零教授一部以《论语》为研究对象的学术著作《丧家狗——我读论语》。尽管没有从李洱那里获得确证，但如此一种联想生成的合理性，不管怎么说都是毋庸置疑的。其次，应物兄这部书的原名"《论语》与当代人的精神处境"，假如把《论语》置换为儒学或者儒学研究院，那么，这个标题也可以说庶几概括体现了李洱这部《应物兄》的创作主旨。

再次，更重要的一点是，借助于一本学术著作的出版，作家很巧妙地介绍了"应物兄"这一名号的由来。第一，从一种直观的角度来说，"应物兄"这三个字，让我联想到的，就是唐代那位以恬淡高远的诗风而著称于世的山水田园诗人韦应物，尽管我们根本搞不明白韦应物名字的具体由来。第二，如果把"应物兄"这三个字与儒学研究联系在一起，那么，正如同作家在小说中明确提出的，这三个字便可以让我们联想到"虚己应物，恕而后行"这样的古典名句。这句话典出《晋书·外戚传·王濛》，字面的意思是此人（即王濛）一贯特别谦虚，总是以一颗仁爱之心待人接物。李洱特地征用这一语词来为自己学富五车的主人公命名，很显然是在借此暗示应物兄也具有类似于王濛这种"虚己应物，恕而后行"的精神品格。本来他的名字只是"应物"二字，但不知道是出版人季宗慈出于有意还是无意的缘故，总之，根本没有征求他本人的意见，等到《孔子是条"丧家狗"》正式出版的时候，他的署名莫名其妙地多了一个字，变成了"应物兄"。依照人物的性格逻辑来推断，季宗慈此举不仅毫无疑问是有心之举，而且他的出发点肯定是对市场效益的充分考量。在他因此而向季宗慈发火的时候，季宗慈竟然还给出了一番看似合理的解释："季宗慈说，虽是阴差阳错，但是这个名字更好，以物为兄，说的是敬畏万物；康德说过，愈思考愈觉神奇，内心愈充满敬畏。这当然是借口。他虽然不满，但也只能将错就错来。"没想到的是，从此之后，人们竟然以讹传讹地干脆叫他"应物兄"。原来的"应物"，反倒不怎么被提起了。第三，联系应物兄的普通农民家庭出身，他的父亲肯定不可能给他想出"应物"这样有些来历的名字。那么，应物的名字究竟从何而来呢？一直到第23节《第二天》这一部分，李洱方才借儒学大师程济世先生询问的方式，给出了这个问题的答案。原来，命名者不是别人，正是他初中时的班主任朱三根："就是那个老师将他的名字'应小五'改成了'应物'——在家族的同辈人中，他排行老五。班主任姓朱，原名朱山，曾是个'右派'，早年在高校教书，据说在'反右'运动中肋骨被打断过三根，所以同事们都叫他朱三根。"没想到的是，这应物还偏偏就不领情，只一门心思想着把名字再改为"应翔"。面对着应物拒不接受的情绪，朱三根老师专门给他写了一段话："圣人茂于人者，神明也。同于人者，五情也。神明茂，故能体冲和以通无；五情同，故不能无哀乐以应物。然则圣人之情，应物而无累于物者也。今以其无累，便谓不复应物，失之多矣。"尽管应物兄肯定是那个时候的高材生，但即使如此，对于一个初中生来说，以上来自《王弼传》中的这段古文，也还是太深奥了，他无论如何都不可能读懂。但自幼聪慧的他，却能从老师的神情中看出了师命不可违，看出了老师寄予自己的殷切期望，所以只能乖乖地接受了"应物"这个看似深奥的名字。那个时候的他，根本不可能想到，到后来，在研究生面试的现场，正是因为他的名字，以及他在现场背诵出这段话，乔木先生方才以收扇子的方式点头首允，把他收到了自己门下。与应物兄名字的由来紧密相关的朱三根这个人物形象，尽管只是在小说中偶一现身便不复出现，但如果从知识分子命运的审视与表达这个主题的角度来说，这一形象的存在并非可有可无。朱三根因为"右派"身份而惨遭毒打断了三根肋骨，并被发配到农村进行思想改造的经历，毫无疑问是当时中国知识分子不幸命运的一个组成部分。

因为作家所聚焦的乃是济州大学的一众知识分子，而这些知识分子又不仅仅以儒学研究为志业，所以，在儒学知识之外，李洱的这部小说也还旁涉到了很多西方的知识，其中尤以哲学方面的最为引人注目。我们注意到，关于《应物兄》中的知识系统，曾经有学者做过这样的一种概括："必须承认，李洱的学识学养令我钦佩不已，儒学、道学、佛学、哲学、生物学、环境学、建筑学、社会学、堪舆学等等，各种学科的知识在作品中不是炫技而是融会贯通，信手拈来。称其是'百科全书式'的小说当不为过。"① 既然是一部以知识分子为中心的鸿篇巨制，那么，以很大的篇幅旁涉描写各种知识系统，自然也就是题中应有之义。在当代其他题材相同的知识分子小说中，或许与作家的创作动机有关，我们很少看到如同李洱这般对于各种知识系统的充分书写与表达。以我愚见，《应物兄》如此一种知识极大丰富的情形，很可能会招致两种截然相反的评价。赞之者会认为，既然是一部旨在描写表现当代知识分子的长篇小说，那么，相关知识系统的描写，就是一种必要的事情，而且，更进一步说，在这种描写中，我们或许还能够见出作家对世界与存在的基本看法。借用复旦大学教授郜元宝在《应物兄》研讨会上的发言来说，就是："李洱之所以有野心把那么多知识点囊括进十三年的写作，无非是想通过小说的形式追问中国今天知识分子到底处于何种状态。"② 而贬之者则很可能认为，小说作为一种主要关乎人性的艺术形式，其聚焦点理当更多地停留在人物的外在言行举止展示与内在精神世界挖掘上。从这个角度来说，过多的知识系统书写，因其对思想主旨的相对疏离，或者还会招致"掉书袋"的指责。尽管我们不仅更多地赞同前者的看法，而且还对李洱在写作过程中如同做学问一般的"穷经皓首"功夫充满敬佩之情，但说实在话，由于笔者自身的相关知识储备相对贫乏，所以无论是非臧否，并不敢轻易置一词。正因此，我还是更愿意把精力集中到其他方面，尤其是关于时代境遇中知识分子形象的研究与分析。

---

① 刘江滨：《〈应物兄〉求疵》，《文学自由谈》2019 年第 2 期。

② 施晨露：《横扫年末文学榜单的 90 万字长篇〈应物兄〉是怎样一部作品，竟让评论家"掐"了起来》，《文化观澜》2018 年 12 月 25 日。

但在具体展开我们的讨论之前，首先需要对《应物兄》叙事形式方面的若干特质略加关注。先让我们从叙事人称的问题说起。一方面，《应物兄》所采用的很明显不是更具主观性特征的第一人称叙事方式，但在另一方面，主人公应物兄所承担的主观叙事视角功能，却无论如何都不容轻易忽视。某种意义上，我们完全可以说，在这部字数多达九十万的长篇小说中，从应物兄始，到应物兄终，携带着视角功能的他，是唯一一位贯彻文本始终的人物形象。然而，多少有点令人不解的是，伴随着故事情节的逐渐深入，竟然会在很多时候出现"我们的应物兄如何如何"这样一种叙事句式。比如，就在小说刚刚开始的第1节中，就已经出现了这种叙事句式："打电话的同时，我们的应物兄就已经整理行头了。"比如，"我们的应物兄后来知道，那只铃铛其实是从汪居常他们家小狗的脖子上取下来的。"再比如，"我们的应物兄预感到栾庭玉即将发火，但他还是抽空想出了一个奇怪的比喻：那双耳朵，真的就像卤过了一样。通常情况下，如果有个奇妙的比喻涌上心头，应物兄都怀着愉快的心情欣赏一番的。""我们"？这个突然间冒出来的复数"我们"，到底包括哪些人呢？应该说，对于这样一个重要的问题，作家李洱一直到小说结束的时候，都没有给出过明确的交待。问题在于，尽管这个"我们"的出现特别突然，但最起码就我个人的阅读感受而言，真实的情况却是，不仅丝毫没有感到突兀，反而还莫名其妙地生出了一种亲切感。为什么会如此呢？细细琢磨一番，其中的道理，极有可能是因为在阅读过程中应物兄这一人物形象早已深入人心。正因为读者在阅读过程中已然对应物兄产生了强烈的认同感，所以在看到"我们的应物兄如何如何"的时候，才会毫无排斥，没有异样的感觉生成。事实上，严格从叙述学的意义层面上来说，类似于李洱这样一种悍然冒犯基本叙事法则的行为，是坚决不允许的。借用中国古代批评家金圣叹的说法，李洱的这样一种行为或许可以被称为"犯"。按照我自己一种真切的阅读体会来加以揣度，李洱《应物兄》中时不时就会出现的这个"我们"，很可能既包含了活跃于文本内部的除应物兄之外的其他所有人物，也包括身为读者的我们，甚至干脆也包括作者李洱在内。一方面，我们明明知道李洱在"犯"，但另一方面，我们却不仅能够接受，甚至还会纵容这种"犯"的行径存在，充分说明的就是我们寻常所谓的"文无定法"。

又或者，李洱正在以这样一种勇于第一个吃螃蟹的方式，在为未来的叙述学理论做出探索性的贡献。

接下来，需要注意的一点，就是作家李洱在叙事过程中对预叙手段熟练而普遍的使用。所谓"预叙"，直截了当地说，就是在故事情节还没有正式展开之前，作家借助于暗示等艺术方式将相关信息巧妙地透露给读者。这一方面，最典型的一个例证，恐怕就是《红楼梦》中贾宝玉梦游"太虚幻境"那部分。在故事情节还没有发生之前，曹雪芹就通过判词的方式率先揭示相关人物的未来命运，这正是"预叙"功能的突出表现。或许与《应物兄》篇幅的相对巨大有关，李洱通过预叙手段的充分使用，在制造艺术悬念的同时，更紧密地把前后的文本整合在一起。比如，第16节《双林院士》中就曾经这样写道："至于做儿子的为何不愿与父亲见面，乔木先生不愿多谈一个字。应物兄无论如何也想不到，有一天自己会与双林院士的儿子相遇。"双渐是双林院士唯一的儿子，为什么竟然会与父亲结怨甚深，乃至于一直不愿意与父亲见面呢？真正的谜底彻底被揭开的时候，已经到了第85节《九曲》中了。曾经被打成"右派"在桃花峪"五七干校"下放劳动的双林院士，在离开桃花峪回京之后，很快就被相关组织安排到了甘肃："那里有一个隐秘的核生产基地。所有进出基地的专家和战士，都曾向党宣誓：'知而不说，不知而不问；上不告父母，下不告妻小。'双渐的母亲自然也就不知道，丈夫这一走，两个人再也无缘见面。我国第一颗原子弹试爆成功的第二年，双林院士来过一封信。当双渐看到那封信的时候，母亲已经去世两年了。双渐还记得，信上留的地址是'（玉门）西北矿山机械厂'。"这一年，可怜的双渐只有八岁。"母亲死后，双渐被小姨收养。双渐的小姨后来嫁到了桃都山。在后来的几年，双渐曾往'玉门西北矿山机械厂'写过两封信，但从来没有收到过回信。一九七七年，双渐考入北京林业大学。直到大学三年级，双渐才知道父亲还活着。"身为高级知识分子的双林院士，本不是一个无情之人。他之所以很多年与家人断绝音信，乃是因为恪守组织要求保守科研机密的原则。能够严格地遵守组织纪律，从某一个角度来说，当然值得予以充分肯定。但一个关键的问题恐怕在于，对机密的保守是否已经严重到了毫无音信乃至于死活不知的地步。在和平年代，如果说为了保守所谓的机密，竟然妻子去世两年了都毫不知情，那如此一种制度中所内蕴的反人性性质，自然也就无须多言了。当一种制度竟然可以把一位高级知识分子的人性扭曲到如此地步的时候，我们应该加以警醒和反思的，肯定是这种制度本身了。正因为父亲虽然活着但多年不通音信，所以才会有很多年之后双渐面对应物兄的一种真切倾诉："他来看过我。我想跟他说话来着。话一出口，我就冒犯了他。我真是不该那么说。可是后悔有什么用？我说，你怎么还活着？活得挺好的嘛。他问我能不能吃饱？塞给了我二十斤粮票。北京粮票。班上还有两个同学，他们的父亲也与他们多年没了联系。等有了联系，发现父亲已经另有家庭了。我想，他肯定也是如此。我是在很多年之后，才从乔木先生那里知道，他依然孤身一人。"既然父亲连母亲的去世都不知道，既然很多年父子之间都联系不上，那这样一位父亲的存在就形同虚设了。面对着如此这般"绝情"的父亲，双渐不愿意见面自然也就可以理解了。关键在于，谁才应该为他们父子之间的"恩断义绝"承担根本责任呢？从表面上看，似乎更应该是身为父亲的双林院士，但认真地想一想，真正的责任者其实是那个具有突出反人性性质的不合理制度。

如果说关于双林院士与双渐的这种预叙，属于一种外在表征很突出的"明预叙"的话，那么只要我们详加考察，就可以发现另一种姑且称之为"暗预叙"的艺术手段的存在。具体来说，这一点集中体现在第11节《卡尔文》这一部分。在介绍来自非洲坦桑尼亚的黑人留学生卡尔文的汉语水平时，曾经出现过这样的一些叙事段落："闻知应夫子车祸，患了半死不死之病，我心有戚戚焉！""他叫我卡夫子，我叫他应夫子。孔子是孔夫子。他是应夫子。""上帝啊，老天爷啊，娘啊！应夫子醒来吧，别半死不死了。阿门。"在充分表现卡尔文汉语水平的同时，此处专门提及的应夫子也即应物兄的车祸，当指前面刚刚介绍过的"一次他开车送朋友去机场，在高速路上发生了碰撞，差点死掉。当他醒过来的时候，他看到了卡尔文在博客里写的那段文字"。我们所摘引的，正是这段文字的若干片段。但千万请注意，只有与小说结尾处的相关情节联系在一起，我们才能够发现卡尔文这段博客文字的预叙功能。小说的最后一节，也即第101节《仁德丸子》部分中写道："从本草到济州这条路，他开车走过多少次，已经记不清了。他不知道，这将是他最后一次开车行走在这条路上。""他最后出事的地点,与那个挂单拐者最初开设的茶馆不远。他曾坐在那里,透过半卷的窗帘,看着那些运煤车如何乖乖地停在路边,接受盘查。"但这时的他,根本没想到,自己竟然会因这些运煤车而重蹈车祸的覆辙:"事实上,当对面车道上的一辆运煤车突然撞向隔离带,朝他开过来的时候,他已经躲开了。他其实是被后面的车辆掀起来的。他感觉到整个车身都被掀了起来,缓缓飘向路边的沟渠。"依照李洱那如同草蛇灰线一般的缜密思维,小说开篇不久处借助卡尔文那带有明显语病的博客文字,所遥遥指向的,正是结尾处这一富含深意的应物兄车祸细节。只不过其中深意,尚需等到我们展开对应物兄这一现代知识分子形象的分析时再详细道来。此处,我们且将关注点先转移到《应物兄》的开篇方式上。

我们都知道,一部长篇小说的开篇方式,对于作品思想艺术的最终成功,有着特别重要的作用。对此,曾经有学者以《红楼梦》为例发表过很好的意见:"开头之至关重要于此可见一斑也。尤其是在《红楼梦》这样优秀的作品中,开头不但是全篇的有机组成部分,而且能起到确定基调并营造笼罩性氛围的作用。至少,如以色列作家奥兹用戏谑的方式所说:'几乎每个故事的开头都是一根骨头,用这根骨头逗引女人的狗,而那条狗又使你接近那个女人。'""假如《红楼梦》没有第一回,假如曹雪芹没有如此这般告诉我们进入故事的路径,假如所有优秀文学作品都不是由作者选择了自己最为属意的开始方式,或许,我们也就无须寻找任何解释作品的规定性起点。"① 更进一步说,一个恰如其分的开篇方式,还有着足以涵盖统领全篇的象征性作用,正如同《收获》的编辑在"编者的话"中所说:小说各篇章撷取首句的二三字作为标题,尔后,或叙或议,或赞或讽,或歌或哭,从容自若地展开。不仅全书的总标题为"应物兄",而且小说的第1节也叫《应物兄》,所以一开始就从应物兄这一人物形象落笔写起:"应物兄问:'想好了吗?来还是不来?'"什么想好了吗?谁来还是不来?一落笔,李洱即直指小说核心事件——济州大学儒学研究院的成立。原来,济州大学校长葛道宏在获知大名鼎鼎的儒学大师、时任哈佛大学东亚系教授的程济世先生即将回国讲学的消息之后,便试图

---

① 张辉:《假如〈红楼梦〉没有第一回》,《读书》2014 年第 9 期。

利用应物兄与程济世先生之间的特殊关系（应物兄在哈佛大学访学时，程济世是他的导师），把籍贯为济州的程济世先生延请至济州大学任教。为此，葛道宏准备专门成立一个后来被命名为"太和"的儒学研究院。一方面，应物兄本人是儒学研究的知名学者，另一方面，他与程济世先生之间又有着如此一种师生渊源，所以他自然被校长委以重任，成为儒学研究院最主要的筹备人员之一。与此同时，他的同门师弟，原先一直在校长办公室写材料的费鸣，被葛道宏校长委派来专门给他做助手。小说开篇处，应物兄的那句"想好了吗？来还是不来？"就是针对这件事而言的。

　　关键的问题在于，当应物兄讲出这句话的时候，只有他自己一个人正在洗澡。这样一来，"也就是说，无论从哪方面看，应物兄的话都是说给他自己听的。"实际上，如此一种自言自语，一直伴随着他洗澡过程的始终："虽然旁边没有人，但他还是没有把这句话说出来。也就是说，他的自言自语只有他自己能听到。你就是把耳朵贴到他的嘴巴上，也别想听见一个字。谁都别想听到，包括他肚子里的蛔虫，有时甚至包括他自己。"依我所见，小说第一节的使命，固然是要给出儒学研究院的成立这样一个核心事件的发生缘起，但相比较来说，写出应物兄一贯自言自语的习性，恐怕才是这一节更重要的使命之所在。首先需要澄清的一点是，应物兄到底为什么会形成如此一种与众不同的习性？对此，李洱在接下来的第2节《许多年来》中，就给出了明确的答案："许多年来，每当回首往事，应物兄觉得对他影响最大的就是乔木先生。这种影响表现在各个方面，其中最重要的方面就是让他改掉了多嘴多舌的毛病。二十世纪九十年代来临的时候，他因为发表了几场不合时宜的演讲，还替别人修改润色了几篇更加不合时宜的演讲稿，差点被学校开除。是乔木先生保护了他，后来又招他做了博士。"虽然说在小说叙事过程中，故事时间也曾经回到过二十世纪八十年代，乃至更为遥远的五六十年代，但从叙事时间的角度严格来说，整部《应物兄》的叙事是从中国社会进入市场经济时代开始的。只要明确了这一点，我们自然也就会明白应物兄在那个时候为什么总是要"多嘴多舌"，为什么总是会"不合时宜"。关于这一点，我们不妨把它与第8节《那两个月》中的一个细节联系起来加以理解。第8节曾经写到过应物兄回家上网搜索别人对自己的评价。在发现自己二十多年前一篇评价李泽厚《美的历程》的文章被贴出的同时,他还发现:"把文章贴到网上的这个人认为,他如今从事儒学研究,高度赞美儒家文化,岂不是对上个世纪八十年代的背叛,对自我的背叛?背叛?哪有的事。我并没有背叛自己。再说了,在八十年代又有谁拥有一个真正的自我呢?那并不是真正的自我,那只是一种不管不顾的情绪,就像裸奔。"请注意,这里的一个语焉不详处,乃在于对八十年代时应物兄所从事专业或学科的具体介绍。但毫无疑问的一点却是,在人们普遍的印象中,八十年代可以被看作一个"新启蒙"的时代。如果说启蒙思想来自西方,那么,应物兄后来所从事的儒学研究,则很显然来自中国传统。由此可见,从八十年代到九十年代,知识分子应物兄的确存在一个由启蒙向儒学研究转型的问题。即使关于应物兄是否背叛了八十年代、背叛了自我的问题,我们可以暂且置而不论,但在中国学界,一种无法否认的现实却是,在进入市场经济也即所谓"后改革时代"后,知识分子群体中的一大部分,的确存在着由启蒙向儒学或者说传统文化的转型现象。这一方面,一个标志性的人物就是那位大名鼎鼎的刘小枫。曾经以积极倡导"诗化哲学"而一时名声大噪的刘小枫,在八十年代特别醉心于西方文化神学的引进、介绍与阐释。因为这方面成绩的突出,他几乎变成了文化神学的代名词。但任谁都难以预料,就是如此一位沉浸于西方文化神学很多年的知识分子,进入九十年代后,竟然发生了令人瞠目结舌的转型,由西方神学转向了儒学研究。尽管无法确证李洱的相关描写是否与刘小枫他们有关,但我在读到小说中关于应物兄的相关描写时,马上就联想到了刘小枫他们。尽管说应物兄曾经为自己的转型做过相应辩解,但在我看来,他的辩解显得有点苍白,并不具备充分的说服力。然而,从小说的叙事逻辑来说,有了第8节应物兄转型这一细节的存在,第2节中关于应物兄在"二十世纪九十年代来临的时候"曾经"多嘴多舌"与"不合时宜"的描写,也就获得了相应的事理支撑。毫无疑问,应物兄在当年的"多嘴多舌"与"不合时宜",不仅指向了他曾经坚持的启蒙思想立场,而且更进一步地指向了一个非常重要的历史事件。

我们注意到,关于八十年代启蒙的被迫退场,小说后半段曾经借用一个特别形象的细节进行过不无辛辣的讽刺性描写。在一家已有三十年历史但不得不面临被拆迁命运的书店里,"应物兄想起,九十年代初他再次来到这里的时候,八十年代那批启蒙主义的书籍,已经被论斤卖了。有一套书,曾经是他最喜欢的书,是李泽厚先生主编的,叫'美学译文丛书'。当年为了把它配齐,他曾不得不从图书馆偷书"。然而,应物兄根本不可能料想到,当年被他视若珍宝的另外一套曾经产生过极大影响的书籍,到这个时候,竟然变成了一副惨不忍睹的千疮百孔模样:"那捆'走向未来丛书',他曾视若珍宝,可在这个旧书店里,老鼠竟在上面掏了个窝,在里面留下了自己的形状。"一方面,这种描写是一种真切的写实,时间久了,书籍难免会被老鼠糟践。但另一方面,这哪里又仅仅是一种写实呢?与其说是写实,莫如说是象征。从一种象征的角度来说,这套"走向未来丛书"与其说是被老鼠噬咬,不如说是其所承载的启蒙主义思想到了市场经济时代的被迫边缘化,乃至于不得不退场。

事实上,正是因为"不合时宜"的"多嘴多舌"曾经给他招来过祸端,所以,乔木先生才会借用孔夫子的看法来告诫应物兄一定要学会少说话:"起身告别的时候,乔木先生又对他说了一番话:'记住,除了上课,要少说话。能讲不算什么本事。善讲也不算什么功夫。孔夫子最讨厌哪些人?讨厌的就是那些话多的人。孔子最喜欢哪些人?半天放不出一个屁来的闷葫芦……君子讷于言而敏于行。要管住自己的嘴巴。日发千言,不损自伤。'"紧接着,乔木先生又以俄语为例做了进一步的告诫:"俄语的'语言'和'舌头'是同一个词。管住了舌头,就管住了语言。舌头都管不住,割了喂狗算了。"一方面固然是因为有导师乔木先生的谆谆告诫,另一方面更是因为有来自现实的深刻教训,应物兄决心尽可能做到"讷于言而敏于行"。但一个无法否认的问题却是,他的心里面有那么多话想说。没想到,应物兄再三自我克制的结果,却是一件奇怪事情不期然间的发生:"但是随后,一件奇怪的事在他身上发生了:不说话的时候,他脑子好像就停止转动了;少说一半,脑子好像也就少转了半圈。"怎么办呢?难道就这样眼睁睁地看着自己的脑子失去思考能力吗?经过了一番努力之后,一种语言的奇迹竟然在应物兄身上不期然间发生了:"他慢慢弄明白了,自己好像无师自通地找到了一个妥协的办法:我可以把一句话说出来,但又不让别人听到;舌头痛快了,脑子也飞快地转起来了;说话思考两不误。有话就说,边想边说,不亦乐乎?"就这样,伴随着应物兄表面上的日渐沉默寡言,"他还进一步发现,周围的人,那些原来把他当成刺头的人,慢慢地认为他不仅慎言,而且慎思。但只有他自己知道,他一句也没有少说。睡觉的时候,如果他在梦中思考了什么问题,那么到了第二天早上,他肯定是口干舌燥,嗓子眼冒火"。这样一来,应物兄也就奇迹般地成为一个特异功能的具备者,尽管这种特异功能并不为人所知。从一种象征的意义上说,应物兄由"多嘴多舌"而沉默寡言,其实隐喻着身为高级知识分子的应物兄某种思想功能被强行阉割。与此同时,假如我们把应物兄"自言自语"习性的生成与时代背景联系起来,那么,作家所真切写出的,恐怕也正是一个时代的社会政治形态究竟会在怎样的程度上深刻影响到知识分子精神世界的构建。更进一步说,借助于如此具有原创性的艺术构想,李洱不动声色地写出了知识分子自我精神世界一种巨大的撕裂感。由于在我个人的理解中,鸿篇巨制《应物兄》最不容轻易忽视的思想主旨之一,就是对现代知识分子精神世界的深度勘探与书写,所以从这个角度来说,李洱所精心设计的小说开篇方式,自然也就拥有了足以涵盖全篇的象征隐喻意味。

但不管怎么说,既是核心事件,同时又以结构主线的方式贯穿《应物兄》始终的,是那个后来被命名为"太和"的济州大学儒学研究院的成立。假若我们要以一句话来概括《应物兄》的主体故事情节,恐怕也就是,一个名叫"太和"的儒学研究院的成立过程,以及在成立过程中包含政界、商界和学界等在内的社会各界人与事的种种纠葛。在当下中国,一所如同济州大学这样的高校酝酿成立一个儒学研究院,本来是寻常不过的一件事情。这一事件之所以会在《应物兄》中,如同一枚石子被投入水中泛起一波又一波涟漪一般,最终成为一件波及面极大甚至还引起了省委领导高度重视的事件,一个根本原因在于海外儒学大师程济世先生的介入。依照常理,中国不仅是儒家文化的发源地,而且世世代代已经形成了深厚的儒学研究传统。如此一个国度的一所大学要成立儒学研究院,要聘用一个在学界有影响的学者做院长,放着国内众多的学者不管不顾,却偏偏要不惜千里迢迢地去聘请一位美籍学者,作家的这种艺术设定本身,即有着非常突出的反讽意味。反讽之一,假若程济世先生的儒学研究水平的确在全球范围内处于领先状态,那自然会对中国的当代儒学研究构成莫大的讽刺。反讽之二，假若我们国内的儒学研究水平远远超过国外，那如此一种行为的讽刺意味就更耐人寻味了。而且，从作品中关于程济世先生言语行为的描写来看，也很难说他就比其他研究者高明到哪里去。在这种情况下，葛道宏校长仍然坚持一定要想方设法把程济世先生延请至济州大学来掌管儒学研究院，恐怕就功夫在诗外，就别有所图了。说到底，葛道宏的此种强烈诉求，与当下时代中国高等教育界一味地强调全球化、强调与国际接轨、强调创办国际一流水平高校的总体氛围紧密相关。如此一种举措，带给读者的一种错觉就是，似乎只要能够把程济世先生引进来，济州大学马上就会摇身一变成为国际上有影响的一流大学。唯其如此，葛道宏才会在讲话中特别指出："但是，有一点是不能再拖了，那就是不惜血本引进人才，尤其是引进国外的名师，尤其是享誉世界的大师。建一个与国外相媲美的自然科学的实验室，往往要花费巨资，所以，人文领域的研究院可以先建一两个。总而言之，有名师方为名校，名师为名校之本，堂堂济大岂可无本？无本则如无辔之骑，无舵之舟也。"葛道宏之所以授权正处于上升期的儒学界知名学者应物兄牵头组建这个儒学研究院，根本出发点正在于此。嗣后，在获知程济世先生的高足、海外巨富黄兴（又被戏称为子贡）即将来到济州的消息之后，济州大学专门成立了"黄兴先生接待工作小组"，由葛道宏校长亲自担任组长，应物兄担任副组长。之所以要高规格接待黄兴一行，葛道宏的一段话道出了其中奥秘："我们都知道，校友捐赠是目前国内外主流大学排行榜、国家双一流建设高校和地方高水平大学建设的主要指标，是彰显学校综合实力、办学水平、校园文化、社会影响和国际影响力的标志。黄兴先生虽然不是我们的校友，但黄兴先生的老师程济世先生是我们的校友，这次黄兴实际上是代表他老师给我们捐助的，所以也可以看成校友捐款。"由葛道宏的这番话可见，他之所以特别看重黄兴的到来以及期盼中的黄兴捐款，根本的出发点，也是为了能够实现所谓国际化的高校建设目标。

然而，应物兄自己，甚至包括葛道宏在内，恐怕都不可能想象得到，如此一个特别郑重其事的儒学研究院成立事件，由于在筹备过程中各种社会力量的强势介入，到最后竟然演变为一场可谓"乱哄哄你方唱罢我登场"的闹剧。首先介入其中的，是资本甚至是国际资本的力量。国内资本力量的代表人物,是桃都山连锁酒店的女老板铁梳子。由于在赴美访问时不仅结识了程济世先生的弟子黄兴,并且进一步了解到黄兴一直在资助儒学研究,所以,在回国之后,铁梳子就准备效仿其例,也给予国内儒学研究相关的资助。因此,她才会对应物兄说:"黄总就是我的榜样,而榜样的力量是无穷的,所以我也想资助儒学研究。你不是研究孔子的吗?这笔钱花到你身上,可不就是花到了正地方?"当应物兄对此表示拒绝时,铁梳子反驳说:"怎么?还有人跟钱过不去?我说的是设立一个儒学研究论文奖。不是捐给你的,是给儒学研究院的。葛道宏都给我说了,你们要成立研究院,专门研究孔子。"事实上,只有到后来,伴随着故事情节的发展演进,我们方才发现,不仅铁梳子提出的设立儒学研究论文奖的承诺未曾兑现,而且她会有更深的介入与利益图谋。当然,与国际资本的代表、同时也是程济世先生得意门生之一的黄兴也即子贡的所作所为相比较,铁梳子恐怕只能算得上是大巫面前的小巫。"在程先生所有弟子中,黄兴的脑袋瓜子最灵,考虑问题最为周全,生意做得最大。不过直到这个时候,我们的应物兄还没有想到,程先生会提出让黄兴捐资修建研究院。"大约也正因为黄兴特别会做生意,所以,应物兄才给他起了"子贡"的绰号:"子贡是他给黄兴起的绰号。黄兴对这个绰号很满意。他曾对黄兴说,人们以后会说,历史上有两个子贡:一个是孔夫子的门徒,姓端木,名赐,字子贡;另一个是儒学大师程先生的门徒,姓黄,名兴,绰号子贡。这个绰号传开以后,有人认为,他这样说其实是'一石二鸟',既恭维了黄兴,又恭维了程先生,而且主要是恭维程先生:世上能带出子贡这样的徒弟的,只有孔夫子和程先生。其实我还没有这么想过。我只是认为,黄兴跟当年的子贡一样,都是大富豪。"按照小说中的介绍,这位有一些怪癖的黄兴也即子贡(在现代社会,竟然把一头驴子或者一匹白马作为自己的宠物,这被看作是他怪癖的突出表征之一)的发家,乃是沾了岳丈的光:"黄兴的首任妻子是台湾一个海运大王的千金。黄兴为自己的集团取名为黄金海岸(Gold Coast,简称GC)就与此有关。"没想到,他的妻子和岳丈竟然在很短的时间内均撒手人寰。人死固然是不幸的事,"但从商业角度看,黄兴的命却足够好,因为他继承了一笔遗产。后来黄兴的财产就像雪球越滚越大,生意遍及北美、北欧以及东南亚,然后就变成了当代子贡"。尽管关于黄兴更进一步的发迹史,小说并无具体描写,但只要看一看这位当代子贡后来在济州的所作所为,我们即不难想见他那充满着血腥味的发迹史。

不管怎么说,黄兴这样一位国际资本大鳄,之所以能够与应物兄他们筹划中的儒学研究院发生关联,乃是因为程济世先生居中周旋。依照常理,黄兴既然是程济世先生的入门弟子,那程先生对黄兴该有相对深入的了解才对。而这,实际上也就意味着,某种程度上,他应该为黄兴后来那些实在上不了台面的行径负相当的责任。虽然断言他们沆瀣一气或许有点过分,但失察之过却无论如何都推诿不得。关于黄兴那种唯利是图般的精明,为安全套起名字一事,就是恰当不过的一个细节。当副省长栾庭玉的秘书邓林转达领导旨意,想让黄兴把安全套的生产基地放在济州的时候,他给出的回答是:"子贡说:'安全套的事,也得再与蒙古方面商量。GC已在蒙古考察了生产基地,已签了协议,就在中蒙边境。黄某愿意在济州生产,但也需要董事会研究。'子贡开了个玩笑,'你们若能给安全套起个好名字,生产基地就放在这里。'"没想到,邓林很快就借助于应物兄大作《孔子是条"丧家狗"》中的一段话"广告竟然用孔子的'温而厉,威而不猛,恭而安'来描述性爱过程的三个阶段",而想出了一个"温而厉"的名字。邓林进一步解释说:"这三个字原来说的是温和而严肃,但用到安全套上面,就可以做出另外的解释了,就是既温柔又厉害。然后是威而不猛,所谓有威势但是不凶猛,不是那种蛮干。然后是恭而安,也就是男女双方互相恭敬,心满意足,安然入睡。"在当时,闻听了邓林的一番言论后,黄兴当即有明确的表示:"应物兄,邓大人真是你的高足啊。温而厉?What a good idea(好主意)!若能在董事会上通过,我付给邓大人一百万。"这番关于安全套命名的讨论,发生在第57节《温而厉》,等到第93节《敦伦》部分,这一话题再次被捡了回来。因为妻子乔姗姗的归国,应物兄去买安全套,发现果真有一种安全套被命名为"威而厉"。紧接着,就是叙述者的一番感慨与继续交待:"子贡当初可是说过,名字一旦采用,即付一百万Dollar。子贡的原话好像是这么说的:'我是想把这一百万Dollar留在济州的。'如今他只是稍加变动,将'温而厉'改成'威而厉',就把一百万Dollar省下了。当然了,这个时候,我们的应物兄完全不可能知道，那一百万 Dollar 其实并没有省下，它已经进入了济民中医院的账户。如前所述，金彧就在济民中医院工作。"对于金彧这样一位开篇不久就已经出场、曾经是铁梳子手下得力干将的姑娘，读者应该还会有深刻的印象。只不过，这个时候的金彧，不仅已经进入济民中医院工作，而且与副省长栾庭玉发生了紧密的内在关联。也因此，这个与金彧有关的"威而厉"细节的出现，在充分凸显黄兴贪婪本性的同时，也巧妙地暗示出了某种权钱交易关系的隐然存在。

尽管黄兴这次兴师动众的回国，名义上是尊程济世先生之命，要为正在筹办中的"太和"儒学研究院投资，但我们实际上所看到的，却是他在利用一切机会以谋取更大的经济利益。我们注意到，当应物兄询问黄兴要不要签一个捐款协议的时候，黄兴的回答是："我给陆空谷说了，先给一个整数。把太和先建起来。""子贡没有明说一个数是多少，似乎不需要说。和葛道宏一样，他也认为那是一个亿。至于那是人民币还是美元，他们都没有多问。"关键在于，话虽如此说，但一直到小说结束，或许与"太和"儒学研究院未能建成紧密相关，我们一直没有看到过黄兴那个黄金海岸集团的实际捐款行为。与此相反的一种事实是，在通过一番所谓的专家论证，认定铁槛胡同与皂荚庙一带就是程先生所说的仁德路之后，黄兴与铁梳子他们在栾庭玉副省长的纵容之下，竟然以一种偷梁换柱的方式巧妙地以建"太和"儒学研究院之命，展开了一场堪称掠夺式的房地产开发。对此，应物兄尽管感觉不对劲，却实在无力阻止："但是，他依然觉得，有什么地方不对头。不过，就在那一刻，他没有能够再对这个问题进行深入细致的思考。这是因为另一种感觉突如其来地袭击了他。"一种什么感觉呢？一种与他的妻子乔姗姗紧密相关的一种感觉："几乎与此同时，在我们的应物兄眼前，已经洋洋洒洒地下起了一场大雪。雪的洁白没能把他个人历史的黝暗天空照亮，反而使它更加混沌。那个混沌！不明不白，丑，令人难堪，脏，令人恶心。他妈的，它还有声音呢。在沙沙沙的雪声中，乔姗姗娇喘的呻吟，刺激着他的耳膜。"这种不期然间猛然爆发出来的特别感觉，联系着的是应物兄个人生活中带有强烈羞辱感的情感记忆。很大程度上，正是它对应物兄的突然袭击，骤然间阻断了他对仁德路问题的进一步思考。但请注意，尽管从表面上看，"那个混沌！不明不白，丑，令人难堪，脏，令人恶心"这些激烈的语词，所针对的是与乔姗姗紧密相关的个人记忆，但认真地想一想，其实这些激烈语词也同样针对着葛道宏他们的肮脏行径。

到了第80节《子贡》部分，一开头就是一个高层秘密会议的场景："子贡、葛道宏、铁梳子、陈董，四个人在葛道宏的办公室谈话，其余诸人都在会议室里等着，计有：董松龄、陆空谷、李医生、应物兄、敬修己、汪居常、卡尔文、吴镇、费鸣。汪居常不愧是搞历史的，竟然联想到了分享'二战'蛋糕的开罗会议，把那四个人的见面，称为'四巨头会谈'。没搞错吧？开罗会议其实是'三巨头'会议，因为斯大林并没有参加。当然，这话他没说。"参加高层密谈的四个人中，除了身为校长的葛道宏外，其他均属体量有别的资本大鳄。尽管说汪居常将他们的密谈比作"开罗会议"，明显违犯了历史常识，但他的瓜分切割蛋糕一说，却一针见血地道出了四个人密谈的根本实质。虽然是典型的第三人称叙事，但我们千万要注意多少显得有点突兀的最后一句话："当然，这话他没说。"虽然在前面叙述者已经貌似客观地把应物兄也排进了人物的序列之中，但此处的"他"却毫无疑问只能是应物兄。更进一步，从葛道宏的新任大秘乔引娣那里，应物兄方才了解到事关"太和"儒学研究院的最新境况："乔引娣以为他已经知道的事，有的他其实并不知道。比如，从此之后，'太和'不仅指太和研究院，还指太和投资集团，它是子贡、铁梳子和陈董三方共同出资组建的投资集团，集团目前的任务是胡同区的改造，以后将参加旧城区的改造；从此以后，太和研究院将简称'太研'，而太和投资集团将简称'太投'。"从原初的太和儒学研究院，到后来的太和投资集团，你可以发现，黄兴他们的初衷不知不觉间就已经演变为试图牟取暴利的投资行为。又或者，我们干脆可以说，这些资本大鳄的初衷就是冲着巨大的市场而来的，尤其是对于黄兴这样的国际资本大鳄来说，中国庞大市场的诱人是显而易见的一种事实。

关于这些资本力量的本质，后来双渐在与应物兄的谈话过程中，其实有着尖锐的揭示与批判。当应物兄询问隶属于铁梳子的那些严重危害生态的家具厂还在不在桃都区的时候，双渐给出的回答是："其中最大的那个家具厂，就是铁梳子的。它还在，只是搬到了更深的后山。我为此找过铁梳子，让他给一个死去的朋友掏一点抚恤金。她说那不是她的，早就转手了。可有一天，她去厂里训话，让我给碰上了。她说，来，双同志，咱们出去走走。出了门，她说，你抬头往天上看，三百六十度，所有的天空都是我的。我想怎么就怎么。"尽管只是在与别人谈话时的片言只语，但从其中我们却不难真切感受到在如同应物兄和双渐这样的知识分子面前，活跃于商界的那些资本大鳄们的狂妄与傲慢。

商界的资本力量之外，另一种显赫的社会力量，就是来自政界的权势了。毋庸讳言，说到政界的权势，在《应物兄》中最具代表性的一个人物形象，恐怕莫过于副省长栾庭玉了。我们首先注意到，就在刚刚出场不久，栾庭玉曾经有过一个自谦的作秀机会。面对着济州大学校长葛道宏、知名儒学家应物兄，栾庭玉说："宦情秋露，学境春风。在合适的时候，栾某人还是愿意退出官场。一二三四五六七，七六五四三二一，统统都放下，就到高校任教。并且来说，至少图个清净。跟官场相比，高校就是个桃花源啊。"当他再三表示将来某一天一定要调到济州大学做学问的时候，应物兄不得不推却道："'这玩笑开大了，'应物兄说，'庭玉兄道千乘、万乘之国，仕途正好。"秋露"一说又从何说起呢？再说了，高校早已非净土，岂有桃源可避秦？"春风"一说也就谈不上了。'"如此一番惺惺作态，一旦碰上真格的，栾庭玉的不学无术马上就暴露无遗了。当应物兄无意间提到史学大师陈寅恪的时候，未料栾庭玉的反应却是："银缺？够坦荡的，竟敢在名字里说，自己缺银子花了。"面对着堂堂副省长的无知，应物兄只好委婉地补台："是子丑寅卯的'寅'，陈先生属虎，名字里就带了个'寅'字。"栾庭玉："应物兄是说，把我介绍给陈虎什么寅？"应物兄："世上已无陈寅恪。"栾庭玉："死了？"葛道宏叹了一口气，说：ّ"'文革'中死的。"通过以上的一番对话，我们不难对栾庭玉副省长的文化素质窥其一斑。其中耐人寻味的，是葛道宏所叹的那一口气。从表面上看，葛道宏似乎是在为陈寅恪先生在"文革"中的不幸惨死而叹气不已，但究其实质，我以为，葛道宏恐怕更是在为堂堂副省长的无知且无畏长叹一口气。

但就是这样一位无知无畏的栾庭玉，却因为副省长的职位而拥有了对很多事情的生杀予夺大权。最值得注意的，就是他利用职权对"太和"儒学研究院成立过程的强行干预。事实上，在从应物兄那里获知国际资本大鳄黄兴即将来到济州的消息之后，栾庭玉的内心就已经打上了自己的小九九。应物兄对栾庭玉意图的最初察觉，是在京港澳高速公路济州出口处迎接黄兴大驾光临的时候。当应物兄忽然发现济州畜牧局局长侯为贵意外地出现在黄兴车队里的时候，栾庭玉的秘书邓林却没头没脑地对黄兴讲了这么一句话："是栾省长让我通知侯先生，悉听黄先生吩咐。"如此情形的出现，让应物兄大感意外："怎么回事？这事我没听邓林说过啊？应物兄觉得有些奇怪，但并没有多想。侯为贵是畜牧局局长，可能正好到蒙古谈什么项目，遇上了黄兴先生，然后就有了后来的一路相伴。"只有在后来从栾庭玉看似随意提起的投资话题中，应物兄方才明白过来，侯为贵的意外出现，其实乃是栾庭玉特意安排的结果："有一点是应物兄没有想到的，栾庭玉在随后的谈话中，突然提到了投资问题。这个好像不属于原定的话题范畴。栾庭玉说：'黄兴先生若在济州投资，或在省里任何一个城市投资，政府一定在税收方面，在土地征用方面，在银行服务方面，给予大力支持，还可以授予黄兴先生'荣誉市民'称号。省里有规定的，凡是获得这个称号的海外投资人，政府还可以在原来优惠的基础上再给予较大程度的优惠。"栾庭玉看似随意地改变话题，应物兄方才突然醒悟过来："应物兄才突然想起来，陆空谷曾经告诉他，栾庭玉曾让邓林与GC联系，探讨GC集团在济州投资的可能性。也只有到这个时候，他才明白，子贡为何要以慈善家的形象出现，为什么急着安排一个换肾手术？"无论如何都必须承认，栾庭玉是一位生性固执的人，虽然黄兴不情愿，但他一直到饭桌上都还在强调硅谷的投资问题。他的表现，自然会让应物兄与葛道宏们心生不满："应物兄觉得这顿饭吃得有些不舒服。当然不是对饭菜有意见，而是对栾庭玉有意见。他觉得，因为栾庭玉从中插了一杠子，又扯到了什么硅谷问题，关于太和研究院的事情就不方便再谈了。他觉得，葛道宏也应该有点不满，因为葛道宏对话题的参与度明显降低了，还把椅子往后挪了挪，开始看手机了。"然而，尽管应物兄不情愿，但面对着来自栾庭玉的政治威权，作为文弱书生的他根本无能为力。至于那位虽然是葛任（李洱长篇小说《花腔》中的主人公，是一位有理想有情怀的中共早期高级领导人形象）的后人，但其言行举止早已变得庸俗不堪的葛道宏，尽管一开始也流露过对栾庭玉的不满情绪，然而很快就因为相关利益的牵扯，而与栾庭玉之流狼狈为奸、沆瀣一气了。不管怎么说，在太和儒学研究院被迫无疾而终的过程中，以栾庭玉为代表的政治威权力量从自身利益出发从中作梗，无疑是不容轻易忽略的重要原因之一。

如果说黄兴与铁梳子是商界的代表人物，栾庭玉是政界的代表人物，那么，身为《应物兄》主人公的应物兄，就毫无疑问是学界也即现代知识分子的代表人物。如前所言，在这部并非第一人称叙事的长篇小说中，应物兄实际上承担了非常重要的叙述视角功能。但在承担叙述视角功能的同时，他更是一位值得予以特别关注的现代知识分子形象。我们注意到，关于小说创作中人物形象塑造的重要性，杰出作家白先勇曾经发表过极其精辟的看法："写小说，人物当然占最重要的部分，拿传统小说三国、水浒、西游、金瓶梅来说，这些小说都是大本大本的，很复杂。三国里面打来打去，这一仗那一仗的我们都搞混了，可是我们都记得曹操横槊赋诗的气派，都记得诸葛孔明羽扇纶巾的风度。故事不一定记得了，人物却鲜明地留在脑子里，那个小说就成功了，变成一种典型。曹操是一种典型，诸葛亮是一种典型，关云长是一种典型，所以小说的成败，要看你能不能塑造出让人家永远不会忘记的人物。外国小说如此，中国小说像三国、水浒更是如此。"① 也因此，倘若我们的确承认小说创作，尤其是长篇小说创作的一个主要功能，就是建立在人性挖掘基础上的人物形象塑造，那么，应物兄自然就可以被看作是《应物兄》中最具有人性深度的、立体多面的人物形象之一。

不管怎么说，我们都应该承认，从小说一开篇就率先出场的应物兄，是一位不仅学富五车，而且在学界乃至更为广泛的社会层面上都有着不小影响力的现代知识分子形象。当他那条被命名为木瓜的小狗，在一家动物诊所不慎咬了一条金毛一口，因而被狮子大张口地索赔高达九十九万元的时候，只因为后来才赶到的卡尔文认出了他就是应物兄，金毛的主人铁梳子，不仅不再让他赔偿，反而还连连向他道歉。别的且不说，单是这个细节，

---

① 白先勇：《白先勇细说红楼梦》（上），广西师范大学出版社2017年版，第192—193页。

就足以说明应物兄这个时候那种春风得意的感觉。只是在电台与主持人朗月做了一次谈话节目，就不无意外地换来了颇有几分风韵的朗月的投怀送抱，也从一个侧面证明了应物兄的男性魅力之所在。尽管这样一种没有丝毫感情基础做支撑的交媾，并不令他感到快乐："这就像我书中写到的，做爱之后，我不但没有获得满足，反而有一种置身于冰天雪地的感觉。"虽然感觉如此不爽，但到了后来，应物兄还是与朗月再一次发生了关系。作家之所以要做这样一种处理，其实与应物兄的亲密关系紧密相关。因为与妻子乔姗姗的关系非常糟糕，所以，日常生活中的应物兄实际上长期被迫处于禁欲的状态。长期禁欲，对于应物兄这样一位有着正常生理需求的中年男人来说，无论如何都是不可思议的一件事情。也因此，面对朗月的投怀送抱，应物兄虽然心理上不怎么接受，但他的身体无法抗拒。"如果说他没有想过拒绝，那显然不符合事实。但事实是他又确实没有把她推开。"如此一种看似矛盾情形的生成，其实正是应物兄身心极端分裂状态的突出表征。

既然已经谈到了应物兄的情感生活，那我们就不妨多说两句。事实上，应物兄与乔姗姗之间的情感危机，早在二十世纪八十年代的时候，就已经埋下了最初的根由。乔姗姗最早钟情的男人不是应物兄，而是他研究生时的好友郏象愚。乔姗姗对郏象愚的情有独钟，是在八十年代中国思想界的领袖李泽厚先生到济州大学讲学时，彻底暴露出来的。由于特别喜欢德国哲学，自称为猫头鹰的郏象愚，富有想象力地把自己的女友命名为密涅瓦，即雅典娜智慧女神。那一次，李泽厚先生来讲演的时候，因为过于拥挤，身为研究生会宣传部部长的郏象愚，不慎被从台子上挤下来，发出了一声特别凄厉的惨叫。而"紧随着那一声惨叫的，则是一个女孩子的尖叫"。这个女孩子不是别人，正是乔木先生的独生女儿乔姗姗。郏象愚与乔姗姗之间的恋情，就此而曝光。令人意想不到的一点是，就在大家以轮流背负的方式护送郏象愚去往校医院的路上，自以为处于绝境中的郏象愚，竟然将乔姗姗"托孤"给了应物兄："'你是好人，'郏象愚说，'姗姗托付给你，我也就放心了。'""这是第一次有人把他与乔姗姗的命运联系到一起。它出自一个对自己的命运、自己的真实处境毫无感知的人之口，但它是真诚的。"尽管后来看起来，郏象愚的"托孤"完全是个玩笑，但谁也料想不到,这个看似玩笑的场景,到最后竟然变成了现实。因为乔姗姗与郏象愚的爱情遭到了乔木夫妇全力反对,乔姗姗遂效仿十二月党人的妻子,竟然不顾母亲的生命安危,毅然追随郏象愚私奔。等到乔姗姗终因对郏象愚彻底失望而重新回到家里的时候,母亲已经因为病气交加去世了。这之后,尽管应物兄遵从师命,与乔姗姗结为夫妻,但或许与乔姗姗曾经一度将感情完全交付给郏象愚(也即后来追随程济世先生的敬修己)有关,他们夫妻俩的感情状况一直非常糟糕。糟糕到什么程度呢?"见面就吵,不见面就在心里吵,这就是他们的正常状态。他们都认为对方需要去看精神病医生,同时又认为看医生也白看。"应物兄与乔姗姗之间糟糕感情的描写,在第 70 节《墙》中表现得非常突出。"一天早上,不知道哪句话说得不对,或者仅仅是口气不对,乔姗姗突然恼了,拿着英语辞典砸了过来,差点把窗玻璃给砸碎了。那块玻璃上有个气泡。他看着那块玻璃,想,她的性格有点瑕疵,就像玻璃上有个气泡,不过并不影响阳光透进来。"莫名其妙地被乔姗姗拿辞典砸过来,对应物兄来说,无论如何都是非常恼火的事情。但李洱关于这个场景的描写却非常幽默,他很快地把玻璃上的气泡与乔姗姗性格上的瑕疵联系在一起加以思考,以如此一种充满幽默感的方式自我排解,也可以看作是应物兄特有的生存智慧。

同样需要注意的是,在写到应物兄糟糕的情感生活时,李洱提到了乔伊斯的长篇小说《尤利西斯》:"那家伙还说,吃羊腰的爱好是向《尤利西斯》的主人公布卢姆学来的。"那家伙是谁呢?不是别人,正是后来让应物兄戴了绿帽子的那位长江学者。尽管带有明显的反向暗示意味,但一个确定无疑的事实是,正如同乔姗姗给应物兄戴了绿帽子一样,布卢姆也曾经被他的妻子莫莉戴上过绿帽子。在《应物兄》中之所以要特别提及《尤利西斯》的主人公布卢姆,其内在含蕴很显然就是要借此暗讽应物兄。到后来,应物兄果然在一个大雪天意外地听到了一对男女做爱的声音:"在一个雪天,他提前回到了铁槛胡同。当他从那些煤球、灶台之间穿过的时候,突然听到一阵奇怪的声音,是男人和女人激烈的喘气声。哦,有一对男女趁着别人上班在肆无忌惮地做爱。"但"无论如何,他也不可能想到,那个女人其实就是乔姗姗"。等到那个男人后来成为长江学者的时候,应物兄曾经有过这样一种内心活动:"我生气了吗?没有。我不生气。

他妈的,我确实不生气。其实那家伙做乔姗姗的情人也不错。据说女人长期不做爱,对子宫不好,对卵巢不好,对乳腺不好。我是不是应该感谢他?感谢他在百忙中对乔姗姗行使了妇科大夫的职能?唉,其实我还有些遗憾。如果他确实爱乔姗姗,我倒愿意玉成此事。但从那个打油诗上看,他们只是胡闹罢了。他问自己:如果对方发来'求之不得,寤寐思服'一类的诗句,我会主动把乔姗姗送上门吗?"一个男人,被自己的女人戴了绿帽子,到底该不该生气呢?在这里,请一定不要忘记,李洱最擅长的一种艺术手法,就是以正话反说或者反话正说为主要特征的反讽。也因此,当应物兄一再强调自己不会生气的时候,恐怕也正是他内心里有气说不出的时候。真正泄露他内心秘密的,是那句忍无可忍的"他妈的"。尤其是当他不无戏谑地把那位男人对乔姗姗的行为,理解为是在行使一种妇科大夫职能的时候,一种苦涩的意味其实已经流露得特别明显。也因此,在第69节《仁德路》部分,由铁槛胡同与皂荚庙勾起他内心深处一种与乔姗姗紧密相关的痛苦记忆,就是合乎逻辑的一件事情。

然而,尽管应物兄与乔姗姗之间的夫妻感情可以说是一团糟,但正所谓"失之东隅,收之桑榆",与感情上的一团糟糕相比较,小说开篇时的应物兄在他的学术志业也即他的儒学研究以及由此而带来的社会影响这一方面,却真正称得上是春风得意马蹄疾。由于他的儒学研究著作《孔子是条"丧家狗"》在社会上产生了极大反响,"那两个月,在季宗慈的安排下,应物兄接受了无数次的采访。除了乌鲁木齐和拉萨,他跑遍了所有的省会城市。北京和上海,他更是去了多次。香港也去了两次,一次是参加繁体字版的签约活动,一次是参加香港书展"。又或者,这种巨大社会影响的生成,正是季宗慈对他进行全方位包装的一种直接结果。一时之间,应物兄显得那样炙手可热,甚至多多少少有了不可一世的感觉。这种炙手可热,突出地表现在电视媒体对他的强势追踪上。某一天,他意外地在一家商场里发现自己竟然同时出现在几个不同的电视频道里:"在生活频道里,他谈的是如何待人接物……而在新闻频道里,他谈的则是凤凰岭上的慈恩寺申请世界非物质文化遗产的意义,那时他穿着唐装;而在购物频道里,他谈的则是建设精品购物一条街的必要性,那时他穿着雨披,身边簇拥着舞狮队,一群相声演员和小品演员将他围在中心。他虽然不是考古学家，但他还是出现在一个考古现场，谈的是文物的发掘和保护在文化传承方面的意义。"毫无疑问，出现在多个电视频道里的应物兄，不仅已经不再是一个纯粹的知识分子，而且很明显带有了学术明星的味道。由自己在多个电视频道同时出现，应物兄情不自禁产生了相关的联想："他想起了自己曾经在电台讽刺过于丹和易中天，说他们好像无所不知，就像是站在历史和现实、正剧和喜剧、传说和新闻、宗教和世俗的交汇点上发言，就像同时踏入了几条河流。会不会也有人这么讽刺我呢？"事实上，当应物兄扪心自问到底会不会有人因此而讽刺自己的时候，他的这种扪心自问行为本身，已经构成了对他自己莫大的调侃与讽刺。一方面，应物兄对于丹和易中天们可谓深恶痛绝，但另一方面，现实生活的逻辑却总是扭曲着他自己的意志，在逼迫他成为自己所厌恶的那些批判对象。清醒如应物兄者，到头来也不得不屈从于经济时代的市场逻辑。以上情形充分说明的，正是市场经济时代知识分子的明星化与时尚化普遍存在的现实。

　　事实上，也正因为置身于市场经济时代，即使如应物兄这样足够清醒的现代知识分子，也不可能继续清心寡欲或者洁身自好。关于这一方面的耐人寻味的细节，就是小说开篇处对应物兄同时拥有三部手机的描写："他有三部手机，分别是华为、三星和苹果，应对着不同的人。调成振动的这部手机是华为，主要联系的是他在济大的同事以及全国各地的同行。那部正在风衣口袋里响个不停的三星，联系的则主要是家人，也包括几位来往密切的朋友。还有一部手机，也就是装在电脑包里的苹果，联系人则分布于世界各地。"如此一种简直可称"豪华"的手机阵容，甚至令他的朋友华学明教授不无形象地说，他把家里搞得就像前敌指挥部。作为一个本应专心致志做学问的大学教授，作为一个儒学界的知名学者，一介书生应物兄令人难以想象地同时拥有三部手机。如此一种本应该出现在官员或者商人身上的情形，竟然出现在现代知识分子应物兄身上，所充分说明的，正是应物兄的明星化与时尚化，更进一步，完全可以看作是潮起云涌的市场经济时代对应物兄精神世界的某种扭曲与异化。然而，尽管受到时代的影响，应物兄身上不可避免地沾染了很多商业化的习性，但从根本上说，小说开篇处应物兄依然在竭尽所能地恪守知识分子探索真理的本分。最起码，当他接受葛道宏校长的委托，开始想方设法筹办济州大学儒学研究院的时候，应物兄的确是踌躇满志。他的私心所愿乃是在国际儒学大师程济世先生加盟之后，把未来的儒学研究院创办成为一个名副其实的纯粹学术研究机构。

但在筹办儒学研究院的过程中，伴随着以栾庭玉为代表的政界力量，以黄兴也即子贡、铁梳子等为代表的商界力量的逐渐渗透与介入，应物兄不无惊讶地发现，儒学研究院竟然不知不觉地改变了味道。具体来说，应物兄对这种改变的最早察觉，是在黄兴和铁梳子他们准备联手成立太和投资公司的时候。这点端倪，是从他知道吴镇其人意欲加盟儒学研究院开始的。当应物兄不无担忧地向窦思齐追问吴镇是否要进入太和工作的时候，窦思齐的明确回应是："应院长，你是真不知道，还是装作不知道？我们是老朋友了，你用不着在我面前装啊。"在他表示自己对此的确一无所知之后，窦思齐给出了更进一步的解说："道宏说了，你是常务副院长，他只是个副院长。说白了，他是替你跑腿的……你是君，他是臣。你看，你又不好意思了。你是不是想说，程先生才是君？好吧，如果程先生是君，你是臣，那么吴院长就是佐使。主动权在你手里。"从前面的故事情节中，我们可以知道，在受命筹办儒学研究院的过程中，更多地保留着书生秉性的应物兄，其实并没有考虑到权力的归属与使用问题。但在窦思齐或者说在校长葛道宏的理解中，即将成立的儒学研究院，首先就面临着一个权力的归属与分配问题。在应物兄完全不知情的情况下，不仅调入吴镇其人，而且还让他出任儒学研究院的副院长，正是葛道宏使用权术的一种直接结果。关键问题还在于，这位不知道动用何种手段挤入儒学研究院的吴镇，是一个不学无术的家伙。这方面，一个突出的细节，就是吴镇对座山雕的理解与谈论："吴镇的解释实在不伦不类：'孔子门下有七十二贤人，座山雕门下有八大金刚。某种意义上，座山雕相当于九分之一的孔子。'"正是吴镇的不学无术，促使应物兄气不打一处来地在内心里大发感慨："葛校长，你说，这样的人怎么能做太和的副院长呢？"这样一个具有反讽性的细节，与副省长栾庭玉不知陈寅恪为何人的那个细节，很显然相映成趣。但就是如此一位一张嘴就跑火车的所谓学者，却依凭着自身的江湖无赖气在学术界混得风生水起，细细想来，的确对学术二字构成了莫大的讽刺。但即使应物兄对吴镇的不堪情况早已心知肚明，却无法予以言说："如果我把这些事情告诉董松龄,告诉葛道宏,他们不会怀疑我是嫉贤妒能吧?葛道宏经常讽刺有的院系主任是武大郎开店,他总不会认为我……"

然而,这个时候的应物兄根本就不可能想象到,吴镇意外进入儒学研究院,仅仅是一个开始,更令人不堪的糟糕状况将会继续出现。先是陈董的长子(尽管这小子自己后来表示他不来),紧接着是他自己的研究生、那位养鸡场老板的女儿易艺艺(后来才知道,她竟然是董松龄的私生女),然后是敬修己(也即郏象愚)鼎力举荐的男友小颜,还有雷山巴的那两位奇葩女人,都相继以各种不同的方式表示要进入筹办中的儒学研究院工作。面对这一波紧接着一波的突然袭击,应物兄一时间顿觉激愤不已:"一对姊妹花,两个姘头。一对神经病,两截朽木。一对女博士,两堆粪土。从她们当中挑一个进太和研究院?这是挑朽木来雕,还是选粪土上墙?"想当初,在是否接纳费鸣进入儒学研究院的问题上,应物兄还曾经犹豫不决,一度颇费踌躇:"要我说实话吗?要不是葛道宏非要你来,要不是程先生也提到了你,要不是乔木先生也推荐了你,我怎么会用你呢?"为什么会如此呢?原来,他的严格要求,与他对儒学研究院所持有的信心紧密相关:"鸣儿,我已经准备好了,将自己的后半生献给儒学,献给研究院。这不是豪言壮语,这是我的真实想法。我没有说出来,是怕吓着你。我是担心你会觉得配不上我应物兄啊。"因为应物兄对儒学研究院寄托很深,所以面对着一时蜂拥而至的阿猫阿狗,他才会激愤不已。一时的激愤过后,紧接着的便是方寸大乱:"一个寄托着程先生家国情怀的研究院,一个寄托着他的学术梦想的研究院,就这样被糟蹋了吗?此刻,两种相反的念头在他的脑子里肉搏、撕咬。一个念头是马上辞职,眼不见为净,所谓危邦不入,独善其身;另一个念头是,跟他们斗下去,大不了同归于尽,所谓杀身成仁,舍生取义。这两个念头,互相否定,互相吐痰;又互相肯定,互相献媚。"明明是一个严肃的学术研究机构,没想到,到头来却是阿猫阿狗都想通过各种关系拼命地挤进来。面对如此一种不堪境况,原本对儒学研究院充满信心的应物兄,如同那位曾经在"生存还是毁灭"这样的问题上犹豫不决的哈姆莱特王子一样,终于陷入是否应该继续坚持下去的内心矛盾之中。但应物兄根本不知道,当太和儒学研究院的筹办工作演进到如此一种地步的时候，已经不是他想不想抽身而退了，而是即使他想退缩也根本不可能了。事实上，也只有到了这个时候，敏感的读者方才意识到，伴随着故事情节的逐步推进，应物兄在文本中的位置已经不知不觉地被边缘化了。

既然小说名为"应物兄"，那知识分子应物兄其人就应该是一号主人公。尽管说由于出场人物众多，小说的叙述视点时有游移，但在小说的前半部分，应物兄一直处于被聚焦的中心位置，这是无可置疑的事实。然而，到了小说的后半部分，差不多从国际资本大鳄黄兴在济州出现之后，我们就不难发现，应物兄出现得就越来越少了。取而代之的，不是政界的高官，就是商界的巨贾。以至于在很多时候，应物兄的存在只剩下了所谓的视角功能。这一方面，一个富有象征性的细节，就是陆空谷的不辞而别。因为与妻子乔姗姗的感情关系一团糟，曾经服务于黄兴的黄金海岸集团的陆空谷，可以说是应物兄内心里最为向往的异性知己。没想到，到头来，却是陆空谷在决定嫁给文德斯之后毅然离开。陆空谷离开后，"我们的应物兄立即有一种失重的感觉。她不辞而别，还会回来吗？这感觉一直持续到费鸣打来电话。"从根本上说，应物兄此处失重感的生成，不仅仅是因为陆空谷的离开，更是因为他在太和儒学研究院筹办过程中日渐被边缘化：与太和儒学研究院有关的很多事情，作为主要筹办人之一的应物兄，都已经不知道了。很多时候，只有在既成事实很久之后，一直被排斥在外的应物兄，方才从别处勉力与闻其事。具体来说，无论是吴镇的意欲加盟太和研究院并成为副院长，还是太和投资集团的成立，抑或是一套"太和研究院丛书"不知不觉中的被编纂，凡此种种，都可以看作是应物兄日渐被边缘化的突出例证。也因此，如果我们把关注视野由当下一直上溯到二十世纪的八十年代，就可以发现，这数十年时间，正是作为现代知识分子的应物兄主体性渐次被剥夺的过程。假若我们把应物兄转向儒学研究，看作是他启蒙主义立场的被剥夺，那么，他的明星化与时尚化，就意味着市场经济对其精神世界的一种扭曲与异化。然而，应物兄的精神世界尽管在某种程度上已经被扭曲和异化，但这个时候的他，被委以重任去筹办儒学研究院，仍然意味着其主体性价值一定程度的体现。然而，即使是应物兄自己也难以预料，筹办儒学研究院，竟然会成为自身主体性进一步被剥夺的一个过程。有关这一方面,那位卡尔文在其回忆录"How happy we are"中的相关描述,可谓意味深长:"当然也没有放过应物兄。卡尔文写道:'应物兄还是比较忠厚的,请我吃过鸳鸯火锅。但是,三先生说了,大先生说过,忠厚是无用的别名。'"无论如何,我们都不得不承认,作为外来者的卡尔文,目光还是相当犀利的。他回忆录里关于应物兄"忠厚"也即"无用"的评价,十分切中要害地一语道出了主体性被剥夺到体无完肤地步的应物兄的狼狈不堪之处境。既然自身的主体性被剥夺殆尽,那么,应物兄的结局,恐怕也就只能是因为遭遇车祸而一时生死未卜了。关于车祸,我们注意到,李洱在《后记》中也曾经专门提及过:"那天晚上九点钟左右,我完成当天的工作回家,突然被一辆奥迪轿车掀翻在地。昏迷中,我模模糊糊听到了围观者的议论:'这个人刚才还喊了一声完了。'那声音非常遥远,仿佛来自另一个星球。"①我不知道,作家在结尾处关于应物兄车祸的描写在多大程度上移用了李洱自己的车祸体验,但二者之间存在一定的关联,却是毫无疑问的事情。在小说里,车祸发生后,"他听见一个人说:'我还活着。'""那声音非常遥远,好像是从天上飘过来的,只是勉强抵达了他的耳膜。""他再次问道:'你是应物兄吗?'""这次,他清晰地听到了回答:'他是应物兄。'"整部《应物兄》,从应物兄开始写起,到车祸后应物兄的自问自答结束,以首尾照应的方式完成了一个叙事的圆环。但请一定注意,后来的这个应物兄,已经非小说开篇处的那个应物兄。倘若说,那个应物兄尚且踌躇满志,对未来的儒学研究院充满信心的话,那么,后来的这个应物兄,其主体性早已经丧失殆尽。尽管从表面上看,应物兄们并没有落到他的老师辈比如乔木先生被迫下放农村劳动改造的地步,但究其实质,如果说当年的乔木先生他们仅仅面对着来自社会政治的压力,那么,应物兄他们这一代知识分子,却既面临着社会政治的压力,也面临着更加难以抗拒的市场经济的诱惑。很大程度上,类似于应物兄这样新一代知识分子的悲剧性,正突出不过地体现在这个方面。

然而,应物兄这一知识分子形象固然非常重要,但他无法取代其他一众知识分子形象。作为一部以中国当代知识分子群体为主要聚焦对象的长

---

① 李洱:《〈应物兄〉后记》,《收获》长篇专号 2018 年冬卷。

篇小说，《应物兄》的一大突出成就，正在于以鲜明的笔触勾勒刻画了包括应物兄在内的知识分子形象谱系。套用一句流行的话语来说，就是老中青三代知识分子的形象蜂拥至作家李洱的笔端，在李洱专门设定的这个舞台上，尽情尽兴地表演并凸显着自身的存在。如果说双林院士、乔木先生、何为教授、张子房（也即亚当）、朱三根他们可以被看作第一代知识分子，应物兄、华学明、葛道宏、芸娘、文德斯、双渐、郏象愚（也即敬修己）、陆空谷他们可以被看作第二代也即中年一代知识分子，那么，包括张明亮、易艺艺、孟昭华、范郁夫等在内的一批更为年轻者就可以被看作第三代也即青年一代知识分子。一方面，我们固然承认，由于每一代知识分子所处的具体社会文化语境都不尽相同，所以，很难以统一的标尺来衡量评价这些不同代际的知识分子。比如，第一代知识分子尽管面临着最为严酷的社会政治环境，但他们在当时所面对的精神压力却相对来说是单一的。到了第二代、第三代，虽然说社会政治压力似乎没有那么严酷了，但他们却面临着来自商业社会的巨大利益诱惑。这种物欲诱惑，看似绵软，实则有着巨大的杀伤力。这就意味着，与第一代知识分子相比较，后面的两代知识分子须有更大的定力方才能够坚守住知识分子的价值本位立场。大约也正因为如此，所以，尽管极有可能被怀疑为是进化论思维在作祟，但在面对这三代知识分子形象的时候，我的确生出了"一代不如一代"的类似于九斤老太式的理解与判断。倘若说双林院士、乔木先生和何为教授他们面对着严酷的政治压力，尚且能够恪守知识分子的精神立场，那么，到了应物兄他们这一代，面对着来自政界和商界的双重压力，就更多地表现出了一种进退失据的自我矛盾状态。而到了张明亮与易艺艺这一代，面对着物欲喧嚣的商业时代，他们干脆不做任何抵抗就已经缴械投降了。这一方面，那位名为养鸡场老板女儿、实则为董松龄私生女的易艺艺，是一个典型的代表。只是陪同程济世先生的公子程刚笃外出了一次，易艺艺就和程刚笃上了床："当然了，多年之后，他才知道那是易艺艺的表演。易艺艺一边抹鼻子，一边说，自己现在已经后悔了，不该喜欢程刚笃。程刚笃也没有原来想象的那么好。她承认与程刚笃上了床。"实际上，易艺艺根本就谈不上喜欢还是不喜欢程刚笃，她之所以煞费苦心地纠缠上程刚笃，不过是看中了他那显赫的家庭身世而已。身为高校的研究生，不仅不做学问，反而把所有的心思都用在了如何使自己的生存利益最大化上，细细想来，的确是莫大的悲哀。在获知易艺艺已经怀上程刚笃的孩子之后，包括程先生在内的所有利益相关者，虽然出发点明显不同，但都对易艺艺表现出了极大的关切。没想到，与珍妮生出一个三条腿的婴儿相仿佛，尽管叙述者并未做出明确的交代，但易艺艺所生的孩子不健康，却是无可置疑的一种事实："董松龄告诉他，罗总带着易艺艺，已经连夜赶回了济州。董松龄说，大人没什么事，小孩有点问题。"很大程度上，我更愿意把珍妮生下三条腿婴儿与易艺艺所生的孩子不健康这两个细节，在象征的意义上来加以理解。依照我的理解，从象征的角度来说，这些残疾孩子所真切隐喻表达的，既是我们所寄身的这个世界的不正常，更是人类精神世界在现代社会的被扭曲与异化。也正是在这个意义上，我们才能够理解在第90节《返回》这个部分芸娘所说的那句话："一代人正在撤离现场。"紧接着的一段叙述话语是："他不知道该怎么接话。接下来，他听见芸娘说：'我也是听朋友说的。他最后倒向了儒学研究。你看，我可能说错了。不该说"倒向"，该说"转向"。'"其实，当叙述者纠结于"倒向"还是"转向"的时候，作家那种隐含的价值取向就已经凸显无遗了。这个话题暂且按下不表，单只是芸娘的"一代人正在撤离现场"一说，就令人倍感震惊。尽管说进化论思维方式的确有其可疑之处，但如果联系我们以上所列三代知识分子差异非常明显的现实状况，则芸娘的"一代人正在撤离现场"之说，还是有一定合理性的。无论如何，我们无法把希望寄托在如同易艺艺这样没有责任担当，只知利益，精明算计的知识分子身上。

虽然我们肯定可以从不同代际的角度出发，对《应物兄》中的三代知识分子形象进行理解分析，但与此同时，更应该认识到，从根本上说，我们对知识分子的关注与思考，必须着眼于个体的精神层面。关键原因在于，每一代知识分子中，都难免会有人性的堕落者，也会有精神高地的坚守者，笼统地从代际的角度切入，只会显得简单而粗暴。从人物个体的角度来说，尽管出场的很多知识分子形象都给读者留下了难忘的印象，但相比较来说，其中最值得注意的恐怕是华学明、何为以及芸娘这几位知识分子。首先是应物兄的好友，那位研究昆虫最终把自己研究成精神病患者的华学明。大约从应物兄这里得知程济世先生特别喜欢听济哥（一种蝈蝈的叫声，而且这种济哥在济州已经消失不见的时候开始，华学明就全身心地投入到了济哥的研究过程当中。但包括应物兄，甚至华学明自己在内，恐怕谁也不会预料到，到最后，华学明竟然因为过于投入而成了一个精神病患者。济哥明明没有灭绝，但华学明却坚持认为，济哥的再生乃是他自己的研究成果："这些天来，他一直在整理材料，要向联合国环境规划署递交报告，以证明济哥已经灭绝。正如你知道的，他将济哥的羽化再生，看成他迄今最大的成就，并为此洋洋自得。"一个学者，当然应该全身心地投入自己的研究对象之中，然而，如同华学明这样，干脆钻进死胡同里，直接把自己研究成精神病患者，其实也可以看作一种学术的扭曲与异化。华学明此类知识分子形象的存在本身，就是对当下那些只知道蝇营狗苟的所谓知识分子的一种锐利批判。

同样是彻底寄情于学术研究的知识分子，与华学明有所不同的，是如同何为教授、芸娘这样始终保持着清醒头脑的学术本位立场坚守者。何为教授在《应物兄》中最早的亮相，是在巴别演讲时的不慎摔倒。或许正是因为献身于哲学研究志业，何为教授竟然终身未嫁："作为哲学界德高望重的人，何为教授将自己的一生都献给了哲学。她是'国际中国哲学学会'（International Society for Chinese Philosophy）的创始人之一。"尽管说关于何为教授终身未嫁的原因可谓众说纷纭，但归根结底却是与她献身于哲学研究志业紧密相关。在济州大学，何为教授的学术辈分极高："老太太与张子房先生、乔木先生以及姚鼐先生，是济大最早的四位博士生导师。他们三男一女，有人私下称他们为'四人帮'。这四个人当中，老太太与张子房先生关系最好。张子房先生没有疯掉之前，一直称老太太为小姐姐。"作为一位一辈子都在心无旁骛地认真做学问的学者，何为教授即使躺在了病床上，也仍然不改初衷地坚持着对学术真理的追求。出现在应物兄视野里的何为教授，是"一个古希腊哲学的女儿。老太太脾气不好，哲学系的老师差不多都被她训过。此时，她却像个婴儿，不哭不闹，乖得很。"然而，一旦涉及严肃的学术问题，何为教授立刻就会认真起来。比如，她与应物兄之间关于恶与善的一种讨论："老太太说：'你在书里说，什么是伪善？伪善就是恶向善致敬。这不对，伪善就是恶。照你的说法，有伪善，就有伪恶。伪恶，就是善向恶致敬？'老太太浑浊的目光突然变得凌厉起来,有如排空的浊浪瞬间被冻结了,又碎了,变成了刀子。老太太说:'同时,还须有历史的眼光。过去的善,可以变成今天的恶。'"正所谓"窥一斑而知全豹",只是通过这一个细节,何为教授疾恶如仇的求真品质,就已经表现得非常突出了。在市场经济大潮一时汹涌澎湃的时代,能够如同何为教授这样以极坚定的意志坚持对学术真理的探索,其实是非常不容易的一件事情。也因此,我们千万不能忽视应物兄面对何门弟子文德斯以"启蒙"为主旨的学术新著《辩证》时生出的感慨:"看上去单纯而柔弱的文德斯,每天都纠缠于这些问题?不过,这并不奇怪。遥想当年,类似的问题也曾在他的脑子里徘徊,幽灵一般。文德斯提到的人,他都曾拜读过。他熟悉他们的容貌,他们的怪癖,他们的性取向。但他承认,当年读他们的书,确有赶时髦的成分,因为人们都在读。求知是那个时代的风尚,就像升官发财是这个时代的风尚。"同样是赶时髦,"求知"比"升官发财"其实高尚了许多,很难想象,假若我们的国民都能去赶"求知"的时髦,那我们这个民族的精神面貌恐怕早就发生根本性变化了。从这个角度来说,应物兄面对文德斯时生出的感慨中,很明显包含有自我批判与反省意味。

真正传承了何为教授精神风骨的,是姚鼐先生的女弟子芸娘。首先值得关注的,是芸娘名字的由来。一种说法是,与闻一多先生曾经的"杀蠹的芸香"有关。在一封致臧克家的信中,闻一多先生曾经写道:"你想不到我比任何人还恨那故纸堆,正因恨他,更不能不弄个明白。你诬枉了我,当我是一个蠹鱼,不晓得我是杀蠹的芸香。虽然二者都藏在书里,它们作用并不一样。"所谓"杀蠹的芸香",其实也就意味着闻一多先生是在以一种启蒙的方式对待中国传统文化。另一种说法,则来自应物兄自己:"不过,对于'芸娘'二字,应物兄倒有另一种解释:芸者,芸芸也,芸芸众生也;芸娘,众生之母也。这种解释,并非矫情。他确实觉得,在她身上,似乎凝聚着一代人的情怀。"而另外一个人物费边,则干脆直截了当地把芸娘称作了"圣母"。不管哪一种说法,其中所明显透露出的,乃是知识分子芸娘身上所具有的那种非同寻常的精神风骨。没想到,针对后一种说法,芸娘自己却表示拒绝:"随后,芸娘拒绝了这种说法:'圣母,这是一个多么残酷的隐喻。女人通往神的路,是用肉体铺成的。从缪斯,到阿弗洛狄忒,到圣母玛丽亚。这个过程,无言而神秘。它隐藏着一个基本的事实:肉体的献祭!'"如果联系芸娘后来的悲剧性人生结局,就必须承认,应物兄、费边以及芸娘自己当年的说法,其实带有非常突出的一语成谶意味。那么,芸娘到底是怎样的一个知识分子形象呢?对此,何为教授与应物兄都做出过相应的描述。"由于芸娘研究现象学,研究语言哲学,何为教授主编的《中国国际哲学》曾约他写一篇关于芸娘的印象记。何为教授在约稿电话里说:'就像闪电、风暴、暴雨是大气现象一样,哲学思考是芸娘与生俱来的能力。她说话,人们会就会沉寂。嫉妒她的人、反对她的人,都会把头缩进肩膀,把手放在口袋里。人们看着闪电,等待着大雨将至。空气颤抖了几秒,然后传来她的声音。'"这是年轻时候的芸娘留给何为教授的深刻印象。那个时候的芸娘,留在应物兄心目中的印象却是:"如果说她是'圣母',那么她肯定是另一种意义上的'圣母',一个具有完整心智的人,一个具有恶作剧般的讽刺能力的人,一个喜欢美食、华服和豪宅,又对贫困保持着足够清醒的记忆和关怀并且为此洒下热泪的人,一个喜欢独处又喜欢热闹的人,一个具有强烈怀疑主义倾向的理想主义者,一个哲学学生,一个诗人,一个女人,一个给女儿起名叫芸香却又终身未育的人。"

将这么多甚至带有自相矛盾色彩的关于芸娘的描述语词整合在一起,便不难断定,芸娘是一位有着深刻思想、特立独行的现代知识分子。小说中的一个细节,是芸娘给精神知己文德能的遗作题词:"谁见孤人独往来,缥缈孤鸿影。拣尽寒枝不肯栖,寂寞沙洲冷。"这些充满精神孤独意味的诗句,既是写给文德能的,同时更是芸娘一种不自觉的自况。到后来,虽然两个人各自走上了不同的人生道路,但应物兄和芸娘依然称得上是很要好的朋友。这样,也才有了他们围绕乔木先生"太和春煖"的题词而发生的一席谈话:"芸娘问:'乔木先生给太和写了一幅字:太和春煖?春煖这个词,含自我取暖、独自取暖之意。这本书,就是给学人看的。你发给你的学生吧。得告诉学生怎么读,要带着问题去读。这只是初步整理出来的笔记,就像线团。得有进入线团的能力,还要能跳出来。'"尽管他们之间的谈话是在车水马龙的大街上进行的,但问题在于,"这是听芸娘谈,跟芸娘谈。芸娘在哪里,哪里就会形成一个学术的场域,就像在荒野里临时支起了一顶学术帐篷:一切都顺理成章,合乎时宜,水到渠成。线团就静静地等在那里,知趣地、静静地等在那里。等着芸娘把它解开,等着芸娘把它织成一块飞毯。"说实在话,在一部不仅篇幅颇为巨大而且充满艺术反讽色彩的《应物兄》中,我们很少能够看到叙述者用如此一种赞美的语调来描述一个知识分子形象。字里行间流露出的,正是对芸娘的高度认同与肯定。与此同时,我们更应该注意到,芸娘曾经以高度认可嘉许的态度来谈论文德能的这部遗作:"这是一代人生命的脚注。看这些笔记,既要回到写这些笔记的历史语境,也要上溯到笔记所摘引的原文的历史语境,还要联系现在的语境。你都看到了,这本书没有书号,没有出版社。它只能在有心人那里传阅。可是很多人都睡着了,要么在装睡。你无法叫醒装睡的人。怎么办?醒着的人,就得多干点活。需要再来一个人,给这个脚注写脚注。"首先我们必须承认,芸娘的这一番话语极其犀利地道出了当下时代中国思想文化界普遍装睡的境况。那么,在如此一种严峻的情势下,谁才是芸娘所谓"醒着的人"呢?芸娘曾经希望应物兄是,但很快就发现,其实一直纠缠于儒学研究院筹办事务中的应物兄并不是。应物兄根本不曾料想到,取代了自己成为"第二把刷子"的写脚注之人,竟然是自己曾经心仪的异性陆空谷。事实上,只要我们注意一下李洱关于青年芸娘的形貌描写,就不难从中看出芸娘这一知识分子形象在《应物兄》里的重要性:"芸娘无疑是俏丽的,但俏丽出现在别的女人身上就只是俏丽,而芸娘略显丰满的脸颊以及略显苍白的脸色,在她的身上却发展出了一种混合了不幸的贵族气息的优雅。她无疑是敏感的,她的脸,她的嘴角与眼角,都透露着她的敏感,但她又用一种慵懒掩饰了自己的敏感。"敏感的读者大概早已发现,叙述者关于芸娘形貌的描写,不仅是肯定性的,而且还充满了高度欣赏认同的感情色彩。从这个角度出发,来判断芸娘是小说中一个具有理想主义色彩的现代知识分子形象,是无可置疑的。为什么是芸娘而不是其他人说出"一代人正在撤离现场"的箴言,其根本原因恐怕也正在于此。

毫无疑问,应物兄正是在筹办太和儒学研究院的过程中不仅目睹了学界、政界以及商界的各种丑陋言行而且为此大感失望的情况下,才把关注视野由高层转向了民间。事实上,也只有在转向民间之后,他才不仅发现了程家大院的真正所在地,而且还不无惊讶地发现,为程济世先生所难以忘怀的灯儿也即曲灯,竟然还活在这个世界上。当然,与民间世界的发现相比较,第99节《灯儿》这一部分更重要的意义和价值,恐怕还在于某种精神救赎可能的被昭示。"他没有俊美的容貌、华丽的衣饰,可使我们恋慕。他受尽了侮辱,被人遗弃。然而他所背负的,是我们的疾苦。他所担负的,是我们的疼痛。""他被打伤,是因了我们的罪恶。因他受了惩罚,我们便得了安全。因他受了创伤,我们便得了痊愈。我们都像迷途的羔羊,各走各的路。他受虐待,仍然谦逊忍受,如同被牵去待宰的羊羔。他像母羊在剪毛人前,总不出声。他受了不义的审判而被除掉,有谁怀念他的命运。他受尽了苦痛,却看见光明。阿门。"在一部以儒学研究院的筹办为主体故事情节的长篇小说中,临到结尾处,伴随着一个民间社会的被发现,不仅出现了诵经的场面,而且还把《圣经》中的这些内容不无巧妙地穿插到文本之中,所强烈凸显出的一种意旨,恐怕就是所谓精神救赎可能的被昭示。

  由以上的分析可见,不管怎么说,李洱的这部《应物兄》都称得上是当下一部以知识分子为主要表现对象的优秀长篇小说。也因为如此,我才在此前曾经给自己的评论拟定过一个标题,就叫做"乃始有足称充沛丰饶的知识分子之书"。虽然说后来我并没有使用这个标题,却仍然愿意写在这里,与各位读者共享。在一篇关于年度长篇小说创作的综述文章中,我曾经提出过这样一种看法:"细细观察以上这些长篇小说,就不难发现,我们关于长篇小说这一文体的理念其实需要发生相应的改变。依据笔者相当长一段时期以来对于当下时代长篇小说跟踪阅读的感受,同时结合参照中国古典文学与世界文学的长篇小说创作状况,我个人以为,在进入现代社会之后,我们所持有的,应该是一种带有突出开放性质的优秀长篇小说理念。我想,我们最起码可以从文体的角度把这一年度的长篇小说创作划分为'百科全书'式、'史诗性'与'现代型'这样三种不同的艺术类型。所谓'百科全书'式的长篇小说,更多地与中国本土的艺术传统相关联,乃是一种具备海纳百川包罗万象般阔大气象的,具有类似于'百科全书'性质的长篇小说。所谓'史诗性'长篇小说,我更多地采用洪子诚先生的说法:'史诗性是当代不少写作长篇的作家的追求,也是批评家用来评价一些长篇达到的思想艺术高度的重要标尺。……史诗性在当代的长篇小说中，主要表现为揭示历史本质的目标，在结构上的宏阔时空跨度与规模，重大历史事实对艺术虚构的加入，以及英雄形象的创造和英雄主义的基调。'至于所谓'现代型'，则是我自己的一种真切体认。从其基本的美学艺术追求来看，这一类型的长篇小说，不再追求篇幅体量的庞大，不再追求人物形象的众多，不再追求以一种海纳百川式的理念尽可能立体全面地涵括表现某一个时段的社会生活。与此相反，在篇幅体量明显锐减的同时，与这种'现代型'长篇小说紧密联系在一起的，就极有可能是深刻、轻逸与快捷这样的一些思想艺术品质。因为这种类型的长篇小说很明显与现代生活、与现代主义的文学观念相匹配，所以，我更愿意把它界定命名为一种'现代型'的长篇小说。"[①]倘若我们承认笔者的上述看法还有那么一点道理，那么，李洱的《应物兄》就毫无疑问可以被看作是当下难得一见的一部优秀"百科全书"式长篇小说。

[①] 王春林：《多种艺术类型的兼备与共存——对2018年长篇小说的一种理解与分析》，《中国艺术报》2019年1月23日。

方言、文体与思想内涵的丰饶

——关于林白长篇小说《北流》

一

我们注意到，关于"新南方写作"的讨论，可以说是近期内文学界的一大热点话题。首先是作家苏童和葛亮，在一次对话的过程中，提及了一种文学写作意义上的"南方"。苏童认为："一般来说北方它几乎是一个政权或者是权力的某种隐喻，而相对来说南方意味着明天，意味着野生，意味着丛莽，意味着百姓。""北方是什么，南方是什么，没有一个人能够说得清楚，但是它确实代表着某种力量，某种对峙。"[①]对此，葛亮同样以一种隐喻性的方式给出了回应："不妨做一个比喻，如果由我来界定的话，大概会觉得北方是一种土的文化，而南方是一种水的文化，岭南因为受到海洋性文化取向的影响，表现出来的是一种更为包容和多元的结构方式，也因为地理上可能来说是相对偏远的，它也会游离儒家文化的统摄，表现出来一种所谓的非主流和非规范性的文化内涵。"[②]很大程度上，正是在受到苏童与葛亮对话影响的基础上，批评家杨庆祥不仅明确提出了"新南方写作"的命题，而且还从四个方面对"新南方写作的理想特质"有所界定："第一，地理性。这里的地理性指的是新南方写作的地理范围以及在此基础上形成的文化地理特色。我将新南方写作的地理范围界定为

[①] 苏童、葛亮：《文学中的南方》，见葛亮：《浣熊》，南京大学出版社2013年版。
[②] 苏童、葛亮：《文学中的南方》，见葛亮：《浣熊》，南京大学出版社2013年版。

中国的广东、广西、海南、福建、香港、澳门、台湾等地区以及马来西亚、新加坡、泰国等东南亚国家。""第二，海洋性。这一点与地理性密切相关。在上述地区，与中国内陆地缘结构不一样，其最大的特点就是大部分地区都与海洋接壤。福建、台湾、香港与东海，广东、香港、澳门、海南及东南亚诸国与南海。沿着这两条漫长的海岸线向外延展，则是广袤无边的太平洋。海与洋在此结合，内陆的视线由此导向一个广阔的纵深。在中国的文学传统中，海洋书写——关于海洋的书写和具有海洋性的书写都是缺席的。""一个基本的事实是，在中国经典的古代汉语书写和现代汉语的书写中，以海洋性为显著标志的作品几乎阙失。""'新南方写作'的海洋性指的就是这样一种摆脱'陆地'限制的叙事，海洋不仅仅构成对象、背景（如林森的《岛》、葛亮的《浣熊》），同时也构成一种美学风格（如黄锦树的《雨》）和想象空间（如陈春成的《夜晚的潜水艇》），与泛现实主义相区别，新南方写作在总体气质上更带有泛浪漫主义和现代主义色彩。""第三，临界性。这里的临界性有几方面的所指，首先是地理的临界，尤其是陆地与海洋的临界，这一点前面已有论述，不再赘言。其次是文化上的临界，新南方的一大特点是文化的杂糅性，因此新南方写作也就要处理不同的文化生态，这些文化生态最具体形象的临界点就是方言，因此，对多样的南方方言语系的使用构成了新南方写作的一大特质，如何处理好这些方言与以北方方言为基础的标准通用汉语语系之间的关系，构成了一个挑战。最后是美学风格的临界，这里的临界不仅仅是指总体气质上泛现实写作与现代主义写作的临界；同时也指在具体的文本中呈现多种类型的风格并能形成相对完整的有机性，比如王威廉的作品就有诸多科幻的元素；而陈春成的一些作品则带有玄幻色彩。""第四，经典性。……但是在粤语区，却一直没有特别经典的粤语小说。新南方写作的一种重要向度就是要通过持续有效的书写来建构经典性，目前的创作还不足以证明这一经典性已经完全建构起来，而新南方写作概念的提出，也是对这一经典性的召唤和塑形。"①细加辨析，我们即不难发现，苏童和葛亮他们俩

---

① 杨庆祥：《新南方写作：主体、版图与汉语书写的主权》，《南方文坛》2021年第3期。

所谈论的写作意义上的"南方",与杨庆祥所谈论的"新南方写作",其实并不是一回事。如果说苏童和葛亮的"南方"更多带有一种泛指色彩,主要指称的是幅员广大的长江以南地区的话,那么杨庆祥所谓的"新南方写作",就专指珠江流域一带的比"南方"更"南"的岭南地区。也因此,所谓"新南方写作"的"新",极有可能首先体现在对"南方"的如此一种理解与界定上。把珠江流域的岭南地区从幅员广大的"南方"进一步切割划分出来单独加以讨论,正是"新南方写作"如此一种倡议被专门提出的意义和价值所在。虽然按照杨庆祥的理解,目前已经出现了包括葛亮、林森、朱山坡、陈崇正、王威廉、陈春成等一些代表性的作家,但"新南方写作"这一说法到底能不能成立,仍然是一个需要假以时日加以深入观察和研究的问题。然而,倘若说"新南方写作"的说法的确可以成立,那么,在我看来,与上述诸位被提及的作家相比较,更应该被视为"新南方写作"代表性作家的,其实是祖籍广西的女作家林白。尤其是,如果你已经认真阅读了林白的长篇小说《北流》,那无疑会更加认同我的这种理解与判断。

在一篇评论阎连科长篇小说《中原》的文章中,我曾经就方言的运用问题发表过这样的一种看法:"由于语言学教授考察研究的细节出自《中原》这样的小说作品,如果着眼于文学文体的自身特征,我甚至还愿意把文本中的那些方言干脆也理解为作家阎连科的一种虚构行为。之所以这么说,一个关键的原因是,在当下这样一个现代化趋势显然已经呈不可逆状态的情况下,纯粹的或者说真正意义上的方言很可能早已荡然无存,即使侥幸存在,恐怕也只能是一鳞片甲,零碎不堪。也因此,阎连科所能做到的,就是在那些零碎不堪的残缺方言的基础上,经过一个并非不必要的虚构加工过程之后,给我们营造出如同长篇小说《中原》这样一种方言景观。如果我的判断大致不差,《中原》中那些方言景观的确带有一定程度的虚构色彩的话,那么,阎连科通过这样一种方言方式所试图达到的叙事意图,就很显然带有不容忽视的文化对抗的意味。作家试图以这种方式对抗的,正是隐藏于'官话普通话'之后的某种大一统意志。"① 既然

---

① 王春林:《方言征用与乡村伦理道德的"礼崩乐坏"》,《扬子江文学评论》2021年第6期。

方言在现代性的冲击下已经处于日渐消失的境地,那么,虚构某种方言以实现文化对抗,就是一件无可厚非的无奈选择。但与此同时,我们也应该注意到,仍然有一些作家,甚至在一种抢救方言的意义层面上,尽可能自觉地进行着不无悲壮色彩的方言写作。这一方面,最有代表性的作品之一,就是林白的这部《北流》。阅读《北流》,我们首先应该注意到那个带有突出"未来叙事"色彩的《语膜/2066》部分的存在。所谓"未来叙事",就是说林白在这一部分把故事发生的时间推移到了很多年之后的2066年这样一个"未来时间"。在这一部分,作家首先简单回溯了北流的历史沿革:"北流历史沿革大致如下:秦朝时属象郡(想来彼时大象出没,有着非洲的气概),南朝齐永明六年(公元488年)置北流郡(因河由南向北流,故名北流),南朝梁(502—557年),北流郡改成北流县。民国元年(1912年)起,北流改名为圭宁(因北流河亦名圭江),属郁林府。中华人民共和国成立后,仍称圭宁县,属郁林专区。1993年,改圭宁市。2026年,恢复旧称北流。"林白之所以要在这里专门罗列介绍北流的历史沿革,肯定与作为小说标题的"北流"紧密相关。但必须指出的一点是,以上种种皆是事实,唯有最后的"2026年,恢复旧称北流"这一条,纯粹属于小说家林白带有想象虚构色彩的"子虚乌有之言"。在2026年尚未到来之际,任何一种类似的表述,都无法落到实处,只能被理解为林白个人关于故乡命名一种理想愿景的表达。事实上,作家在此处对于北流历史沿革的追溯,一方面固然是要回应"北流"这个小说标题,另一方面,却也是要充分凸显方言抢救的必要性。在未来的2063年,人类遭受了一种新型病毒的攻击:"对此事有根本性推动的,是2063年的全球性瘟疫。这一年,出现了一种新病毒,专门攻击人类大脑的语言区,感染病毒之后人类会逐渐丧失语言能力。历两年,病毒得以控制,故,政府才与联合国合作,成立了语膜录制项目组。"从方言留存的角度来说,这个时候虽然作为粤语主体的广州粤语和香港粤语依然存在,但"作为粤语小方言勾漏片的北流白话"却已基本消亡。《北流》的核心人物李跃豆的弟弟米豆的女儿甘蔗83岁时去世,在她去世后的第二年,亦即2066这一年,甘蔗的女儿亦甘大学毕业后找到的工作,正是录制语膜。具体来说,亦甘在未来所从事的录制语膜工作的具体对象,正是差不多处于消亡状态的北流话,也即北流方言。那么，究竟何谓语膜呢？"所谓语膜，可以理解为一种录入大量语料制成的神经网络膜，可以贴在神经翻译耳机上，收集人声上传到云服务中心处理，翻译成带有语气和口语习惯的目标语言再传回。"简言之，所谓的录制语膜，就是充分利用现代的高科技手段以留存即将消失的语言标本的一种方式。要想录制语膜，一个必要的前提，就是寻找合适的语料提供者。小说中，亦甘费尽心力，分别寻找到孙姓和潘姓两位女性老者来作为语料的提供者。没想到的是，两位语料提供者的表现均不够理想。这方面的一种现实情况是，即使与所谓《李跃豆词典》中收入的词汇相比较，她们的表现都要逊色许多："比如说嘢衫，北流话就是毛衣，她要想半日才想起。火簸，指火焰，熟过俸，指熟过头，这些本是北流常用词，她一概生疏。有些词，她连词义都不甚明白，如圈之、欪咂、犸猪，又比如唛头，比如蚌界、眨令，她完全不知蚌界就是彩虹，眨令就是闪电。"正因为孙姓和潘姓两位女性老者的表现不够理想，所以亦甘的语膜录制工作也只好万般无奈地草草收兵。但也正是对北流方言语膜录制工作的参与，促使亦甘回想起自己的一位外曾祖姑曾经写过一部名叫《北流》的长篇小说："亦甘对此事有一定的兴趣，多少是受到了外曾祖姑的微弱影响。她曾听祖母甘蔗说到过她的姑姑李跃豆，查到过一本几无人知的长篇小说《北流》，对这本镶嵌了大量外曾祖姑个人生活的书，她一直动念想读一读，却一直也没有读。直到加入了语膜录制项目组，她才想起来，那本《北流》似乎还包含了《李跃豆词典》，但她很快发现，那个所谓的词典不过是个存目，属小说的衍生文本，它从来没有完成过。她一直看到了最后一行，这部未完成的词典结尾处有两行手记：返回能回到哪里去，逃离又能离得多远？"首先，在《北流》中以"自说自话"的方式（哪怕是佯装为借助于很多年之后的亦甘之口）谈论自己这部名为《北流》的长篇小说，用西方现代文学的术语来说，就是一种典型不过的"元小说"叙事范式。其次，需要注意的是，在提及《北流》的时候，林白甚至还不惜使用了"几无人知"这样一个带有自我戏谑与反讽意味的修饰语。以相当肯定的语气强调自己的小说在未来已经"几无人知"，在我看来，所说明的，恰恰是内心强大的林白某种高度文学自信的存在。第三，虽然从表面上看，"这本镶嵌了大量外曾祖姑个人生活的书"这一断语发出的主体是亦甘，但因为紧接着就明确交待亦甘并没有读过这本书,所以,这一断语的发出主体肯定不会是亦甘。既然不是亦甘,那依据常理推断,这一断语的发出者,也就只能是身为外曾祖姑的李跃豆。能够把自己的个人生活大量地写进小说文本之中,这小说自传性色彩的具备,自然是一种客观事实。也因此,林白在这里,其实是以一种转换后的"夫子自道"的方式巧妙告诉读者,《北流》是一部带有突出自传性色彩的长篇小说文本。第四,因为自身从事语膜录制工作,亦甘最起码认真阅读了《北流》中的《李跃豆词典》这一部分。在发现《李跃豆词典》其实名不符实,只是一个未完成的存目的同时,亦甘特别强调了她所看到的词典结尾处的两行手记:"返回能回到哪里去,逃离又能离得多远?"窃以为,我们只有结合横贯于整部《北流》中的"注卷"和"疏卷"的相关设定,把"注卷"看作是林白的"回北流记",把"疏卷"理解为林白的"出北流记",我们才可以断定,《李跃豆词典》最后的"返回能回到哪里去"对应的,正好是"注卷","逃离又能离得多远"对应的,恰恰是"疏卷"。而这,也就意味着,即使是在一种"未来叙事"的想象中,林白所念念不忘的,仍然是自己的"回返"和"离去",是对应于"回返"和"离去"的"注卷"和"疏卷"。由以上的分析可知,林白在《北流》中,之所以创造性地将带有明显"未来叙事"性质的《语膜/2066》部分穿插进来,一是要借助于发生于未来的2063年的那一场能够使人类逐渐丧失语言能力的全球性瘟疫,象征性地表达现代社会里方言和方言文化渐次消亡的残酷事实。二是要借助于亦甘这一人物,对《北流》这部长篇小说展开一种"夫子自道"式的谈论。

事实上,对隶属于南方粤语系的北流方言的自觉征用,乃是林白长篇小说《北流》语言层面上最突出的特点之一。首先是从正文部分一开始,就出现了贯穿全篇的《李跃豆词典》。但与一般意义上注重于语词释义的词典不同,《李跃豆词典》虽然也名为词典,其实际的功能却只有一项,那就是,尽可能忠实地完成北流方言与普通话之间的语义转换,或者也可以说,是用普通话对北流方言给出一种信实的语义解析。比如一开篇的这一些:"过云雨:阵雨。禾秆:稻草。割晚稻:秋收。揾地豆:拔花生。火灰:草木灰。夹屎:拾粪。挖圳:开沟。塞水:拦水。风柜:扇车。消口:零食。硬壳虫:七星瓢虫。簕:荆棘。鸡榷子:含羞草。泹钳:螃蟹。苞粟：玉米。衫：毛衣。熟过伻：熟过头。火蒄：火焰。/千祈：必须、千万。差粒：差一点。架势：神气。革硬：勉强。怪有之：难怪。企定：站住。尿盎：夜壶。盎煲：锅。睇重：在乎。阿时径：那时候。"笔者虽然是典型的北方佬，从来都没有过在粤语地区生活的经验，但仅仅是在书面上了解《李跃豆词典》中的这些语义转换，却也觉得北流方言的很多表达不仅形象、生动，而且也直指事物的本质。比如，通过"涟钳"一词，我们便可以真切地感受到螃蟹张牙舞爪的那副样子。"架势"一词，完全可以被看作是"神气"的物质化表现。"千祈"一词，则巧妙地借用了浓烈的祈祷语气以强调传达出了"必须、千万"的意思。其他如"过云雨""消口""硬壳虫""革硬""塞水"等等，这一方面的特点也都相当突出。在一部长篇小说中，林白之所以要如此这般煞费苦心地专门编制一个旨在完成语义转换的《李跃豆词典》，主要还是因为现实生活中普通话和包括北流方言在内的地方方言之间，所处地位完全不对等。与相对弱势的地方方言相比较，普通话拥有某种压倒性的体制性优势。对此，出生于北流的作家林白，可谓有着真切的感受："我们县城有很多解放海南岛时留下来的军人，他们都是北方人，说普通话，逢年过节包饺子，他们个子高，子女肤色白，和我们大不同。我们叫他们'捞佬'，因他们讲一口我们听不识的'捞话'。""对我们而言，北方是另一个世界。""又因北方意味着政治文化中心，我就向它靠齐了。"[①]那么，到底怎么样才能向北方靠齐呢？"我努力学习普通话，努力使用书面语言，只要我与小伙伴讨论高级的问题，比如'意志''光年''散步'，这时我就要使用书面语，而书面语正是普通话变的。我一向认为标准语是高级语言，我们本地话如此地土，如此上不了台面。'散步'本是平常事物，并不高级，但我们北流向来不说'散步'，只讲'行街'，当我说'散步'的时候，它就摇身一变，变得高级起来。""我向着普通话标准语狂奔，越过了千山万水，多不容易啊，对一个生长在粤语地区的人，需要脱胎换骨。"[②]通过作家的这篇文字，我们不难感受到，北方与南方、普通话与北流方言，

[①] 林白：《重新看见南方》，《南方文坛》2021 年第 3 期。
[②] 林白：《重新看见南方》，《南方文坛》2021 年第 3 期。

在林白这里曾经存在着巨大的差异。很大程度上,因为"北方"和"普通话"不仅象征着中心,更象征着高一级的文明,所以,出身于边缘地区北流的写作者林白,才会不管不顾地向着"北方"和"普通话"一路狂奔而去。具体来说,林白这一路狂奔的结果,就是《北流》之前她一系列小说作品的创作生成。

依照作家的自述,她方言写作观念的觉醒,与在香港时的一次经历紧密相关:"2016年我去香港浸会大学国际作家工作坊,粤语滚滚而来。"①对于这个觉醒过程,林白在《北流》中曾经给出过形象的记述:"'你可以试试用粤语演讲啊。'刘颂联忽然提议道。他认真着,甚至是肃穆的,绝非玩笑。她那几句夹生广东话,如此轻便就与演讲这样隆重大事搭上了钩。"自然,正如你预料到的,由于使用了对李跃豆(其实也是林白)来说更加得心应手的粤语,她的演讲便大获成功:"粤语改变了演讲这件事的性质,难嚼的牛排变成鲜花奶酪饼。"关键的问题还在于,正是由于粤语(母语)的使用,才召唤回了李跃豆许久之前的诸多真切生活经验:"'核突',那是外婆的词,连母亲大人都极少使。'渌几分钟就得嘅喇',厨艺节目,她看得欢喜,渌,啊渌就是烫啊,养生,渌脚,水太烫了,太渌了……捡回来,执返来……中学生的性教育,一个女孩对住镜头讲:同男仔在一起就会有细路仔,怎知怀孕了呢?会核突(恶心)吖……许久没有听过的字音,从几十年前的沙粒翻滚上来。从沙街(主要是关注林白小说创作的朋友,就得知道,诸如北流、沙街这样的地名,曾经很多次地出现在她的小说作品中),那条街名已消失的街,连接码头和无数条船的沙街,木船的船队,装满沙梨、瓦和瓷器稻米木头,船家妹梳着独辫子,窄窄木板,船舱里发亮的一小块,她们怎样屙屎呢?你和吕觉悟特意留神船板上围着的篾席,是企住围的,半边在船板半边对住河面,想象屎坨咚咚咚,一坨一坨落入河,天哪我们还在河里洗衣服呢,无知有多腥,真系核突啰……"正如同"上帝说要有光,于是就有了光",有了光,才能够把光暗分开,才能够照彻天地万物一样,对于正处于迷惘状态的李跃豆来说,粤语或者说北流方言的出现,彻底打开了她与世界以及自我生存经验之间

---

① 林白:《重新看见南方》,《南方文坛》2021年第3期。

的关联，既可以使她在香港从容地进行演讲，更是为她展示出了小说创作的某种开阔路径。很大程度上，正是在香港作家工作坊的如此一种经历，给了李跃豆以充分的启示，那就是，她完全能够大胆地征用北流方言来展开自己的小说创作。

关于小说创作和地方方言之间的关系，前辈作家多有论述。比如，汪曾祺就认为："吸收别处方言的有用成分，别处方言，首先是作家的家乡话。一个人最熟悉，理解最深，最能懂得其传神妙处的，还是自己的家乡话，即'母舌'。有些地区的作家比较占便宜，比如云、贵、川的作家。云、贵、川的话属西南官话，也算在'北方话'之内。这样他们就可以用家乡话写作，既有乡土气息，又易为外方人所懂，也可以说是'得天独厚'。沙汀、艾芜、何士光、周克芹都是这样。有的名物，各地歧异甚大，我以为不必强求统一。比如何士光的《种包谷的老人》，如果改成《种玉米的老人》，读者就会以为这是写的华北的故事。有些地方语词，只能以声音传情，很难望文生义，就有点麻烦。我的家乡（我的家乡属苏北官话区）把一个人穿衣服干净、整齐、挺括、有样子，叫做'格挣挣的'。我在写《受戒》时想用这个词，踌躇了很久。后来发现山西话里也有这个说法，并在元曲里也发现'格挣'这个词，才放心地用了。有些地方话不属'北方话'，比如吴语、粤语、闽南语、闽北语，就更加麻烦了。有些不得不用、无法替代的语词，最好加一点注解。高晓声小说中用了'投煞青鱼'，我到现在还不知道这究竟是什么意思。"[1] 由以上所引的这段文字即可以看出，汪曾祺先生一方面固然在强调对地方方言的使用，但在另一方面，他对于方言使用的态度又是非常谨慎的。或许与普通话也即"北方话"（"官话"）长期以来在现实生活尤其是文学创作者所处重要地位有关，在汪曾祺看来，其他地方方言的使用必须是有限度的，作家的态度应该是慎之又慎。他自己在《受戒》中对"格挣挣的"这一语词的使用，就是一个很好的例证。实际上，只要是对新时期文学有所了解的朋友，就都知道，汪曾祺在地方方言使用上所持有的谨慎态度，在文学界可以说有着相当普

---

[1] 汪曾祺：《小说技巧常谈》，见《汪曾祺全集》第9卷，人民文学出版社2019年版，第257页。

遍的代表性。地方方言当然可以使用，地方方言一定程度上的征用，可以明显增加语言的鲜活度，但或许是考虑到了作品接受度的问题，在他们看来，地方方言的使用却又只能够是局部的、个别的。与汪曾祺他们明显过于保守的小说方言观相比较，国内文学界近些年来的小说创作其实已经多有突破。首先，是金宇澄的长篇小说《繁花》与张忌的长篇小说《南货店》。金宇澄是祖籍江苏黎里的上海作家，张忌则是籍贯为宁海的浙江作家，江苏、上海或者浙江，都属于典型的吴语区。或许由于受既往的文学史上曾经出现过如同韩邦庆（长篇小说《海上花列传》的作者）这样一类干脆使用吴语进行小说创作的前辈作家潜在影响，金宇澄和张忌在《繁花》和《南货店》中对于吴语的使用，不再是局部和个别的语词，而是变成了一种句式和腔调上的整体性运用。用张忌自己的话来说，就是："这是一个写南方的小说，如果我还是用北方的语言写，小说的气质肯定是不一样的。另外，我觉得对于写作者而言，方言写作是特别有利于叙述的打开的。我以前写东西，总有一种感觉，碰到好多的话，你想到了，你却说不出来。现在尝试用方言写作时，就会贴切很多，自己写得也舒服。特别是写对话，经常会有很过瘾的感觉。这种感觉可能像会喝酒的人，喝到位了。对于读者能不能接受，我并不是特别担心，因为这个语言并不是完全道地的本地方言，我用得最多的还是方言的句式，一些书面上无法理解的语词被我拿掉了。这一点，金宇澄老师有个特别好的看法，用方言写作，这个方言肯定是要有所改良。"①

　　问题的复杂与吊诡之处在于，虽然说与汪曾祺他们的保守相比较，金宇澄和张忌这样两位出身于江浙一带的作家对待地方方言使用的姿态已经足够激进，但与林白这样出身于"比南方更南"的两广一带作家相比较，金宇澄和张忌的方言姿态还是显得有点保守。当然，我这里所说的林白，也仅是那位身为《北流》作者的林白。正如我们在前面已经分析过的那样，林白在面对北流方言的时候，也曾经有过一个由原来的拒绝、厌弃到后来的热衷使用的转换过程。说实在话，在《北流》之前，除了韩邦庆那部完

---

① 张忌、弋舟：《在无差别的世相中体恤众生之千姿百态》，见《南货店》，中信出版集团2020年版，第473—474页。

全使用吴语的《海上花列传》之外，我还真的没有见到过其他任何一部汉语小说能够如此大规模、如此放肆、如此具有侵略性和颠覆性地征用地方方言。比如，关于"散步"与"行街"或"荡街"，《北流》中曾经出现过这样的一个语言细节："散步这个词是书面的，因而够高级。/本域不讲散步，讲行街，或者，荡街。/的确，'散步'与行街或者荡街很不同，行街或荡街均是玩耍，心无挂碍周身放松嬉皮笑脸……而我们两个，一个高中生一个初中生，一出家门就要紧张起来，简直要一溜小跑。为逃避家务，我先要假装上厕所。快速穿过公路，在落坡处的杨桃树底磨蹭到泽鲜溜出来……然后我们就正式开始散步了。/我们要求自己至诚正经、认真严肃地散步。这件叫作'散步'的事情，我们赋予它喜马拉雅的高度，然后专注精神沉浸其中——"细细想来，实情也的确如此。同样是随便走一走这样一件事情，使用"散步"和"行街"或"荡街"的语词方式，所抵达的效果便会明显不同。一个是庄重的严肃的，另一个则是随意的日常的。很大程度上，正是因为普通话与北流方言之间存在着如此明显的区别和差异，所以，林白只有大量而广泛地征用隶属于南方粤语系的北流方言，方才有可能更加全面有效地抵达南方日常生活的纵深处。事实上，也正因为林白在小说写作过程中大胆地征用北流方言，才使得长篇小说《北流》彻底变成一个北流方言和普通话以有机的方式彼此交织缠绕的文学文本。

然而，无论我们如何强调林白大胆征用北流方言的意义和价值，一个无可否认的现实却是，我们毕竟置身于一个普通话占据统治地位的社会文化语境之中。在这样的社会文化语境中，任是哪一位作家，当他"一意孤行"地征用某一地方方言的时候，都会冒着被大众读者抛弃的危险。对于这一点，林白自己当然非常清楚。从根本上说，正是因为考虑到了社会文化语境中的大众接受问题，所以作家才会在《北流》中极富创造性地虚构出了一部《李跃豆词典》。关于《李跃豆词典》的来历，小说中曾经有过这样的一段描述："那部想法庞杂的《李跃豆词典》也是写写停停，本来就不是真正的词典，不过是某种修辞方式，再者说，圭宁方言已经不是她的舒适区，大量土语词汇她已忘得差不多，甚至句法，她脑子里想事是本能地使普通话，母语已陌生遥远。她感兴趣的只是里面的《备忘小词典》，但，她一边写一边看见它们变成支离破碎的故纸堆。"由这段叙事话语可知,所谓的《李跃豆词典》,乃是李跃豆(其实是林白自己)写作《北流》过程中所使用的一种特别的修辞方式。《李跃豆词典》最主要的功能,就是以普通话的方式对北流方言中相关语词的语义做出相应的解释。对于那些长期生活在非粤语区的读者来说,《李跃豆词典》的重要性就在于,它可以帮助他们更好地进入《北流》这一北流方言与普通话相互交织缠绕的文本之中。就此而言,那部足以充分彰显林白非同寻常艺术想象力的《李跃豆词典》,其实是万般无奈之下作家对接受者做出必要妥协的产物。不知道其他读者的实际阅读感受如何,反正,作为一位长期生活在中国北方、一点都不具备南方粤语系一带生活经验的典型北方佬,我在先后两次认真阅读林白《北流》的过程中,肯定是由于有《李跃豆词典》的帮助,不仅没有感觉到接受的障碍,反而会因为作家对北流方言的大量征用而产生一种强烈的"陌生感"。而"陌生感"或者"陌生化",在俄国形式主义者看来,正是文学试图追求实现的一大根本要义之所在。其他且不说,单只是这一点,就已经足以说明林白大胆征用北流方言这种叙事策略的艺术成功。比如这样一段:"她忽生一念,不如自己多开一日房,喊家人来住住荡荡。远照接了电话,立即报玉葵,玉葵报儿女,又让海宝快快报知米豆和红中,几个人互相大声确认。五星级酒店是这样的生疏又是这样的令人振奋,几架势几高档的,连玉林都没有,整个桂东南独一家。"因为有了诸如"荡荡""报"以及"架势"等北流方言语词的介入,叙事简洁凝练而又别有一种趣味,增加了语言的表现力。再比如另外一段:"韦姨衰死了,几衰的,本来开了家诊所,忽声间出了事,盘给别人了,一样不剩,好得有只医师证。又祸不单行,冯叔叔车祸,人没了。仔仔只只都难,老大,本来在柳钢的,好啲啲万把人的大企业,忽声间倒了,整去传销。老二,酗酒,股骨头坏死,老婆跟人跑开了,孙女读中学要几多银纸的,每周五回家都要带钱给学校,总之样样靠韦姨,韦姨帮人坐堂,一个病人只收三元钱诊费。"虽然只有短短的几行字,但林白却写尽了韦姨一家的落魄与衰败状况。因为有了诸如"衰""几衰""忽声间""仔仔只只""好啲啲""几多""银纸"等北流方言的适时穿插,整段文字读来的确令人印象深刻、心酸不已。尤其是帮人坐堂的韦姨,看一个病人只有三元钱的收入。单凭借这样的微薄收入,维持一家人的生计,其艰难程度自然可想而知。从我个人真实的阅读感受来说，因为有先后两次认真阅读的过程，在林白笔端多次出现的一些北流方言语词，比如"企"（"站"或"立"）或"企住"（"站住"），比如"蚌界"（"彩虹"）和"眨令"（"闪电"），比如"系"（"是"）和"食"（"吃"）等等，甚至都会让我生出一种莫名的亲切感。

  但从语言运用的角度来说，《北流》中，除了《李跃豆词典》，竟然还数次提及一部《突厥语大词典》，而且还把《突厥语大词典》的部分内容穿插在了叙事过程之中。《突厥语大词典》主要出现在《注卷：小五世饶的生活和时代》这一部分。这一词典的出现，与一个名叫陈地理的知识分子紧密相关："小五在树上认识了陈地理……当他弯下腰去捡一颗苦楝子时，望见一个男人在屋里写字，他头发长笸邋像只颠佬，只见他写啊写，嗯声间，他举头向屋顶望，小五以为被发现了，却未曾，此系男人惯常的呆懵姿势。"仅是这样一种别致的出场方式，就已经充分凸显出了陈地理此人那按捺不住的书生意气。关键的问题是："小五不知，陈地理其实是自己的姨丈，远婵姨妈的丈夫，陈趣陈蓉姐妹的老爸。远照、远婵和远美，是同祖父的堂姐妹。三十年间大家族的关系在晦暗中，最好谁都不跟谁有关系。就是这样，世饶在四十岁之前并不知道十一姨、四姨都在圭宁，他以为亲戚们或者远走他乡，或者不在人世。"掩映于看似不动声色的文字描述背后的，是一种被时代和社会生生撕裂了的血缘亲情的残酷现实。正是在陈地理这里，小五也即世饶第一次见到了这本已经处于散页状态的《突厥语大词典》："抽屉里的书没一本成整，都是缺页散架的，且又龌又皱，显见得来自废品收购站。一本《水经注》译注本算是有封面，一本《突厥语大词典》是散的，他倒是听陈同志讲过，新疆那边古时都是讲突厥语的，但新疆那么远，看《突厥语大词典》做什么呢？他懵懂着茫茫然，并不知未来的某些时，他会去到新疆伊犁，还会上天山采雪莲。/不过他觉得，这是他和陈地理共同的秘密，是星座的某种延伸物。"既然在无意间得到了《突厥语大词典》的残本，那小五或世饶便少不了时常翻阅，甚至还可以把其中的一段话只字不差地背下来。林白之所以要在《北流》中提及并穿插《突厥语大词典》的一部分内容，与小五也即罗世饶人生中至关重要的一段新疆生活经历紧密相关："九年之后罗世饶从南到北，再到西北（日后他的路线是：海南到湛江，到柳州长沙武汉，西安兰州乌鲁木齐，直到伊宁，直到天山……），除了陈地理的《突厥语大词典》残本，很难说这跟'饱览祖国大好河山'的刺激没有关系。"尤其不容忽视的一点是，《突厥语大词典》中相关词条的穿插，不仅与罗世饶的新疆之行有关，而且还明显地指涉着他的各种生存与精神状态。比如，前边刚刚提及了《突厥语大词典》中的"Bark：家产、家当"这一词条，接下来的部分马上就会集中描写罗世饶旅途中的经济困顿状况："剩下的救济金二十块，加上打柴挣的五十块，一共七十。他步行到县城，在窦家住了一夜，第二日，坐运货的卡车到了玉林，之后坐火车到柳州，再换乘，向西去贵阳，到贵阳又换一趟车去重庆，到重庆再换一趟车到成都，再坐长途汽车到了眉山。"如此一番旅途劳顿折腾下来，罗世饶竟然狼狈到了身上最后"只剩了五分钱"的地步。再比如，刚刚提及了词典中的"Sikix：性交。Kuqux：互相拥抱，互相搂抱"这样的词条，紧接着就描写罗世饶在四处流浪漂泊过程中的那些艳遇故事："不料海南妹一蹭他，他身上腾腾地就起了燥火，下面也自顾硬挺起来。海南妹笑眯眯的，看他如囊中之物。他一着急就自己冲了出去。""还不到一星期，两人就做起了夫妻之事。有了第一次，紧接着就有第二次，频繁、永不疲倦。在她的房间和他的房间，在厨房，在瓦厂，在烧窑砖的窑洞里……到竹林假装找竹笋，四处望望又箍在一处，在橡胶林，在芭蕉林，还去河边的沙滩……到处都做。她性欲旺盛。"能够以如此一种方式把《突厥语大词典》巧妙嵌入罗世饶的流浪漂泊生活之中，嵌入《北流》的文本世界之中，所充分凸显出的，正是林白非同寻常的艺术智慧。因为小说是语言的艺术，所以在某种意义上说，作家写小说，也就是在写语言。离开了语言，小说也将荡然无存。正因为语言如此重要，所以我们才把关注点首先放到了以北流方言的运用、《突厥语大词典》中相关词条的适度穿插为显著特色的《北流》的语言层面上。

二

语言之外，林白的《北流》在文体层面上也同样下了很大的功夫。说到文体，最起码可以有这么三个层面的理解。其一，是最广义上对文学体裁类别做一种条分缕析的结果。其具体所指，也就是小说、诗歌、散文、非虚构文学以及戏剧这样五种不同的文体形式。其二，是指在以上五种文学文体的内部，还可以依据性质和篇幅的不同而做进一步的区分。比如，在散文领域，可以根据作品的艺术功能而进一步区分为抒情散文与叙事散文两种不同的文体类别。比如，在小说领域，可以根据字数的多少进一步区分为长篇小说、中篇小说和短篇小说三种不同的文体类别。其三，从狭义的角度来说，在某一具象文本的内部，也同样存在着多种文体探索性实验运用的问题。当我们强调林白的《北流》在文体上形成了鲜明特色的时候，其着眼点很明显就是指第三个层面上的意义内涵。从这样的一个角度来考察，我们无论如何都得承认，长篇小说《北流》真正地做到了文体的多样化。除了作为小说主干存在的"注卷"与"疏卷"，与它们并行的，最起码还有"笺""序篇""时笺""异辞"和"尾章"五个部分。如果做更进一步的考察，就会发现，以上七个部分的内部，还有更加精细化的一种文体努力。比如，"备忘小词典"、《李跃豆词典》《突厥语大词典》、松田寿男的《干燥亚洲史》、冯渡娘的《感官简史　上卷》等等。这里，且让我们一一展开分析。

　　首先，是明显借鉴了中国古代传统的"注""疏""笺""异辞"这几个部分。先来看"注"。《大雅》曰：挹彼注兹。引申为传注，即为六书转注。注之云者，引之有所适也。故释经以明其义曰注，交互之而其义相输曰转注。意思就是说，水注入器中，器底之物往往泛起，显而易见。引申之，典籍文句经过诠释后的意义显豁易知也叫"注"。典型如《左传》杜预注，《国语》韦昭注，等等。然后是"疏"，也即对"注"做进一步的解释。为了让别人明白一个道理、弄懂一个问题，也就是疏通别人在某个问题上理解方面的障碍，便需要展开进一步的解释，这就是所谓解释旧注的义疏。我们注意到，关于《北流》中的"注卷"和"疏卷"，《十月》的编者曾经在内容简介中有所界定：注卷可看成林白"从世界走回北流"，疏卷又可看成"出北流记"。[①] 一方面，我们当然承认编者的说法有一定道理，但另一方面，却应该在认识到"注卷"与"疏卷"二者权重极不平衡的同时，也认识到与其说"注卷"的内容是"从世界走回北流"，莫如

---

① 见《十月（长篇小说）》2021年3期。

说是"从北流的现实走回既往的历史"。只要关注一下"注卷"的第一部分"六日半",我们就可以对《北流》的现实起点有一种相对透彻的了解。具体来说,以作家林白自己为原型的人物李跃豆以北流为核心的人生故事,是从她很多年后的一次返乡之旅开始的:"这一日,老天爷给跃豆降落了一个故乡。她又有几年没回来,正巧一个'作家返乡'活动,一举把故乡降落了。不过,这个故乡不是指她出生并长大的县城,而是指,20世纪70年代插过队的民安公社六感大队。"不要说别的,单是"民安公社六感大队"这样的称呼本身,就充满了一种与时代错位的违和感。很大程度上,正是这一次不期然间的返乡之旅,触动了李跃豆的内在心灵世界,召唤回了她很多对往事的真切回忆:"在树底见到了老钟玉昭大翠二翠。三婆三公呢?她问道。/ 她有些恍惚。/ 四十一年前拿着半瓢油出现在灶间的、在小黑屋纺棉线的、蹲在猪栏前喂猪和猪说话的、喂完猪又喂鸡仔的、一只眼睛长着玻璃花的三婆,蹲在门口磨柴刀、每日放牛的三公,他侧头磨刀,半闭眼如梦如幻,她记得那磨刀石,一块是红的朱砂石,一块是灰的青泥石,他闭眼撩水,淋在磨刀石上,红色或灰色的细流流在地上……"首先,浮现在李跃豆面前的不仅都是那些记忆深刻的人和事,而且随同这些人和事一起浮现的,也都是活色生香的标志性感性生活场景。人都说"物是人非",但李跃豆的感觉却是时光无情流逝后的"物非人也非"。就这样,伴随着这次"作家返乡"活动,以及随后在故乡逗留的"六日半"时间,伴随着这个过程中李跃豆历史记忆的被激活,她便萌生了一种以小说的形式回望北流的写作冲动。这就是《北流》写作动机最初的由来。只要把"注卷"部分串联整合到一起,我们就不难发现,在回望自己人生来路的同时,其他诸如梁远照、庞天新、罗世饶(小五)、米豆、汪策宁、霍光、吕觉悟、泽红、泽鲜、齐梦阳等一众相关人群,大约起始于二十世纪五十年代的那些或许带有相当纪实性色彩的人生故事,也都蜂拥到了李跃豆的笔端。但与此同时,"疏卷"的作用,也不容小觑。"疏卷"主要由"在香港"和"火车笔记"两大块组成。先让给我们来看"火车笔记"这个部分。"火车笔记"的由来,与李跃豆的一种生存习性紧密相关:"火车一直向前,轻微地摇晃。/ 在外游荡几十年她从未找到自己的避难所,故乡不是异乡也不是。文艺青年(有些人到老也是文艺青年)容易心灵破碎。每当感到破碎时她就要外出旅行随便去哪里。""若要找一只避难所,火车应该是首选。""而火车自始至终在摇晃。/她奇怪地不愿意坐飞机。已经是2019年,高铁四通八达,她有时甚至坐慢车。而且,即使是从北京出发,她也不会走西线先到西安从那边去云南。仍然是一路南下京广线。北京经过石家庄郑州一路到武汉,再从武汉到柳州,中途的车站是无比熟悉的长沙株洲衡阳冷水滩,她无数次路过的。她简直觉得回到了家。熟悉的地名使她安稳。然后从柳州到贵阳,再从六盘水到昆明,从昆明到滇中。如果不出门,她很容易随地心引力萎靡下去。/仿佛一片海藻,因暴露在阳光下而被驯服消弱……"由以上这些文字,我们不难得知,那总是处于轻微摇晃状态中的火车,尤其是高铁出现之前的慢速列车,对于一直都处于文艺青年状态的李跃豆来说,有着非同寻常的重要意义。它不只是能够及时安抚李跃豆破碎心灵的避难所,而且李跃豆很多关于生活、生命、世界、人性甚至语言文字的奇思妙想,也都是在摇摇晃晃的火车上完成的:"火车给你灵感,火车轻微的摇晃助你进入语词的连绵中。"只有这样,才会有所谓"火车笔记"的生成。而且,即使是从热衷于坐火车出行这一细节中,我们也可以看出李跃豆一种怀旧心理的存在。在整个人类都在狂热地追求高速度的时代,李跃豆却要以一种逆行的姿态拼命地慢下来。单是她的这种逆行行为本身,就值得引起我们的充分注意。更何况,从小说创作的角度来说,李跃豆很多作品的酝酿与构思,同样与摇晃着的慢速列车脱不开干系。这一方面,无论如何都不容忽视的,是李跃豆对自己在1989年邂逅《尤瑟纳尔研究》这本书的场景的细节呈现。在不无详尽地叙述了购买《尤瑟纳尔研究》的过程之后,叙述者写道:"这就是一粒种子飘落的过程,是《须昭回忆录》的起念以及至今未曾凋谢的过程。我一直认为,我应该探寻这段还不算太遥远、却又与当代有各种牵绊的历史,那些在复杂迷离令人纠缠不清中又困难又无畏的女性总让我饶有兴致……而我将阅读大量史料,到某些地方走一走,在半明半暗中,我始终看见自己正在变成那粒种子慢慢发芽生叶,而我在下笔时渐渐变成她……尽管我的内心一片空虚。"更关键的是这一句:"我没有意识到,我更应该写的是一部六感回忆录。"哦,六感回忆录,什么是六感回忆录?倘若联系整部《北流》的文本,这里所谓的"六感回忆录",不就完全可以被理解为长篇小说《北流》的另外一种表述方式吗？既如此，我们强调"火车笔记"部分与林白《北流》的写作动机密切相关，也就并非无稽之谈了。但与"火车笔记"相比较，更重要的，恐怕却是"在香港"这一部分。正如同林白后来在她那篇《重新看见南方》中所真切记述的那样，是一次在香港作家工作坊时实际经历帮助她认识到了母语（也即作为粤语之一支的北流方言）对小说创作的意义："2016年我去香港浸会大学国际作家工作坊，粤语滚滚而来。/清洁工来了，我交代：'个啲嘢都无使哟既，吾该（这些东西都不用动的，谢谢）。'听我讲了粤语，她就把我当成了自己人，同我商量，礼拜五要换床单，事情太多，'不如我今日就换助，好无好？''好既好既，要无要我犁帮你？''无使无使。'我出门落楼，见到门口的保安大叔就用广东话大声打招呼，讲普通话时我心里畏缩，不与生人搭话。粤语使我开朗，在楼道或者大堂，远远望见清洁工或者保安，我就欢喜道：'早晨！'如果天晏了，我就说：'食佐饭未？'我欢喜得很。"① 很多时候，往往正是一次不期然间的遭遇，会以一种偶然的方式改变我们的命运。对于作家林白《北流》的创作来说，2016年这一次香港之行的意义便在于此。毫无疑问，林白香港之行中，对自己业已睽违多年的粤语的重新发现，才是她最大的收获。唯其如此，林白才会不惜篇幅地以一种移花接木的方式把自己的这一次香港之行挪移到李跃豆这个人物身上。倒也不是说"疏卷"中的"在香港"这一部分的意义全部局限于语言（粤语或北流方言）的发现与澄明上，其他比如关于远章舅舅人生结局的交代，也都很重要，但相比较来说，还是一种话语方式的意外被照亮更重要一些："她在香港没有找到舅舅，却仿佛找到了母语。"如果说小说创作存在着"方法论"的话，那么，"疏卷"中"在香港"部分最重要的意义和价值就是，为林白长篇小说《北流》的创作提供了一种语言层面上的"方法论"。很大程度上，正是借助于这样一种语言方法论，林白方才发现了此前自己小说创作过程中从未留意到的那些方面，方才最终成就了《北流》这部艺术风格强烈的长篇小说。更进一步说，既然"注卷"和"疏卷"的存在对《北流》如此重要，那么，我们也不妨干脆就把《北流》看作一部成功采用了"注

---

① 林白：《重新看见南方》，《南方文坛》2021年第3期。

疏体"的长篇小说。

接下来，再看"笺"。"笺"，如同"注""疏"一样，也是中国古籍中做注释的一种方式。《毛诗》篇首"郑氏笺"孔颖达疏："郑于诸经皆谓之'注'。此言'笺'者，吕枕《字林》云：'笺者，表也，识也。'郑以毛学审备，遵畅厥旨，所以表明毛意，记识其事，故特称为笺。"到后来，就干脆把"注释古书，以显明作者之意"的这样一种行为称之为"笺"了。与"注""疏"相比较，"笺"在《北流》中只是一种偶尔的穿插，地位明显次要许多。这一方面的一个对应性情况就是，除了我们稍后会专门提及讨论的"时笺"部分，"笺"并没有出现在目录之中。比如，小说中的第一个"笺"，出现在"疏卷""火车笔记"第二节"火车/滇中"之后，是李跃豆关于"菩萨道"和友人进行的一个讨论。先是"我"："这句，'她只能将这个行为归结为菩萨道'，觉得不妥。改为'难以想象，是无畏、无我，把肉心修成了大心。'"友："还是前面这句含混而准确。后面这个，是显示证量了，而前面的菩萨道，凡怀抱善意者，都可以。""我"："这是说的'一个女志愿者无偿向农民工提供性服务'，扯菩萨道好像有点……"友："菩萨行，是凡有善心的人都可以，只看发心。但无畏无我，是一个境界，牵扯证量。""我"："可是证量，该如何理解呢？"友："证量，简单说，可以看成一个人证悟程度的自然流露。菩萨心肠，菩萨行，很早以来就有比喻意义。""我"也即李跃豆，之所以会和友人发生这一番关于"菩萨道"的讨论，主要源于前面的"火车，滇中"这一部分曾经提及过和陌生人做爱的事情："有人能跟陌生人做爱，印象中杜拉斯有过。男人多不成问题，女人恐怕障碍极大。不过她有时认为自己可以。闭着眼睛纵身一跃的激情她向来就有。她永远有抛弃肉身的冲动，包括跟陌生人做爱。"然而，说到底，所谓的与陌生人做爱，对于李跃豆来说，也只是一种思想倾向而已："但，说到底她是不能放开自己的，看到有报道，一个女志愿者无偿向农民工提供性服务。难以想象。她只能将这个行为归结为菩萨行。"无论是"菩萨道""菩萨行"，还是"证量"，都是奥义难参的佛教用语。细读《北流》，我们就不难发现，林白在其中唯一感兴趣的宗教恐怕就是佛教。正因为如此，她才会用相当的篇幅描写叙述少年好友泽鲜和她的丈夫喻范以及她的子女们差不多"与世隔绝"的故事。这一点，容以后再做讨论。具体到与女志愿者的无偿性服务紧密相关的"菩萨道""菩萨行"或者"证量"，笔者仅仅能够认识到的一点就是，一个人怎么样才能够超凡脱俗到超越所谓"人我是非利害"的观念。很大程度上，只有如此，才能够做到所谓的"得一心"，才能够如同那位女志愿者那样以无偿性服务的方式"普度众生"。

  与"笺"相比较，更重要的，其实是小说快要终结时的"时笺：倾偈"这一部分。所谓"时笺"，在我的理解中，就是《北流》这部小说中与当下关系最为密切的那个部分。或者也可以说，是《北流》中从时间上看与现实生活短兵相接的那个部分。所谓"倾偈"，是典型的北流方言，是聊天和谈话的意思。而这，很显然意味着林白是采用了倾偈的方式来呈示这一部分的。尤其值得特别注意的一点是，发生于2020年的新冠疫情，以倾偈的方式进入了《北流》的文本之中。新冠疫情之外，"时笺"中的第二部分内容是"七线小城的世界视野"，也即北流那个地方普通民众对世界的理解和看法。"时笺"中的第三部分内容，则可以说是普通民众的日常叙事，带有微信时代十足的八卦色彩。其中重要的一点是，作家巧妙地借助李跃豆和母亲梁远照倾偈的方式，对李跃豆的母系家族状况有所介绍。首先是家族内部的一种大排行：远素是三姐，四姐是罗世饶的母亲，五姐是远婵，六姐在新疆，九姐在广州，十姐早夭，十一姐就是梁远照自己。当然，也还有远章舅舅的存在。其次，是远照父辈人复杂异常的情况："上一辈人，大姨婆的老豆就系大伯，喊大伯爷。他抽鸦片的，去香港了。梁镇南，旧时做过县长，排第二。你外公我老豆，排第七，人称七伯，喊外婆七伯娘。""我阿公后尾又娶了个小老婆，本来是他的使女，使妹，后来扶正了。她又生了一仔一女，仔跟梁镇南反共当了反共救国军，流弹打死的，不是镇压枪决。她的女儿，我喊她做阿娘，就系姑姑，你喊姑婆，亦去香港了。"虽然是母女俩的家常倾偈，但细细想来，那三言两语背后所蕴含的信息量，也足够丰富驳杂。

  还有临近结尾处的那段"异辞"。所谓"异辞"，其具体来源，应该是《公羊传·隐公元年》中的"传闻异辞"。这一语词最初的语义，是措辞或者说法不一致。到了林白的《北流》中，就变成了："异辞：姨婆的嘟嚷，或《米粽歌》。"姨婆，指的是那位被梁远照称之为三姐的百岁老人远素。我们之所以认定这里的姨婆就是远素，主要因为其中明显存在着一些与远素相对应的语句。比如，"照相就照相，一百零一岁，展览就展览，衰柳耐秋寒"。小说中，年已百岁的远素正准备过一百零一岁的生日。再比如："天新系只灰色胎，渠讲在河底，手指天就系银河。庞天新，投胎了，神识入肉身。点燃火，闻到有股子弹气。火味铁味粘肉身。念念皆空，地水火风……"这里的庞天新，很显然是远素那位被冤死了的儿子。一位年已百岁的老人，不仅依然坚持写毛笔字，而且内容是陶渊明的《饮酒·幽兰生前庭》，可见她有很好的文化修养。也因此，林白才会把这样一大段既带有一定的文人气也带有突出民间色彩的"异辞"或《米粽歌》归于远素的"嘟囔"之中。"异辞"之外，即使是偶然以"笺"的形式出现的诸如冯渡娘的《感官简史》中的一段话语，也被林白有机地嵌入了《北流》文本之中。"对于感官尤其是触觉，我们的文化是一种欠缺信心的离谱的文化。我们从小就被教导，应刻意保持与其他人之间的距离，对自己的身体要假装它不存在。早在学会说话和自己系鞋带之前，我们就习惯于不探索自己身体的缝隙，对别人这么做更是触犯大忌。稍后，我们花了大把金钱做精神治疗，才发现抚摸可治百病。最近流行的上学习班学习所有猩猩都不学自通的技巧，即抚摸自己和抚摸别人。"这段"引述"出现在"疏卷""火车笔记"的"一，蛙"之后。"一，蛙"这部分集中书写的是李跃豆自以为长期处于枯竭状态的情感生活，从记忆中的幼时从未抱过母亲，一直写到她自己后来先后遭遇的与诸如霍光、孟丘陵、韩北方等男性的情感故事，身体相互接触的匮乏，是一个无法回避的话题。唯其如此，作家才会把《感官简史》穿插在这个地方。

  不应该被忽略的，还有"序篇"和"尾章"。让我们先来看"尾章"。"尾章"的标题是"宇宙谁在暗暗笑"。这一部分的内容，主要是李跃豆在不断摇晃的火车上半睡半醒状态下一种打破物理时空限制后的自由联想："半明半暗中我坐在火车里，窗外白雾一团连一团，像云。车厢内没别人，阒然无声……嗒声间闻一女孩子的叫声：'咃，咃，芭蕉苞！芭蕉苞！'听着耳熟，扭头看，竟是乙宛。她何时跟来的呢？问她，她抿唇一笑：'就系跟住你，就系跟住你。'"在如此一种半梦半醒的状态中，李跃豆不仅得以穿越时空看到了少年时的自己，而且还看到北流河一直在跟着她：

"原来，北流河跟着她，一直流到了丽江，又从丽江流到了滇中。"作家这种貌似突然的奇思妙想，带给我们的一种启发就是，作为小说标题的"北流"，不应该仅仅被理解为一个南方七线小城的地名，而且更应该在象征的层面上被看作一条时间或者生命的河流。从这个角度来说，林白的《北流》就是对这条时间或者生命河流一种溯源而上的真切书写与表达。某种程度上，林白回望少年时期的此种结尾方式，甚至可以让我们联想到乔伊斯《尤利西斯》的结尾方式。虽然说我清楚地知道，林白《北流》的结尾处理与乔伊斯《尤利西斯》的结尾处理有明显的不同，但不自觉或者说出乎本能地回望生命的来处，却是二者内在的一致性。事实上，也正是在回望生命来处的过程中，李跃豆看到了诸多少年时活泼泼的生活场景在纷至沓来："她望见龙桥街晒蚯蚓的黄婆就在这里，她拎着一个茶麸水的水桶……绞麻绳的老人、后脑勺扎头辫的水上妹、卖猪红的、洗菜和洗衣服的妇娘、沙街码头旁边的狗屎公、屋里放有一副棺材的刘二婆、挎一篮番石榴去卖的罗明艳、咸湿佬陈真金、坐在青石板上打嘞衫的四婆，种菜的、发豆芽的、买酸嘢的、卖菊花茶王老吉的、卖糖粥的、杂货铺卖豉油的、做木桶木凳、做竹器的、裁缝……沙街上一条大蛇在飞奔，那是从畜牧站的大铁笼溜出来的，米豆大声喊：'快睇快睇快粒睇——'她没望见，吕觉悟望见了，吕外婆企在门口诧然敬佩道：'这条大蛇成精了！'"这是倒数第二段，到了最后一段，李跃豆望见的，就是自己的亲人以及自己："在无尽的岁月之后，她才看见这条大蛇，它飞奔着，从码头扑向了北流河，它已然成精，并将有一只新的名字：蛟。她在虚空中望见，这条大蛇将要乘北流河的河水一直去往西江珠江然后奔向大海……而罗世饶望着程满晴，他拿下了她头发上的一根稻草。一百零一岁的远素姨婆健步行在森林间，她向着一只巨大的蜘蛛网走去，在蜘蛛网后面她望见了儿子庞天新。李跃豆，她看见自己穿着那件被河水冲走的第二年又自动回来的紫色衣衫，在看见自己的同时她看见了郁郁葱葱的甘蔗林，在甘蔗林的旁边是母亲大人梁远照，她穿着天蓝色的西式短裤骑着自行车，一个穿紫衫的小女孩坐在自行车的后架上。成群结队的灰色水牛迎面行来，水牛背上停着白鹭，白鹭飞向大树停在树枝上。"毫无疑问，那个坐在梁远照自行车后架上的穿紫衫小女孩，不是别人，正是李跃豆（也即林白）自己。

然而，最不容忽视的，却是小说一开头以诗歌体形式出现的"序篇"。我们都知道，林白既是一位优秀的小说家，也是一位优秀的诗人。她出版了一本名叫《母熊》的诗集。只要对林白有所了解的朋友就都知道，她后来虽然以小说这一文体而名世，但最初却是以诗人的身份登上文坛的。这一点，在《北流》中借助李跃豆这一形象也有相应的记述："他（指广西民族出版社社长覃继业，笔者注）出版青年诗人的诗集，每人薄薄一册，每册有前言后记，请了省内著名批评家评论，一匣八册。这套诗集也有你的一本……一本巴掌大的小册子浮在夜色中，封面有两色，草绿色的边框，翠绿的什么草，以及一些大大小小的圆圈气泡，眉头标有'广西青年诗丛'，封面最底下，就是这个广西民族出版社。四十几页，薄薄的只有十九首短诗，定价 0.25 元。"当然，后来李跃豆才了解到，自己其实是沾了覃继业妻子莫雯婕的光。主要是为了给莫雯婕出诗集，覃继业方才捎带着给另外的七位诗人出版了诗集。又其实，只有到了后来的"梯"这个部分的时候，我们才了解到，覃继业对李跃豆另有所求："她想起来了，是莫雯婕。她不能告诉她覃继业是来找过她，有次他捉住了她的手出力摇，她没有抽回自己的手。两人单独去游了一次泳，不是在游泳池，而是在邕江下游，她躲在一只大大的木头垛后面换衣服，半身赤裸……多年来她忘记了这一幕，也忘记了他把她压在木头垛上，她打算半推半就，但他克制了自己的力比多，作为男人，殊为不易。""序篇"的标题之所以会被林白命名为"植物志"，乃因为植物构成了最主要的歌咏对象。我们都知道，北流所在的"南方之南"属于典型的亚热带气候，亚热带一个突出的特点，就是各种植物特别繁茂。植物的繁茂成了北流一个鲜明的特点，所以，林白才会在小说开端把对植物的歌咏作为北流生活的切入点。举凡木棉树、乌桕树、凤凰花、鸡蛋花、剑麻、桃金娘、牛甘果、龙眼、荔枝、玉兰树、芒果树、甘蔗、扶桑花、芭蕉花、橘子树、枇杷树、柚子树、木瓜等等，所有这些北方人可能只是有所耳闻的亚热带植物，悉数奔涌到了林白的笔端。但请注意，在这些足够繁茂的南方植物身上所凝结的，其实是虚拟写作者李跃豆全部的生活经验，从这个角度来说，作为"序篇"的二十首被命名为"植物志"的诗歌，也完全可以被看作是长篇小说《北流》另一种形式的文学书写。要想用诗歌的形式承载表达《北流》的文本内涵,大概也就只能是如同"植物志"这样一副模样。与此同时,我们也应该注意到,作为"序篇"的"植物志",还有叙述学层面上所谓预叙的功能。比如,第13首中的这样几句:"我还看见自己爬上四槖槐树中的一槖/摘槐花卖给收购站/在树上眺望新嫁娘/每周五去十二仓劳动/路过木棉树时听'梅花党'/1975年,不能不想到马尾松/它们连绵不绝,从县城到民安/在公路它们相向拱身,/成为阴凉的隧道"。其中的"在树上眺望新嫁娘",明显对应于"注卷:六日半"的"章四:下一日"中的"往时客厅在冥王星上"一节,对应着"她结婚前夜我应邀在她的新被睡一夜,绿绸缎,有尾长长弯弯的凤凰,大红绸缎,有鼓眼睛的龙"这样一段叙事话语。"路过木棉树"的对应点,是"注卷:六日半"中的"章五:又一日"中的"那时高中,她们每周五要行这条路去气象站劳动,她、郑江葳、姚红果、潘小银,她们围着瞿文希老师听梅花党的故事,故事的开头就说,李宗仁的妻子郭德洁,她来找接头人,那些天远地遥的人物变得诡异,他的湛江口音又使梅花党更加扑朔迷离,故所有的树木都不在视线中……"这样一个叙事话语。至于"1975年,不能不想到马尾松",则对应着"注卷""重叠的时间"中李跃豆的插队岁月,对应着"而1975年的玉梧公路,新铺的柏油路面是爽净的苍墨色,光滑、平整、宽阔,两边的马尾松枝条合拢形成拱顶,一只又一只大下坡,车身轻盈如飞,那时我常常骑到马路中间,并放胆踩成S形"这样一段叙事话语。

  与文体紧密相关的另外一个问题,就是《北流》的艺术结构设定。作为一部"注疏体"的长篇小说,"注卷"和"疏卷"实际上构成了小说两条最主要的结构线索。而这也就意味着,李跃豆返乡北流后的由现实回望既往历史,与她的从北流走向更广阔的世界,两条线索彼此交叉延伸,内在地推动着故事情节的演进。更进一步说,无论是在"注卷"内部,还是在"疏卷"内部,林白都已经明显地打破了物理意义上的时空顺序,完全按照自己强大的内在精神意志,重新组织安排文本的内在秩序。因此,即使仅仅从艺术结构这种创造性设定的角度来说,林白的《北流》也应该被视为一个典型的现代主义文本。

  从叙述学的层面上看,林白《北流》的一个重要特点,就是在叙事人称上对第一、二、三这三种叙事人称熟练自如的转换式征用。这一点,在小说开篇处就已经表现得非常突出。一开头的"想到返乡她向来不激动，只是一味觉得麻烦"，毫无疑问是第三人称。到了稍后一点的"算起来，那一年学生大概三十八岁，那一年你离开六感至今已有二十三年，两厢面目全非，彼此不再认得。你看见自己的声音单独浮在黄昏的农舍里，像一条细细的灰线，游到两头奶牛之间，与往时的学生邂逅"，就变成了第二人称。再往后一点，到了"章二""之前的半日"这一节，出现的，就是第一人称"我"的叙述："七一广场，我首先想到的并非一片空地和四周的棕榈树。"就这样，在整部《北流》中，如果从叙事人称的角度来说，林白真正实现了在第一、二、三这三种人称之间自由的跳跃和转换。到底什么时候在怎样的一种情况下使用哪一种叙事人称，所有这一切，全都内在地服膺于小说表达的需要。

三

事实上，无论是北流方言的征用，还是多种文体的设定，作家林白全部艺术努力的根本目标，都是为了能够更恰切充分地把自己对人生和世界、现实与历史的理解和认识尽可能完美地传达出来。在"疏卷：在香港"的最后一部分，我们读到了这样的一段叙事话语："不能怪饥饿的胃没有分辨力，不要指责蒙昧无知，不要说我们对时代没有批判……在高处指点的人，我断不理你们。有电影有演出我就是那样欢喜若狂。然后我穿过东门口的空地走入街肚，一种柿黄色的小花在卵形的叶子间闪烁。"如此这般感慨得以生成的前提，是李跃豆在情不自禁地回想自己当年在北流时观看庆祝圭宁县革命委员会成立的文艺演出的场景。因为预想到了这样的描写很有可能会遭到某些拥有批判癖的相关文学界人士"批判性缺失"的无端指责，李跃豆方才做出了如此一种回应。更进一步说，这种感慨其实已经涉及了林白小说创作所持有的一种基本美学理念。我们注意到，完成长篇小说《北去来辞》后，林白在接受一次访谈时曾经专门强调："这肯定不是一部激烈对抗什么的书，我想文学的价值不仅仅在于'对抗'，对于《北去来辞》这一部书，文学的价值也许在于那种切肤的百感交集、复杂的五味杂陈。"① 在中国的现实语境中,林白所强调的"对抗",完全可以被看作"批判"的另一种表达方式。既如此,把以上两方面整合在一起,我们就不难得出这样的判断,那就是,在作家林白这里,"批判"或者说"对抗"固然重要,但与"批判"("对抗")相比较,能够"切肤"地把现实和人性的"五味杂陈"呈现出来,乃是更重要的一种小说美学。就此而言,我们完全可以把《北流》看作充分践行林白包容了批判在内的"切肤"呈现"五味杂陈"的小说美学观的一个典型文本。

比如,关于女性在北流这座"七线小城"的生存状况,林白不无痛切地写道:"生育力在这里令人羡慕,生得越多越得羡慕。繁殖甚至比财富更有力量,设若一个人当上了富豪太太却没有生育能力,那定是凄惨至极。地方越小,女性的空间越窄,越有可能被天然地当成生育机器。"在一个女性主义思潮已经在大城市荡涤的时代,大龄的单身女性在北流这样的小城市里却依然备受歧视,甚至连自己的亲人也都要嫌弃。如此情形,简直令人不可思议。唯其如此,女性才会千方百计地逃离县城:"在县城,女性实在更是委曲……她们要去大城市,并非那么爱慕繁华,是小地方太窒息,熟人社会就像一个大家庭,从头到脚,压抑多了几层。"如果说大城市是一个陌生社会,那么,北流小城就是一个熟人社会。正因为北流是一个熟人社会,所以一个人的隐私便会成为公众的关注与议论对象,女性之所以会在北流产生强烈的窒息感,根本原因正在于此。小说中的李跃豆,之所以不肯原谅自己的母亲,就因为她和弟弟米豆在少年时期曾经遭受过母亲的"遗弃"。那一年,因为母亲和继父结婚并生下海宝,李跃豆和弟弟米豆一起被遣送回乡下的老家。被遣送回乡下后,米豆的表现是安之若素般泰然。与米豆的表现形成鲜明对照的,是李跃豆的焦躁不已。从根本上说,李跃豆的焦躁不已,与她的想象力过于发达紧密相关。在她的推理和想象中,自己将会因为被母亲遗弃而成为一位只能在乡下充当生育机器的女人:"多年来,她一直构思一部平行命运的小说,有关另外一个自己,那个小学没有毕业、十六岁就嫁在山里充当生育机器的女人,她满含热泪与之相逢。从那时起,这番从未成为现实的命运紧紧罩住了她,如同深渊,

---

① 金莹:《林白:文学的价值不仅仅在于"对抗"》,《文学报》2013年7月10日。

无尽黑暗。"尽管说现实生活中李跃豆走上的是另外一条截然不同的人生道路，但从一种理论推演的角度来说，嫁到山里成为生育机器，也不是说就完全没有可能。从这个角度来说，作为那一年被遣送标志的鸡叮锄，最终成为一根长到李跃豆肉里的篾，就是一个顺理成章的结果："鸡叮锄成了这一年历史和个人的象征，成为一根篾长入肉里，怎么拔都拔不掉。"对于如此一根长到肉里拔不出来的篾，我们只有从精神分析学所谓精神情结的角度才能给出恰切的合理解释。就这样，从北流那些无名的单身女性，到李跃豆，林白所真切呈示出的，正是相当一部分小城女性百般无奈的艰难生存困境。一直到很多年之后，李跃豆才设身处地地对母亲梁远照那个时候割裂般的心灵痛楚有所理解："现在她仍以为早已真切体谅了远照。换了是她，碰上这种严重时刻，也会做出割肉般的选择。远照那时才三十多岁，她要建立自己的生活，拖不起这两个前夫的儿女。想想《苏菲的选择》，放弃自己的骨肉迟早要把人逼疯的。"一面是自己亲生的一双女儿，另一面是新结合的婚姻以及刚刚出生的幼子，没有办法两全的梁远照只好做出这样一种亲情割舍。虽然现实生活中的梁远照并没有成为苏菲，但她内心深处因此而遭受的亲情撕裂煎熬，恐怕也是一种客观事实。

一方面，在如同《北流》这样一部篇幅相对巨大的长篇小说，作家对现实和人性的"复杂"或者说"五味杂陈"式的呈示，一般都会集中通过人物形象的刻画塑造来体现。另一方面，能否鲜活而饱满地刻画塑造出若干富有人性深度的人物形象，本就是衡量评价一部长篇小说成功与否的重要标准。有鉴于以上两个方面，我们接下来将会对《北流》中一些令人印象深刻的人物形象展开相应分析。首先进入我们分析视野的，是那位在不正常的政治时代被冤屈处死的庞天新。庞天新出生于一个"有问题"的家庭，他的父亲庞应烈，当年在广东测量学校毕业后，曾经被分到国民党部队搞测量技术工作。虽然说他在起义投诚后，加入中国人民解放军，后转业到地方工作，是圭宁中学的一名数学教师，但曾经参加过国民党部队的这一既往经历，在那个特定的时代，毫无疑问会成为影响自己乃至家人生活的一个污点。庞应烈后来之所以会被安排到地处偏远山区的石窝中学工作，原因主要在此。再后来，庞应烈竟然失踪了："据讲是从石窝到高州，再去湛江，然后消失在湛江的海里。"用一种流行的说法就是，曾经的国民党测绘员庞应烈逃港了。正因为父母的工作都已调到石窝，所以，庞天新才会留在县城被迫寄住在远照姨母家。当是时也，年轻的庞天新正处于好奇心与荷尔蒙均极其旺盛的时候，这样一来，也才有了他两项癖好的生成。一个是自己动手组装矿石收音机，另一个，则是借助于楼板上的孔眼，偷窥住在楼下的远照姨妈。正是在不断偷窥远照姨妈的过程中，庞天新逐渐养成了随地随手涂画∞的习惯："他的符号多芘蒾，其中有只∞，在他的密码中有多种含义，有时是乳房，有时是生殖器，有时指性交。此事他本毫无经验，但时常，一见这两只圆孔他身上会变硬。当然这只∞，有时也代表原本的意思——无限。"究其根本，在那个特定的时代，庞天新执意画∞，甚至也携带一种不自觉反抗的意味。思想略显异端的林场工人庞天新命运天平被迫发生倾斜，是从他由大容山林场的总场调动至分场工作时开始的。生活条件的格外简陋且不说，关键问题在于，分场的工作人员不仅只有十三位，而且都是清一色的男性。在夜色里绘声绘色地谈论女性，自然就成为这些男性工人们唯一的精神消遣。比如"涎水"就会向庞天新他们炫耀自己和女性之间的性经历。对庞天新产生直接刺激的，还有罗世饶（他和庞天新其实有一定的血缘关系，只不过两个人对此都毫不了解）与"涎水"之间鸡奸关系的发生。正是在罗世饶和"涎水"他们俩的影响和诱导下，庞天新不仅和罗世饶发生了同性之间的性关系，而且主动虚构了自己和表妹李跃豆之间的两性关系故事："他把跃豆说成一个早熟的、勾人心魂的小妖精，虽然只有十岁，却有着成熟的胸部，异常丰满鲜嫩，一碰就会淌水。他的想象力不断发酵，酵母就是'涎水'讲的西门口的白寡妇，'涎水'炫耀描述了他与白寡妇的某次性经历，天新不愿意忍受他的趾高气扬，性幻想便也从压着的深处一路蹿起，水涨船高地生动起来——"幼稚的庞天新，根本就不可能料想到，正是自己如此一种出自炫耀心理的虚构，到后来被检举后，使他成为"坏分子"："但不是检举他鸡奸，而是猥亵幼女。"由于相应的行政机关懒得调查，庞天新的罪名很快被坐实："林场总场也觉这个庞天新很合适，既然他父亲逃港了，家庭出身又系地主。"就这样，原本是林场工人的庞天新，也就变成了一名可耻的劳教分子："从林场工人到劳教分子，这可不像溜旱冰，而是，被人推下了一只悬崖。"在劫难逃的庞天新的厄运并未到此为止。由于他不仅总是热衷于摆弄收音机，而且往往在深夜里收听收音机，到后来，竟然被诬为是在偷听敌台："对方不耐烦听这些，只讲他偷听敌台里通外国。"偷听敌台，在那个阶级斗争的年代，可是一种天大的罪名："天新大惊，偷听敌台里通外国，这罪名远远严重过猥亵少女。"既如此，庞天新不仅从荔枝场的劳教队换到了隔壁的劳改队，而且到最后，竟然被诬为现行反革命分子处以极刑："没过多久就到了11月27日。为了赶在本地解放纪念日前夕开公审大会，县革命委员会决定，要扬革命的威风，枪决几个人犯。天新偷听敌台，正好赶上。"就这样，原本特别无辜的庞天新，因为自己鼓捣摆弄并收听收音机的癖好，因为自己不经意间的炫耀，不仅两次遭受莫名冤屈，而且到最后丢掉了年轻的生命。如此一种极端的人生悲剧，恐怕也只能发生在那样一个畸形的不合理时代。也因此，你无论如何都不能否认，在林白关于庞天新人生悲剧的书写过程中没有批判的因素存在。但与批判相比较，更重要的其实还是如同作家自己所强调的那样，是一种包含有批判因素在内的"五味杂陈"式的呈示。那就是，在那样一个不正常的时代，有一个名叫庞天新的普通青年竟然以这样一种非同寻常的方式走完了自己短暂的悲剧人生。

与庞天新被无辜处决紧密相关的，是他母亲梁远素的百般牵挂，以及姨妈梁远照一种绞尽脑汁的遮掩。自打远素他们离开县城，甚至在远素他们重新回到县城之后，更干脆一直到远素年事已高，在一个漫长的时段里，梁远照一直在想方设法地刻意编造庞天新"外出远行"的故事："这期间远照写信给她的三姐，讲天新不在原先的大容山林场了，改在县城附近的荔枝场（其实是荔枝场附近的监狱）劳动。之后又隔了很久，远照来信讲，天新又去参加大串连了，这次是重走长征路。待远素回到县城，远照还是没有报她真相。世间凄惨事多知何益，所以还是不告诉的好。"远照之所以如此煞费苦心地隐瞒事情的真相，主要原因在于，她唯恐一贯神经脆弱的堂姐承受不了庞天新噩耗的打击。正是从这种善良的愿望出发，她才竭尽所能地结合社会和时代的变化而编造出与庞天新有关的各种故事："远照要做到的，就是紧紧攥住飞奔的子弹，一点铁腥气都不透出。"一方面，是缘于远照所做出的种种努力，另一方面，更由于远素内心里虽然很是怀疑但又实在不愿意相信自己的儿子早已遭遇厄运，所以，远照对远素采取的"欺瞒"策略还是相当成功的。究其根本,正是在远照的积极努力下,远素越来越坚定地"不谂坏处,只谂好处":"她要乐观。谁会深究那些呢?无数的深渊,黑暗的洞穴,掩埋着的无数不能触碰的东西。生生就咬烂人,不死也百孔千疮。要活着,就无要刨根挖底。深处有炸弹,挖到就衰了。"问题在于,尽管从理性的层面上说,远素相信远照各种善意的谎言,相信爱子庞天新一定落脚于地球的某个地方在参加所谓的"世界革命",但在她的内心深处,随着时间的推移,却也有着一种强烈的自我怀疑,怀疑远照各种说辞的真实性。到后来,远素之所以会不仅收留那个花果山街巷里的癫痫头孩子,而且还给他命名为"天落",实际上就是把他当成了天新的替代品:"孩子颈细细的,眼睛微突、招风耳,耳壳薄得透光,这耳壳,正是她的庞天新的样子啊。"也因此,"远素感到他跟她的天新有着某种神秘的联系。"这里一种潜在的逻辑关系就是:"设若天新死了,设若他转世,他的灵魂、那些飘着的东西,讲不定就落到这只孩子身上呢。"由此可见,庞天新的下落不明,早已在远素的内心深处积淀成为一种无法解脱的精神情结。她情不自禁地收养"天落"的行为本身,所充分说明的,正是这一点。

接下来,是李跃豆另一位在特定历史时期差不多被迫浪迹了大半个中国的表兄罗世饶。罗世饶的第一次出场,是在"注卷:六日半"的"章四:下一日"中。他是携带着五本已经装订成册的和一个名叫程满晴的女子的通信,以及几页纸的自传,还有自己的诗歌,突如其来地出现在身为作家的表妹李跃豆面前的:"这个天上落下的表哥认为,家庭变故和他长达十五年的流浪生涯很值得写成一本书,既然表妹是个写书的,这本书自然应该由她来完成。"事实上,人生阅历堪称复杂与丰富的罗世饶,对文学还是有着相当了解的:"世饶读过不少书,他认为跃豆既然是写书的,一定会对他和程满晴的十三万字通信感兴趣,他觉得跃豆可以据此写成一部动人的爱情小说。但同时,他又觉得,她应该写的是一部家族小说……"(不知道是无意间的一种巧合,抑或还是出于精心的设计,出自李跃豆或者说林白之手的长篇小说《北流》,在某种意义上的确可以被看作一部集中讲述李跃豆母氏家族故事的家族小说。虽然说活跃于文本的人物形象,也会有所溢出,但最主要的一些,比如梁远照、李跃豆、米豆、罗世饶、庞天新等等，都是属于李跃豆的母亲梁远照他们这个母氏家族的）不容忽视的一点是，在断定此后写土改的作品不可能超越张炜长篇小说《古船》的同时，他再一次扭转了自己对李跃豆的期待方向，希望她能够利用相关素材写出一部《约翰·克里斯多夫》式的作品来："他前三十多年的厄运，永不停息的奋斗，把自己从最绝望中挣扎出来，他觉得这些是绝好的素材。"一方面，这是李跃豆或者林白在以某种"夫子自道"的方式谈论并暗示着文本的解读方向，另一方面，正是在罗世饶所提供的这些材料的基础上，李跃豆最终加工完成了与他紧密相关的那一部分小说叙事。

首先必须明白的一点就是，罗世饶的遭逢厄运也与他"问题严重"的家庭出身脱不开干系："'我祖母系国民党上将某某某的妹妹'，罗世饶总要加上这句。他的长兄是被镇压的，时年十六岁。所谓镇压，就是枪毙。"需要强调的是，罗世饶（也即小五）四处游荡的日子，也正是所谓"大跃进运动"轰轰烈烈展开的时候："在小五游荡的日子里，圭宁的天空是赭红与苍黑混杂，空地上到处丑陋土高炉，凸凸的土堆，烟囱喷出黑烟，红光漫漫，红黄的光映照天空，赭红染在苍黄的脸上，人人也就黄红黑紫苍苍杂杂……"在报纸上，环江县的水稻已经达到了亩产十三万斤的水平。但也就在这个时候，尚且年幼的罗世饶陷入了莫须有的生存困境之中："小五世饶无处可去，街道上要他回原籍，原籍不接受，落不了户口，就仍回县城窦家。"尽管是成绩很好的高才生，但"因政审通不过，父亲历史反革命，在马岭农场劳改"，罗世饶最终还是被迫无奈地与大学失之交臂。在叙述罗世饶不幸遭际的过程中，颇具反讽意味的一笔是，林白竟然写到了罗世饶和程满晴在一起共同抄过一首名为《革命人永远是年轻》的歌："纵然革命革掉了家里六口人的命，他仍然觉得这支歌好听。"在自己的家族已经为革命献祭出六条鲜活生命的情况下，罗世饶仍然"没心没肺"地抄写《革命人永远是年轻》这样的歌曲，将二者拼贴在一起，所达到的当然是一种强烈的反讽艺术效果。但无论如何，由于受到家庭出身的严重困扰，罗世饶无法安生，是一种客观状况。面对这种处境，罗世饶走投无路后的唯一选择，就是四海为家、到处流浪漂泊。他受雇到玉林的园艺场去写标语，就是万般无奈下的唯一选择："此前他申诉了近一年，边打日工边申诉。申诉的内容是插队没地方要，转户口回原籍，村里也不接收。

民政局总算安排他去了玉林的园艺场。"在"革命"到来之后，需要有人写标语，"世饶就被发现了。他一手标准的仿宋字，自此派上了用场"。因为仿宋体标语被公认为全市第一，所以他还曾经一度被抽调到了城区的民政局，继续从事刷标语的工作。想不到的是，没过多长时间，园艺场突然宣告解散，但大同村却仍然不肯接收他的户口。眼睁睁地看着一个人的生存日渐艰难，罗世饶便决定前往四川眉山投靠六姨。同样出人意料的是，等到他不惜千里迢迢赶到眉山的时候，却发现六姨无法依靠："六姨去雅安劳教农场劳改了，去了有一年多。解放前就参加地下党的六姨，原以为能佑护他，谁知竟是自身不保的。"怎么办呢？罗世饶只能自寻出路。先是沿公路行了一整天，抵达成都一个叫驷马桥的地方。从成都出发，或混火车，或完全依赖步行，他先后又行经简阳、资阳、内江、重庆、贵阳、息烽、柳州，等他兜了一大圈，再回到圭宁的时候，就听到了大学恢复招生的消息。虽然打小就是学霸的罗世饶对自己的考试能力信心满满，怎奈这个时候的大学升学已经不再考试，"只考察政治，还要得到革委会推荐"。在倍感失望的情况下，罗世饶再一次被迫踏上了流浪漂泊的人生旅途。先坐汽车到广州，再从广州坐船去海口，再去澄迈，然后抵达苏东坡曾经留下过印迹的儋州。待他在儋州做工一段时日拿到工钱之后，便开始动身沿着来时的路返回圭宁。但在圭宁没有停留多久，早就想去新疆跑一趟的罗世饶，又随同揽工的人一起径自去往天山南北，一路行来，他不仅到过乌鲁木齐、伊宁，最远竟然还抵达了特克斯县的东方红牧场。新疆期间，在先后听闻唐山大地震和最高领袖逝世的消息，预感到世道即将大变的情况下，罗世饶决定返回阔别已久的故乡。这个时候，不仅几度拒绝过他的大同村对他敞开了怀抱，而且他还很快就解决了工作的问题。曾经因为家庭出身的困扰而四处流浪的他，竟然摇身一变，成为堂而皇之的国家干部。在那个特定时代，如同罗世饶这样一个政治上被打入另册的人，单枪匹马地如此四处闯荡，其中所经历的百般苦楚自然可想而知。

然而，在长期流浪漂泊的过程中，艳福不浅的罗世饶竟然令人不可思议地先后和二十一个女人有过深度交往："他时常想起年轻时从海南岛到乌鲁木齐，从儋州到特克斯，横穿大半个中国的流浪生活（或者叫漫游），他住在北流河边，手脚利索。他同所有的人讲，同赖胜雄的儿子赖最峰讲，他游过几多大江大河的，游过西江游过浔江游过柳江游过长沙的湘江，长江黄河还有青海湖……除了大江大河，他还时常想起，跟他有过关系的二十一个女人。"到后来，为了让表妹李跃豆把自己跌宕起伏的人生用文学作品表现出来，在与李跃豆多次倾偈的过程中，他竟然一五一十、事无巨细地把自己和这些女性的交往过程形象生动地一一道来。这个过程中，古典名著《金瓶梅》曾经给予他一种方法论意义上的启示和影响："他讲到了《金瓶梅》。""他实在有些意犹未尽，是被《金瓶梅》鼓荡了勇气，有些隐秘之事，不能当面讲出的，那些最暗处、最私处、最黏稠之处……他坚决地写了出来。他是喜欢写的，无论日记还是信件，多年不辍。他又给跃豆写了几封信，把跟他有关系的女性逐个捋了一遍。"这里，一个不容回避的要害处在于，在那个特定的时代，发生在罗世饶身上的这些男女关系最起码也要被看作是所谓的道德败坏，严重者甚至会因此而丢掉性命。正因为即使在处于匿名状态的叙述者看来，罗世饶都称得上是一位奇迹的创造者，所以，他才会情不自禁地写下这样的叙事话语："那些同他没有肉体关系的女人，仅仅是被介绍为相亲的对象，短暂的见面、见过一两面的女人，他也全部记住了她们的名字和样貌。他把她们当成是他的女人，所以他一共有二十一个女人。在这二十一个女人里，有十二个，他曾经拥有她们的身体。在一个尚未开放的时代，十二个，整整一打，相当不少了。他在信中告诉李跃豆，这十二个人中只有三个是处女。在一个严酷的时代，处女的数量如此珍稀，谁不想得到？而他经历了三个，他没有处女情结。"不管怎么说，发生在罗世饶身上的这些男女故事，都应该被看作禁欲时代里的情欲奇迹。尤其是，如果我们把罗世饶的故事，与前面已经分析过的庞天新（他们两位是曾经有过短暂交集却互不相知的堂兄弟）的故事两相对照，就更是不能不发出无尽的感慨。一个，仅仅出于炫耀心理编造了自己和未成年表妹之间的两性关系，最后便被认定为"坏分子"遭送到劳教队；另一个，虽然和那么多异性都发生过实质性的关系，到头来却安然无恙。两相对照，直让人感叹造化弄人之不公平。也因此，一方面，我们固然不能说林白的相关书写中就没有批判反思的意味存在，但在另一方面，从林白那种"切肤"的"五味杂陈"的小说美学出发，如果说庞天新的遭遇意味着他走过了一个不公平的悲剧人生，那么，罗世饶在颠沛流离的旅途中所创造的情欲奇迹，也同样可以被看作那个特定时代的另一种真实人生过程。

庞天新和罗世饶之外，另一位值得我们高度关注的人物形象，就是李跃豆那位命运虽然同样跌宕起伏但生命力格外坚韧的母亲梁远照。"梁远照年轻时是个活跃分子，她打过篮球呢，中锋，是工会组织的，还去比过赛；她还演过戏，扮演一个受日本兵污辱的姑娘；她还游泳，还唱歌，也喜欢睇小说，踩起单车拂拂生风……"由以上介绍可知，梁远照不仅有着多方面的兴趣，而且从本质上说是一位对生活充满热情的女性。多少带有一点吊诡色彩的是，梁远照这样一位充满蓬勃活力的年轻女性，第一次婚姻却嫁给了李稻基这样一位"右派分子"。尽管小说并没有具体交待李稻基是如何被打入政治另册的，但根据梁远照无意间透露出的他当年曾经参加过三青团并且上过国民党的宪兵学校这一细节，我们完全可以推断出，他被打成"右派分子"肯定与此有关。关于"右派分子"李稻基，叙述者特别强调李跃豆在娘胎里的时候，就参加过自己老豆（父亲）的批斗会："跃豆向来只知生父成了右派分子，从来不知还开过批斗会，而且自己在母胎中还参加了。对远照而言，原本没什么可苛求的，人人都得去。对自己，却是生命开端的头一件罕见之事。"一方面，我们清楚地知道，李跃豆的命名与当时的"大跃进运动"紧密相关。另一方面，由梁远照尽管挺着大肚子但也坚持去参加丈夫李稻基的批斗会这一细节，我们完全可以想象得到，身为"右派分子"家属的她，其实承受着相当巨大的政治压力。无论如何，李稻基的英年早逝，与他被打入政治另册的不幸命运之间，肯定难脱干系。既然李稻基撒手西去，年轻的梁远照就不能不考虑自己的第二次婚姻，这样一来，李跃豆和弟弟米豆的生活中，也就有了继父萧伟杰的介入："萧继父曾在湛江的南海舰队当过几年后勤兵，识讲几句广东话，口音堪称纯正，有广州的气息。方言也有强势和弱势，粤语以广州和香港话为正宗。几句正经的粤语托着，萧继父他就更威严了。"萧继父的强势介入，带来的两个直接后果分别是：一，李跃豆和弟弟米豆曾经一度被送回乡下老家，正是这一次时间不算太长的乡下生活历程，给李跃豆的心理造成了严重挫伤，对此，我们在前面已经有所讨论；二，大海和海宝两个孩子的现身。大海是萧继父和前妻的儿子，海宝则是萧继父和梁远照他们夫妻俩的亲生儿子。既然有了第二次婚姻，那梁远照所必须面对的，就是如何处理家庭内部成员的复杂关系问题，怎样在"新"和"旧"之间取得平衡。事实上，正如你已经明确看到的，李跃豆、米豆、大海、海宝，甚至包括李稻基和前妻的孩子李春一在内，这几位或有血缘关系或无血缘关系的子女中，最为梁远照所牵挂的，就是那位年龄最小的海宝。尤其是到了后来，她的全部收入，甚至可以说所有的精力，全都补贴给了海宝："还有，远照给海宝买了摩托车，海宝结婚的新房铺了最贵的通体砖，大海一律没有。怎么没有，要找律师讲清楚。又当然，她退休后打工挣的钱，当然是想给谁就给谁。日积月累就成了蚂蚁洞。"为什么会是如此？难道仅仅因为他身为家里最小的孩子，而且还身患难以彻底治疗的疾病吗？对此，我们只能是推测。

　　梁远照其人留给读者最深刻的印象，除了在庞天新事件上所充分表现出的悲悯情怀之外，大概就是生活中那股似乎永远不肯认输的劲头："远照越来越忙，她升职当上了站长，抓业务，搞试点，保健、体检，她又要考职称，她是小学文凭，却要考主管医师的职称。了不得，在县里可是顶级的职称。要考英语的，从未学过。"即使面对如此困难的目标，梁远照却依然义无反顾地去积极努力。"就这样，她到达了人生巅峰，当上了职称评定委员会的评委，从政协委员当到常委。她能干、要强，十分泼辣，且头脑清楚、识分析，能断事。"从根本上说，梁远照生命中的那种执拗与要强，集中表现在她的第二任丈夫萧伟杰不幸弃世之后。这一方面，最具标志性的事件，就是她想方设法盖一幢属于自家的楼屋："自医院培训班起步，终取主治医师职称，官至副院长（妇幼保健院），再到市（七线城市）政协委员、致公党党员，那些都不算了，烟消云散，无人能望见，只有一幢屋是人生的见证。""梁远照她太够力了。一幢屋、一幢私宅、一幢好地段的私宅，以她的微薄之力盖成，非常之犀利。"然而，要起一幢好楼屋，需要的首先是可观的资金。但，这笔钱到底应该从哪里来呢？到头来只能依赖退休者梁远照的一人之力："退休之后又被返聘了十年的梁远照医师，决意去广东。只身一人，穿州过省去粤地打工挣银纸。"就这样，年已六十五岁的梁远照，带着一身勇往直前的胆气，只身闯荡广东。到最后，梁远照硬是凭借一己之力如愿以偿地盖起了这座私宅："起屋的银钱白花花的巨款从东边到西边,滴水穿石来到圭宁小城。从海边的湛江沿着公路……所谓一己之力,指的就是它。"一个已经退休的女医师,一座七线小城里的好楼屋,梁远照在这个过程中付出的心血之巨大,我们完全能够想象得到。也因此,一个不容回避的问题就是,梁远照的能力之源究竟何在?除了不可解释的个人禀赋之外,我想,我们只能到她那不无显赫的家世去寻找答案。关于母亲梁远照的家世,"注卷:六日半"中的"章七:再一日"部分曾经做过专门的介绍:"外婆的外公是晚清举人,曾在上海一带做县令,她的舅舅冯介曾留学美国,是第一批留美生,留学回来修铁路。她的表叔冯振心,曾任无锡大学校长。她则是民国元年去容县读的女子师范,之前是家庭教师在家教。"以我愚见,梁远照的超强能力和这样的一种家学渊源之间,肯定不无关联。但无论如何,如果着眼于作家林白所秉持的精准的"五味杂陈"式的呈现比"抗议"(或"批判")更重要(这当然并不意味着"抗议"或"批判"就不重要)的小说美学,那梁远照的人生轨迹所呈示出的,便是庞天新和罗世饶之外的另一种人生景观。

除了前面展开分析的庞天新、罗世饶以及梁远照他们三位,其他诸如李跃豆、米豆、远素、泽红、泽鲜、冯其舟、吕觉秀、汪策宁、齐梦阳等人物形象,也都令人印象深刻。篇幅所限,恕这里不再展开进一步分析。但不管怎么说,一部长篇小说不可或缺的一个方面,就是若干具有人性深度的人物形象的刻画塑造。从这一点来说,林白的《北流》当然称得上是一部优秀的作品。很大程度上,正是依托于这些人物形象,作家那种"五味杂陈"式地呈示社会、人生、世界、人性的艺术目标,才得到了根本的实现。二者相辅相成,真正称得上是"一箭双雕"、相得益彰。

但在结束我们这篇文章之前,无论如何都必须解决的,还有两个方面的问题。一个是,长篇小说《北流》为什么会出自作家林白之手?虽然这是一个跟作家的个人艺术禀赋紧密相关的问题,但除了艺术禀赋之外,其实也与林白个人的人生经历,尤其是她的"闯北走南"之间有着不容分割的内在关联。阅读《北流》,我们注意到曾经出现过这样一段叙事话语:"有人问我,为何要离开广西去北京?只觉得,提问者竟不能理解一个文化中心的强大吸引力,一个人从小地方去往大城市,实是文明进化的永恒内驱力,全世界均如此。某年我打算从省会南宁调去梧州,因梧州要成立一个创作中心,我可以专事写作。一位前辈提醒,说梧州是一只死角,属闭塞之地,相当于下象棋丢了只车。人生难说赢输,即使有,一时一地亦望不见,只不过呢,设若丁玲没来北京,萧红没去上海,一切就有所不同吧。即使是短暂的、人生的幻光。"是的,我们实在无法想象,假如丁玲没有去北京,或者萧红没有去上海,她们的人生轨迹又会如何。但有一点,恐怕却是无可置疑的,那就是,她们大约也不会成为文学史上优秀的作家。林白的情形,也同样如此,如果她没有离开北流去"北漂",那我们便很难想象《北流》的生成。很大程度上,正是因为她离开了北流,在拥有了一番"闯北走南"的经历之后,再度真切地回头凝望故乡,也才能够最终写出如同《北流》这样杰出的长篇小说来。再一个,就是文章一开头就提出的,倘若联系林白《北流》的写作,我们到底应该如何理解、看待所谓"新南方写作"的问题。一方面,我们当然承认杨庆祥所谓"地理性""海洋性""临界性"以及"经典性"这"四性"的提炼和概括有其道理,但另一方面,如果我们把林白看作"新南方写作"的代表性作家,那么,联系她的这部《北流》,根据我自己的理解与判断,"新南方写作"的主要特点就应该是,方言征用、神巫色彩(与中原地区所谓"子不语怪力乱神"形成鲜明对照的,就是"比南方更南"的珠江流域一带弥漫的神巫之气。这一点,在《北流》中其实也有着突出的体现,惜乎篇幅原因,没有能够展开讨论)以及内在的诗性品质。退一步说,即使不涉及所谓的"新南方写作",只是作为独立文学文本的《北流》,也绝对称得上是当下中国文坛难得一见的杰出长篇小说文本。

乡村浮世绘与人情交响乐

——关于罗伟章长篇小说《谁在敲门》

说实在话，面对着罗伟章这部厚厚的、字数多达六十三万的长篇小说《谁在敲门》（广西师范大学出版社2021年版），我首先产生的是一种企图"逃避"阅读的畏难情绪。尽管说在圈子里我似乎一向以不惮于阅读大体量的长篇小说而为人所知，但在无法确认小说思想艺术价值的情况下，要想下决心啃下这样一部大体量的"巨无霸"，还真是一件不容易的事情。促使我下定决心展卷阅读《谁在敲门》的，是上海思南文学之家的文学读书会。这个业已坚持五六年之久，在读书界有着极好口碑的读书会，竟然专门拿出一期，邀请罗伟章去上海，与上海的批评家程德培、黄德海一起展开对谈。一方面，思南读书会的门槛很高，一般的作家作品很难在这里"登堂入室"，另一方面，程德培与黄德海他们两位不仅都是业界信任度极高的批评家，而且黄德海甚至还在他谈话的过程中，强调《谁在敲门》是一部乡土版的《红楼梦》。正是出于以上原因的驱动，我才终于下决心翻开了这部厚度多达六百多页的长篇小说。但谁知实际的阅读情形却是，展卷之后，欲罢不能。虽然在阅读的过程中，总是会被各种不期而至的杂务打断，但内心深处却总是被故事情节和人物命运所牵动，总是意欲早一点知道故事和人物未来的走向。这里的一个关键问题是，从根本上说，《谁在敲门》并不是一部以跌宕起伏的故事情节取胜的长篇小说。一部不以故事情节取胜的长篇小说，其艺术魅力当然也就只能更多地来自作家对人物形象的成功刻画与塑造。正因为人物形象在阅读的过程中已经逐渐地深入人心，所以才会牵动阅读者的内心世界。要害处在于，我的上述阅读感受是真切而可靠的吗？为了进一步证实这一点，在时隔数日之后，我再一次打开了这部"巨无霸"，开始了对小说的第二次阅读。当我第二次从《谁在敲门》的世界里走出之后，我想，我最起码可以说，这部《谁在敲门》不仅是截至目前罗伟章成就最高的长篇小说，而且，即使把它放置在近一个时期内的长篇小说坐标系里考察，这部作品也仍然能够以其独有的思想艺术魅力征服广大读者。

《谁在敲门》的值得关注处，首先是叙述方式的特别设定。一般来说，既然采用了第一人称的叙述方式，那就肯定是限制性的。所谓限制性，就是叙述者"我"由于受到时空的局限，只能叙述那些出现在自己视野中的人与事。视野之外更多的人和事，不可能进入他的叙述过程之中。这一方面一个典型的例证，就是鲁迅先生的短篇小说《伤逝》。虽然那个时候并没有出现所谓的叙述学理论，但鲁迅先生在征用第一人称这种叙述方式的时候，却"无师自通"地恪守了限制性的边界。那就是，身为第一人称叙述者的涓生，只是在严格的界限内讲述自己所知道的那些人和事。对于自己根本不可能知道的情况，比如子君在和他分手后最后的死亡，涓生就是通过访问一个"久不问候的世交"才了解到相关情形的："'自然，你也不能在这里了，'他听了我托他在别处觅事之后，冷冷地说，'但那里去呢？很难。——你那，什么呢，你的朋友罢，子君，你可知道，她死了。'/我惊得没有话。/'真的？'我终于不自觉地问。/'哈哈。自然真的。我家的王升的家，就和她家同村。'/'但是，——不知道是怎么死的？'/'谁知道呢。总之是死了就是了。'/我已经忘却了怎样辞别他，回到自己的寓所。我知道他是不说谎话的；子君总不会再来的了，像去年那样。她虽是想在严威和冷眼中负着虚空的重担来走所谓人生的路，也已经不能。她的命运，已经决定她在我所给与的真实——无爱的人间死灭了！"由于子君的死亡发生在与涓生分手之后，所以，涓生就只能够借助于这个世交的转述，把这一重要事件交待给读者。然而，与诸如鲁迅先生这样严格遵循限制性边界的第一人称叙述有所不同，罗伟章的特别之处却在于，他所征用的是一种非限制性的第一人称叙述方式。所谓非限制性，就是指在叙述过程中，身为第一人称叙述者的"我"，可以越界把自己视野之外的人和事统统纳入到叙述过程之中。比如，第一章的第二十二节，集中叙述交待以广里为核心的大姐那十多个干儿干女的故事。广里,是李家岩村一位年龄比大姐和大姐夫都要大一些的农民。虽然年龄大一些,但广里却一心一意地非得拜大姐夫和大姐为干爸干妈,大姐自然不肯应允。没想到,广里却并不因此而气馁。尤其是,到了某一年的犁田季节,他竟然连夜去犁田,一直干到天亮才回家。如此这般,一干就是一个礼拜。万般无奈之下,大姐只好答应下来。"'见我松了口,'有次大姐对我说,'也不是松口,只是轻言细语叫了声广里,他就……跑上田埂,跪下磕头,把我叫妈。天呢……'大姐闭着眼,咬着牙,头不停地摆,像忍着剧痛。"明明知道自己的年龄更大些,广里却坚持要拜大姐夫和大姐为干爸干妈,根本原因只在于,大姐夫身为李家岩村的书记。有了干爸大姐夫在背后撑腰,广里不仅可以从此不受村里人的欺辱,而且还可以反过来以一种盛气凌人的方式去对待别人。以前的广里,多年来都受着邻居李争社的欺负,连门前进出的必经之路都无法正常走。自打拜了干爸干妈,广里的腰杆就直起来了:"现在敢了,不仅敢,还过得昂首挺胸,挑着一担粪,故意走得紧一步、慢一步,粪水乱了节奏,泼泼洒洒往外荡。"如此一种情形,真可谓是,自打拜了大姐夫做干爸,广里的日子就翻了天。当然,除了广里,叙述者同时还概述性地介绍了大姐其他十多位身为干儿干女的留守孩子的情况:"如今,干儿干女都已长大成人,六个考上了大学,一个当了兵,并考上了军校,放假回来,都是拖着拉杆箱,先来大姐家,再回自己家里。"一方面,第一人称叙述者"我"当然可以辩称说以上这些情形全都来自大姐的转述,但在另一方面,即使是借助于大姐的转述,恐怕也很难把一些相关细节做如此这般生动逼真的呈示,就如同叙述者置身于现场之中。无法否认,在《谁在敲门》这部长篇小说中,的确存在着第一人称叙述者的越界现象。我们之所以要把罗伟章《谁在敲门》中的叙述方式定位为非限制性的第一人称叙述方式,根本原因正在于此。

其次,是川东方言的适度穿插使用。我们注意到,关于方言的使用,作家汪曾祺曾经发表过这样一种精辟看法:"吸收别处方言的有用成分,别处方言,首先是作家的家乡话。一个人最熟悉,理解最深,最能懂得其传神妙处的,还是自己的家乡话,即'母舌'。有些地区的作家比较占便宜,比如云、贵、川的作家。云、贵、川的话属西南官话,也算在'北方话'之内。这样他们就可以用家乡话写作，既有乡土气息，又易为外方人所懂，也可以说是'得天独厚'。沙汀、艾芜、何士光、周克芹都是这样。有的名物，各地歧异甚大，我以为不必强求统一。比如何士光的《种包谷的老人》，如果改成《种玉米的老人》，读者就会以为这是写的华北的故事。有些地方语词，只能以声音传情，很难望文生义，就有点麻烦。我的家乡（我的家乡属苏北官话区）把一个人穿衣服干净、整齐、挺括、有样子，叫做'格挣挣的'。我在写《受戒》时想用这个词，踌躇了很久。后来发现山西话里也有这个说法，并在元曲里也发现'格挣'这个词，才放心地用了。有些地方话不属'北方话'，比如吴语、粤语、闽南语、闽北语，就更加麻烦了。有些不得不用、无法替代的语词，最好加一点注解。高晓声小说中用了'投煞青鱼'，我到现在还不知道这究竟是什么意思。"①由以上所引的这段文字可以看出，作为一个杰出作家，汪曾祺先生一方面固然没有忽略对地方方言的征用，但另一方面，在具体使用方言的时候，他的态度却又是非常谨慎的。或许与普通话也即"北方话"（"官话"）长期以来在现实生活尤其是文学创作者所处重要地位有关，在汪曾祺看来，其他地方方言的使用必须是有限度的，作家的态度应该是慎之又慎。之所以会是如此，关键在于汪曾祺充分考虑到了读者的阅读接受问题。尽管很难说汪曾祺的态度就是作家面对方言时唯一正确的处理方式，但如此一种节制使用方言的方式，在作家中却可以说有很大的代表性。具体来说，罗伟章《谁在敲门》的情况就是如此。更何况，与其他作家相比较，罗伟章的幸运处在于，身为四川作家，他天然地隶属于汪曾祺所谓的西南官话那个范畴之内，在方言的使用上有着某种得天独厚的优势。很大程度上，正因为作家所使用的乃是西南官话，所以，他即使使用方言，一般情况下也不需要做特别的注解说明。比如，小说开头不久，就出现过这样的叙述话语："看在眼里的，都是冷冰冰的，他就说：'冷啊，怕是要生过场呢？'"过场，在川东方言里，就是疾病的意思。这句话，出自刚刚从兄弟家被送到大姐家的年迈父亲之口。从内心深处来说，一向习惯于住

---

① 汪曾祺：《小说技巧常谈》，见《汪曾祺全集》第9卷，人民文学出版社2019年版，第257页。

在兄弟家里的父亲，即使是过生日，时间很短暂，也不愿意到大姐家来。正因为出于这种本能的拒斥心理，所以进入大姐家之后，父亲的第一句话，就是恐怕要"生过场"。仔细分析，父亲这句让大姐听了极不舒服的话语，其实传达了三个层面的意思。第一，父亲的生日，是农历的四月初二，正是乍暖还寒的时节。对于如同父亲这样的年迈老人来说，觉得家里冷，乃是一种正常的感觉。第二，根据叙述者在前面的交待，"每次到大女家，父亲都要生病。他过惯了山里的日子。"也因此，父亲的这句话乃是基于既往经验做出的一种判断。第三，更重要的，借助于"生过场"这句话，叙述者在巧妙地传达父亲对大姐家的拒斥心理。比如，第一章里大姐和父亲之间的几句对话："大姐说：'住在我家里，硬是当坐监。'/父亲连忙否认：'格外说！'/'格没格外说，你自己心里明白。'"这几句对话中的"格外"，毫无疑问也是一个方言词。在现代汉语中，"格外"一词，要么表示超过寻常，要么表示额外与另外。但罗伟章在这里所使用的"格外"，所表达的并非以上两个义项。当大姐一针见血地指明父亲到了他们家便如同坐监一般如坐针毡的时候，父亲的本能反应就是坚决予以否认。也因此，此处的"格外"说，就很显然是"你乱说、不是那么回事"的意思。在这个意义层面上，"格外"的语义自然也就是"胡乱"或者"瞎"的意思。细细想来，"格外"的这种方言语义，也还是与其本义紧密相关的。当一种事物超出了带有规定性的"格"之后，当然就是所谓"格外"。如果做更进一步的延伸理解，因其出"格"，所以也就是"胡乱"或者"瞎"。再比如，还是在第一章里，大家谈到四喜的时候："大哥讪讪的。他受尽了儿子的苦，嘴上提起，把四喜恨成不成秧的谷种，但毕竟各肉儿各疼，不想儿子被众人说谈头。'谈头'这个词，和缺点是一个意思，语气稍重而已，'那人有谈头'，就是指那人有缺点。这仿佛是说，有缺点的人才有谈头，没缺点的，也就没什么可谈。原来，千百年流传的故事，都是关于缺点的故事。"在这里，罗伟章终于按捺不住地主动跳出来做方言语词的释义工作了。大哥的儿子四喜，因其招摇撞骗的行径，而成为大家的谈资、被大家说谈头。虽然说一直为四喜所苦的大哥对这个不成器的儿子总是一肚子怨言，但不管怎么说，那都是自己打断骨头连着筋的儿子。唯其如此，当众人把四喜的招摇撞骗行径作为话题来谈论的时候，大哥才会表现出强烈的不满情绪。大哥身为父亲那种既恨又怜的复杂情绪，借助于这一方言语词得到了很好的表现。当然，同样饶有趣味的，是叙述者随之而来的关于"谈头"一词的解说与释义。一个人有了缺点，才有了谈头，如果没有缺点，那就没有什么可谈，认真想一想，现实生活中的情形的确如此。

　　接下来，必须引起我们高度重视的，是罗伟章关于叙述速度的艺术处理。但在展开讨论这一问题之前，我们需要首先了解一下作家在后记中关于章节划分的相关说法："成稿把小标题去掉了，是因为我不想在河上修堤坝。之所以还分了章节，完全是从阅读习惯考虑的。"①虽然不知道作家原稿的具体情形，但根据文本推想，罗伟章的所谓"小标题"，应该是具体针对每一章而言的。去掉了小标题，但依然保留了七章以及每一章中的若干个小节，用罗伟章自己的话来说，其实是从俗，是考虑到了读者阅读习惯的结果。所谓从俗地考虑读者的阅读习惯，从这样的话语中，我们可以明显感觉到，罗伟章的潜台词是，《谁在敲门》这部长篇小说甚至都可以考虑不分为七章，而只是任由叙述的河流一路毫无阻拦地奔腾向前，直至小说终结为止。事实上，只要考察一下七章的相互关联处，我们就不难发现，罗伟章其实所言不虚。比如，第一章结尾处，叙述者正在讲述的，是父亲的生日宴上接二连三地接到身在外地的兄弟姐妹及其下一代的祝福电话。第二章的开篇处，则是匆匆忙忙结束牌局后赶来参加爷爷生日宴的小兰，热情地和家人打招呼的情形。二者完全可以连缀起来，构成一个丝毫都不显违和的整体。再比如，第二章的结尾处，是闹闹嚷嚷的父亲的生日终于结束了："今天是父亲的生日，再过二三十分钟，新的一天就会敲门，父亲的这个生日，就过去了。"第三章的开篇处，则是在给父亲过完生日后，"我"急急忙忙地要赶到县城去和自己的那些文友们见面聚会。如果把二者衔接起来，同样也不会有违和感。从这个角度来说，罗伟章把整部长篇小说切割为七章，更多考虑的，恐怕的确是读者的阅读习惯。但请注意，也正是罗伟章这一顺从阅读习惯的章节划分，给我们接下来的讨论提供了便利条件。这就是，如果从叙述速度的角度来考量，整部《谁

---

　　① 罗伟章：《谁在敲门》，广西师范大学出版社2021年版，第672页。

在敲门》实际上存在着一个逐渐加速的问题。"在这里，叙述速度是指故事中的时间跨度（以分、时、天、月、年等计量）和本文再现时所占的篇幅长度（以行、页等计量）之间的关系，也即一种时——空关系。叙述中的恒定速度就是故事时间跨度和文本之间的不变比率，如一个人一生中的每一年在文本中始终都以一页篇幅叙述。以恒定的速度为'基准'，我们就能看出两种变动形式：加速和减速。加速是用较短的文本篇幅描述较长一段时间的故事——同已为这一文本确定的'基准'相比较而言，减速则相反，即用较长的文本篇幅描述较短的时间的故事。"①具体表现为，在小说的前半部分，或者更准确地说，是在前三分之二部分，尽管故事的时间跨度较短，但明显采用了减速叙述，而在故事情节的推进过程中，随着时间跨度的不断拉长，虽然也会有所反复，但从总体趋势上看，却采用了不断加速的叙述速度。

　　第一章和第二章，作家一共使用一百六十四页的篇幅集中讲述为父亲过生日那一天的故事。从时间的角度来看，具体起点是那一年农历四月初二的前一天，也即四月初一的晚饭之前。如果将父亲到达大姐家的那个晚上也计算在内，这个部分的故事时间是整整的一天半。而这也就意味着，罗伟章用两章一百六十四页的篇幅，讲述了一天半发生的故事。第三章一开头，就交待"我"在完成了给父亲过生日的"任务"后，要乘车去县城，好与一帮"臭气相投"的文友见面聚会。没想到，就在当天，也即四月初三日的晚上，在"我"兴致勃勃地与一帮文友推杯换盏的时候，却意外地获知父亲突然发病的消息。先是大姐夫的电话，紧接着又是兄弟的短信，说父亲不仅"既流口水，话也说不明"，而且已经被送到了镇卫生院。尽管不情愿，"我"在经过了一番思想斗争后，还是起身返回了回龙镇。到了这一章的结尾，则是眼看着父亲救治无望，各方面权衡之后，因为担心父亲死在医院，最终还是决定出院返回老家燕儿坡。紧接着，到了第四章开篇处的第一段，叙述者就明确告诉读者，父亲这一次的确"老了"。这就是说，整个第三章，作家以差不多一百页的篇幅叙述的，就是父亲生病

---

① 王春林、赵新林：《赵树理小说的叙述模式》，《中国现代文学研究丛刊》1991年第3期。

后在县第三医院接受治疗的全部过程。请注意，在叙述话语中，我们进一步了解到，父亲亡故的这一天，乃是四月十三。从叙述速度的角度来说，前面的两章用一百六十四页的篇幅讲述一天半的故事，第三章用差不多一百页的篇幅，讲述父亲住院那先后加起来十一天的故事，作家的叙述速度明显存在着一个由慢到快的过程。但到了接下来的第四章和第五章，已经加快了的叙述速度又减缓下来。具体来说，这两章所集中讲述的是从父亲不幸去世，一直到他最后下葬期间的故事。那个阶段，先后加起来一共十天时间："刘显文已据风水八卦、五行命理，推定出父亲破土下葬的黄道吉日，是古历四月二十二。今天才十三，不算下葬那天，父亲要在家里住九天。"从篇幅的角度来说，这两章加起来一共一百九十四页。这就意味着，作家用差不多二百页的篇幅，讲述了十天之内发生的故事。故事时间差不多，所用的篇幅却是第三章的两倍，这就说明作家的叙述速度又慢了下来。虽然比第三章的叙述速度慢，但如果与前面的第一、二两章相比较，这两章的叙述速度其实还是要快得多。之所以会出现这种情况，主要原因在于，第一、二章中，小说中的主要人物不仅都要渐次登场，而且都得给读者留下深刻的印象，要做到这一点，作家就需要用较为充分的篇幅对这些人物形象展开叙述描写。这一部分的叙述速度之所以最慢，根本原因或许正在于此。到了第三章，叙述速度之所以会突然提速加快，主要因为活动于这一部分的人物形象大多在前一部分都已经粉墨登场，作家无需耗费更多的笔墨再做详细介绍。这样一来，自然也就节省了不少篇幅。但紧接着，到了第四、五章，伴随着父亲的不幸去世，那些在遥远的外部世界打工的子女，以及身为第三代的子女的子女便纷纷赶回来为逝者送葬。他们之所以在这个时候赶回来，而不是在父亲的生日那个时候赶回来，关键原因在于，他们并不可能预知到父亲的这个生日，竟然会是他此生的最后一个生日。正所谓世间万事唯生死为最大，面对这两个节点，任何人都不能例外。罗伟章的《谁在敲门》这部聚焦于东轩县回龙镇燕儿坡许氏家族的长篇小说，之所以要把很大一部分篇幅围绕父亲的生日和葬礼来大做文章，艺术奥妙就在这里。一方面，需要使用一定的篇幅对那些外地返回者做详尽的描写和介绍，另一方面，也需要用相当的篇幅事无巨细地展示川东乡村葬礼的复杂过程，所以，作家的叙述速度也就自然较之第三章而有所缓慢。然而，请注意，从第六章开始，一直到第七章小说结束为止，作家的叙述速度却再一次骤然加快。第六章的开头，首先交代在父亲的葬礼结束后，不期然地在乡间待了将近一个月的"我"，终于回到了自己的工作地——那个阔别已久的省城。与我们的论题紧密相关的，首先是这个部分中相关时间因素的介绍。先是第五章的第二十三节："新历七月的一天，弟媳去给父亲上坟。"因为古历和新历一般会相差一个月左右的时间，所以，新历的七月，应该是古历的六月，也就是父亲去世差不多两个月的时候。接下来的第二十五节末尾处，写到大姐给"我"打电话："大姐盼咐我，说过几天你回来给爸爸烧百期，在市里见见那个女的。我说市里百多万人口，哪里见去？大姐说没事，我想办法要到那个人的电话。"所谓的百期，就是父亲去世后的第一百天。这一细节说明，这个时候距离父亲去世已经将近一百天了。到了第三十三节，则是："我回省城编过一期杂志，到十月初，燕子才打电话问她大姑：'爷爷烧百期你们上去没得？'大姐没好气：'你不回来，也没一个电话，我们哪敢上去哟？'燕子那边便没声音。"从弟媳突然给父亲上坟的古历六月，到后来的十月初，前前后后差不多四个月的时间，叙述的篇幅却仅仅用了十一节二十页的篇幅。作家的叙述速度之快，于此即可见一斑。接下来，到了第四十三节，作家再一次明确交待时间因素："父亲去世一年后的四月二十二（请注意，罗伟章那看似细针密线式天衣无缝的小说叙述，在这里不经意地出现了一点小小的疏漏。因为父亲去世的时间，其实是上一年的古历四月十三。严格来说，这里的正确表述应该是'父亲下葬一年后'），日全食，那日全食从印度过来，经西藏、四川再到长江下游，省城是上午9点11分天黑，14分天开，老家也差不多，在这三分钟时间里，大姐夫给我打了五个电话：天黑下来了，黑得更黑了，全黑了，看见星星了，又亮了。"三分钟，竟然接二连三地打五个电话，可见那个时候大姐夫和"我"联系之密切程度。但真正的问题在于，"说不清从什么时候起，他的电话少了"。之所以会出现这种微妙变化，主要的原因是大姐夫的处境日渐艰难。这一点暂且按下，容后面详述。时间因素的一次关键性交待，出现在第七章，也即最后一章的第十九节："那个人真是钱文吗？如果是，自从在小北街见那一眼，再没见过。而就是那次，也只是见到一个背影。两年前，大姐夫的哥哥因为婆娘的麻风病老治不断根，便不再信医，转而信命。信命的人，说他命坏，他不服气，说他命好，又怕敷衍，总之是表面相信，内心忐忑，因此要不断求证。有回大姐夫从老街过，见过他哥哥正让人看手相……"从这里的"两年前"，我们就不难判断出，如果从父亲葬礼举行的那个时候算起，再到后来大姐夫的锒铛入狱，一直到大姐最后的自缢身亡，故事的时间绝对在两年之上，或者是三年，或者是四年。这么长的故事时间，作家所使用的篇幅，却仅仅只是最后的两章，加起来一共二百零九页的篇幅，与此前的五章相比较，叙述者的叙述速度之快，简直达到了令人咋舌的地步。在这里，一个无论如何都不容回避的问题是，为什么到了最后的两章，作家的叙述速度会变得如此之快。虽然无法从罗伟章那里获得确切的答案，但依据我个人的推想，主要原因或许有二。其一，最后一部分，此前先后粉墨登场的众多人物，无疑到了必须退场的时候。如果说登场时需要的是尽可能充分的艺术铺展，那么，退场的时候，就可以是一种简洁、俭省的艺术交待。其二，从一种普遍的心理来看，一般人都是喜聚不喜散。这一点，恐怕连同作家罗伟章在内，也都难以免俗。一方面，千辛万苦地写到最后阶段的时候，作家很可能已经身心俱疲，另一方面，既然最后的结果肯定是一种悲剧式的"树倒猢狲散"，那倒不如干脆以迅即的叙述速度归结了这部长篇小说更为省心。就这样，看似只是叙述速度的快慢，但其实既涉及整部小说的结构布局问题，也涉及作家的写作心态问题。

　　说到叙述速度，与这个问题紧密相关的，还有一个中心人物的命运起落与小说文本的气盛气衰的内在关系问题。之所以强调这一点，是因为小说中出现过这样一段不容忽视的叙述话语。那是在叙述者"我"与文友谭瑞松谈话的时候，作家借助于谭瑞松之口表达了这样的意思："'要么，'他接着说，'就是你心太软。心软也会陷入虚伪。社会赞美真实和刚强，其实赞美的就是心硬。古话说，阳刚乃诸德之首，阳刚的前提，是心硬。我们读《红楼梦》，为啥子读到王熙凤死了就没趣味？其实等不到她死，她病了就没趣味了。因为在整部书里，九成以上都是阴质人，极少几个才有阳刚气，王熙凤名列第一。她是一束光，尽管是杂色的。可阳光不也是杂色的吗？这杂色的阳光，能让万物生长，阳光没了，众生寂灭，大地荒芜，从哪里去找趣味？——你要让自己的心硬起来！你别急，我给你开几味中药,你回去和白萝卜炖,吃三五几天,把气血提起来,心自然就硬了。心软没别的原因,就是气血不足。'"之所以要把这一长段话语全部抄录在此,是因为这段话语非同寻常。第一,黄德海曾经把《谁在敲门》比附为一部乡土版的《红楼梦》,不知道是不是也受到过这段叙述话语的影响?第二,这段叙述话语的生成语境,当然是文友谭瑞松和"我"的对话,是谭瑞松针对"我"一向的懦弱和虚伪讲出的一段话语。一方面,身为知识分子的"我"突出的性格特征就是懦弱、虚伪,但另一方面,如谭瑞松所说,只要吃下他开出的几味中药,就能把气血提起来,就能够让"我"心硬起来,实情的确未必。第三,如果把其中与"我"有关的话语去掉,只剩下谈论《红楼梦》和王熙凤的那些文字,那么,我要说,这些文字简直就是一篇简短精辟的关于《红楼梦》的小论文。虽然不过只有一百多字,但表达出了一种对《红楼梦》的真知灼见。这说明,谭瑞松,不,其实是作家罗伟章对《红楼梦》有着某种深刻的理解。恕我孤陋寡闻,虽然不仅对《红楼梦》,而且对《红楼梦》研究也颇为关切,但如同罗伟章借助于谭瑞松之口所表达出的这种见解,还真是第一次看到。尽管只是极其简短的一百多字,但言简意赅地直击或者说切中了《红楼梦》的某种肯綮所在,真正可谓是心得之言。认真地回想一下自己多年来的读红体会,罗伟章的如此一种看法,的确称得上是一种具有真理性的不刊之论。第四,更重要的一点是,如果联系《谁在敲门》这一小说文本,我们就会发现,罗伟章的这种说法,其实也可以被看作是作家一种带有强烈暗示性的"夫子自道"。所谓"夫子自道",就是说罗伟章在这里或许是在借助于对《红楼梦》的谈论而暗指自己的这部《谁在敲门》。参照我的阅读感受,尽管说《谁在敲门》在思想艺术造诣上肯定无法与《红楼梦》相提并论,但最起码在王熙凤与《红楼梦》之间的关系这一点上,二者是可以进行比较的。那么,在《谁在敲门》里,到底哪一位人物堪比王熙凤呢?思来想去,虽然存在着性别上的明显差异,但恐怕也只有大姐夫李光文这一形象方才堪当此任。《红楼梦》写的是上层贵族的生活,《谁在敲门》关注的是乡村世界的底层生活,尽管生活阶层判然有别,但如果沿用谭瑞松或者说罗伟章强弱对比的视角,如果说出现在《谁在敲门》中的大多数人物都属于生活中的弱者或者"阴质人",那么,与这些弱者或"阴质人"形成鲜明对照的,就是如同王熙凤一样具有突出阳刚气质(或者也可以套用流行话语,干脆把王熙凤看作一条敢作敢为的"女汉子")、似乎可以统摄一切人和事的身为李家岩村书记的强者大姐夫。不知道其他读者的阅读感觉如何,反正在我这里,阅读《谁在敲门》时,的确真切地感受到了大姐夫其人的命运演变与整个小说文本的气盛气衰之间的内在关联。也因此,我们完全可以照抄罗伟章的原话来评价他的这部《谁在敲门》,只需要把王熙凤的名字改为大姐夫李光文:"我们读《谁在敲门》,为啥子读到大姐夫李光文失势了就没趣味?其实等不到他彻底失势,从他开始走下坡路,就没有趣味了。因为在整部书里,九成以上都是阴质人,极少几个才有阳刚气,大姐夫李光文名列第一。他是一束光,尽管是杂色的。可阳光不也是杂色的吗?这杂色的阳光,能让万物生长,阳光没了,众生寂灭,大地荒芜,从哪里去找趣味?"如果从叙述速度的角度来说,前面三分之二的部分,之所以显得比较缓慢,甚至给我们一种闲庭信步、娓娓道来的感觉,只因为强者大姐夫李光文一直在那里生机勃勃着,到了后面的三分之一部分,也即小说的最后两章,叙述速度之所以显得急急忙忙,以至于还会让我们产生慌慌张张的感觉,事实上与大姐夫李光文的人生失势之间有着不容忽视的内在关联。

严格说来,除了以上三个方面,罗伟章在《谁在敲门》中还有对诸如烘云托月这样一种艺术手法的成功使用。比如第五章的第三十一节,写"我"和妻子梨静分别多日后相见时的相互惊讶:"梨静又是背着上次去三医院的那个单肩包,不过那包显得比上次更大,不是塞的东西多了,是她瘦了。她却看不见自己瘦,开口就问我:'你咋瘦成这样子?'/我也看不见自己瘦。这些天来,天天在一起的大姐,同样没看见我瘦。但梨静说我瘦了。那意思是瘦得非比寻常,差不多是暴瘦。她这么一说,我才觉得自己肚子小了,腰带松了,身体有些飘,手朝脸上摸,巴掌在脸上游走,感觉到的只有巴掌,没有脸。"首先,因为叙述者没有交代,所以,我们并不知道梨静是不是也如同"我"一样意识不到自己的瘦。其次,借助于梨静的眼睛看出"我"的暴瘦,说明在父亲住院和后来的办丧事期间,"我"的确因为专注于一系列事情的处理,尤其是内心的煎熬,所以把自己给搞瘦了。第三,因为梨静是"我"朝夕相处的妻子,所以,她率先看出"我"的暴瘦，说明他们夫妻俩的感情状态不错，进而也才会有梨静对"我"的特别关切。再比如，就在这一章，在四喜的女朋友申晓菲登场亮相的时候，作家所使用的，同样也是非常巧妙的烘云托月手法："当申晓菲走上院坝，整个院坝即刻焕然一新。这女子，像一束光，照得人眼花。这种俗套的比喻根本说明不了什么，她的那种美，就是让整个院坝焕然一新。这院坝里，像不是在办丧事，而是有了一场辉煌的喜事，具体是什么喜事，又说不出来。李志曾预言，说申晓菲也肯定是个丑八怪，可事实上，在这天——我父亲去世后的第五天，申晓菲走进这场丧礼，她就成为对美唯一的解释者，也成了对丧礼和死亡唯一的解释者。"申晓菲毫无疑问是一位美貌异常的女孩子，虽然幺妹的女儿秋月已经称得上漂亮，但申晓菲却无疑比她还要更加漂亮。问题在于，对于如此一种令人惊艳的美貌，作家应该怎么样去进行艺术表现呢？罗伟章的智慧处理方式，足可以让我们联想到荷马史诗中的相关场景。荷马史诗为了表现海伦的美貌，所采用的烘云托月手法，就是让那些第一次见到海伦的长老们一致感叹，为了这个女人，打一场持久的战争是物有所值的。而罗伟章的处理方式则是，虽然院坝里正在办丧事，但申晓菲的骤然出现，却像一束光一样照亮了院坝，照亮了世界，甚至使得丧事都变成了一场"辉煌的喜事"。

以上，我们分别从叙述人称设定、川东方言的适度征用、叙述速度的快与慢以及烘云托月手法的使用等四个方面对罗伟章的长篇小说《谁在敲门》进行了一番艺术形式层面的深度分析。关键问题在于，借助于艺术形式方面的这些努力，罗伟章意欲达到的，究竟是怎样的一种书写目标呢？通过对文本先后两次的认真阅读，我认为，罗伟章所首先试图展示出的，就是一幅当下乡村世界的浮世绘。我们都知道，一般意义上的长篇小说，差不多总会有几个可以被看作中心人物的人物形象存在。但《谁在敲门》的情况却并非如此。粗略计来，在这部长达六十三万字的长篇小说中，先后登场的那些有名有姓的人物，一共有一百六十人左右之多。其中又有多达三四十位人物能够给读者留下相对深刻的印象。但如果你想要进一步从其中确定到底哪一位或者哪几位算得上是小说的中心人物，却是非常困难的一件事情。即使是大姐夫李光文这样一位重要人物，你也很难说他就是作品中的中心人物。由此即不难得出结论，罗伟章在《谁在敲门》中所实际采用的，可以说是一种"去中心化"的叙述策略。所谓"去中心化"，就意味着作家采取了散点透视的艺术聚焦方式，来面对故事发生地回龙镇的那些普通乡民们的日常生活。如此一种艺术聚焦方式的采用背后，很可能潜藏着作家某种多少带有一点"齐物论"色彩的世界观与人生观。所谓"齐物"，当然是从古老的庄子那里借鉴而来的一种说法，它很显然意味着，在罗伟章这里，现实生活中那些地位身份不同的人们全都是不分高下，应该等量齐观的。很大程度上，正是因为"去中心化"叙述策略的采用，才使得《谁在敲门》成为一部没有主人公的长篇小说。在文本中悉数登场的那些人物形象，可以说都是小说的主人公，也可以说都不是小说的主人公。换句话说，每一个人物，都因此而获得了现代意义上一种充分的主体性。而伴随着小说人物主体性的普遍获取，罗伟章的这部《谁在敲门》，自然也就成为一部具有人物群像式展览结构的长篇小说。我们之所以把《谁在敲门》判断为一部当下乡村世界的日常生活浮世绘，根本原因正在于此。所谓浮世绘，按照《辞海》中的解释，乃指日本德川时代（1603—1867）兴起的一种民间绘画。浮世是现世的意思，故其描绘题材大都是民间风俗、优俳、武士、游女、风景等，具有鲜明民族风格。……浮世绘一般以色彩明艳、线条简练为特色，因多数反映当时的民间生活，曾得到广泛的流传和发展，至十八世纪末期逐渐衰落。这里，我们意在借用这一绘画术语来指明罗伟章《谁在敲门》的基本思想和艺术风格。

既然是当下乡村世界的浮世绘，那自然就会有普通乡民生存境况的真实呈现。比如父亲许成祥，因为母亲代珍的过早去世，只好一个人拉扯七个子女长大。那一年，大哥春山十九岁，二哥春树十七岁，大姐春红十二岁，二姐春花八岁，"我"也即三子春明五岁，幼子春响两岁，最小的幼女春英还不满三个月。在生存条件格外艰难的川东乡村，一个单身男人，要想把这七个子女全都拉扯大，让他们都成人成家，其实是非常不容易的一件事情。正因为生存艰难，所以，才被迫把幼女春英送给了别人家。但即使如此，父亲许成祥肩上的担子也不会减轻多少。不承想，等到他的七个子女不仅都已长大成人，而且也都成家立业之后，业已步入晚境的父亲许成祥的养老反而成了一个问题。依照乡村的社会伦理，既然父亲许成祥育有四个儿子，那养老的问题就应该由四位兄弟来具体承担。因此，他的三个女儿，尤其是家庭条件相对优越的大姐春红，虽然也可以想方设法以贴补的方式尽各自的孝心，但不能越俎代庖地替代四位兄弟。由于三子春明也即叙述者"我"，人在省城工作，家在省城，但父亲在大城市里怎么也待不惯，所以，他先是跟着幼子春响一起生活，没想到的是，明明知道他牙口不好，吃不了硬东西，弟媳却总是故意煮锅巴饭给他吃。这种情形被大姐无意间发现后，就硬是把父亲拉到大哥家，让他和大哥他们一起生活。但仅仅过了一个月，父亲就强烈要求还是要跟春响一起住。大姐只好又把父亲拉进了二哥家，没想到，这一次，他只是住了十天，就自作主张一个人拖着拐杖跑到了春响家。尽管叙述者并没有做具体交待，但父亲在大哥和二哥家无论如何都待不住，大约是感到不舒服的缘故。问题是，跑回春响家后，没过多久，就因为弟媳背着父亲独自溜空儿在家炒肉吃而发生矛盾冲突，父亲竟然提出来要一个人去后山住岩洞。在"我"闻讯赶回去之后，经过一番协商，父亲最终还是坚决表示，岩洞可以不去住，但一定要一个人单住。"谁知睡个瞌睡起来，我拎着包准备下山，父亲却又反悔，拉住我流眼泪，说他还是跟春响。"就这样，折腾来折腾去，父亲到最后还是选择了和春响一起住。问题的关键是，既然弟媳对父亲并不好，父亲为什么还是要坚执于此呢？却原来，"他是担心弟媳跑了，不要兄弟了"。因为此前在发生冲突的时候，弟媳曾经丢过想要离婚的话，所以，"离这个词，像一把大铡刀，没把兄弟吓倒，却一直悬在父亲头上"。这样一来，作家的笔锋便由养老问题而巧妙地转向了对父亲心理状态的一种精神分析式挖掘。或许与兄弟乃是父亲最小的儿子有关，只要有一点可能，父亲都会想方设法地尽一切可能去庇护兄弟："他从小被父亲惯使，待两个哥哥娶了，两个姐姐嫁了，我也读大学去了，老房子里，只他和父亲出气儿暖着，但活路都是父亲去做。"正因为如此，所以村里人才会形成这样一种戏谑性说法："说许成祥想照顾春响一辈子，如果春响活八十岁，许成祥要活一百三十岁才能丢手。"也因此，即使在弟媳那里受虐，父亲仍然坚持要跟着兄弟一起过，所深刻揭示的，就是他内心深处牵挂春响的精神情结。与此紧密相关的，还有两个细节。一个是，只要他和兄弟住在一起，"我"每年给出的三千元，就可以貌似"合乎情理"地转到兄弟手里。再一个是，在他八十多岁生日的家宴上，父亲曾经一再强调，自己一定要争取活到一百岁。因为按照县里的规定,每一位百岁老人都会奖励一台彩电。只要自己能够坚持活到一百岁,就可以给春晌挣回一台彩电来。

比如,乡村的普遍空心化。只要是身体条件允许的青壮年,就都背井离乡去外地打工了。先是"我们"家:"事实上家人也聚不齐整,出门打工的,天远地远,去来一趟,身上就掉层膘,还可能回来几天,回去就被占了窝儿。只好不回。比如今年,大嫂跟她女儿在浙江,二姐一家在湖北,幺妹两口儿在广东,小字辈更是星散各地,别的小字辈倒还有个实在的去处,大哥的儿子四喜,谁也不知在何方落脚,他五分钟前给这个打电话,说在北京,五分钟后给那个打电话,就可能说在海南。"一个家族的人,大半都跑到外地去打工,肯定是因为在本地生活艰难,挣不下钱。正因为大家都一窝蜂地跑出去打工,所以,等到在燕儿坡为父亲办丧事的时候,要想找到能够干体力活的青壮年,竟然都成了一个问题。折腾来折腾去,能够抬棺的壮劳力,也只是"特务"、许兴、狗屁、石头他们四位。以至于,即使是"打井"这种男人的活,也只能让女人们去干了:"以前打井,都是男人的活,从没让妇人干过,更不会让侯大娘这种年纪的妇人去干,而今实在找不到人手了。"所谓"打井",是一个川东方言,意思是挖墓。连同挖墓这样的活儿都需要动用侯大娘这样的年迈妇人,乡村的空心化达到了何种程度,我们自然可想而知。但问题并没有到此为止。关键处在于,即使到了后来,打工已经带不来什么效益,这些外出打工者却都回不来了。先是打工的开始不景气:"正像燕子所说,外面的厂子即使没拆,没垮,也只敢偷偷摸摸上夜工,做一夜躲几天,无非挣个饭钱。多少年来,镇上的活力不是天上掉下来的,是靠外出务工者输血,当务工者自己的血化成了水,镇子就腿软筋麻,目倦神疲。"既然已经输不来血,那回龙镇一带乡村的情况就是日益凋敝和衰败:"镇上是这样,村里更寂寥,眼见的活物,除三两只茫然的狗、寂静的鸡,就是变得更老的老人。老人们无声无息地,倚墙枯坐,似有若无地忆着往事。未来已不属于他们。甚至此刻也不属于他们。"照理说,既然打工的生活也一样艰难,那打工者的选择,就应当是回归家乡。但实际的情况,却并非如此:"老人倒麻秆似的死去,又不见年轻人回来安居乐业,即使外面的厂子垮了,不得已回到老家,也是打个响片,养两天神,便又飘回城里;他们在城市里游荡,听此起彼伏的车声,吹横七竖八的风,一身的体力,不知去哪里出卖,便在风里耗散,活在风里变得凌厉。"在这里,很显然还存在着城市与乡村之间的文明落差问题。一个无法漠视的残酷现实是,城市文明较之于乡村文明总是要更高一个等级。正所谓"曾经沧海难为水,除却巫山不是云",想让这些在打工的过程中已经充分感受到了城市文明气息的打工者,放弃城市,重返乡村,其实是难之又难的一件事情。

再比如,精准扶贫中的某种滑稽乱象。这一方面,最具代表性的,就是那位在燕儿坡担任第一书记的,来自省档案局的华运翔。"燕儿坡第一书记华运翔,自己的家境并不好,老婆在省城摆地摊,晚上才敢摆出来,儿子刚上初中,正是用钱的时候,可一听贫困户哭穷,他就摸荷包。"想不到的是,他后来的莫名窘境正是摸荷包给摸出来的。那一次,因为听到一个名叫马翠的妇人哭穷,华运翔便心有不忍,马上从荷包里摸出三百块钱递过去。这一递,可就捅了个马蜂窝:"刚递出去,面前就是一堆手。他就一户一百地给。那天,他身上揣了七百块,都是百元券,给了马翠三百,只能再给四户。可在场的不下十户。给完了,他两手摊开,说没有了。没拿到钱的,先是失望,继而怀疑,随之变得凶狠。他清晰地看到了那眼神的变化,便把口袋翻过来,说真没有了。可面前的手不仅没收回去,还伸得更直。没有是啥意思?你给了别人,不给我们,咋就能没有了呢?"就这样,一场闹剧上演了:"'不给钱,莫想走人!'他们喊着说。/华运翔打了个寒战,别开众人就走。/没走几步就被擒获。/毕竟是军人出身,脖颈和膀子一甩,再走。但已不是走,是跑。/却又摔倒在地。是有人向前一扑,扯住了他的裤腿。/当他挣扎着向前跑,裤子就像被剥皮那样剥掉了。/他是穿着内裤逃回村委会的。"如此一种场景的出现,让人情何以堪。驻村第一书记华运翔的本意,是竭尽可能地以一己的绵薄之力帮助困难的乡亲,没想到的是,被帮助的乡亲们却不仅不承他的好意,反而变本加厉地竟然把他最后剥得只剩下一条内裤。出现于罗伟章笔下的这个场景,很容易让我们联想到鲁迅先生当年对于看客的揭示,以及对看客心理的洞察与批判。燕儿坡的这些不知廉耻的吃瓜群众,其实就是鲁迅先生笔下的看客,甚至较之于看客还要更等而下之一点。

以上种种远不足涵盖出现在罗伟章《谁在敲门》中的真实乡村图景,

在其中，敏感的朋友当然可以感受到作家某种犀利尖锐的批判目光的存在，因为优秀如罗伟章者根本就不可能成为现实生活的粉饰者。但批判二字，又不足以涵盖罗伟章写作的全部努力方向。某种意义上，包括批判在内的一种更富表现力的浮世绘式的世相呈现，或许更切合《谁在敲门》的基本面貌。然而，抓住了当下乡村世界的浮世绘，却仅仅是抓住了《谁在敲门》的一个方面，与乡村世界的浮世绘相比较，更为重要的，恐怕是罗伟章对曲折幽微的人情世故的深入理解与把握。正是在这个意义层面上，我更愿意把《谁在敲门》判定为鲁迅先生曾经称道过的那种以对人情世故的洞察和表现为显著特色的"人情小说"。黄德海之所以会把《谁在敲门》与《红楼梦》相比附，我想，这个恐怕也是他的着眼点之一。关于"人情小说"，鲁迅先生发表过极精辟的见解："当神魔小说盛行时，记人事者亦突起，其取材犹宋市人小说之'银字儿'，大率为离合悲欢及发迹变态之事，间杂因果报应，而不甚言灵怪，又缘描摹世态，见其炎凉，故或亦谓之'世情书'也。""诸'世情书'中，《金瓶梅》最有名。""作者之于世情，盖诚极洞达，凡所形容，或条畅，或曲折，或刻露而尽相，或幽伏而含讥，或一时并写两面，使之相形，变幻之情，随在显见，同时说部，无以上之，故世以为非王世贞不能作。""故就文辞与意象以观《金瓶梅》，则不外描写世情，尽其情伪，又缘衰世，万事不纲，爱发苦言，每极峻急，然亦时涉隐曲，猥黩者多。""悲凉之雾，遍被华林，然呼吸而领会之者，独宝玉而已。""全书（指《红楼梦》）所写，虽不外悲喜之情，聚散之迹，而人物事故，则摆脱旧套，与在先之人情小说甚不同。""盖叙述皆存本真，闻见悉所亲历，正因写实，转成新鲜。而世人忽略此言，每欲别求深义，揣测之说，久而遂多。"① 参照鲁迅先生的精辟见解，在我看来，所谓"人情小说"，就必须在人情世故的揣摩和表现上下极大的工夫，千方百计地运用各种艺术手段以曲尽人情世故之幽微曲折。

比如，关于何老三和大姐夫合作经营挖挖机和采砂船。作家先是描写何老三一大早在大姐夫还没有起床的时候，就赶过来给大姐夫付钱结账：

---

① 鲁迅：《中国小说史略》，见《鲁迅全集》第九卷，人民文学出版社2005年版，第186、187、189、239、241、242页。

"只见他腋下夹着个中式皮包,灯影之下,那皮包闪着沉厚的光芒。大姐夫出来后,他把皮包拉开。里面胀鼓鼓的,全是百元钞,用橡皮筋扎着,好几捆。"面对何老三的上门结账行为,大姐夫的态度非常坦然:"我看到了那几捆钱,父亲也看到了。大姐夫并不忌讳……"问题在于,大姐夫不忌讳,大姐却忌讳:"但大姐是忌讳的,开始大姐夫说'莫忙',也是大姐使眼色给他。大姐倒不忌讳我,忌讳父亲。不忌讳我,是觉得我肯定比大姐夫挣得多,忌讳父亲,是觉得我家那些兄弟姊妹……个个都没个饱足,你挣一百块,就恨不得你拿出九十块给他用。"不忌讳"我"的大姐,之所以要忌讳父亲,是因为有兄弟姊妹那些眼睁睁地盯着的"白眼狼"。但父亲,其实更多的只是在为他的小儿子着想。关键的问题是,大姐果真不忌讳"我"吗?答案只能是否定的。等到何老三告辞出门后,大姐刻意对"我"解释道:"何老三昨年下半年就没给过我们钱。"大姐的意思非常明显,何老三之所以一下子拿出那么几捆钱来,乃是因为积攒了半年都未付账。但其实,"大姐不知道,大姐夫不仅对我说过何老三每月结账,还说这是何老三雷打不动的规矩,该结账那天,下着刀子,他也要来,晚上没能来,次日打早必来,他百财上分明,你无需问明细,一分一厘的昧心钱,他也不沾。"就这样,大姐和大姐夫两相对照的结果证明:"大姐到底是防着我的。"这里,肯定不能说大姐不信任"我",也不能说他们姐弟俩的感情有什么问题,然而,虽然是嫡亲的姐弟,但大姐却偏偏就要这么说,甚至还不如大姐夫坦诚。这一点,或许就与俗话所谓"防人之心不可无"的说法紧密相关。别的且不说,只是围绕何老三一大早登门送钱这样一件事,就搞出了这么多应该或者不应该有的弯弯绕,人心之叵测、人情之曲折幽微,于此可见一斑。

再比如,同样是给妻家的兄弟几位拿烟来抽,大姐夫却对"我"明显地青睐有加。对其他兄弟,给的是"巴香清":"大姐夫进屋里,拿出两包烟,给了大哥和兄弟一人一包。当然不是软中华,也不是南京、黄鹤楼之类,而是十五元一包的本地烟,叫'巴香清'。"即使是"巴香清",也分为三个不同的档次:"巴香清烟与众多烟品一样,分出几个档次,最高档是红壳子,十五元一包,中间档是绿壳子,十元一包,最低档是白壳子,五元一包。"如此说来,大姐夫给其他兄弟的红壳子,已经算得上是巴香清里的上品了。但同样是妻弟，只因为"我"不仅上过大学，而且后来还在省城工作，所以，大姐夫便对"我"格外地另眼相看："昨天下午，我进屋洗了脸，他就把我领进里屋，给我拿烟。打开橱柜，满满当当全是烟，他给了我一条软中华，便把橱柜闭了。分明有整排大重九，还有南京、贵烟、黄鹤楼，全是极品的，为什么不随便再给一条？我当时就是那样想的。"明明知道大姐夫对自己已经另眼相看，但"我"却依然贪心不足，拿到一条烟后并不满足，还想着为什么不再给一条。如此一种潜意识中的贪婪心理，很快就被大姐夫稍后的一段话验证。那一次，在给了其他兄弟各自一包红壳子后："见到红壳子，大哥和兄弟的眼睛亮了。他们平时只能抽白壳子。兄弟说：'要拿多拿一包嘛，给一包，揣在左边右边翘，揣在右边左边翘。'大姐夫朝我眼睛一轮：'我说啊！'是指他早上说的给外人拿烟和给亲人拿烟的话，现在得到了验证。"实际的情况是，一大早起来，大姐夫就曾经针对亲人和别人之间的区别发表过一番业已百试不爽的"高论"："亲人仗着是你亲人，做起事来，拖工期，踩假水，总不尽心，问你收钱的时候，脖子却比牛脖子还粗。找外人就不一样了，一是一，二是二，不得把二说成三，也不得把二说成一。外人把事情给你做得巴巴适适，还对你恭恭敬敬，感山谢水。这好比你给外人拿包烟，外人对你有说不尽的好话，你给亲人拿包烟，他心里却在冒泡：为啥只给一包，不是给一条？——不如不给。"事实上，不只是其他的几位兄弟，即使是被大姐夫高看了很多的知识分子"我"，在这一点上，也都如同其他兄弟一样没有出息，都想着大姐夫为什么就不能慷慨一点，为什么就不能多给一条或者一包。一方面，大姐夫对几位妻兄弟的区别对待，固然说明着人情世故的无孔不入与无处不在，但在另一方面，"我们"几位兄弟"没有出息"的表现，却也从一个特别的角度说明着人性本能中贪婪心理的普遍存在。

事实上，在这部长篇小说中，人情世故四个字几乎是无处不在。比如，原本总是寡言少语的兄弟春响，关于到底该如何办丧事的一番长篇大论："他说，玉玲觉得，合伙办有个毛病，就是将来分礼金的时候，又会扯淡话，闹矛盾。谁家亲戚送的，归谁，这个很明白。谁结交的朋友，朋友送的归谁，这个也很明白。不明白的，是那些百客，百客跟几兄弟都认识，却跟谁都没有深交，他们送的该怎么分？按理该平分，但先前那些人家做事，可能甲去了，乙没去，他是冲着甲来还情的，结果乙也得了；即使甲乙都去了，上礼的轻重也有别，回过来的礼，却是平分了。再者，你原本没走过的人家，却来了，今后他们做事，又该谁去还情？几家都去，就把情还重了，相互推诿，谁都不去，更糟，别人就要指骂。还有，甲可能最近没走动过，以前走过，乙以前没走动过，最近走过，那些人来上礼，是冲着最近的还是以前的？一般是冲着最近的，也就是冲着乙，如果平分，乙想不通，如果只是乙得，甲又想不通。春响本人，儿女都没长大，都没定亲结缘，去岳母那里起房子，因为自己的钱用光了，借来的钱又借给了小舅子，加上兄弟姐妹都老大不乐，就没办房子酒，所以时至今日，他没做过一起事，可熟人家办事，他都去了，这就跟大哥很不一样。大哥娶过儿媳，嫁过女儿，可那娶和嫁，都是儿女在外地自行完成的，并没回家办酒席，大哥也没做过一起事，他怕情收不回来，别人家做事，也就不走动。他很长时间没走动过了，难道也该平分礼金？"请原谅我抄引了这么长的一段文字，倘不如此，我们就很难看出仅仅是做事上礼这一件事情里所潜藏着的曲里拐弯的人情世故。到底该不该上礼？到底该怎么上礼？收的礼金又该如何处理？围绕这一系列问题，一贯寡言少语的兄弟春响，甚至干脆给我们上了一堂形象而生动的人情课。内里的那些细致和幽微，竟然让"我"都会产生一头雾水的感觉："兄弟一席话，说得我云山雾罩。"说到底，特别看重现世人生、看重此岸世界、而多少有点忽略未来彼岸世界的中国，是一个非常看重人际关系与人际交往的人情大国。之所以是在中国而不是在别的国家出现诸如《金瓶梅》《红楼梦》这样杰出的人情小说，根本原因正在于此。从一种文学谱系的角度来说，罗伟章的《谁在敲门》也正是《金瓶梅》《红楼梦》这种人情小说传统在中国当代结出的一个果实。很大程度上，人物众多的《谁在敲门》也如同《红楼梦》一样，作家能够摆脱单一视角，深入体察把握不同人物的处境和性格，尽可能设身处地地站在每一个人物的角度去切入世界和人生，写出他们各自的人情和道理。诚所谓大姐有大姐的道理，大姐夫有大姐夫的道理，大哥有大哥的道理，兄弟春响也有春响自己的道理。如果套用音乐的术语来打一个比方，那罗伟章就好像是一个优秀的指挥家，正是在他掌控自如的悉心指挥调度下，大提琴、小提琴、长号、短号一众乐器一齐发声，彼此错落有致地构成了一曲雄浑的中国乡村世界的人情交响乐。

　　大凡一部优秀的长篇小说，总是少不了人物形象的成功刻画与塑造。罗伟章《谁在敲门》也同样如此。作为一部人物形象众多的长篇小说，其中的很多人物，比如大姐、父亲、大哥、大嫂、二哥、二嫂、春响、弟媳、侯大娘、朱占惠、四喜、秋月、灰狗儿、燕子、任达友、杨津、贺怡、华运翔、申晓菲、广里等，都在读者心目中留下了相对深刻的印象。惜乎篇幅所限，无法在这里展开进一步分析，但大姐夫李光文和身兼第一人称叙述者功能的"我"也即许春明这两个人物形象，却无论如何都应该引起我们的高度注意。先让我们来看大姐夫李光文。我们在前面曾经指出，作为一位生活中的强者，大姐夫李光文在《谁在敲门》中所处的地位，相当于《红楼梦》中的王熙凤。从人物形象刻画塑造的角度来说，他毫无疑问是小说中人性构成最为复杂、最具审美价值的一位人物形象。作为一位强势人物，大姐夫李光文的突出特点，就是各方面的能力非同一般。首先，他自己特别能挣钱："大姐夫手头，挣钱的活路多。经营挖挖机和采砂船，是他的私活，他还有公家活。"有了钱，才有可能去帮助自己家族以及周边那些需要帮助的弱者，并建立起自己在生活中的权威。正所谓财大才能气粗，大姐夫之所以在生活中有着一言九鼎的决断权，其根本原因在此。其次，作为村干部，他对社会公共事务不仅葆有极大的热情，而且也有着相应的自我牺牲精神。"在这条河上，至少在回龙镇，大姐夫是响角儿，虽没能当上镇干部，镇里不少棘手的事情，却要他去料理。那个叫李家岩的村子，以前是三个村，后来合并，成为一个大村，大姐夫毫无悬念地任了大村的支书。"为什么一定是大姐夫呢？因为"他在村民中的威信，不是摇旗儿摇出来的。全镇没通乡村公路的时候，他就上下奔走，四处筹资，把李家岩的路凿通了，非但不要村民出一分钱，还为他们挣好处，比如占了村民田地，本来只有五分田，他说，把弯道折算过来，就六分了，算六分！占了村民山林，那林子里只有十棵成材树，村民自己胆胆怯怯报了十一棵，他说，我数过了，是十三棵，那两棵桤木树虽说歪七拱八，也是树嘛！拆迁时量屋基，行道上都是量前不量后，量左不量右，大姐夫前后左右都量。他回到家，往躺椅上一歪就打呼噜，但为村里的事，又可以几天几夜不眨眼。有年杨侯山遭雷劈，发山火，他一个昼夜冲在头里，小腿和脊背都被烧伤，火救下来，却没休息，也没去医院，而是忙着安排受灾户，给他们找住处，筹米粮。"以上这些细节，就充分说明，大姐夫之所以在村民中享有如此之高的好口碑，其实与他自己长期的努力付出是分不开的。他的威信，是自己踏踏实实一步一个脚印地干出来的。第三，他善于处理和上级领导的关系。由于他总是能够在各个方面帮着上级领导解决问题，所以便颇获领导的信任："若干年来，历届镇领导，都是我大姐夫的朋友。这除了关键时刻大姐夫能帮上忙，还因为李家岩从不出一个上访户。整个回龙镇，只有李家岩不出上访户，为领导省了许多麻烦和风险。于公于私，镇领导似乎都没有理由不成为我大姐夫的朋友。"

  第四，能够给读者留下极深刻印象的一点，就是大姐夫极善于处理各种复杂的矛盾冲突。这一点，突出地表现在鄢敏意外死亡事件的处理上。李家岩的村民鄢敏，乘一个赶场的日子，偷偷地跑去和情夫李保顺约会，没想到，李保顺只是去冲了个澡，她就因心脏病突发赤身裸体地死在了李保顺家的床上。事发之后，鄢敏的丈夫李财，便协同鄢敏的娘家人一起，大闹李保顺家。等大姐夫闻讯赶到李保顺家的时候，看到的就是如此一个不堪的凌乱现场："看来已闹过一场，锅儿罐子都打碎了，黑儿被砍死在院坝，肋下一条长口子，流出的血，已经发暗，把毛弄得脏洼洼的。李财和鄢敏的娘家人，弯刀斧头、铁锹木棒，都拿在手上。鄢敏的娘家也在李家岩村——以前属豌豆坪村，小村并大村后，并到了李家岩。大姐夫一看阵仗，心想这还了得，已经出了一条人命，要是晚来一步，说不准还会弄出人命。"面对这样一个棘手的难题，大姐夫到底该怎么办？他采取什么样的方式才能够很好地摆平这个事情呢？首先，他先"召见"李财。在搞明白李财因为鄢敏的偷情已经不再喜欢她的情况下，大姐夫便对症下药地提醒他："既然这样，你在这里闹啥子？你胀饱了没事干？她死在李保顺家，你正好脱手不是？你现在就回去，问都懒球得问一声，让李保顺那龟儿子去收拾！"紧接着，他又"召见"了鄢敏的堂哥鄢发云，用犀利的言辞直击他的软肋："是她自己拿起两只脚跑来的，跑来还死在李保顺床上，你们当娘屋人的，硬是有脸？想要赔偿啊？看看这个家，能拿得出啥子来赔？认真说起来，又凭啥要赔？医生已经来过，医生说的你们也晓得，鄢敏死于突发性心脏病，是病死的，不是李保顺整死的。""就该你们赔她（指李保顺的妻子施漱玉），不是她赔你们！何况你们还杀了她的狗，打烂了她的家什。"这一番话说下来，鄢发云原本气鼓鼓的嚣张气焰，便消了一大半。接下来，被"召见"的，就是李保顺。在用极有可能被敲砂罐也即被枪毙的话语对李保顺形成威慑的前提下，大姐夫一时变得咄咄逼人："莫给我说她是心脏病发作，她在娘家住了十八年，在李财家住了十三年，没见心脏病发作，跑到你家里来，就发作了。发作在一个好地方！还脱得裸儿精光的！"眼看着李保顺被自己完全慑服，大姐夫紧接着做出了不容置疑的指令："赶快给老子滚出去，该扎灵堂扎灵堂，该请阴阳请阴阳，该做道场做道场，一样都不能少！鄢敏那娘家人守在这里，你要天天供他们好吃好喝，锅儿罐子打烂了，去借！法事做完，再敲锣打鼓，发送到李财的祖坟去安埋。"最后，大姐夫"召见"的，是李保顺的妻子施漱玉。在给施漱玉讲清了李保顺的被处置和她的利害关系之后，大姐夫建议施漱玉，一定要想方设法积极配合丈夫把事情处理好："保顺进了鸡圈（监狱），就没法过了。可要是不让鄢家把心放平，就算不把保顺咋样，只咬你一大笔赔偿，你划得着不？划不着嘛！事情是保顺做出来的，你完全无辜，但赔钱的时候，保顺的钱还不就是你的钱？另外呀，漱玉，你还要听我说，鄢敏她再是个不争气的婆娘，再是个没德性的三角货，但死都死了，你就莫跟她一般见识，你就当做好事积德，把她的后事安排妥当。"就这样，大姐夫凭借自己对当事人各自不同心理的精准揣摩与判断，紧紧抓住对方的软肋，凭借自己足够丰富的社会和人生经验，当然也凭借自己的三寸不烂之舌，以超强的控制力摆平了鄢敏意外死亡事件，没有使它发酵出更为严重的事端。从我个人的阅读直觉来说，大姐夫在处理鄢敏意外死亡事件过程中的表现，让我联想到《红楼梦》里的王熙凤协理宁国府那一段故事。如果说王熙凤的处事干练能力在协理宁国府的那个部分得到了极其充分的展现，那么，大姐夫应对处理复杂事件的能力，就在鄢敏意外死亡事件的处置过程中得到了充分体现。

当然，身为强者的大姐夫，除了具备以上这些值得肯定的正向度性格特质之外，还有一些负面性格特征存在。比如，他对于钱财的贪婪与报复他人的狠毒。这一点，集中体现在他的放高利贷上。吊诡之处在于，一方面，现实生活中的大姐夫是一个在钱财方面出手特别大方的人，虽不能说仗义疏财，却从不抠唆。无论是对家人、亲戚，还是对那些干儿干女，甚至于包括像灰狗儿这样的无赖懒汉，他都尽可能地在钱财方面施与援手。但另一方面，他却不惜违法也要放高利贷给钱文这样的人。之所以放高利贷，肯定是为了获取高额利润。如此一种矛盾情形的出现，所说明的，正是大姐夫人性的复杂。又或许，正因为大姐夫总是出手大方，所以才需要通过放高利贷这样的违法方式聚敛钱财？总之，因为钱文欠他高利贷而还不上，所以，大姐夫才不惜动用类似于黑社会的残忍方式整治钱文。这样一来，他就为自己未来的锒铛入狱埋下了隐患。比如，他为了讨好上级甚至不惜触犯刑律。翻船事件的处理，就是极好的一个例证。那一次，回龙段的清溪河上翻了船，二十多人中有五人死亡。依照规定，类似事件中死亡人数只要超过三个，事发地乡镇以上的一把手就会被免职。回龙镇的书记冯泉刚刚上任不满八个月，眼看着就要丢掉头上的乌纱帽。这个时候，"毅然"站出来替冯书记"排忧解难"的，就是大姐夫。因为其中有三位死者是李家岩村的，他就私下找到了三位遇难者的家属。用许以重金的方式，迫使他们接受了"死亡两人，失踪三人"的定案结果："这重金既是补偿费，也是保密费，但大姐夫并没说出口，乡村人做事，仰仗的不是协议，是意会。"由于有大姐夫的拔刀相助，冯书记的官位就保住了，"事情过后，冯书记跟我姐夫，成了死死的朋友"。但正所谓"出来混总是要还的"，或者说冥冥之中自有定数，大姐夫根本就不可能料想到，事情过去若干年后，这件事情不仅再次发酵，而且还成为把他送进监狱的一个重要原因。这一次，是因为他无意间得罪了回龙镇新任韩书记。用大姐夫后来的话说，他之所以最终锒铛入狱，乃是因为中了"连环套"，而挽套的人，不是别人，正是这位韩书记："韩书记恨他。/这恨，在韩书记当副镇长时就种下了。恨和爱不一样，爱种下去，不一定生根发芽，恨是一定要的。恨比爱顽强。所谓君子报仇，十年不晚，说的就是恨的顽强。有些恨发不出来，一辈子捂在心里，就在心里变成石头，最终把整颗心化成石头。大姐夫从没得罪过韩副镇长，但那时候，他在书记和镇长心目中的位置，超过了韩副镇长，就为这个，韩副镇长恨他。当韩副镇长成了韩镇长，进而成了韩书记，恨的种子就破土而出，长成大树，枝繁叶茂，把大姐夫罩住。大姐夫成了阴影里的人。只是他开始并没察觉。如果一直不察觉，也好，一旦稍有醒悟，恨你的人比你自己还先感觉到，这时，恨里便掺杂了恐惧——再强势的人，当知道别人知道你在恨他，也会恐惧，消除恐惧的最好方式，是行动，是把对方摁进水里。韩书记虽是上级，要把大姐夫摁倒也非易事，否则直截了当就是了，不必挽套。/韩书记挽的套一环扣一环，先大，后小，直到勒紧大姐夫的脖子。"认真地想一想，虽然并不是完人，但大姐夫也实在算不上什么恶人。但仅仅因为各方面表现出色，便在无意间得罪了身边人，让身边人不仅恨你，而且还欲想方设法地置你于死地而后快，无论如何都是一件特别瘆人的事情。大姐夫的不幸之处，就在于莫名其妙就陷入这种悲催境遇之中。很大程度上，诚所谓"机关算尽太聪明，反误了卿卿性命"，正因为有韩书记在作祟，翻船事件和高利贷事件先后发酵，再加上莫须有的与黄二妹之间的"腐化堕落"，大姐夫到最后只能落得个银铛入狱的悲惨结局。

　　但在结束关于大姐夫的全部论述之前，我们还得注意到他内心深处一种不容轻易触碰的精神情结的存在。那就是，当年在新疆的时候，他已经因为"偷窃"而有过一次银铛入狱的痛切体验。那一年，因为自以为给表叔的儿子寄题有功，在误信了表叔"你将来考上大学，学了技术，过来帮我撑持"的虚伪承诺之下，大姐夫带着自己"并没结婚却是新婚的妻子"，也即"我"大姐，不惜千里迢迢地从内地赶到遥远的新疆，去投奔这位曾经一度"信誓旦旦"的表叔。想不到的是，等他们抵达新疆之后，却发现事情根本不是那么一回事，表叔根本就容不下他们的存在。但要想离开，就必须有路费，这对于两手空空的夫妻俩来说，简直比登天还难。万般无奈之下，只好开口向表叔借钱。但因为有表婶的介入，借钱一事最终无果。走投无路的情况下，大姐夫只好无奈"行窃"，"偷了"表叔家的三百块钱。被发现并被抓获后，大姐夫竟然被判处三年徒刑。自此之后，大姐夫就落下了终身都无法治愈的病根儿。一个是，见不得坐牢这个字眼。他之所以对张大超的因盗窃而入狱以及后来的刑满释放耿耿于怀，根本原因正在于此。再一个则是，他总是怕"穷"。对此，知他甚深的大姐曾经有过一针见血的谈论："'早晓得这样，我不该捡了他的好酒。捡了他的酒，他每次回到家，都心慌意乱地站在酒柜前，东摸摸，西摸摸。你哥呀，'大姐抹了一下眼睛，'他把好东西搁在明处，有时也不是显摆，是穷怕了，穷出病根儿来了，要眼里光亮，他才心里踏实。想起来呢，也是可怜。"原来，在现实生活中强大如大姐夫者，也有自己难以超越的精神情结。写出了这一点，作家罗伟章自然也就赋予了大姐夫李光文这一人物形象一种难能可贵的精神分析学深度。

大姐夫之外，另一个必须展开分析的人物形象，就是身兼第一人称叙述者功能的"我"，那位身在省城工作和生活的现代知识分子"我"，也即父亲许成祥的三子许春明。作为许氏家族，甚或说燕儿坡村很多年来出现的唯一的一个大学生，许春明一向被看作鸡窝里飞出的凤凰，被认为是许氏家族的希望所在。唯其如此，燕儿坡人才会把修好那四公里破烂道路的希望寄托在许春明身上，家里边的人一旦遇到什么事，首先想到的，除了强者大姐夫之外，就是许春明。即使强势如大姐夫者，也会没有多少道理地把一些渺茫的希望寄托到许春明身上。关键的问题是，明明知道无济于事，大姐夫却偏偏就是丢不掉自己这方面的"幻想"："往后的日子里，每当想起这件事，都觉得大姐夫是被我害了。他不如当了矿长的燃灯村支书有钱，但跟瑞松的弟弟比，他的原始资源只有好的，没有差的，可为什么人家能挤进那道门，他却不能？是他口拙、人笨、舍不得出血？都不是。唯一的原因，是他心里有依赖，以为内弟在省上，县里自有内弟帮忙打理，且比他本人出面好得多。后来他知道内弟靠不住，却照旧抱着幻想。人一旦有了依赖心，就很难根除，分明靠不住，也用幻想去支撑。"如此这般强要内弟支撑的结果，就是大姐夫最后的锒铛入狱。即使在大姐夫已经入狱后，除了借助朋友的关系去探望一下大姐夫之外，许春明仍然还是无所作为。

依照叙述者的交待，许春明的正式职业，是画报编辑部的一位编辑。编辑画报之余，许春明的其他时间主要用来写诗。虽然没有做更进一步的描述，但根据叙述者说自己曾经随同中国作家代表团到国外去访问这一细节来判断，许春明应该算得上是在国内文坛有一定影响的诗人。实际上，许春明的影响力，也仅仅局限于诗歌领域。一旦超出了这个范围，他就变得无能为力。作品中，一个似乎能够凸显其能力的细节，就是他曾经给大姐夫的女儿丽丽在州城"解决"了工作问题，谋到了一个职位。但只有身为读者的我们才知道，真正替丽丽解决了工作问题的，其实并不是许春明，而是大姐夫打给"我"卡上的那五万块钱。那个时候的许春明,正在为丽丽的工作问题而焦头烂额。一次偶然的机会去州城开会,碰到了一位姓向的大学同学。这位向姓同学,就是一位依靠"帮人牵线搭桥"为生计的职业掮客。既然是硬通货发生了根本作用,那也就没许春明什么事了。关键的问题还在于,这位许春明,是一个明知自己没有什么能力,却又特别好面子的"滥好人":"但我这人,是俗话说的滥好人,不管别人托啥,先都不好拒绝,结果最终被拖进泥潭。"对于这一点,许春明自己心知肚明:"像我这种,在大学生还很稀缺的年代上了大学,毕业后去了省城,虽没当官,也没发财,却被尊重,自己也习惯了被尊重,谁知突然改了道儿,那道上花团锦簇,金银铺地,你这边更漏沉沉,窭声敲窗,就不尊重你了。你心里免不了难过,于是装出神秘相,让人摸不透,继续把那份尊重拽过来,也是好处。"这里面,毫无疑问存在着一个时代变迁的问题。所谓大学生还很稀缺的年代,当指改革开放时期知识分子被社会尊重的时候。那时,许春明已经习惯了接受来自包括亲戚朋友在内的他人的尊重。没想到,伴随着市场经济时代的到来,社会的价值观发生变化,金钱的有无与多少,一时成为重要的衡量标准。这时,如同许春明这样一类自命清高的知识分子的精神失衡,遂成为一种不争的事实。虽然已经得不到应有的尊重,但许春明却早已习惯于这种尊重。怎么办呢?许春明只好装腔作势,"装神弄鬼","于是装出神秘相,让人摸不透,继续把那份尊重拽过来",以如此一种方式求得某种精神平衡。也因此,虽然做了很多年的"滥好人",且吃了不少"滥好人"的亏,但许春明依然习性难改:"做了多年滥好人,无数次吃做滥好人的亏,我深知余地留不得,你留一寸,人家就当成一尺,甚至一丈。可我就是狠不下心,砰一声把门关死。在我这里,门不只是门,还是态度,一个陌生人从门外过,我也要等那陌生人走过之后,才把门轻轻关上,生怕关出响声,对人家不礼貌。"很大程度上,正是如此强烈的心理暗示,才致使许春明虽然一开始就清楚地知道事情肯定办不成,却似乎永远学不会(毋宁说是不愿意)拒绝。这样一来,一种必然的结果,就是误人误己。一方面,耽误了别人的事情,另一方面,招致了别人对自己日益严重的不满。如此一种情形,真正可谓是"百无一用是书生"。明明无用,却还总是想证明自己并非无用,许春明深深陷入于其中的,就是这样一个莫名其妙的思维与生存怪圈。说到底,身为现代知识分子的许春明,其实是一个缺乏担当勇气和担当能力的"多余的人":"我从中看到了自己的深渊。其实也算不上深渊,很浅的,说白了,就是不敢承担。我这个把同情的触觉伸向大地万物的人,是一个世界主义者,面对身边人身边事,立即将自己变成聋子,变成瞎子;不聋不瞎,也是站到远处去,能撇清最好。别的不说,今早五更天里,秋月躺在达友身旁,如果我硬将她拖走,恐怕也不会有眼下的深渊。但我没有。我只是那么喊了一声,就认为尽了责任。"大约也正因为如此,所以,罗伟章才会借大姐夫和二哥之口,给予许春明以严厉的指责和批判:"大姐夫见我不回言,说:'春明哪,你呀,当说不说叫啥子?叫懦!'/我想起二哥曾经说过,懦弱比暴虐更坏,心头一震。"但请注意,因为《谁在敲门》采用的是以许春明为叙述者的第一人称叙述方式,所以,所有对许春明的批判,也都可以被看作是许春明的自我批判,或者干脆说,是身为作家的知识分子罗伟章的一种自我反省和批判。

关键在于,罗伟章对现代知识分子许春明的挖掘和批判却并未到此为止。除了懦弱无能、百无一用之外,他还有着难以示人的精神猥琐的一面。这一点,主要表现在两个细节之中。一个,发生在他在县城里接受文友们宴请的时候:"男男女女,十多个。我的左右,各坐了个写诗的女子,都把我叫哥哥。她们为哥哥夹菜,为哥哥斟酒,对哥哥说些尺度之内又意味深长的言语。"紧接着,就是一段带有议论性的叙述话语:"所谓文明,就是曲折,就是暧昧,这些东西,山里是不会有的,山里树就是树,草就是草,岩石就是岩石;城里人偶尔去趟山里,只是为了知道曲折和暧昧的好处。"毫无疑问,许春明非常享受这种虽在底线之内但却又稍有所突破常规的"曲折"和"暧昧"。他之所以不仅要急急忙忙地赶到县城来,而且稍后接到大姐夫关于父亲病倒的电话之后不愿意离开,从根本上说,正与这种享受、沉迷紧密相关。再一个,就是对待医院里的"神秘"女护士程芳兵。父亲住院后,为他服务的就是这个漂亮美貌的女护士:"那护士是个苗条女子,胸牌上写着'程芳兵'。""几分钟后,她又从办公室出来,这时候脱了白大褂,穿着月白衬衫,肚脐眼处打个结,下身着白底黑花波希米亚长裙,挎着一个淡蓝色坤包。看来她是要下班了。她不像她了。/ 她的私底生活，陡然间成了谜，海一样深。她真美。"尽管许春明清楚地知道自己到医院来的使命，就是陪伴父亲，但他实际上的注意力，却从一开始就盯在了漂亮美貌的女护士程芳兵身上。从根本上说，一贯没有什么耐性的许春明，之所以在父亲住院后表现那么好，能够长时间地守在医院里，其实与程芳兵对他的强烈吸引有关："她怎么也不会知道，我正一面想着父亲的病，一面想着见程护士。"吊诡之处在于，等到父亲出院之后，那个名叫"程芳兵"的护士，却莫名其妙地失去了踪影，医院的护士栏里倒是有个人叫做"程芳兵"，但看照片却是一个发福的中年妇人。也因此，一个无法回避的问题就是，这个名叫"程芳兵"的护士到底是不是实有其人呢？难道说，她竟然会是许春明臆想出来的一种存在吗？因为罗伟章没有做更进一步的交待，所以，"程芳兵"的存在与否，在小说中也就真的成了一个无解之谜。又或者，罗伟章描写这个"神龙见首不见尾"人物的本意，就是试图通过这个神秘的人物尖锐犀利地揭示许春明一种潜在的情欲，从而写出他"皮袍下面藏着的'小'"来，也未可知。无论如何，在一部旨在关注、表现当下乡村世界的长篇小说中，能够顺带成功地刻画塑造许春明这样一个具有相当人性深度的现代知识分子形象，也是罗伟章一种意外的艺术收获。

"思接千载"或者尖锐的历史诘问

——关于王安忆长篇小说《一把刀，千个字》

时下的中国文学界流行一种代际观念，大家习惯于依照所谓代际的说法来理解评判文学创作。一方面，从强调文学创作的原创性和个性化的角度来说，如此一种情形，不仅意味着批评界的偷懒，而且更意味着批评家们在面对整体性文学现象时提炼概括能力的普遍贫弱与不足。对此，包括我个人在内的批评界，都应该有足够的警醒与检讨。但另一方面，因为相同的一代人不仅面对相类似的社会生存环境，而且也会有大致相同的一些社会与人生经历，倒也不能说所谓的代际观念就全无道理。在这里，我之所以要借用代际观念，乃是试图表达这样的一种理念，那就是，倘若我们承认代际观念一定程度上的有效性，那么从代际观念出发去观察当下的中国文坛，就不难发现这样一种创作分野现象：具体来说，倘若我们把所谓50后和60后合并为一个创作群体，把稍后出现的70后、80后乃至90后合并为一个群体，那么，一个不能不承认的事实恐怕就是，前一个群体较之于后一个群体，不仅思想艺术的成熟度要高了许多，而且也只有他们，才能够真正代表七十年中国当代文学的标高点。这一方面，一个显著的标志，就是他们的思想艺术风格，尤其是语言风格的高度个人化。很多时候，即使把他们的名字隐去，仅仅从语言的调度运用与行文风格上，我们也能够大致不差地判断出这部作品出自何人之手。另外一点就是，隶属于这个群体中的那些核心作家，差不多早在二三十岁的时候，就已经写出了他们各自的代表性作品。关键的问题是，为什么会形成这样的一种群体分野，或者说，前一个群体的作家何以就能够取得如此突出的思想艺术成就？一方面，我们必须承认，由于时代的局限，这一批作家并没有机会接受完整或者说理想的科班文学教育。正是在这一点上，他们与中国现代文学阶段那些脚踏中西文化、对中西文化都有着深厚理解与积淀的作家们，也就形成了明显不过的差距。然而，实际的情况是，如此一种思想文化积累上的"先天不足"，并没有能够制约他们文学创作上高端思想艺术成就的取得。为什么会是如此呢？依照我个人的浅见，除了个人写作天赋的具备这个问题我们无法谈论之外，大约有以下两个方面的原因不容忽视。一个是他们以被动的方式承受了太多的人生苦难馈赠。二十世纪五六十年代，一直到"文革"结束，席卷而来的是一波又一波带有灾难性质的社会政治运动，这种社会政治运动到"文革"而达到了某种极致的状态。从根本上说，正是这一波又一波未曾停歇过的社会政治运动，给这些正处于青少年关键成长时期的作家们带去了过多的波折和灾难。常言道"国家不幸诗家幸"，一个正常状态的人，无论如何都不可能为了成为一名优秀的作家，去主动寻求某种人生苦难的体验，但反过来说，当这些苦难以无法抗拒的方式降临到一些作家身上的时候，如此一种不幸遭遇，反倒会成为这些作家未来文学创作所依凭的重要资源。另一个则是，等到他们即将或者初始步入神圣文学殿堂的时候，所有幸遭逢的，是一个现在看起来特别难能可贵的思想解放与改革开放的时代。二十世纪以来的一部中国现代史上，曾经先后形成过两次意义重大的中西思想文化大碰撞大交汇的时代。一次是以《青年杂志》（即《新青年》）在1915年的创刊为标志的五四新文化运动。严格说来，那一次思想文化运动先后持续了十年左右的时间。到1927年前后所谓"革命文学"粉墨登场的时候，五四新文化运动事实上也就宣告终结了。中国现代文学，之所以会形成一座相对而言的文学高峰、出现一批卓有成就的作家，与这一次带有突出思想启蒙性质的五四新文化运动的精神洗礼，存在着不可否认的内在关联。某种意义上，正因为五四新文化运动从根本上奠定了这批中国现代作家的思想与精神底色，所以，他们在文学创作的舞台上才会有那么出色的表现。再一次，就是漫长的"文革"结束后西方思想文化的大规模进入中国。由于特定社会文化语境的限制，西方思想文化这一次的规模性进入中国，与政府积极倡导的所谓"思想解放"与"改革开放"存在着格外紧密的内在关联。具体来说，因为思想解放与改革开放均直接提出于1978年年底在北京召开的中共十一届三中全会，所以这一次全会的意义和价值予以多么高的衡估都不过分。也因此，如果说当年的五四新文化运动更多地出于中国现代知识分子的理性自觉，并且带有鲜明的自下而上的特点的话，那么，这一次以所谓的"文化热"为突出标志的思想文化运动，所显示出的恐怕就更多的是一种自上而下的特点。关键的一点是，在我个人的理解中，发端于十一届三中全会的这一次思想文化运动，虽然以"文化热"的形式出现，但究其实质，却有着一种无可置疑的新启蒙特点。正是在这个意义层面上，这一次思想文化运动，事实上构成了对于五四新文化运动遥远的历史回应。虽然说这一次思想文化运动前后持续的时间，也同样只有十年左右，到二十世纪八十年代末期实际上就已经终结了，但它的意义和价值却绝对不容低估。到后来，国内之所以会形成一种一直到现在为止都未彻底结束的所谓"八十年代怀旧"的思想文化思潮，其根本原因恐怕正在于此。我们所说的前一个以50后和60后为主体构成的那个作家群体，所有幸遭逢的正是那样一个思想解放与改革开放的短暂时代。正因为在那个稍纵即逝的时代，思想艺术正走向成熟的那些作家，经历过新启蒙的洗礼，奠定了根本的精神底色，所以才会有后来文学创作的大爆发，以及高端思想艺术成就的取得。

　　我们之所以要在这篇文章的开篇处不惜篇幅做以上的一番探讨和论述，正因为王安忆不管怎么说都应该被看作50后60后作家群体中极有代表性的一位作家。虽然早在1976年就发表了散文处女作，但她文学创作尤其是小说创作的真正走向成熟，却毫无疑问是在我们前面所特别强调的二十世纪八十年代。粗略回顾王安忆的小说创作，从最早引起文坛高度关注的《雨，沙沙沙》，到后来的《本次列车终点》《流逝》《小鲍庄》以及"三恋"（包括《小城之恋》《荒山之恋》《锦绣谷之恋》），再到后来的《叔叔的故事》《我爱比尔》《纪实与虚构》《长恨歌》《启蒙时代》《发廊情话》，一直到晚近一个时期曾经引起普遍关注的《向西，向西，向南》《乡关出处》以及《天香》《匿名》《考工记》，正所谓长中短篇全面开花，全都可以被看作是王安忆有代表性的小说作品。由以上罗列可见，王安忆的确是进入新时期以来艺术创造力特别旺盛，能够长期保持思想艺术高水准的可信度极高的杰出作家之一。别的且不说，单从近些年来她差不多两三年就创作完成的几部长篇小说而言,从意在通过一段晚明历史的书写聚焦表现中国市场经济最早萌芽状况的那部《天香》,到意在通过一场意外的绑架案思索表现文明如何再生的《匿名》,再到借助于一座被看作历史遗存的老宅子的聚焦,书写表现一段前朝旧人如何度过"劫后余生"故事的《考工记》,可以说部部都有对生活和历史独到的深刻发现和领悟,部部都是当下难得一见的长篇佳作。一位已经拥有四十多年写作历史的作家,一直到现在都依然保持着如此良好的创作状态,能够不断地推出具有突出思想艺术原创性色彩的小说作品,完成一次次"始而追求,继而到达,终于超越"[1]的自我挑战,其实是非常不容易的一件事情。她这部仅从标题上看都显得个性化色彩非常鲜明的长篇小说《一把刀,千个字》(《收获》2020年第5期),也同样是时下并不多见的小说杰作。

一般情况下,我们很少能够见到王安忆给自己的长篇小说专门撰写或者移用一个题记。但这一次,作家却刻意引用了清代诗人袁枚专门为扬州个园题写的楹联"月映竹成千个字,霜高梅孕一身花"来作为小说的题记。既然王安忆要非同寻常地弄一个题记出来,那这题记中肯定会潜藏有作家某种深刻的寄寓。也因此,从题记出发进入并展开小说的文本细读,就一定会是一种理想的解析路径。扬州个园,为中国四大名园之一,是清代盐商黄至筠在扬州建造的一个私家园林。以遍植青竹而名,以春夏秋冬四季假山而胜。竹子是江南最为常见的一种植物,常常被比附为世人精神品格的高风亮节。也因此,才会形成"宁可食无肉,不可居无竹"的说法。"个园"的"个"字,从构形上看,乃是"竹"的一半,其形状极类似于竹叶的样子,"个园"之名,毫无疑问由此而来。而才子袁枚,当他应邀为个园题写楹联的时候,很显然也是从竹子的叶片形状以及"个园"的名称上受到了启发。在此基础上,再进一步结合江南一带每到岁寒时即会有梅花盛开的情景,也就自然有了所谓的"月映竹成千个字,霜高梅孕一身花"这样的佳句。在明月的照耀下,那一片片竹叶在地上映出的是成千上万个"个"字,每当寒霜降临的时候,梅树也就孕育出了满身的

---

[1] 黑格尔:《美学》,朱光潜译,商务印书馆1979年版,第103页。

花朵。虽然只是短短的十四个字,但这十四个字却因为袁枚的巧妙编排组织而出神入化地写出了江南冬日一番难得的好景致。尽管没有,而且王安忆那里得到确切的证实,但在我个人的理解中,她这部长篇小说的创作构思,最起码小说标题的由来,与袁枚这副出色的楹联绝对脱不开干系(其中,绕不过去的一点渊源是,男主人公陈诚的父亲,便是地地道道的扬州人。而个园的所在地,恰好也是在扬州。更进一步说,不只是"千个字",即使是"一把刀",也同样与扬州有着一定的渊源。请注意这样的一段叙事话语:"这样的大司务,江北一代不知道有多少,俗话扬州三把刀,菜刀剃刀修脚刀,就是头一把。"一方面,所谓"一把刀"的说法来自扬州,另一方面,陈诚是在隶属扬州的高邮一代,跟着舅公学会厨艺,最终走上了厨师的人生道路)。依照我的猜想,王安忆应该是首先对"千个字"(说到"千个字",同样不容忽视的一点,是它与陈诚童年记忆之间的紧密关联:"'一个字','一个字'!茫茫然不知其意。头上脚下。身前身后,全是'个'字,风中摇曳。又变作树叶间晶亮的小孔,摇曳。再回到'个'字。小孩子的声音还在,'一个字''一个字'。他听出来了,是黑皮!那'个'字,是竹叶,一千个,一万个……")产生了强烈的兴趣,所谓"千个字",当然不是指精确的一千个字,而毫无疑问是一种泛指,指的是很多个文字组合在一起构成的一大片文字的汪洋大海,具体到王安忆这里,或者就是一部具有相当篇幅的长篇小说也未可知。在袁枚的楹联里,与"千个字"形成对仗的,很显然是下一句中的"一身花"。因为"一身花"与王安忆的创作构想了无干系,所以最后的结果便是,不仅"一身花"被置换为"一把刀",而且前后的顺序也发生了颠倒。"一把刀"在前,"千个字"在后。这样一来,王安忆的这部长篇小说,自然也就成为由"一把刀"而进一步牵引出的"千个字"的人生故事。究其根本,我们标题中所谓的"思接千载",所实际意指的,也就是作家由前面的"一把刀"到后面的"千个字"这样一种艺术思维过程。"思接千载",语出刘勰《文心雕龙》中的《神思》篇。在《神思》篇中,刘勰写道:"文之思也,其神远矣。故寂然凝虑,思接千载;悄焉动容,视通万里;吟咏之间,吐纳珠玉之声;眉睫之前,卷舒风云之色;其思理之致乎。故思理为妙，神与物游……此盖驭文之首术，谋篇之大端。"①在这篇文字中，刘勰所集中讨论的，就是文学创作中至关重要的艺术思维问题。依他所见，构思或者说艺术思维的问题，乃是"驭文""谋篇"的最关键处。要想真正做到为文之神思，创作主体就必须能够"思接千载""视通万里"，必须做到"神与物游"，也即把作家的主观精神世界与外在的客观世界达到高度交融的状态。只有这样，才能够让自己的作品真正做到"吐纳珠玉之声""卷舒风云之色"，也即把身外的万事万物积极有效地纳入相应的文学文本中来。但请注意，很多时候，尤其是在面对王安忆这部《一把刀，千个字》的时候，我们却无论如何都不能把刘勰所谓的"思接千载"和"视通万里"做一种过分拘泥的坐实性理解。所谓坐实性理解，就是非得把"思接千载"里的"千载"看作是一千年或数千年，非得把"视通万里"中的"万里"看作是一万里或者数万里。质言之，刘勰在这里借助于"千载"和"万里"一类的语词所特别强调的，其实是一个作家的构思或者说艺术思维一定要拥有相对阔大的时间和空间。只有这样，他的总体创作格局才会显得不那么局促，才可能抵达更辽阔的思想艺术境界。倘若借用《中庸》里的一句话来说，就是"致广大而尽精微"。窃以为，对于一个意欲写出优秀长篇小说的作家来说，《中庸》里的这句话不管怎么说都称得上是不二法门。很大程度上，一部理想的长篇小说，正是通过"尽精微"，也即那些足够精彩的细节与情节构造，而最终"致广大"的。这里的"致广大"，其实也就是刘勰所强调的"神思"时的"思接千载"与"视通万里"。具体到王安忆的这部《一把刀，千个字》，小说叙事的出发点，当然是身为厨师的男主人公手上所操持的那一把厨刀，以及他所苦心经营出的各色菜品。所谓的"尽精微"，毫无疑问更多地落脚在"一把刀"的层面上。至于"致广大"，则分别体现在时间与空间的层面上。从时间的层面上，是由早已市场经济化的当下，一直回溯到了二十世纪五六十年代那个社会政治思潮汹涌澎湃的畸形时代。虽然也不过是数十年时间，距离"千载"更是遥远，但也不妨被理解为"思接千载"，理解为时间的悠长。从空间的层面上来说，整部作品从上海到扬州，再到黑龙

---

① 周振甫：《文心雕龙今译》，中华书局2013年版，第248页。

江哈尔滨,一直到纽约的法拉盛,从国内到国外,其阔大程度,又何止是"万里"。当然,需要特别强调的一点是,对于所谓"致广大而尽精微"里的"广大"和"精微",我们的理解还不能仅仅局限到客观的物理层面上,同时更应该落脚到与人物形象紧密相关的主观精神世界层面上。但一个无法否认的事实是,不论是"致广大而尽精微"也罢,抑或是"思接千载"与"视通万里"也好,王安忆长篇小说《一把刀,千个字》的表现都绝对称得上是可圈可点、格外精彩。

因为小说一开始就直接讲述男主人公陈诚(请注意,在小说中,正同人物命运沉浮的不确定一样,即使是男主人公的名字也同样是不确定的:"幼年的日子在转移中度过,一会儿到这里,一会儿到那里。他甚至连自己名字都不确定。有时候,人们称他'弟弟',大弟、小弟;有时候喊他'兔子',小兔、卯兔、红眼睛、短尾巴,这就变成诨号了。")对于在纽约法拉盛的故事,我曾经一度误以为这一次王安忆会集中关注表现海外华人在异国他乡如何设法打拼的艰难命运。但只有在读完全篇之后,我方才明白,她的这部长篇小说其实既跨越了国界,从大洋彼岸的美国延伸到了国内的大江南北,又打通了时间层面上的过去和现在,从当下一直上溯到了社会政治运动频仍的二十世纪五六十年代。真正可谓起伏跌宕,纵横捭阖。事实上,只要是熟悉王安忆小说创作的朋友就都知道,她是在小说创作方面特别强调"经验的真实性与逻辑的严密性"[①]的一位作家。需要注意的是,王安忆这种艺术真实观的确立,乃是受到法国作家福楼拜影响的结果:"我年轻的时候不太喜欢福楼拜的作品,我觉得福楼拜的作品太物质了,我当然会喜欢屠格涅夫的作品,喜欢《红楼梦》,不食人间烟火,完全务虚。但是现在年长以后,我觉得,福楼拜真像机械钟表的仪器一样,严丝合缝,它的转动那么有效率。有时候小说真的很像钟表,好的境界就像科学,它嵌得那么好,很美观,你一眼看过去,它那么周密,如此平衡,而这种平衡会产生力度,会有效率。"[②] 与一贯以严谨著称的

[①] 王安忆:《我的小说观》,见《王安忆自选集——漂泊的语言》,作家出版社1996年版,第332页。

[②] 王安忆:《小说的当下处境》,《大家》2005年第6期。

福楼拜相比较，屠格涅夫当然充满了浪漫主义的色彩，这一点毋庸置疑。但断言伟大的《红楼梦》"不食人间烟火，完全务虚"，恐怕难以令人信服。在我的理解中，《红楼梦》无论如何都绝对不是一部凌空蹈虚的"务虚"之作。如果说作家关于大观园故事的描写充满着浪漫色彩，关于太虚幻境与还泪神话的描写寄予着某种形而上玄思，那么，作家关于贾府日常生活的细致描写，其实是有着格外坚实的纪实根基的。虽然是钟鸣鼎食的大户人家，但实际上也有着所谓柴米油盐酱醋茶的日常忧思。这一点，只要我们认真地回想一下小说中关于刘姥姥、王熙凤以及探春等人物与日常生存用度有关的场景描写，相信一定会得到公众的认可。事实上，也正是因为意识到了王安忆的小说观对于当下小说写作有着特别重要的启示意义，所以，批评家谢有顺才会做出这样一种精辟的概括："小说要写得像科学一样精密，完全和物质生活世界严丝合缝，甚至可以被真实地还原出来，这需要小说家有出色的才能。因此，作家要完成好自己和现实签订的写作契约，首先还不是考虑在作品中表达什么样的精神，而是要先打好一部作品的物质基础。所谓小说的物质基础，就是说，一部小说无论要传达多么伟大的人心与灵魂层面的发现，都必须有一个非常坚实的物质外壳来盛装它。"① 关键的问题是，王安忆在这么强调的同时，更是把这些原则落实到了具体的小说创作过程之中。而且，越是到了晚近的一些小说作品中，这一点表现得越是突出。比如，《天香》中对晚明时期的天香园绣以及天香园精雕细刻一般的细致描摹；比如，《考工记》中对那座陈家老宅的建筑工艺与历史传承所进行的如同考古学一样的认真考辨，所有这些，实际上都为作家思想艺术意旨的深度实现奠定了相当坚实的物质基础。

正如同标题中的"一把刀"已经强烈暗示出的，到了《一把刀，千个字》中，王安忆对物质基础细针密线式的坚实建构，突出地体现在对男主人公那顶级厨艺的精细描写上。比如，开篇不久处的这样一段："胡乱想着，菜上来了。雪菜豆瓣是瓶装的；烤麸是冷藏；熏鱼倒出其不意的好。中国内湖污染重，淡水鱼难得像这样没有火油味，酱料足，炸得透，糖色

---

① 谢有顺：《小说的物质外壳：逻辑、情理和说服力——由王安忆的小说观引发的随想》，《当代作家评论》2007 年第 3 期。

重,所以还是老三件。红烧肉是上海菜的主打,其实最平常,弄堂里每扇后门里都炖着它,高低在于猪肉。也许物种演变的关系,美国的猪肉,在向牛羊肉接近,有一股膻味。厨师显然是油酱大王,舍得下料。他猜想厨房距离比较远,端来的盘子都是半热,量又少,空气保持着清新,同时也是冷淡的。终于,清炒鳝糊登场了,没动筷子,他就笑了。别的不说,那一条条一根根,看得见刀口,而鳝丝是竹篾划的。也就知道,这食材来自当地养殖……所以肉质结实,竹篾也划不动。"严格地说,作家并不是在直接描写陈诚(因为名字不确定,我们姑且以"陈诚"来称谓男主人公)的厨艺,但所间接反映出的,却仍然是他的厨艺。原来,身为厨师的陈诚,之所以要邀请开农场的川沙朋友一起去曼哈顿的那家上海本帮菜馆吃饭,乃因为意外地看到了那家的菜单上赫然列着一道"清炒鳝糊"的菜品。依照陈诚来到美国后所获得的经验,这个地方是不可能有"软兜"也即鳝鱼存活的。对此,陈诚或者王安忆试图给出解释:"从小处说,北美没有水田,旱地为主,也许,可能,很可能,鳝,即软兜,是和水稻共生;大处来看,新大陆的地场实在太敞朗,鳝却是阴郁的物种,生存于沟渠、石缝、泥洞,它那小细骨子,实质硬得很,针似的,在幽微中穿行。人类肉眼看不见,食物链上最低级的族群,就可供它存活。"细细想来,这段话里所表达的认识和感觉,前边那小处的一部分是属于陈诚的。因为只有作为厨师的他,才能够认识到美国没有鳝鱼存活的地理方面的原因。后一个方面,也即所谓的大处,其实更多的是在一种文化人类学的意义层面上,借助对鳝鱼生存条件的谈论,比较分析中美两种文化的异同。潜隐于其后的,乃是一种不动声色的文化批判与沉思。根据我们对陈诚基本文化结构的了解来判断,他无论如何都不可能有如此一番高明的思想见识。也因此,这种文化感悟,与其说是属于陈诚的,莫如干脆说就是属于作家王安忆的。来到曼哈顿的这家菜馆后,陈诚和他的朋友便要了一桌菜。请注意,在写到这些菜品时,叙述者所持有的是一个厨师挑剔的眼光。毫无疑问,如果不是陈诚,而是另外一个普普通通的食客,他哪里会对这些菜品做出如此鞭辟入里甚至有点挑剔的品评呢?也因此,这段话语看似描写的都是曼哈顿这家上海本帮菜馆的厨艺水平,但暗中所真切折射出的,却依然是陈诚自己的厨艺。

再比如，"自从他来到，采买和烧煮就全担起了。材料的紧凑，还因为生活方式，上海的炊事比乡下细碎多了。豆芽要掐去两头，蚕豆剥了壳，还要去皮，花生米也要去衣。金针菜黑木耳全年各二两，需分配给各种菜式，鱼是一掌长二指宽，天不亮就去排队，不定买到买不到，半斤肉作几样吃，白切红烧切丝切丁。开一次油锅只出碗脚多点的菜，猫食似的，却要有三四种。所以，格外的忙碌。"这是关于陈诚初学厨艺略有小成时的一段描写文字。这里所展示的厨艺，还带有明显的日常意味，是日常生活中的普通式样。但更重要一点却是掩映于厨艺背后的时代与人性状况。其一，从时代的角度来看，王安忆所巧妙写出的，是特定的物资匮乏年代人们窘迫的生存状况。正因为生活物资供应跟不上，所以，金针菜与黑木耳才会一年只有二两的数量。二两，令人不可思议。正因为如此，人们才必须在天不亮的时候就去排队购买。其二，更是同时揭示了上海人生活的精细和讲究情况。吃豆芽要掐去两头，吃蚕豆和花生米都必须去衣，类似这样的生活细节，非亲身经历者不能道出。这个，在外地人那里恐怕的确很难想象。还有就是，明明已经是物资特别匮乏的时候，但上海人还是要尽可能地讲究生活品质，否则也不可能如同"螺蛳壳里弄道场"一般，非得把好不容易才买到手的半斤肉还一定要再搞出三四个花样来。当然，如果换一个角度的话，如此一种情形正说明上海人骨子里对生活的一种热爱，或者说就是生命力的坚韧。还有一段，则是专门描写陈诚如何做一款面点："这一款面点他下了功夫，难度在于食材。说起来简单，细究却颇费周折，就是小麦不能生，不能熟，恰是返青的一刻，摘下来，搓成粒；石臼里捣出浆，且不能烂，需保持原形；倾在手里揉，揉，揉成团；压在扁盘里。拍打、切块、上蒸笼。为了它，专在盆里栽几十株麦子。美国这地方，水土太丰腴。种什么，长什么，长什么都是肥硕壮大，他要的麦子却是颗粒小、瘦、高密度，从土里硬挤出来。中国的庄稼，哪一种不是？树的年轮压得死紧，铜线似的一周套一周，箍得个千年不朽。这一款面点，说是甜品，倒有些苦涩，但苦尽甜来，行话叫回甘，少有人知道它，名不见经传，事实上，连'名'也没有。源出并不在淮扬地区，更要向北，盐城如东一带，想来是青黄不接春荒的时日，苦极了，救命的吃食，逐渐演化过来。他瞅准长势，及时掐下来，捡出硬实的麦仁，早一日捣好揉好，湿手巾盖在盘子里,这时切好上笼。还需看着火,不能太过,太过就散了。"王安忆的小说语言,很长一段时间以来就是这样,句子很短,不但会给人以特别绵密的感觉,而且有着一种内在的节奏感与音乐性。她的这种语言,看似琐碎,却一点也不空洞高蹈,蕴含极其丰富的信息量。我们摘引的这一段中,作家非常细腻地描写介绍一种由小麦制成的特别面点。或许因为面点的制作食材更为关键,作家的重心才落在了对食材特点与来历的详细展示上。首先,是制作过程中的分寸把握。什么"不能生,不能熟",而且还"不能烂",什么既要搓,还得捣,然后再揉,真正可谓细致入微。更进一步地,在描述完制作的过程和食材的特点之后,也对食材的来历做了相应的补充性交待。其中尤其耐人寻味的一点,是如此一道高雅的面点,原初时竟然只是盐城如东一带百姓春荒时救命的一种吃食。这样一来,自然也就构成了"昔日王谢堂前燕,飞入寻常百姓家"的某种反命题。原来,食物也会有如同人生一样起伏跌宕的命运沉浮。

实际上,人心的细微,同样在王安忆的笔下得到了特别缜密的挖掘与表现。比如,描写陈诚和师师在美国结婚前的一段对话:"先是他起的头,他说,师师你不要发愁,不是有三条路吗?我可以帮你走第三条,结婚。师师看他一会儿,说:兔子,我其实可以走第一条,申请政治庇护,理由是计划生育受害者。他一时反应不过来,她继续往下说:我结过一次婚,生一个儿子,我来美国,一半为了他。哦,他停一停,说:第一条路虽走得通,可麻烦也多,还要坐移民监什么的!他发现自己仿佛迂回地求婚。师师说:你已经帮我很多,再得寸进尺,就是把客气当福气了!这话听起来又像委婉地拒绝。他说:我不是客气。师师说:我不能耽误你终身大事。他说:没什么耽误不耽误,我就是一个人!师师说:你早晚会有两个人的!他不由急起来:没有第二个人!"接下来的一个段落是:"师师坚持道:总有那一天!他说,真没有!师师还是摇头,她叹一口气,出去了。"阅读这段饶有趣味的对话,让我既想起了著名的戏剧片段《三岔口》,也想起了现代京剧《沙家浜》中影响最大的《智斗》那个片段。陈诚和师师,原本是上海弄堂里的少年玩伴,没想到很多年之后竟然在美国不期而遇。等到师师出现在陈诚面前的时候,陈诚已经凭借着他的厨艺以及机智,在美国立住了脚跟。但师师的居留,仍然是一个悬而未决的根本问题。师师要想在美国居留,有三条路径可供选择。一是,政治庇护;二是,转工作签证;三是,找合适的人结婚。在师师这里,或许是因为自己不仅有过婚史,而且还生有一个儿子,首先,无论如何不想走第三条路,其次,即使万般无奈被迫走第三条路,也不会把目标聚焦到陈诚身上。但在陈诚这里,一方面,或许是因为单身一人孤独太久,另一方面则因为师师的出现仿佛一下子照亮了自己的内心世界(请一定不能忽视这样的一个相关细节:"眼前的师师,有着饱满的脸颊,双眼皮很宽,仿佛墨笔描画的,唇线也如描画般鲜明。这一张脸凸起在后厨灰暗的光线里,周围的事物都失去三维的立体感,变得平面。"),早已对师师充满了不可遏制的欲望和期待。但陈诚的这种真实想法,并不能对师师直截了当地表达出来。很显然,这一番饶有趣味的对话的发生,正是建立在对话双方各自不同的心理基础之上的。话题之所以会由陈诚率先挑起,乃因为他先对师师产生了浓厚的兴趣。但是在对话的过程中,由于各自的想法不同,所以,一方一直在以一种暗示的方式表白着潜藏于内心深处的情愫,另一方却一直在以一种貌似"没心没肺"其实非常坦诚直率的方式"拒绝"着。如此一种弯弯绕的情感表达错位,在让我们为男主人公陈诚捏一把汗的同时,更让我们恨不得自己跳出来替这位无法明言的男子把自己的真实想法直截了当地告诉师师。也因此,一直到后来,看到这两位少年玩伴终于走到一起的时候,我想,大概很多人都会如同我一样,在彻底松一口气的同时,把那颗悬着的心放下。阅读的过程中,我的一种真切感受就是,王安忆的确是一位很有叙事耐心的作家。能够仅仅通过两个人的对话,便丝丝入扣、条分缕析地把陈诚和师师他们两位的内心世界做如此深入的剖视,端的是艺术功力了得。

从艺术结构上看,整部《一把刀,千个字》被王安忆果断切割为上下两个部分。尽管很难把标题中的前后三个字截然分开,小说叙事过程中二者之间彼此的穿插,毫无疑问是一种客观的事实,但相对来说,"一把刀"更多地对应着上半部,"千个字"更多地对应着下半部,这样的一种判断也不能说就完全没有道理。事实上,王安忆在上半部里所集中讲述的,乃是男主人公陈诚从少年时代开始就不断地四处漂泊的人生故事。倘若仅仅聚焦于陈诚其人,断言这一部分带有一定的成长小说色彩,也是合乎文本事实的。具体来说,陈诚的漂泊人生从他大约七岁的时候开始的:"那时候,他大约七岁,住在上海虹口的弄堂。"为什么这么说呢?因为与那些长期和父母一起生活的正常孩子明显不一样的一点是,小小年纪的陈诚,只是和一个被他称之为嬢嬢(上海话里关于姑姑的一种称谓)生活在一起。当然,他们两个能够在一起生活的一个必然前提是,这个时候的嬢嬢同样处于单身一人的生活状态。即使是作为当事人的陈诚,也只是到了后来,方才从嬢嬢那里进一步了解到,原来,嬢嬢不仅曾经有过婚姻,还生过一个孩子:"原来嬢嬢有过一次婚姻,双方父母都不看好,因门第不对等。那一方是怡和洋行襄理的公子,这一方只是市井人家女儿。"但因为男女双方皆属青春年少,对爱情充满幻想,所以两个人还是不顾家庭的反对,坚持走到了一起。然而,少年人的热情来得快也去得急,没过太长时间,就在他们生下一子不久,婚姻就出现了问题。分手前达成协议,用叙述者的话来说,就是:"产下一子,留给夫家,因是孩子的母亲,便承诺负责生活,再嫁时候截止。到底生意人,有诚信,自此月月给付,无论时局改变,市面动荡,从不曾中断和拖延——他不禁要问,嬢嬢后来没有结婚?嬢嬢颇有得色:他们想不到要养我一辈子,这就叫人算不如天算,婚姻的好处坏处都尝过了,足矣!"毫无疑问,不从事任何职业的嬢嬢,之所以能够既养得起自己,也养得起陈诚,与她因为这桩异样婚姻所获致的经济补偿紧密相关。尽管陈诚正是在这个时候,和后来成为自己妻子的师师最初结识,但一个小小年纪的男孩子,成天价守着嬢嬢这样一个单身女子一起过日子,自然会有难以排遣的愁闷生成。很大程度上,正是这种愁闷,使陈诚得以跟随黑皮的爷爷,也即自己的舅公,来到了位于高邮西北乡的舅公家长住,并开始跟随四处办厨的舅公接触厨艺:"九月到来,黑皮上学,并没有如承诺的,带他一同去。看他孤寂,舅公问要不要跟着去办厨,点头说要。于是,一老一小便上路了。"正是在跟随着舅公四处奔波的过程中,陈诚开始了他的厨艺生涯:"他是从白案入行。先只不过剥葱捣蒜择菜,给豆芽换水,洗了小脚丫,伙计肋下一叉,叉他进面缸里踩面。实在忙不开,就当个人用了,发酵,揪剂子,擀皮,捏包子——一个包子二十六个褶!他脑子好,眼和手有准头,学得进东西,最要紧的是,勤快。"不容忽视的一点是,在学习厨艺的同时,他还接受了另一种教育:

"传授厨事之余，舅公还和他讲书。孃孃用《红楼梦》作脚本，舅公是黄历。"虽然一直没有能够接受正规的科班教育，但陈诚并没有成为一个大字不识的文盲，从根本上说，恐怕正是拜孃孃和舅公如此特别的教育方式所赐。就这样，追随舅公学习厨艺三年后，已经初通厨艺的陈诚，才离开高邮西北乡，再次回到上海，回到了依然孤身一人的孃孃身边："再次来到上海，觉得一切都变小。街道窄了，楼矮了，一方方的窗格子，蜂房似的，人却多了，密密匝匝的。"之所以会有这样的一种感觉，一方面因为他刚刚从广阔的乡间大地回到逼仄的上海城，另一方面，则是因为三年的时间里，他的个子已经长高了不少而且他开始初通人事了，竟然把自己学习厨艺过程中积攒下的一笔钱全都主动交给了孃孃："孃孃用手帕在镜片后面擦拭一下，喃喃说：你还是个孩子呢！他低下头，窘得不行。这般大的少年人，最怕动感情，尤其他和孃孃，都不惯表达和交流。"一方面在孃孃的心目中，他已经长大成人，另一方面，也因为孃孃发现他已经在厨艺上有所成就，所以便决定利用自己既往的关系，给陈诚找一个比舅公的厨艺水平不知道要高出多少倍的真正的淮扬菜大师傅，也就是孃孃一位久违的故人单先生："先生姓单，淮扬大师傅胡松源外系后人，亲不亲，舅家人，也就称得上嫡传。二十岁出头来到上海，先在洋行做司务，后被高级襄理目中，高薪聘用，专为要客办宴。"无论如何，我们都得承认，这位单先生授徒方式不仅奇特，而且效果也非常显著："拜单先生为师，算是入了胡松源宗门，有了业内的身份。单先生授徒另有一功，不动手，只动嘴。到他家里，各坐一把椅，中间隔一张矮几，几上两杯清茶，一个讲，一个听，听的给讲的添水，递毛巾，方才分出上下长幼。讲着讲着，又颠倒过来，长的对幼的说：你忙不忙？还有几句，耽误了太久。好像不是他教他，而是求他学。"但也正是如此一种口口相传式的点拨方式，到最后却奏了奇效。陈诚后来到美国开餐馆后不仅大获成功，而且还被别人以讹传讹、一厢情愿地指认为是淮扬菜系正宗传人莫有财的嫡传弟子，不管怎么说，都与单先生当年那番煞费苦心的调教和点拨是分不开的。

在主要讲述陈诚如何走上厨师这一条人生道路的过程中，作家会时不时地穿插讲述他后来怎样想方设法在美国落脚打拼的故事。具体来说，厨师陈诚之所以有机会来到美国，与他的嫡亲姐姐关系密切。二十世纪八十年代的时候,在三棵树插队的姐姐,被保送到工业大学,等到大学二年级的时候,又被推选公派留学,这样才有机会漂洋过海来到大洋彼岸的美国留学。经过一番周折,最终选择彻底居留美国。若干年后,陈诚携父亲一起,以探亲的名义,步姐姐的后尘,也来到了美国。"不知不觉间,三个月的签证到期,父亲回去,他又续签三个月。"等到续签的三个月再次到期的时候,他终于下定决心黑了下来,非法居留美国不归。再到"后来,他是顺着政治庇护的潮流,通过闸门,获得居留。那些黑了七八、十数年,难民监进进出出的人,称他'福将'。他倒也不那么自得,因觉着不过早晚的事,有些道家的精神,其实是走哪座山,唱哪支曲,相信天无绝人之路。"陈诚在法拉盛居住第三年的时候,大号名为"师蓓蒂"的师师没有一点征兆地出现在了他的面前。这样一来,自然也就有了师师的居留、他们之间的婚姻问题以及相关问题的最后解决。

然而,就在我们根据上半部的小说文本,差不多要认定《一把刀,千个字》就是一部从陈诚的高超厨艺切入并表现他终其一生的漂泊(他后来的美国故事,自然也可以被看作是人生漂泊故事的一个有机组成部分)的长篇小说的时候,到了从第七章开始的下半部,整部作品的叙述方向却一下子就"峰回路转",由"一把刀"转向了"千个字"。时间的视点,也随之而转向了某种意义上看似已经有点遥远了的二十世纪中叶。到这个时候,我们才恍然大悟,原来,王安忆这部长篇小说真正的书写重心,其实并不在前面已经占了很大篇幅的陈诚身上,而是最终落脚定格在了他那一直处于闪闪躲躲状态的母亲身上。小说叙事上的这种"峰回路转"情形,称得上是"众里寻他千百度,蓦然回首,那人却在灯火阑珊处"。事实上,如果你是一位敏感的读者,那么,在上半部作家有意无意留下的一些蛛丝马迹中,就应该能够注意到陈诚母亲这一形象的若隐若现。比如,在父亲和姐姐专程到上海来看陈诚的时候,曾经出现过这样的一段叙事话语:"停一时,父亲开口了:以后,你管嬢嬢叫'妈妈'。嬢嬢接着说:这样,你就可以在上海读书。他有些懵,心里恍惚着,问出一句话:我妈妈呢?两个大人被问倒了,面面相觑,然后,他看见嬢嬢的眼镜镜片奇怪地闪烁一下,戴眼镜的人哭了。"由这一细节而引发的一连串无法回避的问题显然是,母亲到底怎么回事?为什么父亲要他喊嬢嬢为"妈妈"?为什么一提到母亲，嬢嬢就会哭呢？再比如第四章里写到陈诚在那个物资匮乏的时代终于想方设法买到一只猪后蹄，并且做成挂丝的蹄髈的时候，曾经出现过一个他和嬢嬢以及朋友小毛一起看照片的重要场景："再翻一页，就是一家四口，年轻的父母和幼雏儿女。小毛脱口道：你，兔子！他也认出父亲和姐姐，那抱他在怀里的，仿佛认识，却又不认识。嬢嬢合起相册，说：没有了！站起身，就是逐客的意思了。"后来，等到故事情节行进到上半部最后一个部分，也即第六章的时候，出现了一个与前面看照片的场景相呼应的另外一个场景，只不过，这一次看照片的，只剩下了陈诚一个人。其实，他是背着嬢嬢偷偷看照片的："抽屉里面放着相册，就是小毛来吃饭的那天晚上，嬢嬢取出来给他看的那一本。他没有看见嬢嬢收在哪里，可是却又像是知道。"但出乎意料的是，等到他取出相册打开来的时候，却发现那张一家四口合影的照片"不翼而飞"了："照片抽走了，危险避开了，'勤劳的人'终于没有说话，它究竟要说什么呢？"毫无疑问，由以上两个看照片的场景，我们所生出的问题，自然是，那张包括妈妈在内的一家人的照片，到底有什么忌讳，会让嬢嬢"神不知鬼不觉"地抽走呢？难道说问题的确出在大家似乎避之唯恐不及的妈妈身上吗？对于这一切，王安忆在上半部里并没有提供答案，但那一首在陈诚偷看照片时窗外一直响着的"马兰花，马兰花，风吹雨打都不怕，勤劳的人在对你说话"的歌谣，从此却时不时地就会回响在陈诚的耳际了。那么，这又是为什么呢？这一点，我想，只能从精神分析学的角度予以解释。陈诚之所以总是要不由自主地联想起少年时期在上海弄堂里听到过的童谣，不是因为童谣本身有什么微言大义，而是因为它很显然牵系着他内心深处某种难以言说或者不足为外人道的精神情结。而这种牢固存在着的精神情结所指向的，就是他的母亲。

耐人寻味的一点是，陈诚的母亲，虽然在小说文本中拥有如此重要的一种地位，但一直处于无名的状态。这也就是说，明明有着赋名权的王安忆，却偏偏就是拒绝给她命名，总是径直以"她"称之。之所以会出现这种"执意"不肯命名的情况，大约是因为这样能够更圆满地表达作家的思想意旨。依照叙述者的交代，于1934年出生于哈市道里一户基督教家庭的"她"，在少年时期，曾经被酷爱音乐的母亲特别安排，跟着一个名叫亚历山德拉克娃的白俄女教师学习声乐。尽管如此，等到中学毕业的时候，"她"还是违逆母亲让"她"报考音乐学院的意愿，执意进入一所工业大学："学校起源于中东铁路培训人才的需要，一度名为'中东铁路工业大学'，是中苏交好的象征，也显示走苏联道路的基本国策。"既如此，置身于那个中苏友好的蜜月期里，包括"她"在内的这所大学的学生，在各方面倾慕向往苏联的时尚，也就是一种顺理成章的事情。其实，早在大学的时候，"她"就已经表现出了对社会政治的浓厚兴趣。被誉为校花的"她"，曾经积极参与大辩论："晚上，大礼堂里，灯火通明，曾经演出《大雷雨》《海鸥》的舞台，此刻张开大辩论的横幅：'共产主义的乌托邦'。也是一出戏剧，她饰演的是圣女贞德，对方一众人，她单挑。""她"最早引起陈诚父亲也即老杨的注意，就在这个时候："他是从实际出发，她却有更高原则，认为政府有更宏大的目标，世人的目光不可企及。"尽管如此，但"他惊讶她的能量……取之不尽，用之不竭，使精神丰盈，漫溢到自身之外，感染周边的人。"由以上这个细节，我们也不难看出，"她"和老杨其实并不是一类人。很多时候，如果说"她"是生活中的主角，那么，老杨只能是生活中的旁观者。然而，生活的辩证法就在于，到最后，偏偏就是这样的两个人，居然走到了一起。关键的问题是，虽然"她"可以和老杨结婚并生育子女，但从根本上说，"她"从来都不属于柴米油盐的日常生活，而天然地属于金戈铁马的社会政治生活。

从社会政治的角度来说，大学时代的"她"，如同很多人一样，曾经是一个"左派"："她，又一回独领风骚。一系列好事接踵而来，高教系统优秀学生，共青团大会代表，两年前提交的入党申请有了回应，通知参加组织生活，列席党内会议，特别安排发言，没有人会质疑她，与她争个不休。"从这个时候开始，到后来的二十世纪六十年代中期，如果联系"她"在"文革"中的石破天惊之举来判断的话，可以被理解为"她"思想转折的酝酿期。首先，是时代的转换迁移："厂区的大喇叭里，传送出的声音高亢起来，炒豆子似的往外吐字。姐姐的小学校里，高年级语文扔了课本，换作读报纸和写大字报，批判《燕山夜话》和'三家村'。大字报，这和平年代的进攻武器，又启动了。"但请注意，在"她"那张影响巨大的大字报出炉之前，曾经有过一次长途旅行。而老杨，也正是在"她"出行未归的时候，出于平素对"她"的了解，就表达过一种强烈的忧虑："认识她，他方才知道，世上有一种渴望牺牲的人，就像飞蛾扑火，由着光的吸引，直向祭坛。"这次外出旅行或者说"她"一个人的大串联过程中，最值得注意的一点是，在天津和大学宿友女同学短暂相聚时的一番促膝交谈："她坐直起来，前倾着身子，说：我去过北京了。女同学不动弹，静静听着。天安门那么远，什么都看不见，她说，可是满地的人都在跳跃，叫喊，流泪——她止住话头，停顿片刻，接着说出一句：大家都疯了！女同学动了动，她继续：理性，理性到哪里去了？女同学在枕上问：你加入组织了？没有，她说，我读书。读什么书？《反杜林论》《国家与革命》《路易·波拿巴的雾月十八日》……读书好！女同学说。读书是不够的，她说，要到实践中去。"毋庸讳言，当"她"强调实践的重要性的时候，这位对"她"了解甚深的女同学，已经预感到"她"想干什么了。这样，也才会有接下来的劝阻和拒绝："女同学坐直了，俯身看向她：忘记它，想都不要想！可是我做不到！她说。"既然内心里已经拿定了主意，那个悲剧性的结局也就不可避免了。在春节之后，"她"写好大字报并把大字报毅然决然地张贴到了省委大院的外墙上："后来，在人们的描述中，他仿佛看见学校大礼堂舞台，顶灯照耀下，白衣蓝裙的女学生蹲在地上，从皮包翻找书籍。大字报方才贴上一页，就有人伫步；三四页之后，便围拢起来；再有六七页，张贴已经赶不上阅读的速度，性急的人从桶里操起浆糊刷子往墙上涂。""总共十二页，标题为'人民政权和群众运动'……底下是真名实姓。"在那个大字报早已铺天盖地的年代，"她"的这张大字报到底特别在何处？凭什么一下子就能吸引来那么多人呢？请看叙述者的相关介绍："文中的主张，似乎也没有偏倚，既不造反也不保皇，两边的队都不站，两边也都不支持。是要倒退到革命之前吗？却又像超越至最高目标，共产主义，消灭阶级，人类大同。"虽然现在看起来大字报中的观点没有什么了不起，但在当时的政治旋涡中，却称得上是石破天惊的闯祸之论。事发之后，预感非常糟糕的老杨，曾经专门赶到单位去见过一次"她"："她坐在临窗的书桌前，抬头看一眼，复又低下去。他站在门口，说：回家吧！她没有回答，就又说一遍：一起回家！带些命令的意思，好像面对闯祸的孩子。她笑了笑，依然低着头：你自己回去吧！"尽管老杨一再坚持，但"她"

却"坚执不从"。实际的情况是,这个时候的老杨根本想不到,这一次,乃是他们的最后一次见面:"他不知道,这是最后一眼,自此,就再没有看见过她。"到后来,老杨才意识到:"她不随他回家,是因为已经身不由己,不得离开。"就这样,在那个特定的历史时期,"她"最终因为"冒犯天条"而被打入另册:"从通知送交衣物的地点变化,时态显然在升级中。先是单位保卫部门,后来到路段属地派出所,再又转入公安局拘留所,这一段时间比较长,他心存侥幸,以为局势缓和,会有转机,可是,长久的静止又让人不安了。"但老杨无论如何都想象不到,到最后,"她"竟然会因为这张大字报而性命不保。以至于,在若干年后,竟然不无反讽意味地被视为"烈士"而加以顶礼膜拜。分析至此,一个需要讨论的问题就是,王安忆《一把刀,千个字》中"她"这个至关重要的人物到底是谁?又或者,小说中,这个"她"的生活原型是谁呢?对此,我个人的看法是,如果联系那个特定时期东北发生的历史事件来加以判断,那么,这个生活原型极有可能就是那位曾经被著名诗人雷抒雁在其名作《小草在歌唱》中大力讴歌的张志新烈士。二者之间高度的相似性,明眼人一看即知。但必须强调指出的一点是,在《一把刀,千个字》这部长篇小说中,王安忆能够从陈诚这样一个淮扬菜系的优秀厨师而进一步延伸并触及如同张志新烈士这样一种深度历史话题,无论是写作勇气,还是艺术智慧,都应该得到高度的肯定。而我们这篇文章标题中所谓"尖锐的历史诘问",实际上也只能落脚到这一点上。

然而,或许是因为存在着某种书写禁忌,又或许,在王安忆最初的创作构想中,原本就是要把书写重心最终落在以陈诚为代表的子一代此后的人生漂泊上,然后,再以如此一种书写方式巧妙地折射回望母亲当年所遭逢的历史悲剧。对此,曾经有论者进行过深入的剖析:"其中有个锋刃般尖利的内核:丈夫在事发后提出离婚,女儿同母亲划清界限——这是那个时代屡屡上演的一幕。但王安忆没有直接撕裂这真相给人看,这一尖锐让她层层包裹,覆以一家人漂泊的命运和颠沛的生活。儿子就是那位大厨,因年幼对这些全然不知,只是成长颇为艰辛,从他的视角看过去,一切是混沌不明的。父亲和女儿是当事人,则每每爆发冲突,不肯原谅对方,实际是不能原谅自己。"① 换而言之，如同母亲"她"这样一位因为特定历史时期的反抗而在事后被封为"烈士"的人物，到底会在怎样的程度上困扰影响到亲人们未来的命运走向，这个恐怕才是王安忆创作《一把刀，千个字》的初衷。事实上，陈诚年仅七岁就被迫开始了的人生漂泊，从根本上说，正是拜母亲的不幸遭遇所赐。我们注意到，在第八章刚刚讲述完母亲的悲惨故事后，作家的笔锋陡然一转，一下子就转向了对陈诚即将开始的未来漂泊命运的书写。母亲"她"那个天津的女同学到来后，不由分说就把尚处于懵懂状态的陈诚带走了："女同学说：凌晨有火车往南去，我带孩子走。他没想到，眼睛亮了亮，说：我有个妹妹在上海。"接下来就是："从被窝里掏出人来穿衣服。孩子一直在酣睡中，小身子热烘烘，软绵绵。女同学笑了，问：他叫什么名字？父亲说：我们都叫他弟弟。好，弟弟，我们走！穿上大衣，用围巾裹住怀里的人，推开门走了。"懵懵懂懂的陈诚，就这么被带走了。到哪里去了呢？接下来第九章的开头所给出的，其实就是相应的答案："他的记忆从嬢嬢的亭子间开始，窗户底下，女孩子跳着皮筋，唱道：'马兰花，马兰花，风吹雨打都不怕，勤劳的人在说话'。"这样一来，因为陈诚的人生记忆实际上从上海弄堂、从嬢嬢、从那首"马兰花"开始，所以，母亲就被推置到了人生的后台，虽然"她"所投射出的巨大阴影从来都没有消失过。不论是陈诚后来参加夏令营时的中途逃脱，还是他后来拒绝进入高中读书，都可以从这个意义层面上得到很好的解释，都是其难以抚平的精神创伤记忆发生作用的结果。事实也正如老杨后来所强烈感受到的那样："事情也不在儿女，而是母亲，那个她！也是纪念碑，他，他们，都是驮碑的龟。如此，儿女又算个东西了，和他一样的东西。"母亲，也即那个"她"，是碑，是纪念碑。而老杨和那一双儿女，却不过是被迫驮碑的龟。到这个时候，母亲也即"她"当年行为的是与非，其实已经不在王安忆的关注视野之中。与母亲当年的壮举相比较，更令王安忆聚焦思考的，乃是母亲的此种壮举给亲人们所造成的精神后遗症。从这个意义上说，老杨所谓"驮碑的龟"的说法，不仅别出心裁，

---

① 吴言：《烟火处的悲悯——王安忆长篇〈一把刀，千个字〉读札》，见《收获》微信公众号 2020 年 10 月 31 日。

而且可谓既形象又准确。很大程度上，小说所集中描摹讲述的陈诚不仅地跨中国南北而且横越大洋两岸的人生漂泊遭遇，就可以被看作是"驮碑的龟"的一种形象展示。

只有充分地联系在陈诚后来的生活中避之唯恐不及的母亲形象的隐然存在，我们才能够很好地理解陈诚在美国和师师结婚后的一些不正常举动。这一方面，最典型的一个举动，就是他毫无征兆的悄然失踪："送走父亲的次日，他去长岛接一单家宴。事毕结清账款，没有回家，而是直接往曼哈顿唐人街旅社里宿一晚，天明时分搭大巴去了大西洋城。他很久没去玩过了，自从师师到来，逐渐疏离最后戒断，已经过去十年。今日再踏上路途，仿佛只一夜之间。"尽管我们都知道，悄然失踪后的陈诚，不过是过一把能够自控的赌瘾，然后一个人在朋友倩西的住处休整几日，但在他的妻子师师那里，却毫无疑问会生出其他的理解："不告而别的三天里，师师也担心也不担心。她知道他出不了事，却想不出他会去什么地方。他们俩彼此间没有秘密，同时，却也了解不多，就像自己和自己。"正因为他们是夫妻，所以，实在想不出答案的时候，就会不由自主地把事情想歪，就会联想到男女之间的关系上："然而，枕边人却变得陌生，暌违的那些时间，忽地显现，一片空茫。他和她的第一次，并不是第一次，她是过了明路的，他呢？从未追究过，一个成年男人，没有经验才怪！"因为师师有了这样的理解，所以才有了她和那位无名老头之间对陈诚的报复性行为。但其实，师师对陈诚存在着某种极大的误解。正如同姐姐在安慰师师时所一再强调的，自家弟弟不会有其他问题，只不过是有恋母情结，实际上尽管未必是恋母，但和一直隐然存在的母亲有着莫大的关联。说到底，无论是恋母也罢，抑或是仇母也罢，反正在陈诚的潜意识里，始终有一个隐然的母亲形象在不时地晃动着。对于此种情形，我想，恐怕只能从精神分析的角度切入去做出合乎情理的理解和阐释。

就这样，在一部篇幅不是很大的长篇小说中，王安忆能够纵横捭阖地以一种伏脉千里的方式，时而国内，时而国外，时而过去，时而现在，既"思接千载"，又"视通万里"，通过对一种高超厨艺的精细描写，不仅最终把自己的笔触探向历史的深处，而且还对这段到现在仍暧昧不清的历史提出强有力的思考与诘问，无论如何都应该获得我们高度的肯定与认可。

自传性、结构或者"小说革命"
——关于王尧长篇小说《民谣》

虽然已经想不起与王尧先生最早的见面是在什么时候,但我们之间的友谊却绝对超过了十年的时间。伴随着时间的推移,这份友谊日渐加深、越来越巩固了。在我的印象中,王尧首先是一位在中国当代文学批评、"文革"文学以及中国当代知识分子研究诸方面均有突出建树的优秀学者。孰料,等到时间的脚步行进到2020年,一个名叫"时代与肖像"的散文专栏在江苏《雨花》杂志开设,其中一些篇章在这个网络时代不胫而走,我们却在不期然间发现了作为散文家的王尧。也只有到了这个时候,我才强烈地意识到,其实,王尧作为一位散文家的才能,早就有所表现。他曾经在《收获》杂志上开设过的若干带有明显文史随笔性质的那些专栏文章,即是无可辩驳的明证。然而,也同样是在整个人类都被疫情严重困扰的2020年,我们倍觉惊诧地读到了他的长篇小说处女作《民谣》(载《收获》2020年第6期)。《收获》是业界以品质著称的一家老牌文学刊物,其审稿之严苛简直路人皆知。因此,王尧的长篇小说处女作能够在《收获》发表,是非常不容易的一件事情。只是这种发表行为本身,就意味着其思想艺术品质已经在某种程度上得到了相应的保证。更何况,在年中一次参加郁达夫小说奖审读初评的会议上,王尧曾经语出惊人地强烈呼吁小说界"革命"的发生。自然,他的这一呼吁,同样引发了业界一场到现在都未曾中止的热议。长篇小说处女作在《收获》的发表,本就特别引人注目,再加上小说界"革命"这一命题的提出,以及"时代与肖像"专栏在《雨花》的开设,遂使得王尧一时之间成为文学界的焦点人物。既如此,人们在惊艳王尧这样一位学术研究、散文和小说写作才能兼备的所谓"三栖作家"出现的同时，尤其关注的一个问题是，作为一位初始从事散文、小说写作的作家，王尧作品的思想艺术品质究竟如何。在这里，对王尧的那些散文作品，我们姑且不论，单就他的长篇小说《民谣》展开相应的讨论与剖析。

我们的讨论从他大力倡扬小说界"革命"说起。小说界"革命"，其实并不是一个全新的话题。连同王尧的这一次大力倡扬在内，自晚清以来，最起码已经有过三次。第一次，由晚清时期影响极大的维新派人士梁启超一力主导。其间，梁启超所撰写的《论小说与群治之关系》一文可谓振聋发聩。"欲新一国之民，不可不先新一国之小说。故欲新道德，必新小说；欲新宗教，必新小说；欲新政治，必新小说；欲新学艺，必新小说；乃至欲新人心，欲新人格，必新小说。何以故？小说有不可思议之力支配人道故。"紧接着，在分别从熏、浸、刺、提等四个方面论述了小说所具有的重要功能之后，梁启超得出的结论是："故今日欲改良群治，必自小说界革命始；欲新民，必自新小说始。"① 虽然梁启超很明显是从如何才能够更好地改善民智，以积极推进维新改良事业的角度切入并提倡小说界革命的，但他如此一种努力的客观效果，却是极大地提升了小说这一文体的社会与文学地位。无论如何，小说这样一种在中国古代长期被认为不登大雅之堂的文学文体，之所以能够在进入中国现代文学阶段后，一跃而成为最重要的文学文体，与梁启超的小说界革命有着不容忽视的内在关联。第二次，就到了1985年前后。"文革"结束后开始的所谓新时期文学，当它沿着某种并未事先规定好的路径发展演变到这个时间节点的时候，无意间开出的，正是小说界革命的这一枚花朵。但与梁启超当年的小说界革命有所不同，这一次，革命的焦点问题，落脚到了小说观念与方法的变革与解放上。也因此，如何积极有效地打破既有小说观念的束缚和羁绊，以一种更为开放的方式来从事小说创作，可以被看作这一次自发形成的小说界革命的核心问题。细细想来，在这场不期而至的小说界革命中，"寻根文学"和"先锋文学"所发生的作用，不管怎么说都不容低估。在时过境迁很多年之后的今天重新回溯，一种可信的结论当是，如果没有席卷整个二十世

---

① 梁启超：《论小说与群治之关系》，《新小说》创刊号，1902年11月14日。

纪八十年代的"文化热",没有西方现代主义文学思潮的大规模进入,自然也就不会有这一次小说界革命的最终酝酿生成。

接下来,自然也就是这一次王尧的振臂一呼了。我们注意到,在会后写作的《新"小说革命"的必要与可能》中,王尧写道:"我最初……提出这一想法时比较犹豫。尽管我清晰和坚定地意识到小说再次发生革命的必要,而且以为新的'小说革命'已经在悄悄进行中,但我无法对此给予一个宏观的框架和微观的定义。这与其说是我学术能力的不足,毋宁说小说发展的艺术规律反对用一种或几种定义限制小说发展,反对用一种或几种经典文本规范小说创作。所以,倡导新的'小说革命'恰恰表达的是解放小说的渴望。小说革命需要小说家、批评家和读者的合力来完成,它是一个动态的、弹性的艺术运动。"① 紧接着,联系1985年前后的那一次小说界革命,王尧对自己的想法展开了进一步的论述说明:"'小说革命'不是简单的'断裂',而是'联系'中的断裂,不是简单的以'新'代'旧',而是以'新'激活'旧'。'寻根小说'和'先锋小说'便是以回归'传统'和学习'西方'两种不同的方式回应现代性诉求,前者旧中出新,后者在新中更新。如果我们把八十年代的'小说革命'做一极其简单的表述,那就是小说家在任何时候只是小说写法的创造者而不是小说写法的执行者。即便是模仿,也只是过程而不是结果。"② 明眼人一下子就可以看出,在对"寻根小说"(或"寻根文学")与"先锋小说"(或"先锋文学")的理解和评价上,我与王尧的看法略有不同。在把二者进行区分的前提下,他认为前者是以回归"传统"的方式来回应现代性的诉求,而在我看来,二者全都可以被看作是充分接受西方现代主义洗礼的结果。前者的生成,如同后者一样,也是拜西方现代主义影响所赐的结果。尽管如此,对1985年前后那次小说界革命的充分肯定,却是我们所持有的共同价值立场。从根本上说,王尧之所以对当下的小说创作不那么满意,乃因为在他看来,这些创作并没有能够如同上一次小说界革命的时候那样积极有效地参与到历史重建的过程之中:"晚清、五四、八十年代(或新时期)

---

① 王尧:《新"小说革命"的必要与可能》,《文学报》2020年9月24日。
② 王尧:《新"小说革命"的必要与可能》,《文学报》2020年9月24日。

的作家和文学,都是在历史的变化中获得了内容和形式,发育了个体和群体。现代作家与现代中国变革互动的景观不在,这是我们内心的疼痛。我们可以把这种局面的形成归咎于外部因素,我们也可以找到种种在道德上解脱的理由。但是,对一个作家而言,他的沉默如果是有所思,那么,他的作品会是另外的气象。现在需要直面的问题是:作家的沉默,往往是各种能力的退化和萎缩;如果退化和萎缩只是假象,那么,这其中的所有策略和聪明对小说创作而言都是一种伤害。""小说家如果没有自己的世界观和方法论,他就不可能创造出一个在现实之外的意义和形式世界。……小说家们直面'现实'的眼光确实是钝了,有相当一部分作家理解的'现实'仅仅是被媒介所塑造出来的真实或者是一地鸡毛缠绕的现实。"①"一方面,过于沉溺于琐碎饾饤的小说技术反而会逼仄小说的格局和更其丰富的潜力,'技术中心主义'也在一定程度上悬置了作家的道德关怀和伦理介入;另一方面,我们对小说技术的浅尝辄止,又妨碍了小说尤其是长篇小说的结构能力。和想象力的丧失一样,结构力的丧失是当今文化发展的重要症候之一。结构力归根结底取决于作家的世界观和精神视阈的宽度,以及人文修养的厚度。十九、二十世纪的经典小说的巨大体量来自小说家们宏阔的视野,无论是现实主义巨匠如托尔斯泰、陀思妥耶夫斯基,还是现代主义大师乔伊斯、纳博科夫,都是如此。小说家在完成故事的同时,需要完成自我的塑造,他的责任是在呈现故事时同时建构意义世界,而不是事件的简单或复杂的叙述。"②事实上,也正是在以上对当下小说创作不足处深入洞察的前提下,王尧再一次提出了小说界革命的强烈呼吁:"如果说,新的'小说革命'已经不可避免,那么小说的新的可能性就存在于我们意识到的和没有意识到的困境之中。"③

当王尧最早在郁达夫小说奖的审读委会议的发言中首度提出"新'小说革命'"这一说法的时候,他的长篇小说处女作《民谣》已经通过相关编辑的严格审读后,即将在2020年年底的《收获》杂志上发表了。这个

---

① 王尧:《新"小说革命"的必要与可能》,《文学报》2020年9月24日。
② 王尧:《新"小说革命"的必要与可能》,《文学报》2020年9月24日。
③ 王尧:《新"小说革命"的必要与可能》,《文学报》2020年9月24日。

时候的他，肯定可以明确地意识到，正如同他对当下小说创作的各种不足所做出的犀利分析一样，他自己的小说创作肯定也会面临来自同行的严苛要求。一种极有可能的质问就是，你王尧既然口口声声指斥当下的小说创作存在这样或那样的问题，必须进行一场新的"小说革命"，那么，你自己又做得怎么样呢？难道你自己的小说创作就符合所谓新的"小说革命"的要求吗？无论如何，一方面，马上有长篇小说处女作要发表，另一方面，却又无以自控地要一力倡扬一场新的小说界革命的到来，如此这般两相结合的结果，自然也就是王尧把自己主动放置到了文学舆论界的风口浪尖上。对于这样一种必须面对的境况，智慧如王尧者，在公开发声前，肯定早有预料。正所谓"明知山有虎，偏向虎山行"，在如此一种境况下，王尧却仍然坚持发声，所充分说明的，正是作家能够坦然直面真理的巨大勇气。如此一种敢于把自己放置到风口浪尖上的勇气，就足以赢得我们充分的尊重。

  然而，换一个角度，我们却也可以说，真正支撑王尧底气十足地提出"新'小说革命'"主张的，恐怕也正是他的小说创作实践。正因为同时身兼批评家和作家两种文学身份，王尧既对当下的小说创作有堪称了如指掌的认识与把握，同时也对自己即将问世的长篇小说的思想艺术成色有着足够的自信，所以他才会有勇气公然提出"新'小说革命'"的主张，这毫无疑问潜藏着小说家王尧的一种自我评判——唯其自认为即将问世的长篇小说《民谣》有着足够充分的"革命"因素，他才会大声疾呼一场新的"小说革命"的到来。我最近先后两次深度阅读《民谣》，都会情不自禁地联想到现代一位杰出的女作家萧红，以及她那部早已被经典化了的长篇小说《呼兰河传》。关于萧红和她的《呼兰河传》，权威的文学史曾经给出过这样的评价："《呼兰河传》以更加成熟的艺术笔触，写出作者记忆中的家乡，一个北方小城镇的单调的美丽、人民的善良和愚昧。萧红小说的风俗画面并不仅为了增加一点地方色彩，它本身包含着巨大的文化含量与深刻的生命体验。'呼兰河这小城里住着我的祖父'，这一句几乎可以被看作是全篇的主题词。从她的作品视界所能看到的故乡人民的生活方式，几乎便是无生活方式：吃，睡，劳作，像动物一般生生死死，冷漠死灭到失去一切生活目标，失去过去和未来。在这样的停滞的生活中是必然产生小团圆媳妇的悲剧的。但这里的'城与人，少女与老人，生者与逝者'的关系中，也存在着生命的永恒。"①

在萧红与王尧之间，还存在着某种写作伦理的一致性。具体来说，这种写作伦理乃突出地表现在小说的写法上。"从创造小说文体的角度看，萧红深具冲破已有格局的魄力。她说过大体这样的话：'有一种小说学，小说有一定的写法，一定要具备某几种东西，一定学得像巴尔扎克或契诃夫的作品那样。我不相信这一套，有各式各样的作者，有各式各样的小说。'她就注重打开小说和其他非小说之间的厚墙壁，创造一种介于小说与散文及诗之间的新型小说样式，自由地出入于现时与回忆、现实与梦幻、成年与童年之间，善于捕捉人、景的细节，并融入作者强烈的感情气质，风格明丽、凄婉，又内含英武之气。萧红的忧郁感伤可以和郁达夫的小说联系起来看，但她没有那样病态、驳杂，更有女性的纯净美。她的文体是中国诗化小说的精品，对后世的影响越来越大。"②从一般的意义上来说，每一种文学文体都有其长期形成的一些基本特点，也即萧红所谓的常规写法。但在另一方面，某一文体比如小说的所谓常规写法，恐怕更多的还是针对理论批评家而言的。对于那些以追求思想艺术的原创性为根本旨归的作家们来说，他们在进行创作时需要更多考虑的，应该是"破"而不是"立"。也就是说，作家的创作只需要更多地考虑怎么样才能够忠实地表达自己对世界、社会、人性的理解与认识，而不需要把更多的精力投入是否合乎某一文体规范问题的思考上。就此而言，萧红所刻意强调的"有各式各样的作者，有各式各样的小说"（其实，王尧在《新"小说革命"的必要与可能》一文中所强调的"反对用一种或几种定义限制小说发展，反对用一种或几种经典文本规范小说创作"，明显暗合于萧红的这种小说主张）这一说法，自然也就是可以成立的。在我的理解中，鲁迅先生在评价萧红时所谓"越

---

① 钱理群、温儒敏、吴福辉：《中国现代文学三十年》，北京大学出版社1998年版，第309页。

② 钱理群、温儒敏、吴福辉：《中国现代文学三十年》，北京大学出版社1998年版，第310页。

轨的笔致"①的说法，其实也主要是针对这一点而言的。身为批评家的王尧，对萧红的小说观念及其《呼兰河传》肯定有着足够深入的了解。也因此，无论是否出自作家的一种艺术自觉，仅仅就客观呈示在读者面前的文本而言，《呼兰河传》和《民谣》之间，的确存在着某个层面上的相似处。一方面，王尧的长篇小说《民谣》，如同《呼兰河传》一样，既具有散文的品质，也有着抒情诗的特点。另一方面，不论是萧红的《呼兰河传》，还是王尧的《民谣》，都有着突出的纪实色彩，都有着鲜明的自传性，都与自己的童年记忆存在着不容忽视的内在紧密关联。由于相关的研究性文字已经很多，所以，《呼兰河传》这一方面的情况无需赘言，需要展开进行论述的，是王尧的《民谣》。有一点疑问不能不加以澄清的就是，既然早在二十世纪三十年代，就已经出现过萧红《呼兰河传》这样以"越轨的笔致"而著称于世的小说杰作，那么，在很多年之后，王尧在《民谣》中再度征用萧红的若干艺术经验，也能够称得上是新的"小说革命"吗？诚所谓"太阳底下无新事"，一种绝对意义上的"新"或者说"革命行为"，其实是不存在的。正如同王尧自己也曾经明确指出过的那样，很多时候，所谓的"创新"也往往是"旧中出'新'"，是既往艺术经验的某种创造性转化。只要我们在一个相对阔大的文学史视野内加以考察，就不难发现这样一种现象的存在。那就是，当某一种艺术经验或者写作范式因为这样或那样的原因而在文坛沉寂很长一段时间，然后再度复现于文坛的时候，也就可以被看作是新的"小说革命"方式了。对于王尧与萧红之间写作伦理与书写范式某一方面的相似与传承性，我们即应作如是观。

我们怎样才能认定王尧长篇小说《民谣》中的某种自传性色彩呢？要想确证这一点，我们就需要把《民谣》和王尧的若干散文作品进行深入的比较。这里的一个必要前提是，我们首先必须确认，散文这种同时兼备叙事和抒情两种艺术功能的文学文体，其中所涉及的人与事，都应该是真实的，不应该做任何的想象和虚构。《民谣》中，故事的主要发生地，是一个原名叫做莫庄、后来在那个特定的历史时期更名为江南大队的南方水

---

① 鲁迅：《萧红作〈生死场〉序》，见《鲁迅全集》第六卷，人民文学出版社2005年版，第422页。

乡。这个莫庄就是一个真实的地名。这一点，首先可以在散文《先生和学生》①中得到切实的印证。"我在那里代课近一年，多数时间是每天来回，下课了走回莫庄，早上起来去吴堡。""我们那一带用'堡'来命名的村庄几乎只有吴堡。舍和庄是常用的，比如我们村就叫莫庄，在不远处有陶庄、草舍之类的村庄。"我们都知道，在小说中虚构一个村庄的名字，是简单不过的一件事情。王尧却仍然要坚持使用莫庄这样一个真实的地名，首先告诉读者的，就是《民谣》中自传性色彩的存在。

更值得注意的是，《民谣》中的一些人物和事件，与王尧散文《那是初恋吗》②中若干人物和故事甚至叙事话语存在相似甚或完全相同的情况。首先是人物，《民谣》的第一人称叙述者"我"也即王大头，初中时最早恋慕的异性，是跟随着她的父亲一起来到莫庄供销社工作的方小朵："朵儿在我的生活中若隐若现，她突然在庄上出现，又在我没有思想准备中离开。朵儿姓方，方小朵。我们都叫方小朵的爸爸老方。老方父女俩坐船从另一个公社的供销社到我大队的，他在供销社百货柜台工作。老方镶了一颗金牙，他对所有人都微笑着，金牙总是露出一部分。"到后来，我们才知道这位老方之所以见了谁都是笑眯眯的，和他已经被打入另册的社会政治身份紧密相关。在方小朵的讲述中，父亲被打成"右派"有着鲜明的荒诞色彩："方小朵说她父亲之前在商业局工作，他在一次会议中上厕所了，回来后知道领导和群众决定了他是'右派'。"面对着"我"的满目狐疑，方小朵做出了进一步的解释："我像我爸爸，喜欢说话，喜欢提意见。"只有到这个时候，所有的谜底才被全部揭开。一方面，在那场声势浩大的反"右派"运动中，如同老方这样因为不合时宜地上了一次厕所，所以就不幸被打成"右派"者，的确大有人在，老方并非孤例。但在另一方面，事情其实也没有这么简单。只有联系方小朵所说的，父亲一向多嘴，正因为平时喜欢提意见的行为，在不经意间得罪了领导与群众，所以他才难免要遭此一劫。诚所谓"吃一堑长一智"，既然已经在政治上摔过大跟斗，所以老方才不得不夹起尾巴做人，才会对所有人都笑脸相迎。如果说方小

---

① 王尧：《先生和学生》，《雨花》2020年第7期。
② 王尧：《那是初恋吗》，《雨花》2020年第4期。

朵是《民谣》中的一位重要人物，离开了她，小说基本的叙事动力很可能会受到一定的影响，那么，她的父亲老方，就只能是文本中一位可有可无的边缘性人物。倘若舍弃掉这个人物，也不会从根本上影响到小说的总体格局。但即使是对这样一位看似无关紧要的边缘性人物，王尧也不肯掉以轻心，通过不多的一些生活细节，写出了方小朵父女的精神分析学深度。如果说老方的精神分析学深度体现在他无时不在的微笑行为（此种微笑行为，因其被动，所以一定是僵硬的）上的话，那么，方小朵的精神分析学深度就集中体现在她对死亡的莫名恐惧上。小说中提到，刚刚插到"我们"班上读书的方小朵，原本被安排坐在了王大头朋友余光明（也即余三小）曾经坐过的座位上。然而，等到后来她了解实情后，却坚决要求和王大头掉座位："有一天下午放学时，方小朵突然哭了，她知道了她坐在死人坐过的位置上。"面对方小朵的强烈要求，在征得班主任同意后，王大头答应了她的请求。"我后来才知道，方小朵对死亡的恐惧，源于她母亲的突然去世。方小朵没有说出她母亲去世的详情，她说她父亲到西鞋庄劳动改造时认识了她的母亲。"就这样，王尧在强有力地揭示出方小朵惧怕死亡的精神情结的同时，也不动声色地暗示出了方小朵父母那带有一定传奇色彩的婚姻感情生活。她的父亲老方，明明是劳动改造的戴罪之身，她的母亲为什么要选择嫁给他呢？如此一种看似不般配的婚姻生活中，男女双方又会经历怎么样的心路历程？方小朵的母亲又是怎样突然去世的？所有的这一切，王尧都把它深深地潜藏在了文本的背后。然而，从文学接受学的角度来说，正所谓"不著一字，尽得风流"，虽然作家表面上写出的只是冰山一角，但他所暗示传达出的，却是海平面下那含蕴更加丰富复杂的冰山本身。

《那是初恋吗》中的相关描写："那个叫小朵的女生到我们初二班插班时，是穿着凉鞋过来的。我们男生女生穿凉鞋的很少，天气特别热的时候，我们都穿木拖鞋，平时我们都穿布鞋子。小朵的爸爸到我们这边的邮电所工作了，她跟着过来。我和她并没有交往，有一天她发现她坐的是不久前死去的同学的座位，在放学时突然大哭起来。我是班长，就请示班主任同意，跟她换了位置。她问我，你不怕死人？我说，一起长大的，他不会吓我的。"请注意，除了连同人物的命名（都叫小朵）都没有变化之外，不论是初二时插班,抑或是和"我"换座位,全都在现实生活中实实在在地发生过。与现实生活相比较,王尧的艺术想象虚构集中体现在两个方面。其一,小朵父亲的工作单位由邮电所变成了供销社。其二,更重要的是,到了小说中,不仅小朵的父亲被赋予了改造后的"右派"这种社会政治身份,而且还穿插叙述了她父母之间的传奇婚姻,以及母亲的突然死亡。经过王尧如此一番可谓是"点石成金"的想象虚构之后,原本是散文中的真实故事,就变成了小说中有机的故事情节。尤其值得注意的是,在经过了这样的一种艺术转换之后,原本意义有限的散文故事,因其与时代背景之间的紧密结合,也就拥有了更加重要的社会意义和价值。散文中,这位在"我"的心目中"突然漂亮起来"的小朵,曾经送给"我"一方手帕。紧接着,王尧写道:"我的一篇未刊稿中,记录和虚构了我对她的印象:其实我并不能说出她哪里漂亮,你甚至说不出她的眼睛、鼻子和嘴巴什么样,但你对她的长相无可非议。"在这里,王尧所特别提及的那篇未刊稿,毫无疑问就是《民谣》。《民谣》中,与此相关的描写是:"在我后来的回忆中,朵儿还是那样若隐若现,我无法在记忆中复原我见过的她。我能够想起来的是,小朵的脸上点着几点淡淡的雀斑,但我记不清在脸部哪个部位。"更进一步说,与王尧的散文《那是初恋吗》形成明显互文效应的,是《民谣》中的这样一段叙事话语:"在我后来写的散文中,方小朵成了冬妮娅,我回忆了在字里行间见到冬妮娅的感受……冬妮娅几乎让我丧魂落魄,我甚至觉得我第一次失恋是保尔与冬妮娅两个人分手的时刻。冬妮娅哭了,她悲伤地凝望着闪耀的碧蓝的河流,两眼饱含着泪水。我一直记着小说中的这一段描写,我让自己代替了保尔,我看着冬妮娅远去的背影,我也哭了。"首先,这里"我后来写的散文",无疑就是指《那是初恋吗》。其次,以上这一段文字,除了个别标点符号的位置调整之外,几乎原封不动地被复制到了《那是初恋吗》(当然,实际的情况也可能是相反)这篇散文中。

以上关于方小朵这一人物形象以及相关细节描写的分析,印证了长篇小说《民谣》的自传性色彩。支撑这一结论的,除了方小朵,还有其他的一些人与事。比如,《那是初恋吗》中那位因肺结核而不治身亡的同学,与《民谣》中同样咳血而亡的王大头的少年玩伴余三小。又比如,同一篇散文中的那位高中时曾经一度和"我"发生过冲突、后来却又有过一番情感纠葛的"校花"女同学，毫无疑问可以被看作《民谣》中许玲的生活原型。再比如，《那是初恋吗》中记叙："再过了几个月，我拿到升学考试的作文题目：读书务农，无上光荣。"到了《民谣》中，既是语文老师同时也身兼化学老师的那位杨老师，为王大头所精准预测到的初升高作文题目，竟然也是"读书务农，无上光荣"。以上种种，最终的指向都是《民谣》的自传性。尤其不容忽视的是，《那是初恋吗》和《民谣》中非常相似的关于"我"也即王大头少年阅读的相关文字。在前者中是："在新圣女公墓，我见到了契诃夫、马雅可夫斯基、斯坦尼斯拉夫斯基、果戈理。我们又驱车去了托尔斯泰的庄园，他的苹果树上还长着苹果。在读奥斯特洛夫斯基和高尔基时，我还不知道有托尔斯泰和安娜·卡列尼娜。这些人和我的少年无关，如果他们曾经在我的少年生活中出现，我不知道今天的我是不是另一番面貌。"到了后者中，则是："在新圣女公墓，我见到了契诃夫，斯坦尼斯拉夫斯基，果戈理。当年，我没有读过他们的书。我曾经在报纸上看到批判哈依尔·亚历山大维奇·肖洛霍夫的文章，开始只记住了肖洛霍夫。我们又驱车去了托尔斯泰的庄园，他的苹果树上还长着苹果。他们和我的少年无关，如果他们曾经在我的少年生活出现，我有可能会长成另外的样子。"比较以上两段叙事话语，除了内容与表达方式惊人的高度相似性之外，更加值得注意的是这里所重点表述的"我"也即王大头少年时的阅读经历。正如同《民谣》中所描述的那样，王大头少年时酷爱文学阅读。为了能够实现这种强烈的愿望，他甚至不惜成天去捡烟头，以便从一个名叫晓东的青年那里换书（主要是当时流行的那些小说）来读："我是在大队办公室后面的那条巷子和晓东见面的，我们约好了在那里用香烟屁股换他的几本小说。""晓东从来不肯告诉我他从哪里弄来的这些小说，他说，你不要问这些。"实际上，正如你已经预料到的，那个时候，王大头从晓东那里兑换来的，只能是我们后来被称为"红色经典"的那些小说作品。"舅爹背古文观止。我读小说，偷偷看了《野火春风斗古城》《三家巷》和《红旗谱》等。"无论如何，在那个特定的历史时期，在那个名叫莫庄的南方小村庄，王大头所接触到的，只能是如同《红旗谱》《三家巷》这样的"红色经典"，范围再扩大一点，也无非是高尔基以及

《钢铁是怎样炼成的》这样所谓国际范围内的"红色经典"。唯其如此，《民谣》中的王大头，或者《那是初恋吗》中的"我"才会这样设问，假如当年"我"或王大头实际接触到的，不是这些"红色经典"，而是托尔斯泰、契诃夫、果戈理、斯坦尼斯拉夫斯基，或者肖洛霍夫，那么，虽然他的人生轨迹未必一定会改变，但最起码，他对文学艺术、对时代与社会、对人类生命存在的理解肯定会有很大的不同。

以上关于《民谣》自传性的各种考辨终将会落脚到既是小说中的第一人称叙述者，同时也是其中不可或缺的一位重要人物——"我"也即王大头身上。正如同萧红《呼兰河传》中的那个第一人称叙述者"我"身上有着作家自身的明显投影一样，《民谣》中的第一人称叙述者"我"身上，也同样有着作家王尧自己的明显投影。尤其是，当我们在《民谣》中竟然读到诸如"在我后来写的散文中，方小朵成了冬妮娅，我回忆了在字里行间见到冬妮娅的感受"这样一些叙述文字的时候，那个"我"也就径直变成了王尧自己。但是，我们一定要注意到小说文体的本质规定性所在，依照现代叙事理论，那个在小说叙事过程中以"我"的口吻"粉墨登场"的第一人称叙述者，不管怎么说都不能被看作是作家本人。即使作家干脆就把这个人物形象命名为"王尧"，那他也不能等同于现实生活中的那个王尧。从这个意义上说，当这位第一人称叙述者强烈地以各种手段暗示自己就是作者的时候，实际上也就是借助这种方式来制造某种促使读者更加信以为真的阅读幻觉。也因此，在指认"我"也即王大头身上有着突出自传性色彩的同时，我们更应该强调，他是作家虚构的一位人物形象。一方面，作为第一人称叙述者，"我"也即王大头承担着特别重要的生活观察与思考传递者的功能，小说中所有的人和事全都是借助于他的悉心观察，在经过了他的一番主体过滤之后，才最终呈现在了广大读者面前。但在另一方面，作为小说中的一位带有突出自传性的重要人物形象，他也给我们留下了深刻的印象。首先，是他那相对特别的降生方式，以及"王大头"命名的由来。依照父母后来的追述，"我"也即王大头行将降生于世的时候，正是1958年："差不多在踏上这座码头的十年之后，父亲跟着大队干部，站在这个码头上欢送结束视察的省委书记。""'你还没有养下来，在我肚子里就看到很多大人物了。'这些大人物是省委书记、地委书记和县委书记,我们大队送行的是陆书记、孙大队长。"正是在当时那样一种大跃进的激进时代氛围中,遵从省委书记的现场指令,曾经的苏北水乡莫庄被改名为"江南大队"。与村庄被改名差不多同时的,就是"我"也即王大头的降生。还没有等站在桥上"看风景"的母亲返回家里,阵痛就突然来袭:"等接生婆赶来时,我的头已经出来。一会儿我完整地躺在接生婆的手上,但我没有哭出一声。"在经过了一番拍打后,"我"终于大哭出声:"这个时候,我头朝地脚朝上,倒着睁眼看世界,倒着发出了第一声。我的初啼,后来一直成为母亲模仿的声音。我也一直努力回忆母亲的大哭,我没有一点印象。我倒着的头很大,从那一天开始,别人叫我王大头。"倘若联系小说明显的自传性色彩,王尧关于"王大头"的命名,无疑带有一定的自我嘲讽意味。但隐藏于如此一种自我嘲讽背后的,其实是作家内心深处某种极度自信的表现。另外比较耐人寻味的一点是,刚刚出生的王大头竟然是"倒着睁眼看世界",难道说整部《民谣》都是这位名叫王大头的少年倒着看世界或者莫庄的产物吗?

其次是王大头从少年时期就已经养成的文学阅读习惯,以及他试图努力成为一位作家的梦想。关于他的文学阅读,前边已经有所论述,此处不赘。而他文学梦想的最早生成,则与初二时的音乐教师张老师的积极鼓励紧密相关:"无论我怎么解释,没有人相信我说的是真的。我突然开始紧张、烦躁,在我还没有理解什么是孤独时,孤独来了。让我有些释然的是张老师,他说我可能会成为作家,我想写小说就是从那天遇到张老师的晚上萌生的。"很大程度上,正是因为有了写小说梦想的最初萌生,才有了后来王大头真正写小说的实际行动:"在奶奶的骨灰迁移到凤凰垛后,我意识到那个小镇或许与我没有关系了。我在村前的那个水码头驻足良久,当年,爷爷奶奶带着他们的儿女坐船从镇上到乡下,就是从这码头上岸的。站在码头上的那一刻,我很快把自己看成废墟中的一块青砖,一根朽木。我又毫无理由地想把一个村庄一个小镇蜕变的历史承担下来,毫无理由地让我的记忆在潮湿和阴郁中成为废墟。我返回少年时的通道因此泥泞,但我已经无法抽身而退。很多年后我开始写作一部至今未完成的小说,小说的开头是:我坐在码头上,太阳像一张薄薄的纸垫在屁股底下。"一个确凿无疑的事实是,《民谣》的开头果然是一字不差的这句话。那一年是1972年，王大头十四岁的时候。他之所以会久久地坐在码头上，是要等那艘载着外公的船。也因此，卷一第一节的结尾才会是"外公的船也许快到西泊了，我屁股下那张纸好像也被风吹走了"。小说中王大头那部"至今未完成"的小说作品，实际上正是长篇小说《民谣》。二者互为指涉的直接结果，一方面固然是赋予了《民谣》一定的"元小说"意味，另一方面则是确证了王大头的文学梦想最终成真。

再次，归根到底，王尧借助于小说中那位后来走上写作道路的王大头，最终完成的是对自己少年时一段真切无比的乡村历史记忆的艺术复现。这一方面，不管怎么说都不容忽视的一点就是，当年参与队史编写小组的王大头，也不过是一位初一的学生："在队史编写组会上，我说：'我们这个大队的庄子和其他大队不一样，四周都是河水。从互助组开始，一直是先进典型，现在又是学大寨的典型。李先生跟我说，我们庄子的风水好。'""其实，我不太愿意参加这个队史编写小组，我的功课很紧，还要到田里干活，还要看小说。勇子跟表姐说：'大头初一学生，也算是文化人，这位小兄弟有自己的观点。'说是小组，其实就是勇子、表姐和我。他们都很忙，我负责写初稿。这件事让外公很兴奋，他跟我说：'你有不清楚的，可以问我。'"问题在于，小小年纪的王大头，何以会被推荐参加队史编写小组呢？具体来说，这与王大头日常的学习与读书状况紧密相关："我读初一了，喜欢语文课和写作文。课本已经满足不了我，我从晓东那里借书，又在表姐的木箱子里，挑选了几本杂志和语文课本。"正因为初一学生王大头通过相对广泛的文学阅读，已经具备了初步的写作能力，所以，才会在写作人才极度匮乏的莫庄，被村干部吸纳为队史编写的小组成员。应该承认，在那个一切以阶级斗争为纲的特定时代，身为村干部的勇子和表姐他们之所以要组织专门的队史编写小组，乃是要书写一部江南大队的阶级斗争史。正因为如此，勇子才会对王大头特别强调："你想过没有，我们这个大队的历史就是一部阶级斗争的历史。"在当时尚处于懵懂少年时期的王大头本人，也无可避免地会受到时代激进思潮的影响。比如，在参加了外公批斗会的那一天，精神备受刺激的王大头，曾经一度产生过这样的羞愧想法："那时我已经接受了一点阶级和阶级斗争的概念，我为自己身上有剥削阶级的血在流淌感到羞愧。我们家族为什么不能出一个革命者？这个疑问跟随了我从村庄到小镇，再到我离开这里。我后来的疑问变成了我们家族为什么不能出一个坚定的革命者？"我的疑问之所以会发生变化，原因在于，曾经一度被王大头认定为革命者的外公李春山，由于胡怀忠的"揭发"而被诬为"内奸"，在批斗会上受到了造反派们的批判。因为王大头倍感痛惜于革命者外公的中途背弃革命，所以他才会特别希望自己的家族能够出一个意志坚定的革命者。更重要的一点是，在我看来，王尧之所以要特别设定少年王大头进入队史编写小组，其实与作家预设的创作主旨紧密相关。毫无疑问，正如同萧红的《呼兰河传》一样，王尧的《民谣》也是一部通过第一人称的童年视角回望少年生活的具有"越轨的笔致"的长篇小说。如果说萧红在当年意欲写出的，是后花园里饱含温情的老祖父，以及地处北中国的呼兰小城里的小团圆媳妇、有二伯、冯歪嘴子等一众普通民众的悲剧性命运。在充分地描摹展示这些普通民众苦难的生存状态和精神状态的同时，也深刻地寄寓着一种如同鲁迅先生一样的国民性批判的主旨。那么，到了王尧的这部《民谣》里，作家通过王大头的叙述，试图勾勒出的，既是地处苏北的南方水乡莫庄七十年代初期的乡村图景，也是这个村庄数十年间的历史变迁。在以一种充满忧郁感伤的笔调涂抹乡村景致的同时，更是写出了历史与人性构成的复杂与吊诡。如果说对莫庄这一南方小村庄全方位书写的确可以被看作是《民谣》的创作主旨，那么，少年王大头进入队史编写小组这一细节，就给这位第一人称叙述者关注（甚或是某种意义上的"窥视"）莫庄的村史与现实（这里的所谓"现实"，当然是指七十年代初期王大头置身于队史编写小组那个时候莫庄各方面的情况）提供了必要的理由。很多时候，只有借助于如此一种便利，王大头才有权利去了解莫庄的方方面面与前前后后。

然而尽管从表面上看，作家在《民谣》中所采用的的确是王大头的少年视角，但从叙述的实际情形来看，我们却感觉到有一个思想已经处于成熟状态的成年王大头（或者也可以干脆说就是成年的王尧？）的视角存在。比如这样的一段叙事话语："让我不安的是，在钻井队看到中华牙膏、自行车、帆布包、皮鞋、雪花膏时，我想到了奶奶那只神秘的箱子和其中的物件。两个错落的时空，在我心中重合了。在奶奶打开箱子的那个瞬间，我闻到的樟脑丸气味仿佛也是从遥远的地方飘过来的。我一直认为奶奶的日常生活、小镇以及她的箱子都是旧时代的产物，现在突然发现，箱子里的那些东西是旧时代的现代文明。奶奶的洋货怎么也抵不上钻井架这样的洋货，但钻井队工人的一些日常用品，几十年前就在奶奶的箱子里了。"首先，对于作为农民阶层的莫庄人来说，为了勘探石油而从突然进入村庄的钻井队员，毫无疑问就是工人。而工人，在二十世纪七十年代不仅是所谓的领导阶级，而且因其绝大部分生活在城市，所以也就能够更早地接触到现代文明。就此而言，前述这段叙事话语中所罗列出的由钻井队所带来的中华牙膏、自行车、帆布包、皮鞋以及雪花膏等这样一些物品，其实可以被看作是现代文明的一种象征。然而，真正的吊诡之处在于，当王大头由钻井队所带来的这些稀奇物件而联想到一直被奶奶视为宝贝的那个旧箱子的时候，他却不无惊异地发现，曾经在进入社会主义新时代之后长期被视为旧时代的遗物的旧箱子，它里面所储存的同样带有旧时代气息的东西，就其本质来说，实际上早就可以被看作是现代文明的象征。这样一来，那些曾经以为很旧的东西，因为钻井队带有现代文明象征的物品的烛照，一下子就变成了"新"的东西。与此相反的命题自然也就是，那些在社会主义新时代被看作是新的东西，其本质或许恰恰是陈旧的。在这个意义层面上，王尧在这段内蕴丰富的叙事话语中所真切揭示的，乃是历史或者现实生活中某种新与旧的辩证法。更进一步说，如此一种境况，是否可以被理解为历史与社会的"循环往复"呢？但不管怎么说，这样一段潜藏有深刻丰富意蕴的叙事话语，绝不是初一学生王大头所能理解认识的。它的出现所依赖的前提，只能是一位思想的成熟者，是成年的王大头或者王尧自己。

　　自传性之外，王尧《民谣》所谓"革命性"的另一个方面，就是艺术结构上的积极努力。关于小说的艺术结构，王安忆曾经有过这样的一种认识："当我们提到结构的时候，通常想到的是充满奇思异想的现代小说，那种暗喻和象征的特定安置，隐蔽意义的显身术，时间空间的重新排列。在此，结构确实成为一件重要的事情，它就像一个机关，倘若打不开它，便对全篇无从了解，陷于茫然。文字是谜面，结构是破译的密码，故事是谜底。"① 既然结构被看作是一种破译的密码，那么，分析其具体的结构方式对于理解把握一部小说的重要性，当然也就显而易见了。按照王尧的设定，《民谣》的艺术机构首先由篇幅不够平衡的三大板块组成。第一个板块，是作为小说主体部分的'内篇'，第二个板块，是地位相对次要的"杂篇"，第三个板块，则是篇幅最小的"外篇"。需要特别指明的一点是，我们所谓的"内篇"，王尧在小说文本中并没有专门标明，它其实是我自己杜撰出来的一种说法。我杜撰这样一种说法的根本前提是，王尧已经明确标明了"杂篇"和"外篇"。依照一种基本的逻辑，既然有"杂篇"和"外篇"，那也就应该有与之相对应的"内篇"。而这"内篇"，也只能是另外两部分之外的小说主体部分。虽然我们并不知道王尧采用这样一种艺术结构的动因何在，但在我的理解中，或许与《庄子》的影响有关。我们都知道，整部《庄子》正是由"内篇""外篇"以及"杂篇"三部分组成的。学界一般认为，"内篇"中的七篇，乃庄子本人亲自撰写；"外篇"中的十五篇，或为庄子的弟子们撰写，或者由庄子与他的弟子一起合作完成，它反映的，同样是庄子真实的思想；相比较来说，"杂篇"中十一篇的情形就要复杂许多，应当是后来逐渐形成的庄子学派所写，其中一些篇幅所表达的，很可能并非庄子本人的思想，比如《盗跖》与《说剑》等。但从根本上说，王尧也只是在结构上借用了《庄子》所谓"内篇""外篇"以及"杂篇"的相应说法而已，具体到这三个部分的内涵表达，二者其实大相径庭。

首先，是作为小说主体部分的"内篇"。具体来说，"内篇"共由"卷一""卷二""卷三"以及"卷四"四个部分组成。因为四卷内容全都被统摄在第一人称叙述者王大头的叙述视野之中，所以便可以被看作是王大头立足于自身价值立场上的一种对莫庄的现实凝视与历史回望。从空间的角度来说，虽然也会偶然旁涉到奶奶的小镇（之所以这么说，是因为奶奶虽然一直到七十年代初期才去世，但从内在的精神层面来说，她自始至终都没有走出过小镇："在后来的日子里，我明白了奶奶是这个小镇的象征，也是旧时代小镇的延续。其实，小镇和村庄有太大的反差，但奶奶没有表

---

① 王安忆：《雅致的结构》，上海书店出版社2011年版，第16—17页。

现出痛苦。她在记忆中,在生活中不断延续的那个旧时代,给她带来了平衡。"),以及更遥远的县城,甚至也偶尔会借助于人物之口提及上海、新疆与黑龙江的哈尔滨这样一些愈加遥远的地方,但莫庄这个地处苏北的南方小村庄,却始终占据着文本的核心地位。从时间的角度来考察,虽然最早也会偶尔上溯到二十世纪四十年代的战争岁月,连带着"大跃进"这种发生在五六十年代的事情也会有所叙述,但严格来说,作家所集中关注的时间段落还是七十年代初期,也即王大头开始对人生有了最初体认的时候。更进一步说,虽然各种故事会在不同的部分有所交叉,但约略看来,四卷的内容也还是各有侧重。

依照我的理解,"卷一"所集中关注的,是王大头母系家族这一脉的人生,其中又以命运格外跌宕起伏的外公李春山和地主胡鹤义为聚焦的重点。外公李春山早在四十年代就已经参加了地下党的革命活动:"外公和剃头匠老杨参加地下党,是这个村庄故事线索中的一个重要环节。"关键的问题是,虽然外公早在1949年前就已经成为一位革命者,但到了"文革"开始不久的1967年夏天,却因为被胡怀忠举报曾经送地主儿子胡若鲁出逃而被打入政治另册,惨遭造反派组织的揪斗批判。用父亲的话来说,就是:"外公的问题还是有人揭发他,说是他用船送走胡鹤义大儿子去台湾的,外公就是不承认。"这样一来,自然也就有了外公在供销社门口被批斗场面的出现。也因此,对正处于成长关键阶段的王大头来说,"外公的问题才是我内心疼痛的那一块"。从这个时候开始,一直到1971年的"九一三"事件发生之后,外公的被诬陷问题才在反复申诉的情况下,得到相对公正的解决:"勇子唯一让我兴奋的话是说外公要恢复组织生活了,我不知道什么叫组织生活,但我意识到外公不再是牛鬼蛇神了。"这样一来,才有了小说一开头,王大头坐在码头上等待场景的形成。少年王大头满怀希望苦苦等待的,正是外公即将被彻底澄清的历史问题结论:"现在又一个春天过去了。外公去公社谈话了,我在等他归来,他的船也许已经靠近了西泊。从去年冬天提交材料给公社,到今天去公社谈话,差不多半年,外公的历史问题快要有结论了。"需要注意的是,王大头在讲述外公复杂人生的时候,并没有把他和莫庄割裂开来:"村庄就是槐树的树干,外公只是树枝上的一片叶子,甚至已经是落地的一片叶子,但和外公这片叶子相互映衬的树枝上,还有地主家族,游击队,还乡团,合作化,他们都与外公生长在同一棵树上。"就这样,从最初的普通民众的一分子,到成为革命者,到被诬为"内奸",再到有了新结论的革命者,外公个人跌宕起伏的命运所折射出的,正是历史面目的暧昧、吊诡与复杂。同样值得注意的,是地主胡鹤义的形象。胡鹤义在当年曾经是莫庄的最富有者。村里现在的供销社、大队部以及小学,所征用的都是胡鹤义当年的家产。尽管地主胡鹤义在后来的革命年代里一直被看作是剥削阶级的代表而惨遭剥夺和折磨,但在老辈人残留的记忆中,他却更多是一个好人的形象。游击队的王二大队长不幸牺牲后,从"死者为大"的角度出发为他收敛的,是胡鹤义;剃头匠老杨因从事革命活动被活埋后,救济他家属的,同样是胡鹤义。外公李春山之所以会在土改时出面为胡鹤义讲情说话,也主要是因为觉得他是个好人,尽管他的这种作为遭到了组织的批评。在组织的理解定位中,剥削阶级的代表胡鹤义虽然做了一点好事,但并不是在支持革命。从阶级论的角度来说,他也不可能真正支持革命。那么,胡鹤义到底是一个什么样的人物形象呢?他真的是一个乐善好施的好人吗?关于这个人物形象,到了"卷一"结尾处,王大头居然给出了一种异想天开的推测:"我曾经在苦思冥想中怀疑胡鹤义,此人应该是一个两面派。外公说,王二大队长也在胡鹤义家过过夜,老杨是在给胡鹤义理发回家后被还乡团抓走的。"难道说当年的出卖者真的是地主胡鹤义吗?对此,王尧并没有给出确切的定论,而是留下了足够大的空白,以供读者思考填充。

如果说"卷一"关注的主要王大头的母系一脉,那么,到了"卷二"中,作家所聚焦的就是他的父系一脉。原本生活在镇上的王家,之所以搬迁到莫庄,与一场大火的不期而至紧密相关:"让我惊讶的是,外公说到镇上的石板街曾经有一次大火,我们王家的油店和胡鹤义家的'昶利和'在火中烧成灰烬。"多亏这一把火把爷爷奶奶的家庭成分烧成了贫农,才使得王家到后来避免了如同胡鹤义一样成为阶级敌人的可能。毫无疑问,正因为油店被烧破产后,王家被迫搬迁到了乡下莫庄生活,也才有了后来王大头在"内篇"中对莫庄生活的观察与表现。王大头的奶奶之所以一辈子都没有能够走出她的小镇、走出旧时代,正是因为她的人生或者说世界观早在小镇就已经被定格。很大程度上,也正是这一点,从根本上决定了王尧在"卷二"中关注与思考的主要问题,就是文明的对照与落差。

到了"卷三"和"卷四"中,王大头的关注点就由自己所隶属的家族,进一步扩大到了家族之外的其他村人身上。"卷三"所集中书写的,是乡村的爱情生活及其困境。其中,既有秋兰和勇子,也有巧兰和阮长林的爱情,更有余明的不幸挥刀自宫。两情相悦的秋兰和勇子所遭遇的爱情阻力,与当时阶级斗争的政治氛围有关。身为大队干部的勇子,一方面在内心里深爱着可人的秋兰,另一方面却又因她的富农家庭成分而满怀忧虑。他非常清楚,和秋兰的未来婚姻将会从根本上影响到自己的政治前途。正因为如此,王大头母亲才会给出这样一种建议:"如果你能放下秋兰,你就继续做大队干部;如果你放不下秋兰,你就不做大队干部,和秋兰结婚。"到最后,在勇子经过一番犹豫勇敢地和秋兰结婚后,果然遭遇了相应的惩罚:"公社讨论了勇子的事。不能说勇子犯了错误,但又不适合在大队干部位置上,最后决定安排勇子到公社棉织厂做车间主任。"与勇子、秋兰他们遭遇的政治阻力不同,巧兰和阮长林遭遇的,则是工农差异的困境。在巧兰和阮长林发生情感的碰撞之后,他们所面临的就是城市户口和农村户口之间的天壤之别。正因为如此,王大头母亲才会说:"如果钻井队不走,你们倒是有可能的。"关键的问题是,由于没有找到石油,钻井队终于还是迁移到了千里迢迢之外的哈尔滨。好在多情的阮长林不忘旧情,在他情感橄榄枝的强烈召唤下,巧兰终于义无反顾地远赴北国冰城哈尔滨了。相比较来说,悲剧色彩最鲜明的是余明一怒之下的挥刀自宫。要想说明这个问题,须得联系"杂篇"部分由王大头代笔的"写给苏南师范学院革委会的一封信"才行。王大头之所以要代笔这封信,主要因为杨网小的恋人杨汉成在成为大学生后,要如同陈世美一样抛弃依然生活在农村的杨网小。因此而心情不好的杨网小,在和余明发生争执时,告诉余明不要对自己动手动脚。余明一气之下不由得脱口而出:"我还要强奸你呢。"没想到,无意间听到这句话的刘队长,却要借此而打击报复余明。恼怒无比的余明,一时情急,只好出此下策:"怎样才能证明自己清白呢?他看到小条桌上有一把裁纸的刀,他怒冲冲地拿起刀来,脱下裤子坐在椅子上,然后对着自己的生殖器就是一刀下去。"一场由杨网小的爱情失意而导致的悲剧,就此酿成。尤其不能忽视的一点是,在讲述以上爱情故事的同时,王大头竟然发出了这样一种感叹："我也……烦了，突然觉得这几位都有点不幸，他们好像都做不了自己的主。"既然自己都做不了自己的主，那么，到底是何种力量在主导着上述各位的情感生活呢？在此，借助于王大头的一句莫名感慨，作家王尧巧妙地把质疑的目光引向了当时那个不尽合理的社会和时代。

"卷四"所集中书写的，其实是王大头在莫庄目睹亲历的各种死亡景观："四月的乡村是恐怖的，许多熬过冬天的人是在春天到来时开始死亡的，当万物开始生长时，万病复苏，田野里新坟无数。"也因此，"我在四月总是忧郁的，忧郁到抑郁，心里北风嗖嗖。"在这个部分，王尧集中呈现了各种各样的死亡景观。有同学余三小也即余光明之死，有根叔之死，有烂猫屎之死，有方小朵母亲的突然去世，有那个公社杨书记的被杀，有乡村知识分子李先生的投河自尽，也有外公似乎很漫长的死亡过程（这种阅读感觉的生成，其实取决于王大头相应叙述过程的漫长）。尽管说所有的死亡都会令人倍觉感伤，但相比较来说，恐怕还是少年余三小的因肺结核而夭折更令人难以接受。"'我可能要死掉了。'在第一次吐血后，三小跟我说。我们曾经形影不离，他的数学成绩一直很好。"临终前不久，三小一方面关注着王大头未来的人生前景，另一方面也平静地预言着自己生命不久后的结束："'那时我肯定不在了。'我控制住，没有哭，但眼泪出来了。"到最后，在要好同学的墓前，王大头用树枝划了五个字："余光明之墓。"就这样，一种实际的艺术效果是，作家的相关书写愈是节制、内敛、沉静，所传达出的情感愈是痛彻心扉。唯其如此，才会有如此沉痛的文字出现："三小死的那一天，阳光就像夏天一样，但在麦地里我依然浑身发凉。我一直回忆关于外公的许多温暖的细节，以融化雨水、冰块和风。在安葬外公时，我们撒了许多纸钱，那时允许烧纸钱了，坟头烟雾弥漫，我的眼前一片模糊，但我知道墓地之外是绿的麦苗，黄的菜花，像蝴蝶一样的蚕豆花。又是一个五月。又是无数个五月过去了，但我一直没有在坟前告诉外公：我们那个村庄，现在不叫江南大队了，你熟悉的或者曾经忘记的那个村名又重新喊起来了。"小说开头不久，遵省委书记之命，莫庄被硬生生地改为江南大队。到"卷四"末尾处，当江南大队终于被改回为莫庄的时候，伴随着一种叙事循环的完成，《民谣》主体部分的"内篇"也就结束了。

然而,我们无论如何都不能不提及的是,李先生在投河自尽前留给王大头的那张纸条。纸条上的内容是转抄自《孟子》中的一段文言文:"由是观之,无恻隐之心,非人也;无羞恶之心,非人也;无辞让之心,非人也;无是非之心,非人也。恻隐之心,仁之端也;羞恶之心,义之端也;辞让之心,礼之端也;是非之心,智之端也。"九九归一,王尧借助于《孟子》中的这一段文言文,强调的就是一定要把古人所言的"仁义礼智"作为做人的根本。从表面上看,作家的如此一种处理方式,既契合了成天到晚教授王大头《古文观止》的李先生的中国传统士人的身份,也暗合于当下社会一力强调文化复兴的时代大潮。但细细琢磨,悉心体会,作为一位作家,王尧的重心恐怕还是更多地落脚到了对所谓"恻隐之心"的倡扬上。如果将"恻隐之心"转换为现代的西方式话语来表达,那就是一种人道主义的精神价值立场。归根到底,王尧借助于王大头的叙述呈现在我们面前的莫庄的现实和历史,之所以会是如此一副模样,与作家所秉承的这样一种精神价值立场有着格外重要的内在关联。

其次,是更多带有史料实证性质的"杂篇"。按照叙述者王大头的交代,"杂篇"乃来自母亲在一个木箱子里发现的自己原来的作文本:"最初拿到作文本时,我喜出望外地诧异。即使现在坐在这里重读我这些幼稚的作文时,我也只能用'百感交集'这样一个苍老的词。我在发黄的纸张中见到了自己的少年,我已经四十岁了。"最初的惊喜过后,王大头方才意识到:"这些作文和写在信纸本上的稿子,留下一个乡村少年到青年的思想发育痕迹和尘埃。这几年流行非虚构写作,我曾经想编辑这些作文,以非虚构的文体形式发表。我一直在意我们曾经的过去。但在断断续续写作这部所谓小说时,我发现,这些作文或稿子,其实就是这部小说的一部分。于是,最终还是用'杂篇'的形式将我这些散落的文字收拢进来。"与此同时,"考虑到这些作文或为他人写的稿子年代已经久远,与之相关的事儿,我也模糊了,便尝试用注释的方式追忆和补记当年的情景"。首先,不管怎么说,如此一种处理方式都是作家小说写作时的一种"障眼法"。事实上,我们所读到的"杂篇",都是写作时作家逼真模拟的一种结果。实际的生活中,未必就真的存在这么一个木箱子,更遑论其中的那些作文和稿子。但作家如此一种"煞有介事"般积极努力的结果，就是让我们相信好像确实存在着这么一个装有各种作文和稿子的箱子似的。关键的问题是，口口声声说是发现了一个作文本，但多少带有一点自我反讽意味的是，最终被选择放到"杂篇"中的十四篇文稿中，大约只有两三篇可以被看作是真正意义上的作文。作文之外，更多是王大头在七十年代初期代拟的各种文稿。其中，既有江南大队办起图书室的新闻报道稿，也有入团申请书、倡议书、检讨书以及毕业留言，还有一组儿歌以及王大头的一份政治表现材料，更有他替别人代拟的各种书信以及表姐的一封来信，甚至还有参加书法展的一份作品内容。真正可谓是林林总总，无奇不有。但所有的这一切，连同那些并非不必要的注释在内，最重要的作用，就是以一种史料实证的方式，充分地证明《民谣》这部长篇小说的"真实性"。

　　第三，则是只包含了那个以孤篇方式存在的王大头的初中语文老师杨玉奇的一篇短篇小说手稿的"外篇"。按照王大头的说法，杨玉奇老师的这个短篇小说，写作时间大约在1974年春到1975年底之间。是一篇残稿，有几节尚未完成。之所以要把杨老师的这个短篇小说收录到《民谣》中，乃因为："杨老师的这篇小说，也夹在作文本中。在我快要完成《民谣》时，我突然想到杨老师的小说，《向着太阳》与我叙述的故事并非风马牛不相及。关于东泊，我们说的是同一件事。小说里的奋斗应该是以杨晓勇（也即我们前边曾经专门讨论过的勇子）为原型的。所以，我想把《向着太阳》以《外篇》的形式保存下来。九泉之下的杨老师大概怎么也想不到，他几十年前的作品以这样的方式发表了。"请一定注意，虽然一样地"煞有介事"，但这篇《向着太阳》的短篇小说文本也一样带有突出的"佯真"性质。道理非常简单，如果说连同杨玉奇老师这个人都是被虚构出来的，那由他创作的短篇小说文本就更是被虚构出来的。实际上，只要是熟悉诸如《艳阳天》这一类"十七年"或"文革"期间小说样式的读者，就完全可以想象得到《向着太阳》的基本模样。其中的基本主题，依然是在抓农业生产的同时，不忘绷紧阶级斗争这一条弦。借用小说中的话语来表达，就是："我们认为，只有从巩固无产阶级专政，防止资本主义复辟，建设社会主义出发，坚持党的路线，才有方向，才有动力，也才有高产量。"也因此，一方面，作家固然是要借助《向着太阳》这一"佯真"文本的穿插不仅加强着杨玉奇这一人物，而且也加强着《民谣》相关书写的"真实性"；但另一方面，只要我们把《民谣》和《向着太阳》进行比较，就可以明显看出，同样是对七十年代初期一段乡村生活的书写，类乎于"十七年"或"文革"期间的小说文本，和当下的小说文本之间，可谓是有着天壤之别。

　　自传性和艺术结构之外，王尧《民谣》的另一处"革命性"，还突出地体现在主体情节构成上的"去故事化"这一方面。之所以会形成这种想法，与王尧的"夫子自道"紧密相关。在"杂篇"的序言部分，王尧曾经写道："这类记忆无疑有误，我无法说自己在多大程度上还原了已经逝去的年代，特别是我自己内心深处的细节。坦率说，我没有什么故事，可能只有细节。据说没有故事，是写小说的大忌。我研究了很长时间，也说不清故事是什么。近几年我的记忆力衰退，多数中学同学的名字都记不清楚了。我是在记忆中去虚构，在虚构中去记忆。所以，我发现我的记忆是发霉了，我又回过头来，在小说开头第一节的结尾加上了记忆像挂在脖子上的麦穗，发霉了。"这里的关键，我以为是以细节代故事。我们都知道，当下是一个特别强调现实主义书写，强调讲述"中国故事"的时代。众多小说家们，都一窝蜂地奔走在讲述故事的大路上。当大家都一窝蜂地争相讲述故事的时候，王尧强调自己的小说写作"没有什么故事，可能只有细节"，就有着无可置疑的"革命性"意义和价值了。实际的文本情形也的确如此，倘若让你在读完《民谣》之后把小说的故事梗概复述出来，应该是非常困难的一件事情。又或者说，在我们的记忆中留下的只有一个个精彩的小说细节，却没有总体意义上的一个完整故事。当然，绝对地排斥故事也是不可能的，当我们强调王尧在《民谣》的创作过程中努力做到"去故事化"的时候，也只是意味着，与讲述故事相比较，作家更看重精彩细节的呈现而已。

　　与此同时，我们还注意到，或许与"去故事化"的叙事策略有关，在小说叙事的过程中，《民谣》中还存在着时空穿插这样一个特点。比如"卷一"中"第二节"的这一段叙事话语："从大码头上岸，是一大块空地。老人说是村口，不老的人说是供销社门口，现在好像都说是供销社门口了。不错，是村口，南河上的大桥就位于村口的中间。大队档案里存放的地契，标着这块长方形土地的尺寸。我算算,差不多三百平米的样子。你不能不惊叹当年胡鹤义父亲发家时对这个地方的规划。现在我看到的供销社,它的外部形状像一个'凸'字,站在外面看,似乎是三幢房子的结构,进了门,中间是一个宏大的厅堂,两侧分别有三根像大人腰一样粗的木柱子。从厅堂北门进去,是一个花园般的天井,两侧是东西厢房,走过小径,就是胡家的堂屋,接待客人的地方,第三进是主人起居之所。等到我在第一进房子能够走动时,厅堂的东侧,是百货柜台,西侧的柜台专门卖布匹。第二进是供销社的仓库,第三进是员工的宿舍。东厢房是厨房,西厢房堆放杂物。方小朵他们父女俩过来后,西厢房成了他们家的宿舍。"阅读这段叙事话语,首先让我们感叹的,是王尧建筑学知识的广博。能够用简洁的文字把胡鹤义家的一座庞大房屋描述出来,其实很不容易。我们平常总是强调作家应该是什么都知道的"杂家",在读过《民谣》后,就更认识到这一点的重要性了。但与此相比,更重要的一点是作家看似不经意间所进行的时空穿插。虽然只是不长的一段文字,却把以现在为主体,把过去和未来三个时间维度都集纳在了一起。当王大头提及胡鹤义父亲当年造屋的时候,就穿越回了过去的时空。当王大头转而提及方小朵父女的时候,就穿越到了未来的时空。很遗憾,汉语不是一种时态性标志明显的文字,倘若是时态性突出的文字,我们就可以清晰地看出其中的时态变化特点来。依我所见,王尧之所以要采用这种时空穿插的艺术手段,也正是为了能够积极有效地打破所谓"故事"在文坛一统天下的垄断状况。

由以上的分析可见,无论如何,王尧的《民谣》都应该被看作是当下一部思想艺术品质优秀的长篇小说。如果联系他曾经发表过的"小说革命"的相关言论来说,我们也得承认,其中若干革命性因素的具备。但不管怎么说,一场新的小说界革命,不可能仅仅依靠王尧的一人之力去完成。能够在意识到小说界革命的必要性的同时,创作出如同《民谣》这样具有突出革命性特质的长篇小说来,王尧已经在某种意义上很好地完成了自己的使命。

时间、"戏中戏"与知识分子的命运沉思
——关于薛忆沩长篇小说《"李尔王"与1979》

　　真的是连我自己都料想不到，一篇拟议中一定要完成的批评文章，到头来竟然拖延了差不多一年的时间。最早接触到薛忆沩长篇小说《"李尔王"与1979》(《作家》2020年第3、4、5期)，是在2020年的3月中旬。虽然还不能够一睹全貌，但仅仅是前三分之一的阅读，再加上薛忆沩此前的一系列小说作品给我留下的深刻印象，便对这部肯定会沉甸甸的厚重文本充满了期待。等到5月中旬，当我终于从薛忆沩这一部思想艺术构成相当繁复的长篇小说中跋涉而出的时候，在断定这肯定是一部具有突出思想艺术价值的小说作品的同时，我就最早产生了撰写相关批评文章的冲动和打算。但正所谓计划赶不上变化，由于工作不期然间的变动，以及其他事务的干扰，这篇拟议中的批评文章，竟然迟迟也提不上议事日程。虽然无法着手动笔，但内心里却总是会时不时地就想起这件未尽之事，总觉得欠下了一笔必须偿还的文债。不是欠作家薛忆沩，而是欠中国当代文学，因为如果我的判断不错，《"李尔王"与1979》这一部长篇小说大约总会在中国当代文学史上留下一定的痕迹。也正因为我私以为《"李尔王"与1979》是一部极有价值的长篇小说，所以才会在差不多时隔一年，在所谓"黄花菜都早已凉了"的时候，仍然会再一次翻开《作家》杂志，再一次认真阅读薛忆沩这部精心结撰的长篇小说。虽然已经是第二次阅读，但我从其中获得的依然是一种极度的震撼。说实在话，在当下的中国文坛，能够如同《"李尔王"与1979》这样经得起二度乃至多次阅读的作品，还真的是凤毛麟角。

且让我们的话题，从身为男主人公的"父亲"那个小小年纪便极有思想的小外孙说起。小说中的"父亲"和"母亲"一共生育有三个女儿，这位拥有非同寻常思想能力的叛逆少年，是大女儿大桃的小儿子。正所谓"不打不成交"，身为外公的"父亲"和他的小外孙之间，也曾经发生过尖锐、难以调和的激烈冲突。一个是，1979年到来之前的某一年，小外孙被送回乡下，和外公外婆在一起过暑假。没想到，因为对既往历史毫不知情的小外孙，只是问了一句"父亲"家曾经的那座祖屋是什么地方，就被外公隔着桌面狠狠地打了一个耳光。再一个就是，等到1979年"父亲"和"母亲"被摘掉"帽子"后，因为要检查身体，到省城的大桃家小住，遭到了正处于叛逆期的小外孙的冷遇。然而，一旦"父亲"按照大桃的提示，和小外孙展开平等的思想交流，年龄差异极大的祖孙俩很快就超越既往的隔阂，成为精神上的密友："他们就这样交谈起来。他们先谈了一下《浮士德》的人物，接着又谈到了歌德的生平和性格，最后又谈起了《少年维特之烦恼》。外公很惊奇地发现，自己的小外孙对爱情的看法也像他对政治的看法一样激进，比如他说真正的爱情可以超越一切限制（如性别、地位和年龄等）。"正是在如此一种精神深度沟通的基础上，"父亲"和小外孙有了更深入的关于文学的交流。比如关于《红楼梦》的深度探讨："他说在他看来，'假'才是《红楼梦》作为小说的立足点，也是《红楼梦》对文学的大贡献。最简单的，宝玉本人就是假的，所以叫'贾宝玉'。一个人怎么可能嘴里含着宝玉出生？小外孙说正是这从医学上说不通的'假'为文学的'真'提供了广阔天地。听他这么说，父亲马上想到《李尔王》也是建立在一个不可信的假设之上的，一个国王怎么要急不可耐地将国土全部分给自己的女儿？而就是在这不可信的基础上，莎士比亚建成了一座巨大的文学丰碑。""他说他最反感那些强调《红楼梦》是'现实主义'作品的红学家，这部作品明明是一个梦，一个包罗万象的梦，怎么一定要用'现实'来局限它？他说传统的评论家总是说文学作品要真实地反映现实。其实，真实地反映现实不仅完全没有可能，也完全没有必要，而且也完全没有意义。"（请注意，虽然从表面上看，这些文学观点是属于小外孙或者"父亲"本人的，但实际的情形是，由于整部长篇小说全都出自薛忆沩之手，所以，我们在某种意义上完全可以把以上这些文学观点看作是薛忆沩自己的某种"夫子自道"。我之所以要不惜篇幅地摘引这些文字,其实是要借此而更充分地理解把握薛忆沩的小说创作。)

正是在他们祖孙俩的深度精神交流过程中,外公方才得以真切了解到小外孙有着想要成为一名大作家的文学理想:"'我想去发现人性的全部奥秘。'小外孙很认真地说。'这可是一个很大的梦。'他的外公说,'因为人性的全部奥秘一定是无限的。'小外孙显然非常高兴外公提到了'无限',理解自己梦的宽度和深度。'是啊,所以我的确想当作家。而且是能够写出大作品的大作家。'小外孙说。"也因此,到了小说的结尾处,薛忆沩才会再一次通过"父亲"和小外孙的对话来回应小外孙的"大作家"梦。这一次,"父亲"首先明确地回答小外孙,专门强调祖屋就是我们的家:"因为你妈妈出生在那里。因为我出生在那里。""因为我的爸爸和我爸爸的爸爸也出生在那里。"在他们祖孙俩因此而达成真正的和解之后,"父亲"给出了一个耐人寻味的建议。他建议,立志在未来要成为"大作家"的小外孙,也不妨写写"父亲"的故事。敏感的小外孙迅即做出回应,说故事的起点无论如何都应该从那座曾经引起他们俩尖锐冲突的祖屋开始。对此,"父亲"在表示认同的同时,接着给出了进一步的建议:"'是啊。'父亲说,'然后,故事的线头走啊走啊,走了大半个中国,走了大半个世纪……到后来到了我们现在站的地方。最后来到了这不可思议的1979年。'稍稍停顿了一下,父亲充满感叹地说:'这不可思议的1979年就是我的故事结束的地方。'"但"父亲"的建议却并没有到此为止,紧接着,他又按捺不住或者说迫不及待地给出了三点相关的建议。一个是,"其实这 1979 年也应该是故事开始的地方。"再一个是,"如果不是因为这不可思议的 1979 年,我的生活就不会变成故事,也不值得变成故事。"还有一个就是,"'跟人的生命不同,'父亲说,'真正的故事是不会结束的。'稍微停顿了一下,他接着说:'一个大作家应该知道怎么去写"不会结束"的故事。'"面对着"父亲"接二连三给出的这些令人眼花缭乱的建议,一贯自信的小外孙也感到有些犯难了:"小外孙突然感觉做一个'大作家'是比登上喜马拉雅山的巅峰还要难的事情。"一方面,我们固然应该意识到,借助于小说结尾处"父亲"和小外孙之间的这样一番对话,薛忆沩是在以一种类似于西方"元小说"的方式,在自己的小说作品中充满机锋地谈论着这部小说作品（我们也不妨把这部作品就直接理解为《"李尔王"与1979》）。但另一方面，更需要我们高度关注的，是由这一番对话而牵引出的艺术形式层面上小说观察视点的设定问题。如果联系小说正文之前作家专门给出的那个"题记"（"题记"的全部内容是："献给／我的外公／唐振元先生／不可思议的1979年／生活在／湖南省宁乡县／历经铺人民公社立新大队第四生产队／的／'李尔王'"），我们就可以认定，小说里这位打小就立志要成为"大作家"的小外孙，其实就是薛忆沩自己。也因此，在确认薛忆沩自己的外公唐振元先生就是小说主人公"父亲"的人物原型的同时，我们也完全可以认定小说中自传性元素的存在。然而，一个非常有趣的问题是，倘若我们认定薛忆沩就是小说中的那位小外孙的话，那么，作为又一代或者说第三代的他，为什么在文本中不直接以小外孙自己的视点叙述外公的故事，而偏偏要将外公设定为"父亲"呢？道理也非常简单，一旦把外公变为"父亲"，那小说故事的视点，就由小外孙而变成了大桃、二桃或者小桃这三个女儿中的任意一位。当然，甚至也可以被理解为是她们三位女儿的某一集合体。这样一来，小说文本也就因为小外孙在借用母亲和姨妈们的视点来打量并呈现外公的生活，而显得幽微曲折了许多。薛忆沩到底为什么一定要在叙述视点的设定上绕这么大的一个弯？在承认他的设定肯定会有自身考量的同时，我个人的一种理解就是，大约也只有通过连同第三人称全知叙述在内的如此一种（弯弯绕的）视点设定方式，薛忆沩才可能更加客观冷静地展示外公那一代知识分子的曲折生活历程与幽深精神世界。

  从艺术形式的层面上说，我们一定不能忽视小说中"父亲"按照大桃的安排写自己一生的"完整陈述"这一细节："同样不出父亲的意料，公安局还要求他本人再写一份关于自己一生的'完整陈述'。不过大桃认为这只是'走过场'的要求，根本就没必要写得那么'完整'。她说两千字左右的篇幅就已经足够。"尽管大桃没有提出更高的要求，但因为"父亲"强烈地意识到"人生经历里的'事实'其实跟所谓'真理'一样，也是相对的，深受措辞和角度的影响"，所以真正要动笔的时候，却感觉到特别犯难，不知道怎样才可以把自己跌宕起伏的人生合乎要求地呈示出来。正当他为自己无论如何都做不到在陈述时"不动情绪"而一筹莫展的时候，还是"母亲"给予了他及时的导向性提示。"母亲"说："'最重要的是时间。'她好像是自言自语似的说，'时间就像是这些抽屉。人整个一生都可以清清楚楚地放在时间的里面。'"因为有了"母亲"的及时点拨，满脸愁容的"父亲"茅塞顿开，很流畅地"写下了应该出现在陈述里的关键时点和主要经历"。因为"父亲"乃是小说中最重要的知识分子形象，也即所谓"一号人物"，所以请允许我把他的这份简历也照抄罗列在此："1915年6月：出生/1915年6月到1922年8月：童年/1922年9月到1925年8月：私塾/1925年9月到1928年7月：高小/1928年9月到1931年7月：初中/1931年8月：结婚/1931年9月到1932年8月：休学/1932年9月到1935年7月：高中/1935年9月到1936年8月：休学/1936年9月到1940年7月：大学/1940年9月到1944年3月：教书/1944年4月到1945年8月：逃难/1945年9月到1947年7月：教书/1947年8月到1949年1月：南京/1949年3月到1951年1月：教书/1951年4月到1951年9月：待业/1951年10月到1965年9月：沈阳/1965年5月至今：务农。"一位中国现代知识分子长达65年的漫长人生，就这样被极高度地浓缩罗列在了这一系列看起来枯燥无比的年代数字之中。大约也正因为如此，所以在完成了这个罗列书写过程之后，"父亲"才会倍感疑惑，难道这就是自己的一生？在他的理解中，自己的一生绝不应该如此这般简单："然后，他又心灰意冷地数了两遍自己写出的总行数。他真是没有想到令自己感觉如此沉重的一生居然可以被如此简短的18行文字和数字'完整'地陈述出来。"这个时候，看似不动声色地站出来，一语点破迷津的，依然是有着惊人的预感能力的"母亲"（说到"母亲"那非同寻常的对未来的预感能力，小说中的相关细节比比皆是。比如，她对"地球村"的命名，比如，她竟然能够精准地预测到中国不会参加1980年的莫斯科奥运会，而会参加1984年的洛杉矶奥运会。等等）说："其实一个人最重要的生活细节往往是别人不需要知道也不可能知道的，比如自己心灵的快乐，身体的疼痛。"面对"母亲"的惊人妙语，"父亲"倍觉惊奇，他惊奇于"母亲"竟然一语道破了自己最近的最大发现。这样，才有了紧接着的一段叙事话语："'我想这恐怕就是大家喜欢读小说的原因。'母亲继续说，'因为小说里有丰富的细节，也只有小说能够呈现丰富的细节。'听到母亲这么说，父亲又将视线移到了手里的稿纸上，他现在更加觉得自己'完整'地勾画出来的并不是自己的人生。他叹着气转过身去。这时候，他听到母亲好像是安慰他似的说：'如果要我来勾画自己的一生，只需要五行就够了。'"一方面，我们无论如何都不能说"父亲"那18行关于自己人生的"完整陈述"是不完整的，是虚假的。但另一方面，却也应该承认，"父亲"和"母亲"他们俩关于人生总结与小说作品的对比性话语，的确有着洞幽烛微的真理性价值。从这个角度来说，我们只有通过薛忆沩的《"李尔王"与1979》这部充满了各种各样丰富鲜活细节的长篇小说，才能够真正地借助于艺术的方式了解他们俩的人生道路。尤其不容忽视的一点是，正是在这份事关平反与否的人生"完整陈述"的书写过程中，"父亲"洞察到了命运的吊诡本质："这种反复的阅读和琢磨，更让父亲发现了一个他以前从来没有注意过的悖论：对自己的个体生命具有决定性影响的许多经历其实对自己作为社会动物的存在几乎毫无意义，根本就不需要也不应该出现在关于自己一生的'完整'陈述里。身体的躁动和精神的痛苦自然就不用说了，那些匪夷所思的谜呢？比如自己12岁（也就是自己订婚）那一年与鬼的相遇；那块像盖头一样的红布怎么会从半空中落下接着又不知去向？又比如李尔王和自己命运的关系：到底自己是'因为'被选中扮演李尔王，才有这样的命运，还是自己有这样的命运'因此'才被选中扮演李尔王……这些都是深深地困扰着父亲个体生命的谜，但是它们对于他准备为公安局写的这份陈述却毫无价值。"所谓吊诡，就是不可解，也即无法用理性的话语将其说清楚。比如，"父亲"和李尔王之间到底是怎样一种彼此影响或者说相互呼应对位的关系？因为不可解，所以只能把它归结为是一种命运使然。因为后文将会对命运的话题展开专门探讨，此处不再展开。

我们都知道，文学从根本上说是语言的艺术，因此，"所有的文学写作都只能够从语言开始"的说法，就是一种饱含真理性的表达。正因为如此，我们对《"李尔王"与1979》的考察，同样也不能忽略语言的运用层面。但在具体展开对《"李尔王"与1979》语言个性的深度分析之前，我们首先需要对自1917年"文学革命"以来迄今一百多年的现代汉语写作从语源学的层面上做一番相应的探讨。这一方面，一个不容忽视的显在事实就是，虽然还没有达至如同古代汉语（与已经有了数千年历史的古代汉语相比较，只有一百多年历史的现代汉语，就只能说尚且处于嗷嗷待哺的婴儿状态）那样高度成熟的程度，但已基本成熟，这是一种不争的事实。倘若我们承认已经拥有一百多年历史的中国现代汉语写作可以被看作是一种独立于古代汉语写作之外的另一种文学存在，那么，同时也就应该承认，从语言表达运用的角度来说，百多年来的文学写作实践过程中，其实已经形成了某种迥然于古代汉语的现代白话文的语言传统。在承认以上语言事实的前提下，我们也不能不意识到，正如同既不存在无本之木，也不存在无源之水，从语言的传承与借鉴角度来说，现代汉语无疑存在着一个源头何在的问题。尽管说我对这个问题的思考也谈不上成熟，但还是想借这个机会稍作表达。在我的理解中，现代汉语最起码存在着三个方面的来源。一个是从古代汉语也即已经存在了数千年的文言文那里获取。虽然作为现代汉语写作端点的"文学革命"或者说白话文运动，旗帜鲜明地把批判的对立面设定为古代汉语或者说文言文，但现在看起来，如此一种设定其实带有某种权宜与策略的意味。一种无法被否认的实际情形是，以鲁迅为杰出代表的第一代汉语写作者，他们的白话文写作，都极明显地接受着古代汉语或者说文言文的充分滋养。二者之间，不管怎么说都存在着一种切不断的渊源关系。再一个是从鲜活而芜杂的民间口语那里去汲取。虽然我们不知道最原初或者说古代汉语诞生之初，广大普通民众在日常生活中是以一种什么样的语言方式进行交流的，但不容否认的事实是，在后来漫长的演变发展过程中，古代汉语或者说文言文的的确确日渐走上了一条与活色生香的民间口语距离越来越遥远的典雅化路径。这样一来，自然也就形成了古代汉语或者说文言文与古代民间白话之间的明显分野。"文学革命"时期的那些新文学先驱，之所以要反对文言文，推行白话文，很大程度上也是为了积极有效地重建一种现代意义上的文学写作与民间日常生活之间的内在紧密关联。也因此，在古代汉语或者说文言文日渐僵化的情况下，新文学的先驱们以一种积极有效的方式借鉴汲取民间口语的鲜活生命力，以期重建文学创作和民间日常生活之间的紧密关系。还有一个必须被提及的，就是来自西方文学语言或者说所谓"翻译腔"的积极影响。在一篇书评文章中，我曾经立场鲜明地表达过这样一种未必能得到所有人认同的看法:"以我愚见,具有全新本质的中国现当代文学之所以会在19世纪末20世纪初发生,与来自西方文化或西方文学的外来影响存在着直接关系。因为五四新文化运动为我们带来了全新的西方文化与西方文学,我们的文学方才酝酿生成了这一场数千年未有的大变局,并因此而生成了一种面貌全新的文学。试问,如果说中国文学本身就具有能够自发生成一种现代性的文学的能力,那又何须来自西方文化或西方文学的强势刺激呢?正因为中国文学自身无法完成这种现代性转换,所以才需要西方文化或西方文学出演如此重要的角色,承担如此重要的作用。也因此,我便常常会由此而联想到哲学上所谓'内因是关键,外因是条件'的基本命题。倘若套用这一基本原理来看待中国现当代文学的发生学问题,你就多多少少会感觉到这一普适性真理的解释无效。如果说内因是关键,那中国文学自身又为何无法完成现代性转换呢?如果说外因只是条件,那为什么只有在西方文化或西方文学大规模进入中国之后,才会有中国现当代文学的发生呢?总之,在我自己,一种真切的感受就是,在中国现当代文学的发生学这一问题上,或许的确要换一种说法,的确是'外因是关键,内因是条件'呢。"①退一步说,即使我这里提出的关于中国新文学发生论意义上的所谓"外因是关键,内因是条件"这一观点无法成立,那最起码,西方文学作为中国新文学发生一个不可或缺的重要外因,不管怎么说都是一种不容否认的客观事实。无论如何,如果没有新文学先驱们在一百多年前如同普罗米修斯一样勇敢从西方窃火的行动,肯定不会形成这一百多年来现代汉语的写作历史。在此前提下,通过文学翻译的方式进入现代中国的,来自西方文学的包括语言在内的各方面影响,也就成为不容置疑的一种客观事实。有鉴于此,断言来自西方文学的"翻译腔"或者说"欧化语"成为现代汉语写作的第三种语源,也就是一个顺理成章、合乎逻辑的必然结果。

如果承认我们以上关于中国现代汉语写作的语源学分析还有那么一点道理,那么,薛忆沩小说写作的语言很显然就来自其中的第三种,也即与西方文学关系密切的"欧化语"。这里首先有必要澄清的一点是,或许与骨子里对西方一种拒斥心理的存在有关,在中国现代的文化语境中,每每

---

① 王春林:《重构中国当代文学的图景》,《新文学评论》2020年第3期。

提及"欧化语"的时候，总会携带着一种简单粗暴的贬义。也因此，我在这里要特别强调的就是，我所使用的"欧化语"不仅没有丝毫的贬义，而且对于整体层面上的现代汉语写作无疑还有着不容忽视的建设性意义和积极的推动作用。道理说来非常简单，原本的古代汉语或者说文言文且不要说现代意义上的语法和修辞，即使标点符号都处于严重缺位的状态。从根本上说，正是因为有了所谓的"欧化语"，有了现代意义上的语法、修辞等舶来品，才会有现代汉语基本形态的成熟。也因此，对于"欧化语"，我们应该充分地认识到其重要的建设性价值。说实在话，在一年间先后两次展读《"李尔王"与1979》的过程中，我印象深刻的一点，就是薛忆沩那种堪称典雅、中正、雅训而又极其符合现代汉语语法修辞规范的语言特质。更进一步说，薛忆沩如此一种带有明显"欧化语"特点的小说语言的鲜明个性，又具体体现在以下两个方面。

其一，是各种语法形态也即主谓宾定状补齐全，且内部充满着语义转折的所谓构成成分相对复杂的多重复句的普遍使用。比如，"父亲第一次站在河堤上看着二桃在他的视线里消失的时候，她还只是一个不到15岁的师范生，而在他愤然离开拒绝收留他的省城再次来到她面前的时候，她不仅已经是一个有着7年婚龄的妻子和两个孩子的母亲，还已经是一个有13年工龄的教师。"这段叙事话语中的各种句子成分齐全，尤其值得注意的，是句式伴随着如同"只是""而""不仅""还"等转折性语词的使用而发生的多重语义转折。因了这多次转折，最终达到的，自然也就是对丰富意义内涵的充分捕捉与表达。虽然只是短短的一个复句，但从时间的角度来说，却已经跨过了数十个年头，而被叙述的二桃，已经从一个初通人事的师范女生，变成了一位业已饱经人世沧桑的中年女性。再比如，"接着，父亲还发现了自己人生之中的又一大'荒谬'：14年前带着母亲和小桃从沈阳回来的时候，他是那么强烈地需要留下来与大桃一家同住，大桃却不愿接受（或者说不敢接受）；而现在，在他对于这同住开始充满焦虑的时候，它却变成了他不能不接受（或者说不敢不接受）的安排，甚至遭受了'出师不利'的重创，他还准备负起责任。"同样是严谨如同学术论文一般的转折性句式，两个"却"，再加一个"而"、一个"甚至"，以及一处分号的精确使用，就使得薛忆沩笔下前后两个不同历史时期"父亲"生存境况的对比性表达，获得了非同一般的艺术效果。更进一步说，在如此一种多重复句的普遍使用过程中，我们所真切感受到的，是薛忆沩"步步为营"的充满敬畏感的小说写作姿态。当然，如果我们转换一个角度，也完全可以说，薛忆沩之所以要苦心经营构成成分相对复杂的转折性句式，也不过是为了竭尽所能地把小说里漫长历史时空中繁复的人与事做一种精准的艺术表现。

其二，是一种明显带有被薛忆沩改造后个性化色彩特别鲜明的排比句式的普遍使用。这里所谓薛忆沩的改造色彩，就是说这种句式不属于严格意义上中规中矩的排比句，其不容忽视的一个突出特点，就是句子的长短不一尤甚。比如，小说开头不久第一次提及那本看似很不起眼的小书（其实是文本中不可或缺的重要元素之一，莎剧《李尔王》的英文本）的时候："那是一本大约只有13厘米长、11厘米宽和2厘米厚的小书。那是一本她一个字都不认识而每一个字却都能让他如鬼魂附体一样全神贯注的书。也就是说，那是一本将他们分隔在完全不同的世界以及让他们失去任何共同之处的书。"虽然肯定不是严格意义上排比句，但接连出现的三个"那是一本……书"，却还是让我们从相对宽泛的意义上把它理解为排比句式，或者也可以干脆被命名为薛忆沩式的排比句。之所以要把它看作是一种排比句式，关键原因还在于其中很明显有着某种语义的递进式强化表达。再比如，关于"父亲"的父亲的死亡以及紧接着的被埋葬，"她（指'母亲'）不理解他为什么从来都不问。最开始，她以为他会在获悉那个噩耗之后的回信里问。他没有。他只是问了小桃有没有奶吃以及小桃的眼睛像谁。后来，她以为他会在沈阳火车站接到她和小桃的时候问。他也没有。他只是面带微笑默默地看着在襁褓里熟睡的小桃，仿佛完全忘记了她来自一场灾难，一场噩梦。接着，她以为他会在那天夜深人静之后将她搂在怀里的时候问。她更是以为错了，因为他甚至没有将她搂在怀里。他们夫妻分居两地已经将近九个月了，比他们之前最长的分居（也就是他去南京之后的那一次）还长了三个月。"这些内容和语义更加丰富，更不像是常规意义上的排比句了。然而，尽管不那么中规中矩，但连着的三句"她以为他会"，以及递进式的语义内涵，还是促使我们将其最终归入薛忆沩式的排比句行列之中。由于类似的排比句式在文本中还有很多处，所以这里就不再占用篇幅展开具体分析了。

　　接下来，进入我们关注视野的，就是薛忆沩这部长篇小说那同样极度个性化的标题命名方式。正如同作家此前曾经完成的一部名为《希拉里，密和我》的长篇小说一样，这一次薛忆沩所采用的，依然是一种罗列并置的命名方式。只不过与前作相比较，这一次被薛忆沩罗列并置在一起的，分别是一个人名和一个具体的时间年份。既然能够被赫然列入作品的标题之中，可见"李尔王"这一人名与"1979"这一时间年份，对于作家创作、读者理解把握这部长篇小说，都有着不容忽视的重要意义和价值。先让我们来看1979这一具体的时间年份。1979这一时间年份，之所以对小说文本的构建有着非同寻常的重要性，主要因为作品的主体故事时间，就是一再被主人公"父亲"强调为"不可思议"的这一年。具体来说，小说开始的时间，是1979年大年初二的晚上。等到小说结束的时候，是伊朗人质事件发生之后，也是出生于1915年11月的"母亲"生日"过完"后的1979年年底。既然1979年是小说的主体故事时间，那薛忆沩身为一个小说家不容推卸的重要使命，就是以一种特别严谨的方式对1979这一自然年度进行所谓的知识考古。更进一步说，也意味着薛忆沩必须通过若干重要历史事件的回顾与罗列，忠实地还原至今看来都非同寻常的1979年。首先进入薛忆沩关注视野的，是1979年发生的那些重要政治事件。元旦时的《告台湾同胞书》，同一时间的中美建交，刊载于《人民日报》上的那篇题为"中央决定给得到改造的四类分子摘帽"的报道，邓小平的访美，以及与这次访美紧密相关的"对越自卫反击战"，由队长儿子的人生与情感选择牵扯出的广东那一场前所未有的"革命"，英国撒切尔夫人的竞选首相成功，美国民航史上那场最大的空难，"宣传栏"里报纸上介绍张志新事迹的《一份血写的报告》（耐人寻味处在于，由这份报道张志新事迹的文章，心存悲悯的"父亲"竟然产生了这样一种不由自主的联想："但是，对于她自己，对于她父母，对于她的兄妹，对于她的儿女呢……父亲庆幸自己的三个女儿都没有那么出众的外表和那么出众的才华，更庆幸自己的三个女儿都没有那么深刻的思想和那么倔强的性格。他相信没有任何一位父亲会愿意自己的女儿去遭受折磨和践踏，哪怕最后成为不朽的象征和化身。他甚至相信没有任何一位父亲会愿意自己的女儿去成为象征和化身。"

一方面，如此一种联想的生成，与"父亲"的设身处地紧密相关。正是因为他自己也是女儿的父亲，所以才会有以上这些联想。但另一方面，巧合的是，就在薛忆沩小说发表的2020年，作家王安忆发表在《收获》杂志上的长篇小说《一把刀，千个字》所集中关注书写的，也正是以张志新为人物原型的、曾经引发"父亲"相关思考的这些问题。），面目全新的公开宣告"剥削阶级"已经不复存在的《政府工作报告》，法制恢复与越南难民的广泛报道，"即将开幕"的第四届全运会，国际奥委会在名古屋会议上恢复了中华人民共和国的合法席位，巴基斯坦总理布托的受审以及最后的被绞杀，韩国总统朴正熙的被刺杀，伊朗人质事件的发生，所有这些林林总总的政治事件，都被薛忆沩以一种难能可贵的知识考古的方式，纳入了《"李尔王"与1979》这一小说文本之中。当然，在这些政治事件之外，还有数量相对要少一些的科技事件（"父亲突然意识到，在这不可思议的1979年，科技可能会比政治更令他感觉不可思议。或者正是科技的不可思议才会有政治的不可思议才会有1979年的不可思议……"）的罗列。大桃信里曾经大谈特谈的电视机，丁算盘用"耳朵识字"的尝试，美国宾夕法尼亚州三里岛的核泄漏事故，"新干线"，高速公路，一头装有人工心脏的山羊，史丰收的"快速计算法"，厦门一家日杂店开办的"函电零售业务"，以上这些与1979年紧密相关的科技事件，也同样被薛忆沩纳入了小说文本之中。

关键的问题还在于，薛忆沩绝不只是对以上政治和科技事件做一种简单的罗列，而是尽可能有机地将其编织进故事情节之中。这一方面一个例证，就是邓小平1979年初的访美。对邓小平的这次访美一直保持密切关注姿态的"父亲"，曾经在一本旧台历上写下这样的笔记："1月28日 2:35（当地时间，pm）阿拉斯加安克雷奇。/1月29日 4:30（北京时间，am）华盛顿安德鲁斯空军基地。/深灰色制服和深色大衣，没有戴帽……"紧接着，在送二桃去河堤的路上，围绕邓小平的访美，"父亲"和二桃又有着进一步的探讨。首先，是关于邓小平和卡特总统的社会身份。"他告诉二桃，卡特在致辞中称自己和自己的客人一样，'又是一个农民'。他激动地说这句话有政治上的问题：邓小平怎么能够算是'农民'？"接下来，在对邓小平的人生履历进行了一番如数家珍一般的回顾之后，"父亲"

给出的带有正本清源性质的结论是:"还有,父亲接着说,这句话也有翻译上的问题。他说他猜想原文里的那个关键词是'farmer'。这是一个内涵比汉语里的'农民'要宽泛的词,它甚至经常被用来特指农场主。父亲说他之前已经注意过卡特的经历:他出生于一个十分富裕的农业家庭。分家之后,他得到的财产并不是很多,但是他善于经营,在很短的时间里就迅速提升了自己的经济地位,在投身于政治之前,已经是相当富裕的农场主。用中国的标准来说,他个人的成分百分之百就是'地主'……""父亲"如此一番议论,所引发的自然是二桃"一针见血"的精准回应:"她笑父亲现在不仅深陷在成分问题上不能自拔,还想将'地主'的帽子戴到美国总统的头上,显然有将阶级斗争'扩大化'的倾向。"虽然是充满着善意的嘲讽,但借助于这种嘲讽,对"父亲"有着深度了解的二桃,却异常精准地点出了"父亲"的穴位所在。原来,"父亲"之所以对卡特的社会身份念念不忘,而且还振振有词地认定身为"农场主"的卡特其实就相当于中国的"地主",主要因为他自己在1968年之后就被强制性地认定为是一个漏网地主,并被打入了政治的另册。正是在这个意义层面上,他对卡特总统产生了一厢情愿的认同感。

然而,我们在强调薛忆沩对1979年进行知识考古的同时,更应该注意到它是一个明确的时间概念。强调这一点,就是意在强调我们一定要注意到如同1979年这样的"时间"因素在《"李尔王"与1979》中的重要性。尽管说一般情况下肯定找不到与时间无关的小说,但"时间"在薛忆沩的这部长篇小说中却无疑有着与思想主题的充分表达更加紧密的内在关联。首先,《"李尔王"与1979》是一部并不多见的遍布时间因素的小说文本。比如,"在缓慢的站立过程中,父亲的上半身始终保持着阅读的姿势。他的这种全神贯注,或者更准确地说,他对手里那本书的全神贯注,也是困扰母亲生命的疑惑,也是长达40年的疑惑。"具体的情况是,40年前,也即1939年的深秋,突然从省城回到老家的"父亲","从小皮箱里取出了一个她从来没有看到过的小烛台和一本她从来没有看到过也永远不会看得懂的书。接着,将困扰她整整40年的全神贯注的表情就第一次出现在她的面前。她感觉非常失落。"我们都知道,这本书就是那位曾经在"父亲"所就读的省城大学里导演过莎剧《李尔王》的英国诗人在准备回国参加反法西斯战争的时候,专门送给戏剧中李尔王的扮演者"父亲"留作纪念的英文版的《李尔王》。很可能由于和这本书紧紧联系在一起的,是"父亲"难以忘却的一段青春岁月,是他一段特别的情感记忆,所以,此后长达40年的漫长时间里,除了特殊的政治禁忌时期,"父亲"不仅每每会全神贯注地翻阅这本书,而且还总是会因为这种"全神贯注"而忽略身边的一切,当然也包括对自己妻子的视而不见。即使在三次惊心动魄的逃难过程中,"父亲"仍然会旁若无人地坚持这种"全神贯注"。因为"母亲"的文化程度有限,根本就不可能进行英文阅读,所以她不仅根本就搞不清楚这是一本什么样的书,而且更不会明白"父亲"为什么会那样地"全神贯注"。也因此,已经把这本书视作"眼中钉、肉中刺"的"母亲",才会充满愤怒地痛斥这本书是一本"鬼话连篇"的书。一本英文版的《李尔王》,一方面能够让"父亲""全神贯注"地捧读40年,另一方面则可以让"母亲""疑惑"并"愤怒"40年,充分证明它在他们俩生命历程中的重要性的同时,也说明它的存在其实维系着他们俩各自难以释怀的精神情结。

比如,"那不是她编织的手套。那是她意外地看见的手套——30年前在他们即将逃离南京的那天清早意外看见的手套。"这一叙事话语的起因,是二桃的小儿子,那个"天赋超群又性格古怪的神童外孙"强烈要求"母亲"给自己编织一副手套。实际的情形是,"而这对母亲是极限的挑战!不仅因为她已经整整30年没有碰过编针了,更因为她在30年前就已经发誓今生今世再也不碰编针了"。也因此,一个不容回避的问题自然也就是,编织手艺高超的"母亲",好端端的,为什么就会发誓不再触碰编针?原来,这里隐藏着"母亲"的某种精神情结。因为"母亲"在长达30年的时间长河里,只要一看到手套,就会马上不由自主地联想到那副30年前,也即1949年,"母亲"无意间看见的,并非出自自己之手的浅灰色手套。尽管对这副手套的内情一无所知,但极有可能是出于女性的第六直觉,"母亲"一下子就意识到了这副手套不仅来历不凡,而且还很明显地意味着"父亲"的某种精神出轨。也因此,她不仅在当时,而且一直到30年后的1979年,甚至一直到自己生命的弥留之际,都无法忘记这副手套,都耿耿于怀地试图从"父亲"那里获知事情的真相,试图搞明白这副手套究竟出自何人之手。正是因为受到这种终其一生都无法解脱的牢固情结的强力控制，所以，"母亲"才会把它归结到命运那里："他们一生之中的第二次逃难就是这样开始的。它从一开始就蒙上了'意外'的阴影。而母亲一直相信，那一开始的'意外'与父亲的全神贯注，也就是那本'"鬼话"连篇'的书有命中注定的联系，就像那次逃难途中出现的最大的'意外'一样。但是，她怎么也没有想到这命运的线头竟会伸延到30年之后的1979年，竟会伸延到她好像完全生活在不同世界里的外孙的梦境，又竟会经由她已经不再灵巧的编织伸延到她已经感觉到非常陌生的现实。"但只有身为读者的我们才会知道，"母亲"如此一种看似毫无理由的"第六感觉"其实是非常精准的。那副手套，不仅来自当年的《李尔王》剧组中大女儿葛娜瑞尔的扮演者，而且，如果说"父亲"一生中真的有过情感的出轨，那么，这唯一的出轨对象，也就是这位虽然在内心里依恋爱慕，但除了一次路边告别时的冲动拥抱之外，并无其他实质性行动的葛娜瑞尔。但即使只是这样的一次"感情出轨未遂"，也让一直被蒙在鼓里的"母亲"终其一生都难以释怀。

再比如，"将近28年过去了！自从那个细雨绵绵的清晨，那个他发誓永远不再回来的清晨，父亲再也没有产生过走进祖屋的冲动。而在1965年的春天，当他带着自己的妻子和最小的女儿绝望地回来，祖屋对他更是罪恶的标志和恐惧的根源。他不仅恐惧有人提起它，甚至还恐惧有人记得它。但是，他还记得它。他当然还记得它。他散发着死亡气息的沉默就是这令他恐惧的记忆的证明：10多年来，他从来都没有向小桃提起过她每天都会看到的那座宅院与她的关系，他也一次都没有向母亲提起过他们与那座宅院盘根错节的过去。"这段叙事话语中，接连出现了"28年""1965年"以及"10多年来"这样三个时间性的因素。28年前，也就是1951年。那一年，正是轰轰烈烈的土改运动在"父亲"的家乡如火如荼地进行的时候。作为拥有大量土地财产的大富户，"父亲"的父亲自然在劫难逃。这样才有了躺在病榻上已经奄奄一息的老父亲对"父亲"的百般催促。他催促自己唯一的儿子赶紧离开祖居之地，远走异地他乡。这样，才有了将近28年前那个细雨绵绵的清晨，有了那个清晨的他发誓永远不再回来。但正所谓"山不转水转，水不转人转"，"父亲"根本就无法料想到，虽然自己当时被迫离开的时候，发誓不再回来，但迫于时势的变化，再加上大桃的婉拒，以及二桃他们家居所逼仄实在无法容纳，到了1965年，从沈阳的工厂退职之后的"父亲"，在万般无奈的情况下，只好回到了自己的祖居地。一旦回到祖居地，无论如何都不容回避的就是祖屋，也即那座赫然在目的大宅院。很大程度上，也正因为祖屋总是在提醒着他既往罪恶的存在，所以"父亲"才会在面对祖屋的时候倍感恐惧。因此，祖屋的存在，从精神分析学的角度来说，自然也就成了"父亲"避之唯恐不及、无论如何都不敢轻易触碰的精神情结所在。正因为有如此一种精神情结一直在伺机作祟，所以才会有"父亲"对祖屋讳莫如深式的百般忌讳，更会有他打在童言无忌的小外孙脸上的那一记响亮耳光。

　　无论如何，我们都不能忽视小说中关于"父亲"身份总是在被迫莫名转换的描写："母亲合乎逻辑的反应刺到了父亲心灵的痛处。他从来都承认自己的渺小：作为一个地主家庭的独子，他的影响力不会超过方圆三公里的乡土。作为李尔王的扮演者，他的知名度也没有越出母校的边界。在国民政府的行政院里，他只是一个默默无闻的小科员。而在工业重镇的铸造厂里，他只是一个随时都可能被'精简'掉的小职员。最后回到祖居地，他开始也只是一个普通社员，后来也只是一个漏网地主。在大庭广众之下被批斗的轰动效应也只是局限在人民公社的范围之内……他一直都承认自己的渺小，也接受自己的渺小。"尽管薛忆沩这段叙事话语的主旨意在强调"父亲"的渺小，但我们的关注点却落脚到了"父亲"一生身份的多次转换上。从祖居地，到省城，到南京，到沈阳，然后，再回到祖居地；从地方乡绅的儿子，到大学生，到行政院里的小科员，到工厂里的小职员，到普通社员，一直到漏网地主……在时间的长河里，伴随着居住地的不断变化，"父亲"一直处于社会身份的不断转换、一种命运的怪圈之中。以至于，我们在由此而生发出"'父亲'究竟是谁"这一现代命题的同时，更要感叹"造化弄人"。换言之，这里的"造化"，其实也就是命运，是具有邪恶性质的命运在"弄人"，在摆布并制造着人间的一幕幕戏剧。从这个意义上说，薛忆沩之所以一定要在《"李尔王"与1979》中竭尽全力地凸显"时间"的因素，充分地体现"时间"的存在感，正是要借此而进一步强化对命运感的关注与表达。道理其实很简单，很多时候，只有充分地借助于时间的因素，只有在相对长的时间过程中，命运才会隐隐约约地显露出其本来的面目。至今犹记，多年前的一篇文章中，我曾经特别强调过命运感的表达对长篇小说写作的重要性："在我们看来，衡量评价一部文学作品尤其是大中型文学作品优劣与否的一种重要标准，就是要充分地考量作家在这部作品中是否成功有效地传达出了某种浑厚深沉的命运感。说实在话，笔者近年来每年都要阅读大量的长篇小说，然而，这些作品中能够具有某种命运感，能够让读者自觉地联想起命运这一语词来的，却是相当罕见的。更不要说对于一种浑厚深沉的命运感的艺术性表达了，那样的作品简直就真的是凤毛麟角了。只要粗略地回顾一下古今中外的文学史，我们即不难发现，那些真正杰出的大中型文学作品中，其实都有一种格外浑厚深沉的命运感的成功表达。莎士比亚的四大悲剧自不必说，曹雪芹的《红楼梦》也无需多言，其他的诸如托尔斯泰、陀思妥耶夫斯基的鸿篇巨制，诸如鲁迅的小说，诸如曹禺的《雷雨》《日出》《北京人》《原野》，其中的命运感都是表现得十分突出的。即使是在已有三十年历史的所谓新时期文学中，诸如王蒙的《活动变人形》、张炜的《古船》、陈忠实的《白鹿原》、贾平凹的《秦腔》、刘醒龙的《圣天门口》等长篇小说中，也同样有着对于命运感的突出表现。这样看来，举凡优秀的文学作品，大约都会有一种浑厚深沉的命运感的体现与表达。其中，不仅仅有作家自己对于人类命运问题的索解与思考，更为关键的问题是，通过作家自身的思考还能够激发起广大读者对于命运问题进行深入思考的强烈兴趣来。"①毫无疑问，如果承认笔者以上看法还有一定道理的话，那么，薛忆沩这部长篇小说，自然也就会因其对命运感的强有力凸显而得到我们的充分肯定。

1979 年这个"时间"因素之外，小说标题中的另外一个关键性因素，就是被作家加上了引号的"李尔王"。首先必须明确的一个文本事实是，薛忆沩的"李尔王"这一人名，指称的是小说中的主人公"父亲"这一人物形象。只要是对西方文学略有所知的朋友就都知道，伟大作家莎士比亚的四大悲剧之一就是《李尔王》。由此而生发出的一个联想，自然也就是

---

① 王春林：《战争与和平的人类之梦》，广东高等教育出版社2021年版，第154—155页。

薛忆沩的这部长篇小说,与莎士比亚的《李尔王》之间,到底存在着怎样的一种关系。原来,在1949年之前接受过大学教育的中国现代知识分子"父亲",在大学期间曾经在戏剧演出的过程中扮演过李尔王这一角色:"1938年的春季学期,为了配合非英语专业学生对英语的日益狂热,学生话剧社决定接受那位任教于英语系的英国诗人的倡议,从二年级非英语专业的学生里选择一批英语迷,组建《李尔王》剧组,由英国诗人担任导演,争取用两年的时间(也就是到他们毕业的前夕)排出一台《李尔王》全剧。他们三位来自同一所中学的同学相约一起报名又都通过了试演。但是父亲原来以为英国诗人会选定由他的老同学来饰演李尔王,而由他自己来饰演肯特。没有想到,结果却正好相反。直到一年后的那个秋天,父亲才知道英国诗人是凭什么选中了自己。"这里的一年之后,即1939年的那个秋天。那个时候,在英国对德国正式宣战之后,英国诗人已经决定要辞去在中国的教职,回国去参加反法西斯战争。临行前,在把那本英文版的《李尔王》送给"父亲"留作纪念的同时,他明确回答了"父亲"关于他为什么会选中自己扮演李尔王这个角色的疑问。那就是"直觉":"他说试演的那天下午,父亲刚走进教室,直觉就已经告诉他,他就是他要的李尔王。"值得特别注意的是,尽管在试演时,英国诗人对"父亲"的情况一无所知,但他却精准地判断出"父亲"已经做了父亲。更具有神秘色彩的一点是,在获知"父亲"已经拥有了两个女儿的情况之后,他竟然毫不犹豫地断言,"父亲"肯定还会有第三个女儿。针对英国诗人的预言,"父亲"的反应只能是倍感震惊:"父亲至今也不知道他是在说戏(因为剧中的李尔王所拥有的就是三个女儿)还是在给自己算命。"此后小桃的出生证明英国诗人是真正的"未卜先知"。事实上,从那位英国诗人精准预言"父亲"肯定会成为三个女儿的父亲那时开始,"命运"的巨大阴影就已经盘旋萦绕在了"父亲"那漫长的人生历程中。更进一步说,只要联系文本实际,我们就不难发现,薛忆沩之所以要把"父亲"称之为"李尔王",一方面固然是因为他当年在戏剧演出中扮演过李尔王这一角色,但另一方面,更是因为"父亲"无论是整个人生,还是诸多人生阶段,都和"李尔王"有相似之处。

在小说中,"李尔王"的意义首先体现在艺术结构上。从艺术结构的角度来说，薛忆沩这部时间跨度超过了半个多世纪的长篇小说，主要由两条彼此交叉缠绕的叙事线索组构而成。一条线索，可以说是现实的，主要讲述"父亲"和他的家庭在1979年所遭遇的难以计数的"不可思议"的事情。其中，最大的"不可思议"，就是曾经被戴上"漏网地主"帽子的"父亲"被平反。很大程度上，其他所有的"不可思议"均建立在这一基础之上。另一条线索，可以说是历史的，主要是由发生于1979年的诸多"不可思议"而引发"父亲"对既往人生的回顾，其中，最核心的故事之一，就是"父亲"他们当年排演《李尔王》，以及一众参演者此后不同的人生走向。具体来说，笔者这篇文章标题中"戏中戏"的落脚点，也就是当年这一出戏剧的排演，以及此后漫长人生历程中，戏剧中的李尔王与日常生活中被称为"李尔王"的"父亲"二者之间命运遭际的彼此映照。

只要认真地翻阅小说文本，就不难发现，"戏中戏"中那位身为一国君主的李尔王，与现实生活中长期坠落在深渊里的中国现代知识分子"父亲"之间，可以说时时处处都处在一种彼此勾连、映照的状况之中。比如，在队长提及当年那场发生了突然变故的批斗大会，并强烈表示如果自己在场的话，肯定会挺身而出阻止突发事件的发生："父亲马上想到了肯特常爱说的一句话：'历史的字典里没有"如果"！'但是，他还是非常感谢队长对历史说的这个'如果'。他非常清楚，即使在'靠边站'的那些年里，队长也在尽力保护着他们这个小家。否则，它不可能完整地延续到今天。他也非常清楚，戴上那顶帽子是自己无法逃脱的命运。他记得自己曾经在《李尔王》第四幕第六场里绝望地问：'No rescue？'（大意是：没有救助？）他比那丧魂失魄的君主更清楚自己的命运：没有人能够救助他逃脱那荒谬的命运。""父亲"跌宕起伏的生命历程中，发生于1968年的那场批斗会，是一个重要的分水岭。此前的"父亲"，尽管已经被迫无奈地回到祖居地，成为一名普通社员，但终归还是属于人民群众的阵营之中。由于五十麻子这样的造反派强制性地给他戴上了"漏网地主"的帽子，所以他便在劫难逃地成为"四类分子"的一员，从此被划入政治的另册之中。一方面，如果没有内心善良的队长在"父亲"他们回到祖居地后给予各种关照，"父亲"他们的人生肯定会更悲惨。但另一方面，诚如"父亲"所言，即使队长在批斗会的现场，恐怕也无法阻止五十麻子的胡作非为。

也正是在这个意义上,"父亲"才会情不自禁地联想到了"李尔王"这个倒霉的君主。正如同没有人能够救助改变李尔王的命运一样,同样不会有人救助改变"父亲"这样一位现实生活中的"李尔王"在劫难逃的荒谬命运。所有这一切的彻底改变,只有等到很多年后的1979年这样一个"不可思议"的年份,才成为真正的可能。

再比如,"父亲当时完全不知道母亲最后这句话是什么意思。而现在,当自己作为阶级敌人跪在全体乡亲们的面前,身上捆着麻绳,头上戴着高帽,他当然完全知道了母亲这句话的意思……这时候,强烈地折磨着父亲的羞愧开始被一种恐惧代替。那不是对强暴的恐惧,而是对柔弱的恐惧,对还不到17岁的时候就已经依偎在他身边的女人的恐惧:她为什么会有如此阴暗的预感?或者说,她为什么会有如此精准的直觉?恐惧将这疑惑深深地镂刻在他的心底。"正因为如此,"父亲"才陷入一种不可自拔的深深懊悔之中:"懊悔自己三年前不应该不跟母亲商量就擅自从国营工厂退职。这是一个不可饶恕的错误!他对自己的阴影说。这是父亲第一次承认自己当年的行动是一个错误。这也是半个多世纪以来他第一次充满懊悔地承认自己犯下了错误。他整个身心都被这深深的懊悔屏蔽。"事实上,也正是在这种懊悔情绪的强烈缠绕下,"父亲"的思绪又一次不由自主地飘向了《李尔王》:"就像李尔王一样,如果他不在戏剧的最开始擅自决定将全部的国土分给自己的三个女儿,如果他不坚持要求所有的女儿都对'父亲'做出虚假的表白和空洞的承诺,他就不至于简直被逼到连老鼠都不如的地步。他自己的情况也是这样:如果他不固执地相信自己是'多余的人',随时都可能被新社会辞退甚至也应该被新社会辞退,他对'精简机构'的号召就不那么恐慌,他的响应也就不会那么主动,他就不会在三年前擅自退职,断送女人的幸福,断送女儿的前途,而在三年之后,又将自己送进了阶级敌人的队伍……他想得越多,懊悔就越深。他懊悔越深就对自己越发憎恶。"很多时候,人的命运遭际与自己所做出的选择紧密相关。"父亲"也同样如此。对他来说,紧急关头的一个错误选择,就是好不容易才在沈阳的那一家国营工厂立住脚,却因为自己主动递交退职申请,就被工厂给清退了。从一种人生的因果关系上讲,"父亲"此后的一系列不堪遭遇,都与他这个时候看似冲动的选择关系密切。也正因此,"父亲"才会在倍感懊悔的同时,也感觉到自己既对不起伴守多年的爱妻,更对不起随同自己一起回到乡下遭罪的三女儿小桃。毫无疑问,正是从人生选择的错误出发,"父亲"才情不自禁地把自己和李尔王捆绑联系在了一起。但如果我们做更进一步的分析,就会发现,看似相同的命运遭际之间却也有着明显的差别。如果说身为君主的李尔王要把国土分给三个女儿完全出于个人的主观意志,没有受到任何外力胁迫影响的话,那么,"父亲"的情况就没有这么简单了。尽管作家刻意强调"自己应该为自己的悲剧负全部的责任,而不应该去抱怨自己所处的时代和社会",但实际的情况却并非如此。尽管从表面上看,从工厂退职的确是"父亲"的个人选择,但导致他如此行动的具体原因,乃是他自进入工厂工作起,就一直认定自己是一个新社会所不需要的"多余的人",就觉得自己与新的时代和社会之间存在着某种无法破除的隔膜。正是在这种隔膜"鬼使神差"的作用下,自觉"多余"的"父亲"方才做出了看似贸然唐突的退职决定。也因此,一种令人信服的结论就是,在"父亲"看似偶然的自我选择行为背后,其实隐含着时代与社会或者也可以说是历史演进的一种必然趋势。薛忆沩小说某种隐在的社会批判锋芒,自然也就此而得到相应的彰显。

综合以上种种,无论是小外孙与子一代双重叙事视点的设定,还是在人生的"完整陈述"前提下小说文体特征的凸显,无论是语言上的"欧化语"特色,还是建立在知识考古基础上的1979年或者说"时间"因素的充分融入,甚或还有"戏中戏"的精妙艺术结构,薛忆沩所有的这些艺术努力,其根本目标都是为了更加精准到位地勘探表现现实生活中的"李尔王",也即"父亲"作为一位中国当代知识分子那跌宕起伏的命运遭际及其具有人性深度的精神世界。"父亲"长达六十多年的人生历程,称得上是几经周折。其中的主要节点,一是原本已经被美国的哥伦比亚大学录取,结果却因为父亲的百般阻挠而无法成行。只有到了土改时,"父亲"的父亲才意识到自己早已铸成大错:"他说他一辈子都在阻止儿子的离开,现在他知道自己那是犯了多大的错误。"二是我们在前面已经分析过的"父亲"于1965年在沈阳工厂主动退职。走投无路的"父亲"只好携带妻女,再度返回到曾经发誓不再回来的祖居地。有了这一次违背初衷的意外返回,才有了1968年被划定为"漏网地主"这样一场更大劫难的发生。很大程度上，正是以上的两大节点，从根本上决定着"父亲"由一位风华正茂、踌躇满志的青年知识分子彻底转变为只能规规矩矩地在祖居地接受劳动改造的"农民"。如果说中国现代知识分子"父亲"的一生是充满悲剧色彩的一生，那么，其悲剧的质点很显然就体现为其社会身份天翻地覆般的变化。事实上，也正因为"父亲"曾经遭受过太长时间的人生压抑与屈辱，所以，一旦遭逢很多方面都"不可思议"的1979年，尤其是收到大桃那一封上面只是写着一个"错"字的电报，在获知多年的冤案终于得以平反之后，虽然早有精神准备，但"父亲"终归还是不可避免地陷入类似"范进中举"一般的精神癫狂状态之中。尽管无法从薛忆沩那里得到确切的证实，但依我的猜想，作家对"父亲"的精神癫狂这一幕的设定，肯定是颇费了一番心思。这里的关键在于，既要把"父亲"的精神兴奋程度充分地表达出来，又不能让他就此从生活的舞台消失，因为后续的故事仍然需要他的在场。其中，"度"的把握与拿捏，就是一个特别重要的问题。从这个角度来说，薛忆沩让"父亲"以一场任何人都无法阻止的长跑的形式来宣泄其内心深处郁积了太久的苦闷与屈辱，我以为还是非常精彩的。

然而，紧接着出现的一个问题就是，尽管1979年对于长期被打入政治另册的"父亲"来说，有着重要意义，但他以及他的家庭的生活难道从此就踏上坦途，前景一片光明了吗？说实在话，在阅读小说的过程中，这正是我最替薛忆沩担心的一个地方。我唯恐他因一时的处置不当而致使小说文本"晚节不保"。所幸在于，薛忆沩在小说故事情节走向的处理上，没有因为1979年的"不可思议"而终止自己对生活苦难或者说生存困境的持续性书写。一方面，因为多少懂一点医理的丁算盘对"母亲"身体状况的多次预言性提示，另一方面，也因为"父亲"在极度兴奋状态下一度陷入昏厥，所以，等到政治问题解决之后，大桃她们三个女儿所面临的当务之急，就是带"父亲"和"母亲"去省城的医院检查身体。这样一来，也就有了"父亲"和"母亲""寄人篱下"的另一种生存体验。这种"寄人篱下"的体验，首先来自"父亲"和小外孙之间的冲突。从祖居地来到省城后的"父亲"，眼巴巴地想要通过电视去了解世界，并作为自己进入"地球村"（请注意，在薛忆沩的这部小说中，"地球村"这一预言式的命名权，归属于对未来拥有超强预感能力的"母亲"）的"起点"："通过世界上最小的村口，小得只有一把蒲扇那么大的村口，他将能够进入世界上最大的村庄，大得等同于整个世界的村庄……他的大脑因此而浮想联翩，他的内心因此而波涛汹涌。"没想到，他的这种强烈渴望却遭到了正处于叛逆期且思想本就特别新锐、异端的小外孙的强势阻击。不管不顾地关掉电视机也还罢了，他竟然还"抱怨说因为将自己的'小世界'让给了外公外婆，自己现在已经失去了'仅有的自由'，只能借住在客厅里，就如同是不久前电视上介绍过的卓别林扮演的流浪汉。"面对着强势叛逆的小外孙，"父亲"只好万般无奈地"退避三舍"："他没想到自己的'余生'居然会这样开始，开始得这样没有尊严。他更没想到自己的电视'初夜'居然会如此结束，结束得这么窝囊这么遗憾。"原以为只有如同"漏网地主"这样的政治帽子才能够使他们产生失去自由的痛感，没想到，在被平反后的日常生活中，他们仍然无法逃脱自由被剥夺的命运遭际："其实他们将来如果整天都龟缩在这好像是他们非法强占的窄小空间里不同样也是失去了自己的自由吗？他真没有想到来省城与女儿一家'同住'这么一件应该非常简单的事情现在会变得如此复杂。"就这样，等到后来"父亲"自告奋勇下厨做菜遭到大桃他们的否定之后，"父亲"就对此后的日常生活更加绝望了。到最后，灰溜溜地回到小房间后，"两个倍感屈辱的'老东西'就在黑暗之中一声不吭地坐着，如同两只蜷缩在地洞里的老鼠"。能够在政治劫难终结之后，紧接着以如此强劲的雄厚笔力继续书写表现"父亲"和"母亲"所面临的日常生活困境，所充分体现的正是薛忆沩一种非同寻常的艺术智慧。

然而，与以上所表现的日常生活困境相比较，更严重的事件是"母亲"在罹患重症后迅速撒手人寰。好不容易才从政治的劫难中脱身而出的"父亲"，还没有喘过气来，就又不得不面对多年相依为命的老妻不幸去世的残酷生存境遇，真是雪上加霜。这里的一个关键问题是，薛忆沩到底应该以一种怎样的方式来恰如其分地处理"母亲"的死亡。难能可贵的一点是，薛忆沩别出心裁地让一向不缺乏生活智慧的"母亲"在生前冷静地安排了自己的后事。在"母亲"明确强调一定要由"父亲"在她的生日那一天将自己的骨灰撒掉的前提下，"父亲"顿悟："他的确是知道！父亲的确是知道母亲想将自己的骨灰撒在哪里。毫无疑问，这是他与共同生活过将近半个世纪的女人在有生之年里最后的默契。"事实上，也正是这种最后的默契，给"父亲"提供了回首自己人生的一次机会："他好像从此刻看到了自己的一生。他的一生里有那么多次的离开，又有同样多次的回来；他这一生好像一直都走在回家的路上。这就是他的一生，他平庸的一生，他失败的一生。而此刻，他终于最后一次走上了回家的路。也就是说，他终于走到了这条'回家之路'的尽头。但是他花了整整的一生才终于走到了这条路的尽头。这就是他的平庸，他一生的平庸。这就是他的失败，他一生的失败。"很大程度上，正是因为"父亲"已经对自己的人生产生过如此一种沉思，所以他才能够以一种特别平静而又不失庄严的心态完成小说结尾处"母亲"骨灰的撒放安置仪式。"但是，这最后一次出发与从前所有的出发都不相同，甚至与他同样没有回头也同样肯定自己再也不会回来的那一次——28年前那个细雨绵绵的清晨的那一次都不相同。这最后的一次——支持父亲走下去的是前所未有的自信和坚定。"事实上，也正在此种心态的主导下，才有了"父亲"在祖居地的水库上撒放"母亲"骨灰的庄严仪式："走上水库的大坝之后，父亲捧着骨灰罐面对村庄的方向站立了一阵。这是仪式不可或缺的细节。他想让母亲最后再看一眼他们共同生活里最主要的舞台：他们将近半个世纪的共同生活从这里开始，在这里绵延，现在又即将在这里结束……"依循一种人性的逻辑，也只有在这个特定的时刻，"父亲"才会对"母亲"身上所体现出来的那种胸怀宽广的"爱"产生真切的感受："这时候，父亲突然意识到对他们来说，这里其实由两个不同的世界叠加而成：一个是他们作为'剥削阶级'生活的世界，一个是他们成为'专政对象'生活的世界。而母亲对这两个世界或者说这两种生活都充满了固执的爱。这不受贫富影响，不被荣辱干扰也不遭新旧歧视的爱当然就是因为母亲对生活之本和生活之美都有着牢不可破和自始至终的质朴信仰。"无论如何，我们都得承认，尽管"母亲"没有什么高深的知识，充其量也不过是一位初通文字的普通家庭主妇，但从她那种"不以物喜，不以己悲"的生活态度，从她既不卑不亢又充满着对世界的执著之爱中，我们所充分感受到的，正是一种建立在敬畏基础上的生命的庄严与肃穆。很大程度上，正是从这一点出发，薛忆沩把"母亲"生前所诵读的《桃花源记》的若干部分进行了巧妙的穿插："……缘溪行，忘路之远近。忽逢桃花林，夹岸数百步，中无杂树，芳草鲜美，落英缤纷。渔人甚异之，复前行，欲穷其林。林尽水源，便得一山。山有小口，仿佛若有光。便舍船，从口入。初极狭，才通人。复行数十步，豁然开朗，土地平旷，屋舍俨然，有良田、美池、桑竹之属。阡陌交通，鸡犬相闻……"如果联系小说文本，我们即不难断定，作家薛忆沩借助陶渊明的《桃花源记》片段，其实是在表达某种理想人生境界的追求，是在凸显生命存在的庄严和美好。也因此，虽然"母亲"的死亡令人伤感，但"父亲完全没有想到自己与共同生活将近半个世纪的女人的诀别不仅没有丝毫的忧伤，还充满了温情和喜悦"。究其根本，也只有到这个时候，"父亲"才会对此前百思不得其解的问题产生了顿悟："他突然意识到队长在他们回来的第一天就将'我们的时间'交给母亲掌管同样是服从命运的安排，因为他突然意识到母亲敲响的钟声其实就是他们回来的意义甚至就是他们生命的意义，因为那钟声能够告诉他们列祖列宗无家可归的亡魂他们的家还在繁衍，他们的生活还在延续。"不知道这是不是薛忆沩的一个笔误，反正，在我的理解中，与其强调"他们的生活还在延续"，莫如干脆直截了当地强调"他们的生命还在延续"更加切合作家试图传达的拥有尊严的生命肯定还会生生不息地坚持下去的深层思想意旨。但不管怎么说，一部充满悲剧色彩的，旨在描写呈现中国当代的"李尔王"、中国当代知识分子"父亲"（请一定不要忽视，"父亲"这一知识分子即使在面临最艰难生存处境的时候，他的精神世界也没有丝毫的猥琐之感）一生苦难命运的长篇小说，能够既合乎人性逻辑，又合乎艺术逻辑地最终落脚在生生不息的生命的庄严与肃穆上，的确显得不同凡响，出人意料，又在情理之中。

  如果承认我们以上的各种分析都成立，那么，一种可信度极高的结论就应该是，薛忆沩的这部《"李尔王"与1979》可以被看作一部以繁复的语言和同样繁复的艺术形式所精心打造的具有繁复思想和人性内涵的长篇小说杰作。